广东省哲学社会科学"十三五"规划项目《拉美裔美国女作家疾病叙事的后身份政治研究》(项目编号:GD16CWW03)

| 博士生导师学术文库 |
A Library of Academics by
Ph.D.Supervisors

拉美裔美国女作家疾病叙事的后身份政治研究

戴桂玉 等 著

光明日报出版社

图书在版编目（CIP）数据

拉美裔美国女作家疾病叙事的后身份政治研究 / 戴桂玉等著．--北京：光明日报出版社，2022.12
　ISBN 978-7-5194-7067-8

　Ⅰ.①拉… Ⅱ.①戴… Ⅲ.①女作家—文学作品研究—美国—现代 Ⅳ.①I712.065

中国版本图书馆 CIP 数据核字（2022）第 253522 号

拉美裔美国女作家疾病叙事的后身份政治研究
LAMEIYI MEIGUO NUZUOJIA JIBING XUSHI DE HOUSHENFEN ZHENGZHI YANJIU

著　　者：戴桂玉　等	
责任编辑：史　宁	责任校对：乔宇佳
封面设计：一站出版网	责任印制：曹　净

出版发行：光明日报出版社
地　　址：北京市西城区永安路 106 号，100050
电　　话：010-63169890（咨询），010-63131930（邮购）
传　　真：010-63131930
网　　址：http://book.gmw.cn
E - mail：gmrbcbs@gmw.cn
法律顾问：北京市兰台律师事务所龚柳方律师

印　　刷：三河市华东印刷有限公司
装　　订：三河市华东印刷有限公司
本书如有破损、缺页、装订错误，请与本社联系调换，电话：010-63131930

开　　本：170mm×240mm
字　　数：237 千字　　　　　　　　印　张：16.5
版　　次：2023 年 5 月第 1 版　　　 印　次：2023 年 5 月第 1 次印刷
书　　号：ISBN 978-7-5194-7067-8
定　　价：95.00 元

版权所有　　翻印必究

序 言

　　拉美裔是指移居到美国的拉丁美洲讲西班牙语或葡萄牙语人的后裔。拉美裔文学起源于西班牙征服美洲之前，早于盎格鲁·撒克逊英语文学。近30年来，拉美裔文学呈现出多元化发展的特征，除了墨西哥裔之外，古巴裔、海地裔、波多黎各裔、多米尼加裔作家群也已成规模，其女作家群已成为美国多元文化研究不可或缺的一部分。本书所涉及的不仅有墨西哥裔，还有古巴裔、海地裔女作家的作品，所以采用"拉美裔女性"的说法能够超越狭隘、简单化的种族和族裔概念，有助于建构一种称颂共同性又承认矛盾、尊重差异的有色人种女性共同体。

　　由于战争、世界政治、移民、环境等原因，拉美裔美国女性面临着性别和文化的双重压迫，身心受到极大摧残。拉美裔美国女作家也大都因受压迫而身患疾病，但疾病也同时唤醒她们的解放精神，促使她们在反抗中探索自我、重塑自我、发展自我。这些作家在其作品中，主要表现疾病给妇女带来的强烈身体震颤，唤起她们的身体体验，促使她们的身体空间孕育获得知识和权利的能力，使她们从生理、心理和环境的体验中获得主体性，并且让她们学会尊重差异，超越自身的局限，去拥抱具有不同声音的社区群体。因此，拉美裔女作家疾病叙事也成为混血身份和混血文化的审美表达。

　　研究拉美裔女作家作品中的疾病叙事，能为物质能动性提供有力的范例，展现身体的力量与物质和话语世界相互作用。正如苏珊·温德尔所说的：一个人的身体异常可以点燃新的思想和对现实世界的认知。[1] 疾病，

---

[1] WENDELL S. The Rejected Body: Feminist Philosophical Reflections on Disability [M]. New York: Routledge, 1996: 53.

作为一种独特的生命体验，寓居于身体空间又影响着身体空间，既形成处境中的身体感知，又强化通过身体空间投射出来的肉体和环境。生病的身体往往会超出文化和法律规定的种族和性别界限，使患者从历史痕迹、社会地位和文化效应等方面重新想象人类的肉身性。因此，疾病也是"我们表达痛苦和与痛苦有关的经历的最有力形式之一"①，而关于疾病的"个人叙事是身体、自我和社会之间联系的表达方式"②。

在研究拉美裔女作家作品中的疾病叙事时，更要关注疾病与个人身份感和个人意义之间的密切关系。列斐伏尔（Henri Lefebvre）认为，身体具有主体性。身体不是权力空间的铭文。③"无论是支配抑或是反抗，都源于主体性，在主体性的作用下，个体可以凭着生病取得新的身份，也可以制造出空间，为个人及社会带来转变。"④ 疾病让身体觉察到父权社会对原本健康身体的压迫和规约，并赋予身体空间拓展和融合的能力。拉美裔女作家作品中丰富细腻的女性病痛书写实际上脱出了美国主流文化关于族裔女性"他者"的文化想象，超越了简单、狭隘的女性身份认同观。其作品中的疾病身体是人物命运的载体，具有流动性，并积蓄力量以突破意义的边缘。这种身体的能动性和潜能性体现了"后身份政治"（即身份的多元性、开放性、流动性），揭示身份的建构既与广阔的社会背景和权力网络也与人的物质性相联系。

本研究主要基于物质女性主义、奇卡纳女性主义和边疆理论及概念，以剖析拉美裔女作家：格洛丽亚·安扎尔杜瓦、切利·莫拉加、安娜·卡斯蒂略、克里斯蒂娜·加西亚、艾薇菊·丹缇卡的作品中大量出现的疾病、疼痛、残疾、抑郁等身体叙事所体现的"后身份政治"为切入点，深化对有关"后身份政治"的特性，如"异质性""流动性""多元性""重叠性""开放性"等概念的理解，并从特定的历史、社会、政治、科技、环境和文化语境探讨拉美裔女作家作品中后身份政治的建构及表现形式和诉求中所揭示的复杂权力运作机制和更深层的内涵。

---

① BüLOW P H, HYDéN L S. Patient School as a Way of Creating Meaning in a Contested Illness [J]. Health, 2003, 7 (2): 227.
② BURY M. Illness Narratives: Fact or Fiction? [J]. Sociology of Health and Illness, 2001, 23 (3): 263.
③ HOWARTH D. Space, Subjectivity, and Politics [J]. Alternatives, 2006, 31 (2): 105-134.
④ 何式凝, 曾家达. 情欲、伦理与权力 [M]. 北京：中国社会科学出版社, 2012: 102-116.

本书分为四个篇章：

第一章"绪论"：首先，对前期的相关研究和相关术语及理论进行了综述、梳理和评价，着重阐释了物质女性主义、奇卡纳女性主义和边疆理论及概念，为分析和研究拉美裔美国女作家疾病叙事中反映的后身份政治的建构、后身份政治的体现形式及后身份政治的诉求找到研究理据和奠定理论基础，以求挖掘疾病身体带来的不同寻常的体验是如何能引发原有身份在政治、文化、性别、族裔和阶级等层面的变化和流动。其次，对疾病身体所形成的后身份政治如何与历史、记忆、语言、环境、民族文化产生了复杂的演绎过程及其关系。

第二章"拉美裔美国女作家疾病叙事中后身份政治建构"：主要论述了拉美裔美国女作家作品中后身份政治意识的形成，首先探讨了安扎杜瓦如何在自我疾病身体书写中形成"新梅斯蒂扎"（女混血儿）身份意识、如何通过自身的肉体斗争改变传统的身份政治，如何用疾病隐喻抵制消除差异的身份政治，以及如何在自己的疾病治疗书写过程中拓展新星际部落主义。其次阐述了莫拉加如何通过创伤书写建构越界的身份政治，如何在其小说《在翅翼中等待》中形成变化的身份意识；如何在《英雄和圣徒》中体现"跨肉身性"的身份意识，如何在《饥饿的女人：墨西哥美狄亚》中建构跨界的母性身份。最后论述了卡斯蒂略如何通过残疾书写建构转换的身份政治，即她如何在《离上帝如此之远》中改变残疾身份的定式，如何在《像剥洋葱一样剥开我的爱》中解构残疾身份。

第三章"拉美裔美国女作家疾病叙事中后身份政治体现"：主要涉及了拉美裔美国女作家疾病叙事中后身份政治的表现形式。首先以卡斯蒂略的小说《像剥洋葱一样剥开我的爱》为范例，阐述女主人公卡门如何通过跳弗拉门戈舞蹈，来用残疾解构正常，用舞蹈重构身份，在生活和事业中与残疾共舞，实现自己的人生意义和价值。其次，以卡斯蒂略的小说《离上帝如此之远》为范例，阐释故事中女性人物如何意识到父权制下女性被规约、被压迫的身体和在生态殖民下女性中毒的身体，因而她们中间有的人起来反抗并重建女性自我，有的人与教会和男性权威抗衡，实现女性的能动性，她们都努力重塑女性主体。最后以加西亚的作品《梦系古巴》和《阿奎罗姐妹》为范例，阐述在家国动荡背景下古巴女性身份的迷失与回归以及身心的创伤与疗愈，这些古巴女性通过不懈的努力最终构建了她们本真自我。

第四章"拉美裔美国女作家疾病叙事中后身份政治诉求":主要探讨了拉美裔美国女作家疾病叙事中后身份政治诉求。首先,通过分析丹缇卡的《兄弟,我将离你而去》中的疾病叙事,揭示海地人对族裔文化和政治身份的诉求;主要讨论了海地人如何通过民间草药保留本族的文化身份,残疾移民在家国动荡中如何寻求政治身份诉求,以及海地移民争取后身份政治诉求的困境。其次,通过分析莫拉加的戏剧《英雄与圣徒》中的中毒躯体叙事,揭示墨西哥裔美国女性如何抗拒父权压迫下的身体空间,创建女性抵抗的身体空间,最终实现奇卡纳联盟的身体空间的诉求。再次,通过分析加西亚的作品《梦系古巴》和《阿奎罗姐妹》中受伤害女性躯体叙事,阐释古巴女性如何在抗衡传统性别角色的束缚,跨越传统性属身份的藩篱过程中实现颠覆性别和性属等级结构的诉求。最后,通过分析安扎杜瓦作品中的疾病身体空间叙事,揭示奇卡纳女性主义者努力实现政治身份流动、文化身份流动、性别身份流动、族裔身份流动和阶级身份流动的诉求。

第五章"结语":归纳总结了全书的研究内容,阐述了主要的研究发现以及本书对身体和身份研究的启示。

该书的出版,能深化和丰富拉美裔文学研究的论题和范畴,深化读者对身份建构和后身份政治的了解,加深读者对美国多元文化、美国种族历史的认知,引发国内学界对拉美裔文学的重视;通过了解拉美裔身份建构的复杂性,可以反思第三世界国家身份政治诉求,求同存异,共同发展;探讨由疾病身体带来的对身份的感悟将有助于实现不同阶级、不同民族、不同肤色、不同性别的所有人之间的相互关联,为最终实现全人类命运共同体带来新的启示和产生积极的影响。

当前我国正大力推行国家治理体系和治理能力现代化,我国是一个多民族国家,少数民族的生存状况和残疾人的身份诉求一直是我国高度重视和力图解决的问题。拉美裔文学中反映的族裔残疾人身份建构的状况能给我们带来反思和提供参照作用,并对促进我国各民族大团结有一定借鉴意义。

本书是由戴桂玉、陈海晖、崔山漾、蔡祎、张任然、吕晓菲、刘洋撰写。由于作者水平有限,书中难免会有一些不足之处,望读者不吝批评指正。

本研究获得广东省哲学社会科学"十三五"规划项目立项,本书的出版得到广州商学院和广东外语外贸大学的大力支持,在此表示衷心的感谢!

目　录
CONTENTS

第一章　绪　论 ……………………………………………………… 1
　第一节　研究背景 …………………………………………………… 1
　第二节　本书采用的立场、目的、意义和方法 …………………… 5
　第三节　相关文献综述 ……………………………………………… 8
　第四节　相关理论评述 ……………………………………………… 56

第二章　拉美裔美国女作家疾病叙事中后身份政治建构 ……… 77
　第一节　建构"新梅斯蒂扎"身份政治：安扎杜瓦自我疾病身体书写
　　　　　……………………………………………………………… 77
　第二节　建构越界的身份政治：切丽·莫拉加的创伤书写 …… 100
　第三节　建构转换的身份政治：安娜·卡斯蒂略的残疾书写 … 128

第三章　拉美裔美国女作家疾病叙事中后身份政治体现 …… 144
　第一节　与残疾共舞：安娜·卡斯蒂略的小说《像剥洋葱一样剥开我的爱》中的残疾叙事 ………………………………… 144
　第二节　重塑女性主体：安娜·卡斯蒂略的《离上帝如此之远》中的魔幻现实主义疾病叙事 ……………………………… 153
　第三节　建构本真自我：克里斯蒂娜·加西亚作品中家国动荡下受摧残的女性躯体叙事 ……………………………………… 170

1

第四章　拉美裔美国女作家疾病叙事中后身份政治诉求 …… 185

第一节　诉求族裔的文化政治身份：艾薇菊·丹缇卡的《兄弟，我将离你而去》中的疾病叙事 …… 185

第二节　建构奇卡纳联盟身体空间：莫拉加的戏剧《英雄与圣徒》的中毒躯体叙事 …… 197

第三节　颠覆性别和性属等级结构：克里斯蒂娜·加西亚作品中受伤害女性躯体叙事 …… 202

第四节　实现种族、性别、阶级身份的流动：安扎杜瓦作品中的疾病身体空间叙事 …… 218

第五章　结　语 …… 229

参考文献 …… 241

第一章 绪 论

第一节 研究背景

  进入 21 世纪，拉美裔美国女性文学研究呈现出强烈的身份政治诉求，挑战美国白人中产阶级女性主义的理论盲点，力图建立多元异质性的女性身份政治。劳拉·吉尔曼（Laura Gillman）（2010）指出，在后现代主义解构氛围中，无法建构统一的女性主体，这对女性主体的建构提出了新要求。[①] 索尼亚·萨尔蒂瓦（Sonia Saldíva-Hull）审视了白人女性主义"姐妹"理论的"盲点"，指出奇卡纳（Chicana：觉醒的墨西哥裔女性）女性主义应从狭隘的族裔身份认同走向全球化的身份融合，各民族可以联合其他受压迫受剥削、抵抗主流文化同化的群体结成同盟大家族。[②] 苏珊妮·伯斯特（Suzanne Bost）从疾病、残疾研究的视角探讨了三位奇卡纳女性主义作家的自传，指出，无视建立在疼痛叙事上的后身份政治，无视有色人种的疼痛叙事是危险的，与直接实行种族主义、性别歧视、殖民主义同样

[①] GILLMAN L. Reappraising Feminist, Womanist, and Mestiza Identity Politics [M]. New York: Palgrave Macmillan, 2010: 130-200.
[②] SALDÍVA-HULL S. Feminism on the Border: From Gender Politics to Geopolitics [D]. University of Texas, 1990: 112-154.

危险。① 查内特·罗美罗（Channette Romero）指出，在全球化语境中，女性身份呈现多元性和不确定性，女性身份政治的异质性和多元性是由身份参照体系多元化直接导致的；女性身份建构已趋向于自我流动和自我碎片化；变化无常的身份认同加强了寻求女性身份认同的必要性。②

20世纪70年代在西方兴起的"身份政治"是指个人所属的种族、族群、文化和性别等都会在其社会角色中发挥作用，尤其指弱势群体团结一致，为自己争取权益的行动。马里恩·杨（Marion Young）认为，群体之间的差异难以在短时间内磨灭，即使达到所谓的平等社会，群体之间仍存在差异，因此，他提出"差异政治"作为弱势群体争取平等对待的策略，强调弱势群体与主流社会的差异，突显了弱势群体的特质和独一无二的身份。这种强调差异性的身份政治可定义为"后身份政治"③。后身份政治家温迪·布朗（Wendy Brown）认为，虽然后现代主义身份政治关注族裔、性别、形态、区域、民族、洲际基础上的个人身份坐标，允许身份的自我定位和表现，但缺少在时间、空间和物质上进行具体、深度的考量，忽视了科技发展对改变社会关系、性别身份、人的价值观和意识形态的作用④。

面对现代社会中族裔女性身份建构的复杂性，一些西方女性主义理论家开始认识到后现代女性主义身份政治理论必须与时俱进，有必要弥补过去身份政治理论的不足之处。近几十年来，虽然语言和话语思潮对女性主义产生了影响，但后现代女性主义理论试图将女性与自然分离开来，从而要求在自然和文化之间形成严格对立。例如，以朱迪丝·巴特勒（Judith Butler）为代表的后现代女性主义倾向于认为"女性"在现实中没有客观基础，而女性的身体在文化中已被彻底阐明，她们不能设想"社会实践和

---

① BOST S. Encarnación: Illness and Body Politics in Chicana Feminist Literature [M]. New York: Fordham University Press, 2010: 50-166.
② ROMERO C. Activism and the American Novel [M]. Charlottesville: University of Virginia Press, 2012: 97-169.
③ YOUNG I M. Justice and the politics of difference [M]. Princeton: Princeton University Press, 1990.
④ BROWN W. States of Injury: Power and Freedom in Late Modernity [M]. Princeton: Princeton University Press, 1995: 57-106.

话语之外的性别实施"[1]。对于巴特勒来说，性别认同是不存在的，除非通过作为和实施。[2] 但是在另一方面，由于女性群体在西方思想中与自然有着如此强烈的联系，以至于女性主义长期以来一直被"生物学的幽灵"所困扰。关于文化/自然、主体/客体和心灵/身体之间的划分仍然盛行。

虽然在过去的20年里，有大量的学术研究在关注"身体"，但几乎所有的学术都只是从"话语"层面来分析身体。我们不能否认话语批评对女性主义政治的意义，但它实际上避开了对生活、物质身体和相关物质实践的关注。科学不能失去物质性，女权主义者也不能失去妇女的身体现实。史达西·阿莱默（Stacy Alaimo）和苏珊·赫克曼（Susan Hekman）在2008年编撰的《物资女性主义》（Material Feminism）丰富并发展了女性主义理论，提出了"物质女性主义"理论，以"自在体""躯体交互空间"与"中毒躯体"为核心概念，关注自然之物的自在性、相互间的适应性与物质上的交换性；关注女性躯体与居住环境的物质传递；关注女性器官病变与被污染环境的内在联系；提倡顺应自然的适应性生活方式；提出保护自然与修复被破坏的环境并重的思想，强调文化、历史、话语、科技、生物、环境在身份建构中的相互作用，揭示身份与更广阔的社会背景和权力网络相联系，并系统地把自然、科学、物质等概念纳入性别研究中。[3] 阿莱默指出，过去20多年涌现出大量的身体研究成果，但几乎都局限于身体话语研究，忽略了身体物质化过程中体现的创造力和主动性。传统话语领地总是排斥活生生的、物质的躯体实践，而物质女性主义关注人与自然的天成性与物质性，注重女性环境体验的独特性。

物质多样性和变异性是残疾研究的中心，它抵抗残疾人与"正常"的普遍分离。事实上，拉美裔女作家的作品，尤其是奇卡纳女性主义作家的物质哲学挑战了对物质性的普遍理解，她们的文学作品为研究文化如何调

---

[1] BUTLER J. Undoing Gender. New York：Routledge，2004：7.
[2] BUTLER J. Undoing Gender. New York：Routledge，2004：9.
[3] ALAIMO S, HEKMAN S. Material Feminism [M]. Bloomington：Indiana University Press, 2008：4-17.

解疼痛、疾病和残疾的经历提供了丰富的材料。在她们的作品中嵌入的物质哲学的新视角使我们的注意力转向物质取向的生理、心理和政治维度，扩大了对身体和身份之间关系的思考方式。

中国的拉美裔美国女性文学研究起步于21世纪开端。目前，国内也有个别学者在研究美国墨西哥裔女作家自传中的疾病叙事，但未涉及后身份政治。从研究范围看，国内研究主要集中于几位墨西哥裔女作家的几部作品上，既缺乏对作家不同时期作品的差异性分析，也缺乏对其他拉美裔分支女作家的重视。从方法论上看，一是试图运用性别、种族、阶级、文化、性取向来理解拉美裔文学不同于主流文学的特点，用族群经验取代个人经验，过于强调文化要素对身份建构的解读；二是对拉美裔女性和美国其他族裔女性的互动缺乏对比研究。整体而言，国内学界倾向于认为，种族身份、社会性别、阶级地位等文化要素是拉美裔女作家的重要书写主题；离散、杂糅是拉美裔文学的标签。因此，在身份研究中理论视角不够新颖，文本选择狭窄，缺乏对国外最新研究动态的追踪和借鉴。

近年来，中国学者对疾病叙述研究可大致分为两类：一是研究作家本人的疾病或残障经历对作家创作的影响，为阐释这些作家的作品提供一个新视角；二是从伦理道德、社会、宗教、性别等方面探讨疾病叙述的主题及其隐喻意义。大多数研究者都集中揭示疾病对患病者个体及整个社会的负面影响，强调患病的外部社会原因，赋予疾病以贬抑的意义，但也有学者认为，弱势疾病患者将疾病作为一种身体政治，结成同盟，争取他们的利益。因此疾病不仅具有否定的、负面的隐喻意义，有时也会成为身份构建的重要工具。例如，陈英（2010）通过分析苏珊·桑塔格罹患乳腺癌后创作的作品，指出这些作品表达了作者拒绝将疾病赋予隐喻意义的立场，拒绝给疾病贴上"隐喻化""耻辱化"的标签，而是把疾病看作一种"向死而在"的过程。[①] 唐伟胜（2012）的研究阐释了疾病叙述的叙事建构与

[①] 陈英. 毁灭、建构与超越：苏珊·桑塔格虚构作品中死亡疾病主题研究 [D]. 上海：上海外国语大学，2011：40-100.

作品中人物身份建构的关系。① 孙杰娜（2015）通过分析美国诗人露西·格雷丽的自传性疾病叙事，剖析了在生命写作过程中传主如何通过艺术手法对自身经历进行再加工的过程。②

国内学者对后身份政治理论缺乏系统认知和了解，只有个别学者对"后身份"概念做了介绍和与阐释，如张道建（2009）结合拉克劳（Ernesto Laclau）的话语理论中的核心词"链接"，来解释与原来"身份"观念不同的"后身份"概念。③ 有个别学者在文学研究中涉及"后身份"建构，但目前还没有学者对文学作品中反映的后身份政治进行系统研究。

第二节　本书采用的立场、目的、意义和方法

一、本书采用的立场

本书在物质女性主义认识论框架下，在奇卡纳女性主义理论指导下，聚焦几位重要的拉美裔女作家，如格洛丽亚·安扎尔杜瓦（Gloria Anzaldúa）、切利·莫拉加（Cherríe Moraga）、安娜·卡斯蒂略（Ana Castillo）、克里斯蒂娜·加西亚（Cristina García）、艾薇菊·丹缇卡（Edwidge Danticat）的作品，涉及其小说、戏剧或自传，试图揭示病痛叙事如何扩展了奇卡纳女性主义身份政治的内涵和外延，如何摆脱单一刻板的身份政治，去还原拉美裔女作家作品中躯体经验所表达和衍生的后身份政治诉求，即跨越种族、性别、阶级身份的樊篱，摆脱主流文化身份政治的窠臼，实现身份的自我定位。

本研究属于批判性种族研究的一个分支，聚焦拉美裔女作家作品中

---

① 唐伟胜. 视阈融合下的叙事学与人文医学 [N]. 中国社会科学报，2012-9-28.
② 孙杰娜. "我记不住了……，我写的"：美国疾病叙事中生活经历与叙事艺术的混合 [J]. 现代传记研究，2013（1）：131-140，228.
③ 张道建. 拉克劳的"链接"理论与"后身份" [J]. 南阳师范学院学报（哲学与社会科学版），2009，8（1）：69-75.

"疾病叙事"所体现的"后身份政治"，即从"残疾研究"视角考察身体"物质性"的迁移和身体自我扩展的感受性。通过探讨拉美裔女性在躯体体验中所发现的"异质性本质"，来阐述当个体差异性遭受身份政治排斥时，拉美裔女性如何坚持自我本质基础上的多元性、差异性，或对矛盾、差异和无常的容忍性和开放性，以打破传统身份政治的束缚，实现自我身份的超越。本书研究重点是：

（1）分析拉美裔女作家疾病叙事中人物自我认知及其后身份政治的形成。

（2）剖析拉美裔女作家疾病叙事后身份政治体现的方式。

（3）探究拉美裔女作家疾病叙事所揭示的后身份政治诉求。

通过聚焦上述重点，本书力图在物质女性主义视角下挖掘身体的生物性、生理学及能动性意义，揭示拉美裔女性后身份政治的复杂性，厘清疾病叙事、残疾叙事、疼痛叙事、毒性话语与拉美裔女性身份政治的关系，并结合全球化潮流和拉美历史，指出躯体体验基础上产生的后身份政治如何与传统拉美文化紧密关联，最终阐明承认身体物质性并不等于本质主义。

二、本书的研究目的和意义

本书旨在运用奇卡纳女性主义理论、物质女性主义理论和疾病叙事理论来研究拉美裔女作家疾病叙事所反映的后身份政治，阐明这种社会、历史和身体融合的拉美裔女性经验如何共同构建了后身份政治诉求，也即梅斯蒂扎（女混血儿）身份的新传统。

本书的研究意义主要体现在以下三个方面：

（1）从学术价值方面来看，本成果在理论上梳理、阐释、深化了物质女性主义、后身份政治、疾病叙事和残疾研究理论，为深入理解拉美裔女作家作品中揭示的身份政治问题提供新的理论依据。在传统的种族、阶级和性别身份中加入新的身份范畴，即残障人群，来分析不同压迫形式背后相近的权力运行机制；在当代社会、政治、科技、文化和经济语境关系中重新审视身份建构模式，有助于从不同文化框架和政治背景对身体、身份和政治进行思考，并从特定的历史、社会、政治、科技、环境与文化语境方面探究后身份政治诉求所揭示的更复杂的权力运作机制和更深层内涵。对拉美裔美国女作家作品中反映的后身份政治进行系统研究，能深化、丰富拉美裔文学研究的论题和范畴，有助于重新界定美国文学经典，并为中国女性文学文本研究提供新的视野和研究途径。

（2）从实践意义上来说，定位一个残疾主体身份，有助于辨认社会权力机构对待残障人群的策略以及社会对残障人群的态度，抵制歧视，为弱势群体伸张权益，倡导社会公平正义。另外，对拉美裔美国女作家作品中反映的后身份政治进行系统研究，能深化、丰富拉美裔文学研究的论题和范畴，有助于重新界定美国文学经典，并为中国女性文学文本研究提供新的视野和研究途径。

（3）在社会影响方面，本成果可作为拉美裔文学研究和教学的参考资料，还可作为美国文学史重新编撰的参考依据；将深化读者对身份建构和后身份政治的了解，加深读者对美国多元文化、美国种族历史的认知；引发国内学界对拉美裔文学的重视和讨论；促进国内女性主义与国际女性主义思潮的对接；反思第三世界国家身份政治诉求，求同存异，共同发展。

三、本书的研究方法

本书主要采用下面的研究方法：

（1）理论综合运用法：主要以物质女性主义理论、后身份政治理论和残疾研究理论为参照，论述身体、疾病、残疾、疼痛的本体论和存在论的意义。

（2）文本分析法：分析拉美裔女作家不同体裁写作中疾病、疼痛叙事如何表达女性隐秘的苦痛、本真的自我和生命体验，重塑她们的身份认知和后身份政治建构、后身份政治的体现以及后身份政治的诉求。

（3）历史分析法与逻辑推理法相结合：将拉美裔女作家作品置于全球化潮流中，置于拉美历史文化发展的长河中进行关照，在充分占有文献资料的基础上，抽象出当代拉美裔女性的后身份政治框架。

下文将对前期的相关研究进行综述、梳理和评价。

第三节 相关文献综述

一、身份与后身份

英语单词"identity"最初的意思是指"一致""同一"。而根据西方人的思维习惯，具有一致性或同一性的事物就是一个单独的个体，一个独一无二的东西，一个完整的、具有独立性的东西。它构成一个个体的质的规定性，或者说是区别于其他事物的规定性。所以当它指人的"身份"或"同一性"时，就也含有了这样一层含义，即构成一个个体"质的规定性"并使个体区别于其他个体的东西。在这种意义上，当把"identity"用于人时，它也指使一个人成为他/她自己而不是其他人的独特的、本质的、稳定的特性。这也就是人们所说的"个人身份"（personal identity）的基本意思。[①] 文化研究学者斯图亚特·霍尔（Stuart Hall）在其论文《文化身份问题》（"The question of cultural identity"）（1992）中把人的身份分为个人身份和群体性身份，并指出，群体性身份又叫社会的或文化的身份。[②] "但人是生活于文化之中的，并且靠文化来理解这个世界和自身。所以从这个意义上说，身份必然是人通过文化所确立的自我，通过文化对自我进行定位，因而身份必然只能是文化身份。从这一意义上看，霍尔把个人身份与文化身份对举是不太恰当的。但他这种从个体心理学意义与社会心理学意

[①] 贺玉高. 霍米·芭芭的杂交性理论与后现代身份观念 [D]. 北京：首都师范大学，2006：6.

[②] HALL S. The question of cultural identity in Stuart Hall [M]. HELD D, MCGREW T. Modernity and Its Futures. Cambridge：Polity Press，1992：274-275.

义的区分来划分还是有一定意义的。"①

"在文化研究中,身份表现是存在于现代个体中的自我意识"②。所谓自我意识即人对于自身的认识。在西方哲学中,对于自我的研究主要体现于主体(subject)的理论中。

哲学中的"subject"翻译成中文就是"主体"。斯图亚特·霍尔粗线条地把西方现代以来关于主体观念的历史看成是一个现代主体观的诞生与死亡的过程。为了简单清晰地勾勒这个发展过程,他区分了三种主体观:启蒙主义(笛卡尔式的)的主体观、社会学的主体观和后现代主义的主体观……霍尔认为,启蒙主义的主体观是建立在笛卡尔哲学的基础之上的,所以又把这种主体观称为笛卡尔式的主体观。

……

启蒙的主体观把主体看成是"不可再分的"(individual)、单一的,独特的。主体被看成是中心化的、整体化的个体,有贯穿始终的内核。个体的身份于是也是完整的、整体的、前后同一的和不变的,具有基本的同一性。由于它明显是建立在一种先验论基础之上的,所以也是一种本质主义的主体观。这种被先验地假设为独立、自足、自主、自治和不可分的主体观念在当时有其政治上的重要含义,那就是强调个人权利至上(自然法的观点)及天赋人权,排除外在力量(教会与国家的暴政)对于个人权利的干涉。

……

霍尔认为只是在18世纪现代性刚开始,而且社会分工还不像现在这么复杂的时候,人们才能够想象世界是以个人为中心的。而随着现代社会的日益复杂化,人越来越变成了社会大机器上的一个小部件而采取了集体的和社会的存在形式。人发现自己不是自足的,也不是自己的主人,而要受

---

① 贺玉高. 霍米·芭芭的杂交性理论与后现代身份观念 [D]. 北京:首都师范大学,2006:6.
② BALDWIN E, LONGHURST B, SMITH G, et al. Introducing Cultural Studies [M]. Bei jing: Peking University Press, 2005:224.

到外界、他人和社会越来越大的束缚。这样,个体开始被看作是附属于这些巨大的支撑结构和现代社会机构之中,一种更加社会化的主体身份观念就出现了。这种社会学的主体观认为,集体的过程和标准支撑了个体之间的契约,因而需要把个体放在这个群体的过程和集体的标准中。这样它就发展了一个替代笛卡尔的理论,即个体如何通过参与更宽广的社会关系而被塑造,以及反过来,过程和结构如何被个体在其中所扮演的角色来支撑。这种对外部世界的内化,以及对内部世界的外化,就是社会学对于主体的主要理论,一般称之为"社会化"理论。社会学中的主体"身份是在自我与社会的'互动'中形成的。主体仍然有一个内核或者说本质来作为'真正的我',但是这个真我是在与外在的文化世界的不断对话中,在与外在世界所提供的身份的对话中形成的。"

……

社会学的主体观由于强调社会结构对于身份建构过程的作用从而对启蒙主体提出了很大挑战。从这个意义上说社会学的主体观中已经孕育着后现代主体观因素,并成为启蒙主体到后现代主体观的一个中介。在后现代主体观念中原来被经验为整体的、统一的、稳定的身份,现在却正在变得破碎、变化不定,主体不只是包含着一个,而是好几个,有时还是互相矛盾或者未决定的身份。相应地,身份原来是构成了"就在那儿"的社会风景,并且保证我们的主体与文化的客观"需要"一致。现在,却因为结构的和制度的变化而正在破碎。这样,后现代的主体就被界定为是没有固定的、本质的或者永恒的身份主体。身份变成了一个"可移动的宴席",在与我们在文化系统中被表征或书写的方式的关系中持续地被形构与转化。①

因此,从主体观发展的历程来看,"后身份"其实就是一种"后现代身份"。它反对本质主义的身份定义,强调身份的流动性、矛盾性和未完成性。文学文化研究视域下的"后身份",属于文化研究中的"后"学范

---

① 贺玉高. 霍米·芭芭的杂交性理论与后现代身份观念 [D]. 北京:首都师范大学,2006:8-11.

10

畴。要弄清什么是"后身份",必须首先阐明什么是"身份",从而厘清两者的关系。

"身份"和"后身份"的概念都源于政治学,被文化学者借用后运用于文化研究领域。中国学者张道建在其论文《拉克劳的"链接"理论与"后身份"》(2009)中提出"后身份"概念,并对拉克劳(Laclau)话语理论中的核心词汇之一——"链接"的产生、发展与实际运用进行论述,同时结合"链接"理论,提出了与原来"身份"观念不同的"后身份"概念,从而为研究身份问题提供了新视角。[1]

陈李萍在《从同一到差异——女性身份认同理论话语三重嬗变?》(2012)中梳理启蒙运动以来的女性身份认同理论话语,"从三个重要的裂变点探讨了该理论话语内部出现的断裂、转变、延续、更新等话语裂变现象:玛丽·沃斯通克拉夫特(Mary Wallstonecraft)与19世纪英国女性的觉醒;法国当代女性身份认同的两种政治主张——波伏娃(Simone de Beauvior)与露西·伊利格蕾(Lucy Irigaray);苏珊·弗里德曼(Susan Friedman)与后现代身份认同的差异性"[2],从而揭示了女性身份认同从同一到差异的演变及其不断差异化与多元化的嬗变趋势。虽然作者未明确使用"后身份"的概念,但在其论述中已包含有"后身份"的思想,特别是她对"后女性主义"理论视域下身份问题的探讨,实质上已可归为"后身份"范畴。

二、身份政治与后身份政治

身份政治及其相关运动在20世纪后半叶形成。身份政治是一种政治争论,关注自我认同的社会利益团体的自身利益和观点。通过松散关联的社会组织,人们的身份政治可能被他们身份的各个方面所塑造,例如基于种

---

[1] 张道建. 拉克劳的"链接"理论与"后身份"[J]. 南阳师范学院学报(哲学与社会科学版),2009,8(1):69-75.
[2] 陈李萍. 从同一到差异——女性身份认同理论话语三重嬗变?[J]. 妇女研究论丛,2012,114(6):8-14.

族、阶级、宗教、性别、民族、意识形态、民族、性取向、文化、信息偏好、历史、音乐或文学偏好、医疗条件、职业或爱好的社会组织。并不是任何特定群体的所有成员都必须参与身份政治。它可以在阶级运动、女权运动、男女同性恋运动、残疾人运动、种族运动和后殖民运动中得到最显著体现。

具体来说,身份政治是指个人所属的种族、族群、文化和性别等都会在其社会角色中发挥作用,尤其指弱势群体有意利用自己的"身份",突出与这个"身份"相关的那些特征和关系来为自己争取权益的行动。"身份政治"除了是一种争取权力的政治活动外,它同时通过争取权力的过程去表现自己的身份,"身份"跟"政治"互为影响,互相建构。

赫瑟林顿(Kevin Hetherington)在其论著《身份的表达:空间、表现、政治》(Expressions of identity: space, performance, politics)(1998)中,关注的是"身份"本身。[1] 他指出在前现代或现代社会中,身份常被视为稳定的性别角色、种族、职业、生活阶段,尤以阶级为甚。人们唯有透过社会流动的阶梯,才有可能改变身份。然而,在后现代主义的影响下,身份渐渐从身份政治的框架中独立出来,它被视为社会文化和政治的防卫,以及进入后现代社会的指标。观察身份的转变,亦即观察社会转变。

福柯(Michel Foucault)(1998)认为,身份本来便是不定的、吊诡的、复杂的,并不可能停留在某一特定的点上,一个人不会必然地站在中心或边缘的位置,身份本来便没有固定的中心或边缘位置。[2] 因此,我们难以假设某一类人"必然"较诸另一类人地位优越或弱势。在不同脉络之下,权力关系是可以转变的。此外,身份是一个过程,即是一种身份认同的历程,在于每个人如何看待自己的身份以及周遭其他人的身份。身份可以很多元、重叠、改变,在乎我们如何"表现"自己的身份。由此观之,

---

[1] HETHERINGTON K. Expressions of Identity: Space, Performance, Politics [M]. London: Sage, 1998: 1-23.
[2] FOUCAULT M. The History of Sexuality: The Will to Knowledge [M]. London: Penguin Books Ltd, 1998. 17-34.

人们透过集结同路人（如同志团体）的力量，以社会运动去争取权力，这既是一种赋权（Empowerment）手段，也是他/她们透过这些行动把自己"确认"为某种身份的过程，是自我身份的定位和表现。无疑，这种表现能展现人的主观能动性，每一个人都有权去选择自己的身份。基于身份的流动性、不确定性，我们可以认为后现代社会已经进入了"后身份政治"时代。

三、疾病叙事的渊源与发展

（一）疾病与疾病文学

"疾病是生命的阴面，是一种更麻烦的公民身份。每个降临世间的人都拥有双重公民身份，其一属于健康王国，另一则属于疾病王国。尽管我们都只乐于使用健康王国的护照，但或迟或早，至少会有那么一段时间，我们每个人都被迫承认我们也是另一王国的公民。"[1] 人类历史发展过程中，时常受到疾病的困扰。根据《剑桥世界人类疾病史》阐明，疾病是随着人类聚居的脚步日渐肆虐的。人类由部落聚居，到村落、城市的形成，生活条件日益改善，生活环境却趋恶化，导致了疾病的频频爆发。[2] 疾病及与疾病相关的意象，也慢慢走向文学领域，成为现实生活的一种反映与投射。

文学中的疾病从来就不会仅仅等同于医学中所指的疾病，"疾病的产生和发展被深深地打上了人类思维的印记，它的发展变迁与人类赖以生存的社会物质文化相互关联，相互影响，变成了承载社会文明、文化的载体，反映出作家同时代的社会风貌。"[3] 在《品特戏剧中的疾病叙述研究》一文中，刘明录对文学史上疾病内涵的发展进行了梳理：在古希腊时期，由于人们对疾病认知的有限性，往往将疾病归因于不可抗拒的神谕和强大

---

[1] 苏珊·桑塔格. 疾病的隐喻 [M]. 程巍, 译. 上海：上海译文出版社, 2003: 5.
[2] 刘明录. 品特戏剧中的疾病叙述研究 [D]. 重庆：西南大学, 2013: 25.
[3] 刘明录. 品特戏剧中的疾病叙述研究 [D]. 重庆：西南大学, 2013: 25.

的自然力，疾病代表着难以预测的、难以克服的恐惧，被视为一种惩罚。后来，虽然柏拉图和亚里士多德对疾病做出了较为科学的解释，将其归因为身体机能问题，但人们大体上仍将疾病视为一种神谕。文艺复兴时期，人们对个人及社会有了更深刻的认识，病理生理学的发展淡化了疾病的神秘色彩，同时，疾病的自然环境归因逐渐降低，人们开始关注疾病与社会环境的关系。文艺复兴之后，疾病的象征不断泛化——浪漫主义时期，疾病象征着优雅美丽，现实主义阶段，疾病被视为苦难的象征，疾病成了作家鞭挞社会丑恶，倾诉对社会现实不满的工具。二十世纪七八十年代艾滋病等疾病肆虐造成大量人员病亡，疾病更是大量出现在现代主义和后现代主义文学时期的作品中，具有丰富的象征意义。[1]

同时，疾病和文学也因作者的特殊身份联系起来。一方面，作为创作主体，许多作家都曾罹患疾病，在与疾病顽抗的过程中，引发了他们对于人生深邃的思考，疾病给他们带来灵感，激发了他们的创造力；另一方面，一些作家本身就是医生，在治病救人的过程中，他们获得了真实的素材，同时自身的病理学知识为其疾病的描述增强了可靠性。

（二）疾病叙事的范畴与意义

疾病叙事的研究始于 20 世纪 80 年代初期，主要源于社会对一些疾病（如艾滋病）的宣传和恐惧的日益加重，以及人们对健康的重视度越来越高。疾病叙事在 20 世纪 90 年代以后受到西方学界的广泛关注，形成多样化的研究方法，它是现代主义文学叙事的特征之一。[2] 亚瑟·克兰曼（Arthur Kleinman）指出："疾病叙述就是与疾病相关的描述或陈述。狭义上的疾病叙述仅指病人对于自身疾病的描述或陈述；广义上的疾病叙述则泛指文学作品中与疾病相关的描述或陈述，这种描述或陈述不仅仅止于疾病本身，还包括病人、与病人相关的医疗服务、家庭成员、人们对于病人

---

[1]刘明录. 品特戏剧中的疾病叙述研究 [D]. 重庆：西南大学，2013：28-29.
[2]唐伟胜. 视阈融合下的叙事学与人文医学 [N]. 中国社会科学报，2012-9-28.

14

的反应等方面。"①

当前疾病叙事研究主要在两个领域进行：

一类是疾病叙事在人文医学领域的研究。戴维·赫尔曼（David Herman）等将疾病叙事分为三类：一是病人讲述自己的疾病和痛苦，以及重建被疾病摧毁的身份；二是医生使用叙事归纳、传播医疗知识；三是作为治疗工具的叙事，即在医院使用叙事辅助治疗。② 在此划分基础上，唐伟胜探讨了叙事学与人文医学的视域融合，表明在叙事学与人文医学的界面上有着众多尚待开垦的领域。杨晓霖（2014）在叙事医学和医学人文的情感转向这两大理念基础上，提出将医学叙事文本按照创作方式分为虚构疾病叙事和非虚构疾病叙事两大类型，并按照作者身份分为文学疾病叙事、自我病情书写和医生病理书写（平行病历故事），同时探讨如何将叙事学基本知识融入疾病叙事阅读中，切实引导医学生提高医学叙事能力，达到医患视域融合和医患沟通效果最佳化。③ 总而言之，人文医学领域内疾病叙事的研究主要侧重于疾病治疗和医疗知识的传播。

另一类是在文学领域内的研究。在文学领域，疾病叙事的研究范围较广。在理论层面上，安·霍金斯（Anne Hawkins）在《疾病重构：病志研究》（Reconstructing Illness: Studies in Pathography）（1999）一书中，分析了病志作为一种新的疾病叙事体裁的重要意义，并指出，只有当医生和患者的声音都被听到时，才能找到真正的治病良方。④ 苏珊·桑塔格（Susan Sontag）在《疾病的隐喻》（Illness as A Metaphor）（2003）一书中对疾病的隐喻意义进行了研究，她对疾病的隐喻持一种否定和批评态度，其创作意图在于"使疾病远离这些意义、这些隐喻，似乎尤其能给人带来解放，甚至带来抚慰。不过，要摆脱这些隐喻，光靠回避不行，它们必须被揭示、批

---

① KLEINMAN A. The Illness Narratives: Suffering, Healing and Human Condition [M]. New York: Perseus Books Group, 1988: 3.
② 唐伟胜. 视阈融合下的叙事学与人文医学 [N]. 中国社会科学报，2012-9-28.
③ 杨晓霖. 疾病叙事阅读：医学叙事能力培养 [J]. 医学与哲学，2014, 35 (11): 36-39.
④ HAWKINS, A H. Reconstructing Illness: Studies in Pathography [M]. West Lafayette: Purdue University Press, 1999: 1-18.

评、细究和穷尽"。① 从疾病叙事作为一种叙事方式来看，疾病叙事包括对疾病进行叙事和书写的文本以及病患作家和医生作家的创作等。从疾病书写的目的来看，安·霍金斯区分了四类疾病叙事：一是教育类（didactic）疾病叙事，旨在帮助患有相同疾病的病人或者提供经验教训；二是愤怒类（angry）疾病叙事，旨在表达对现行医疗体制或者机构的不满；三是另类疗法（alternative）疾病叙事，旨在探索医院正规治疗之外的治疗方法；四是生态病志（ecopathographic）疾病叙事，旨在思考疾病与环境、政治、文化等外部因素的关联。② 从疾病叙事的文体形式来看，包括病志，医嘱体和病人日记体等。病志指的是"患病的叙述，作者通常为病人或病人的亲友。"③ 医嘱体是指作家以医生的心态自居，使用与疾病相关的语句构筑读者视野中的病态世界，在句式上采用祈使句或命令句的语式，表现医生的权威。④ 病人日记体是"以病人视角、日记形式架构全篇结构的文体形式。"⑤ 总之，在文学领域内，疾病叙事的研究较为多样化，不仅局限于理论层面的开拓，还包括从叙事本身、叙事目的，以及文体形式等方面的探索。

四、创伤叙事的渊源与发展

（一）创伤与创伤理论

关于"创伤"的研究起源于19世纪英国维多利亚时期与工业事故创伤相关的临床医学以及19世纪末的现代心理学，尤其是弗洛伊德心理分析，后渗透到文学、哲学、历史学、文化研究、人类学、社会学等领域。⑥

---

①苏珊·桑塔格. 疾病的隐喻 [M]. 程巍, 译. 上海: 上海译文出版社, 2003: 172.
②唐伟胜. 视阈融合下的叙事学与人文医学 [N]. 中国社会科学报, 2012-9-28.
③琼斯·安. 医学与文学的传统与创新 [J]. 医学与哲学, 2000 (5): 59-61.
④郭棣庆, 蒋桂红. 弗·司各特·菲茨杰拉德小说中的疾病叙事研究——以《夜色温柔》为例 [J]. 外国语文, 2016 (5): 1-7.
⑤宫爱玲. 论疾病叙事小说的文体形态 [J]. 文学教育, 2014 (8): 103.
⑥陶家俊. 创伤 [J]. 外国文学, 2011 (4): 117.

创伤理论的发展可以梳理为以下三个主要发展阶段：

第一阶段是心理创伤的研究，这一阶段关于"创伤"的探索为后来的研究提供了基础框架和概念的雏形，其代表人物有夏科（Jean Martin Charcot）、贾内（Pierre Janet）、弗洛伊德（Sigmond Freud）和美国精神病学家卡丁那（Abram Kardiner）。弗洛伊德最早将"创伤"引入精神分析领域的研究。在《歇斯底里研究》（Studies in Hysteria）（1895）一书中，弗洛伊德和布洛尔首次阐释了"创伤"这一概念，而这一概念一跃成为现代创伤研究起点的原因在于，此研究以一种新的症候形式描述了这种焦虑记忆所带来的不可控制后果。① 在《精神分析引论》一书中，弗洛伊德提出了"创伤性神经症（traumatic neuroses）"这一概念，并指出："一种经历如果在很短的时间内使心灵受到高度刺激，通过正常方式已无法对其进行同化或加工，我们称之为创伤性经历。"② 第一次世界大战以后，创伤研究主要聚焦于战争造成的心理创伤，即"炮弹休克"（shell shock）。在《超越快乐原则》（1920）一书中，弗洛伊德写道："刚刚结束的这场战争（指第一次世界大战）造成了大量的这样的疾病（指"神经症"），不过，它至少结束了人们试图把精神错乱归因于神经系统器官的损害……"③ 这一时期的创伤研究旨在分析战争神经症与患者道德人格的关系，并在此基础上帮助受害者康复。

第二阶段始于20世纪60、70年代，学者们开始对越南战争退伍军人以及大屠杀幸存者受到的精神创伤和证词进行研究。这一阶段的创伤研究关注历史、文明、宗教等等对于人的心理影响④，标志着创伤研究从精神分析领域转向社会科学研究领域。代表人物主要是凯西·卡鲁斯（Cathy

---

① PARZIALE, A E. Representations of Trauma in Contemporary American Literature and Film: Moving from Erasure to Creative Transformation [D]. Tucson: The University of Arizona, 2013: 11.
② 弗洛伊德. 精神分析引论 [M]. 高觉敷, 译. 北京: 商务印书馆, 1997: 147.
③ 李桂荣. 创伤叙事: 安东尼·伯吉斯创伤文学作品研究 [M]. 北京: 知识产权出版社, 2010: 18.
④ 洪春梅. 菲利普·罗斯小说创伤叙事研究 [D]. 天津: 天津师范大学, 2014: 15.

Caruth），之后的朱迪思·赫尔曼（Judith Herman）、苏珊娜·费尔曼（Shoshana Felman）、杰弗里·哈特曼（Geoffrey Hartman）以及多米尼克·拉卡普拉（Dominick LaCapra），他们的研究丰富了卡鲁斯的创伤理论。卡鲁斯（Caruth）认为，创伤在战争中表现得最为普遍和明显，只是表现的症状分别以不同的名称命名，比如"炮弹休克""弹震症""战斗疲劳征""创伤后压力综合征"或"延迟压抑征"等。[1] 拉卡普拉（LaCapra）进一步对历史性创伤和结构性创伤进行了区分。历史性创伤一般是指历史事件所引发的，如大屠杀、奴隶制、种族隔离等；而结构性创伤通常指超越历史的失落，如与母体分离，进入语言象征系统，不能完全融入集体等。这种区分可以避免将历史性创伤泛化为结构性创伤，防止淡化与创伤相关的历史事件的重要性；同时也可以避免将结构性创伤的原因神秘地归因于某一事件，推定其为创伤产生的原因。[2]

第三阶段出现在20世纪80年代，此时的创伤研究从精神病临床实践转到大学的历史、文学、哲学和文化研究以及批评理论等人文领域，关注性别、种族和战争创伤的公共政治话语与当代文化研究的热潮合流，聚焦于当代历史与文化中的创伤，汇集后殖民思潮、女权主义、后结构、人类学与社会学研究方法，形成了蔚为壮观的研究热潮。[3] 随着创伤概念意义的不断丰富，创伤研究逐渐形成了自己在当代社会的核心内涵：人对自然灾难和战争、种族大屠杀、性侵犯等暴行的心理反应。这些行为影响受创伤主体的幻觉、梦境、思想和行为，导致其产生遗忘、恐怖、麻木、抑郁、歇斯底里等非常态情感，使其无力建构正常的个体和集体文化身份[4]。

总之，随着"创伤"理论研究的不断深入，其内涵也不断丰富，由最开始所关注的人体所遭受的物理性损伤发展到个人的精神创伤再到集体的

---

[1] CARUTH C. Trauma: Explorations in Memory [M]. Baltimore and London: The John Hopkins University Press, 1995: 1.
[2] 朱荣华. 多米尼克·拉卡普拉对创伤理论的建构 [J]. 浙江学刊, 2012, 195（4）: 103.
[3] 洪春梅. 菲利普·罗斯小说创伤叙事研究 [D]. 天津: 天津师范大学, 2014: 17.
[4] 王庆蒋, 苏前辉. 冲突、创伤与巨变——美国9·11小说作品研究 [M]. 昆明: 云南大学出版社, 2015: 28.

文化创伤,"创伤"这一概念也逐渐由精神分析领域走向诸如文学、社会学、历史学等研究领域。

(二)创伤叙事的范畴与意义

在《创伤叙事：安东尼·伯吉斯创伤文学作品研究》中,李桂荣将"创伤叙事"定义为"对创伤的叙述",对创伤时间、创伤影响、创伤症状、创伤感受、创伤发生机制等的叙述。[1] 李桂荣在区分文学中医学性创伤和文学性创伤的基础上,提出了医学性创伤叙事和文学性创伤叙事的概念。医学性创伤叙事是对科学性创伤的叙事,其叙事依据事实,叙事并不能改变事实本身,其叙事的目的是如实记录病人情况以适应治疗、适应研究单位的制度要求,并以此作为研究病人情况、对症下药和进行科学研究的依据等;而文学性创伤叙事则是对文学性创伤的叙事,其主题广泛,既可以以人类历史题材或个人经历为根据,叙述历史上导致人体身心受创的真实事件,也可以是纯粹想象的产物。后现代以来,在文学作品创作及文学作品研究中,大量的文学文本所用的"创伤"概念主要特指由灾难性事件导致的,在心理发展过程中造成持续和深远影响甚至可能导致精神失常的心理伤害[2],因而更偏重于文学性创伤叙事。

文学性创伤叙事的意义主要体现在以下几个方面：

首先,文学性创伤叙事为创伤的治疗提供了一种有效手段。弗洛伊德率先认识了叙事的心理学动力能量,指出叙事具有引导意识、激发潜意识的双重功效,提出了运用"谈话疗法"(talk therapy)治疗心理疾病的方案。[3] 当代叙事学认为,"叙述是讲故事的行为或活动本身,而被表述出来的故事为之叙事",于是,叙事作为当代展示创伤的方法被广泛应用。小

---

[1] 李桂荣. 创伤叙事：安东尼·伯吉斯创伤文学作品研究 [M]. 北京：知识产权出版社, 2010：44.
[2] 王庆蒋,苏前辉. 冲突、创伤与巨变——美国9·11小说作品研究 [M]. 昆明：云南大学出版社, 2015：28.
[3] 刘荡荡. 表征精神创伤 实践诗学伦理——创伤理论视角下的《极吵,极近》[J]. 外国语文, 2012 (3)：11-15.

说家通过模拟创伤场景使创伤者再次回到创伤发生的历史瞬间，重构过去可以帮助创伤幸存者实现由潜意识转化为意识的历程，使创伤得以医治。①

其次，文学性创伤叙事为边缘群体发声提供了一种可靠方式。创伤叙事关注战争、大屠杀、奴隶制、殖民化、种族歧视等多种因素给个人及集体所带来的身体和心理上长久而深远的影响。创伤的受害者往往处于社会边缘，创伤叙事以其特有方式给予边缘群体以关注，为其抒发内心情感、表达群体诉求、寻求社会关注及帮助提供了有效途径。

最后，文学性创伤叙事通过对创伤事件的描述能够对读者起到启迪和教化作用。创伤叙事充分发挥创伤对人的心理作用机制和对人的心理影响力，以创伤为媒介，创作出更发人深省的作品。文学性创伤叙事的思想意义和社会功能使其比任何其他形式的创伤叙事，都能更好地起到警示、感染、触动、教化和引领作用。②

五、创伤叙事与疾病叙事的相异与相同之处

纵观创伤叙事和疾病叙事的研究，可以发现两种叙事方式之间存在很多相同和不同之处，下文将对创伤叙事与疾病叙事的相异和相同之处进行对比分析。

（一）相异之处

创伤叙事源于20世纪初期弗洛伊德的精神分析，最初用于研究人所经历的心理创伤，后随着一战、二战和越南战争的爆发，逐渐从精神分析领域转向历史、文学、哲学、文化研究、批评理论等社会科学研究领域，其发展具有完备的体系。同时，由于创伤叙事主要从精神分析领域衍生而来，在其发展过程中，无法离开精神分析的指引，或多或少带有精神分析和心理分析的特征，因而创伤叙事相较于疾病叙事而言更注重心理和精神

---

①李曼曼，汪承平. 20世纪美国小说创伤叙事的特征［J］. 河北学刊，2012（6）：254-256.
②王庆蒋，苏前辉. 冲突、创伤与巨变——美国9·11小说作品研究［M］. 昆明：云南大学出版社，2015：29-33.

层面，即更多地关注心灵所遭受的创伤（psychological trauma），以及更为抽象意义上的文化创伤（cultural trauma）、民族创伤（national trauma）和历史创伤（historical trauma）。

疾病意象在文学中由来已久，其发展变迁与人类赖以生存的物质文化相联系，承载着社会文明，反映时代风貌，但真正意义上的疾病叙事研究是从20世纪80年代初期开始的，主要是由于人们对一些疾病的恐惧以及对健康的日益重视，并且是在90年代以后才受到西方学界的广泛关注。其发展起步相对较晚，很多理论尚未得以建构，因而现阶段的疾病叙事主要侧重于分析文学作品中的疾病意象或患病作家的文学创作，其研究也主要从社会学和文化学角度分析，研究范围不及创伤叙事广泛。但是，从现阶段疾病叙事的研究来看，疾病的内涵较创伤更为丰富，不仅包括创伤叙事中心理层面的创伤，即心理疾病，而且也包括生理上的疾病。心理和精神层面的创伤是疾病叙事和创伤叙事在研究内容上相重合的地方，下面将具体阐述。

（二）相同之处

尽管创伤叙事和疾病叙事起源时间、发展背景和研究范畴不尽相同，但两种叙事方式之间仍存在较多相似之处，主要体现在：疾病叙事和创伤叙事在研究内容上有所重合；两种叙事方式都被赋予隐喻意义，由此增添了作品的思想内涵；都存在一定的虚构性；并且都作为一种疗救方式而存在；最后，两者都属于"身体叙事范畴"，下面将逐一进行分析。

1. 精神和心理创伤/疾病的重合

如上文所提及，疾病叙事和创伤叙事在研究内容上有重合之处，主要体现在心理创伤（疾病）和精神创伤（疾病）的研究上。郭棲庆在以《夜色温柔》为例分析弗·司各特·菲茨杰拉德小说中的疾病叙事时，分析了"炮弹休克"，指出"炮弹休克症实质上是一种'创伤性神经病'"："如果人们经受了诸如战争和重大事故之后，如果不能应付强烈的情绪体验，便会形成'创伤性神经病'，这种病症主要表现为对创伤当时情境的

21

执着,病人无法从中解脱。"① 可见,作为创伤的一种表现形式,"炮弹休克"在此文中被归到疾病的范畴;同时,创伤后应激障碍(post-traumatic stress disorder)——"个体遭受强烈的威胁性、灾难性心理创伤,导致延迟出现和长期持续出现的精神障碍,它以对创伤事件的病理性重现、对创伤相关线索的回避、持续性的高唤醒,以及对创伤经历的选择性遗忘和情感麻木为显著的临床特征"②——作为创伤的又一表现形式,也被用于分析《夜色温柔》中人物的疾病特征。可见,将心理和精神方面所受到的冲击同归属于疾病叙事和创伤叙事的研究是有例可循的。

2. 隐喻引申形成的叙事张力

"创伤"和"疾病"最开始都源自医学领域,是一种生理现象的表征,后来其意义逐渐向社会科学范围延伸并被赋予深厚的隐喻内涵。"创伤"(trauma)一词源自希腊语,意思是"刺破或撕裂的皮肤",在医学上所指的是"细胞组织受到损伤"。弗洛伊德将"创伤"引入精神分析,隐喻性地使用"trauma"这个词,比喻人类的心灵就如同皮肤组织一般,亦会遭受意外事件的伤害。③ 随着创伤研究的不断深入及创伤理论的不断发展完善,创伤不仅仅指心理创伤,其内涵及研究范围逐渐扩大到文化创伤、民族创伤以及历史创伤的研究。创伤由最开始的物理性损伤发展到个人的精神创伤再到集体的文化创伤、民族创伤以及人类社会的历史创伤,体现了"创伤"隐喻意义的不断发展。

"疾病"的隐喻意义也较为丰富。苏珊·桑塔格在《疾病的隐喻》一书中对"疾病"的隐喻进行了研究。在书中,她指出:"没有比赋予疾病以某种意义更具惩罚性的了——被赋予的意义无一例外地是道德方面的意义。任何一种病因不明、医治无效的重疾,都充斥着意义。首先,内心最

---

① 郭棲庆,蒋桂红. 弗·司各特·菲茨杰拉德小说中的疾病叙事研究——以《夜色温柔》为例 [J]. 外国语文,2016(5):2.
② 陈俊,林少惠. 创伤后应激障碍的心理预测因素 [J]. 华南师范大学学报(社会科学版),2009(4):66.
③ 李桂荣. 创伤叙事:安东尼·伯吉斯创伤文学作品研究 [M]. 北京:知识产权出版社,2010:20.

深处所恐惧的各种东西（腐败、腐化、污染、反常、虚弱）全都与疾病画上了等号。疾病本身变成了隐喻。其次，藉疾病之名（这就是说，把疾病当作隐喻使用），这种恐惧被移植到其他事物上。"① 虽然桑塔格的目的是对疾病的隐喻进行否定和批判，但这一切都是构建在"疾病"被赋予的深厚隐喻意义之上。

从对各种疾病叙事作品的研究中可以发现，"疾病"在文学中已经不单单指疾病本身，作家往往凭借人物的生理或心理疾病来反映社会的病态。郭棲庆分析了《夜色温柔》中疾病的道德隐喻、政治隐喻和女性政治隐喻，借此折射出作家身后那个纵酒狂欢、敏感自恋、有些精神失常却又闪耀着让人无法忽略的光芒的时代②；刘明录分析了品特戏剧中种族文化、宗教文化、政治语境及战争语境中的疾病隐喻所具有的强大文化内涵。疾病隐喻的使用丰富了文本的内涵，增强了文本阐释能力。③

尤为值得关注的是，在众多叙事作品中，"创伤"和"疾病"尤为"垂怜"青少数族裔群体，他们往往受到各种形式的创伤，深受各类疾病的折磨。一方面，这种现象隐喻着少数族裔在种族歧视下生存和发展的举步维艰；另一方面，也为少数族裔作家的创作提供灵感和契机，为身处社会边缘的族群寻求一种发声方式，并借此抒发内心情感、表达群体诉求。

3. 叙事方式上存在的虚构性

创伤叙事和疾病叙事的共同点还体现在其叙事方式的部分虚构性上。创伤叙事和疾病叙事中不乏对现实状况的如实描述，如创伤叙事中的医学性创伤叙事、疾病叙事中的病人自我病情书写以及医生的病理书写，但在文学作品中，更多的是以"虚构"的形式出现。虚构疾病叙事主要涉及小说家在行医或疾病经验的基础上通过想象虚构的故事；④ 文学性创伤叙事也具有一定的虚构性，除了以人类历史题材为源泉叙述历史上真实事件

---

① 苏珊·桑塔格. 疾病的隐喻 [M]. 程巍, 译. 上海：上海译文出版社, 2003：56.
② 郭棲庆, 蒋桂红. 弗·司各特·菲茨杰拉德小说中的疾病叙事研究——以《夜色温柔》为例 [J]. 外国语文, 2016 (5)：7.
③ 刘明录. 品特戏剧中的疾病叙述研究 [D]. 重庆：西南大学, 2013：I-IV.
④ 杨晓霖. 疾病叙事阅读：医学叙事能力培养 [J]. 医学与哲学. 2014 (11)：36-39.

(为文学创作而非历史学意义上的历史著作),还有个人经历为源泉的创伤叙事,也有"纯粹"想象的创伤叙事。①

近20年来,不少关于创伤研究的理论家直接或间接地参与了关于创伤再现中语言选择的问题——写实意义(literal language)还是修辞意义(figuration)②,即创伤叙事的虚构性与真实性问题。创伤事件产生的影响具有延宕性,因而不可能对创伤叙述进行高度还原,同时,整个叙事过程还受到叙事者当下情感态度的影响,因而创伤叙事具有一定的虚构性这一点毋庸置疑。

创伤叙事和疾病叙事中这些具有虚构意义的"创伤"和"疾病"能够增强文本叙述的张力,同时也能够起到很好的警示、感染、触动和教化作用。

4. 作为一种疗救方式而存在的叙事

"怀特和伊普斯顿曾提出'叙事文本'和'叙事治疗'等概念,将治疗比喻成'说故事'或'重说故事'。卡姆斯和弗莱曼认为,叙事取向的治疗凭借问题外化,将人从问题中'抽离'出来,产生人与问题之间的'空间与距离'。伊普斯顿认为,叙事具有不可思议的魔力,隐藏着意想不到的治疗潜能。"③"20世纪90年代以来,叙事治疗被广泛应用于心理治疗和心理咨询中,咨询者运用适当的语言形式,帮助当事人找出遗漏的具有积极意义的生活故事,并以此为契机重新建构生活意义、唤起当事人内在力量。叙事治疗的核心是叙事。"④

疾病叙事和创伤叙事作为叙事的两种方式,无疑也担任起了治疗的角色。创伤叙事中,小说家通过模拟创伤场景使创伤者再次回到创伤发生的

---

① 李桂荣. 创伤叙事:安东尼·伯吉斯创伤文学作品研究 [M]. 北京:知识产权出版社, 2010:45.
② 师彦灵. 再现、记忆、复原——欧美创伤理论研究的三个方面 [J]. 兰州大学学报, 2011 (2):132-138.
③ 唐伟胜. 视阈融合下的叙事学与人文医学 [N]. 中国社会科学报, 2012-9-28.
④ 程瑾涛, 刘世生. 作为叙事治疗的隐喻——以《简·爱》为例 [J]. 外语教学, 2012 (1): 76.

历史瞬间，重构过去可以帮助创伤幸存者实现潜意识转化为意识的历程，使创伤得以医治。[1] 疾病叙事中也是如此。疾病本身产生一种宣泄的需要，需要克服对疾病的恐惧。作家通过对疾病、痛苦的描写，使疾病得到理解，从而让人们在身临疾病威胁时保持与外界的交流；而读者作为接受者，通过参与作品的解读，使自己的身体和心理疾病客观化，从而获取与之斗争的勇气和经验[2]，因而疾病叙事对疾病治疗有着重要的意义。郭棲庆在分析《夜色温柔》中的疾病叙事时也指出："菲氏通过疾病书写让自己在面对疾病威胁和折磨时保持与外界的交流，有助于疏导心中的痛楚，平复创伤的心理，达到精神疗救的作用，力图通过个人自救达到治疗社会的最终目的。"[3] 可见，疾病叙事和创伤叙事同时担任起了"治疗"的角色。

5. 隶属于后经典叙事学下身体叙事

后经典叙事学就经典叙事学而言，将注意力转向了结构特征或与读者阐释相互作用的规律，转向了对具体叙事作品之意义的探讨。[4] 后经典叙事学关注文本、作者、读者与社会历史语境的相互作用，将文本与围绕文本的语境相结合进行研究。疾病叙事和创伤叙事是对疾病和创伤本身的一种反映，是时代背景的一种投射，同时强调叙事对叙述者和读者的疗救，属于后经典叙事学的范畴。

身体叙事学由身体研究与经典叙事学结合演变而来[5]，属于后经典叙事学范畴。后经典叙事学下身体叙事有两种含义，广义上指的是以身体为叙事符号，以动态或静态、在场或虚拟、再现或表现身体，形成话语的叙事流程，以达到表述、交流、沟通或传播的目的；狭义上的身体叙事指的是女性主义的身体叙事。[6] 疾病和创伤叙事体现的是广义上的身体叙事。

---

[1] 李曼曼，汪承平. 20世纪美国小说创伤叙事的特征 [J]. 河北学刊，2012 (6)：254.
[2] 邓寒梅. 中国现当代文学中的疾病叙事研究 [M]. 南昌：江西人民出版社，2012：37.
[3] 郭棲庆，蒋桂红. 弗·司各特·菲茨杰拉德小说中的疾病叙事研究——以《夜色温柔》为例 [J]. 外国语文，2016 (5)：6.
[4] 申丹. 叙事学 [J]. 外国文学，2003 (3)：60.
[5] 许德金，王莲香. 身体、身份与叙事——身体叙事学刍议 [J]. 江西社会科学，2008 (4)：31.
[6] 郑大群. 论传播形态中的身体叙事 [J]. 学术界，2005 (5)：183-189.

在对身体叙事中"身体"进行区分时，许德金和王莲香认为应该以性别、疾病（伤残）、种族、阶级及身份的认同为标准，其中重要的一类是物理的身体，即"真实作者身体的健康与否，或正在写作时身体所处的状态（兴奋、癫狂、烦躁等）都会对其写作产生直接的影响；甚至作家本身所罹患的身体疾病也会影响该作家所采取的叙述方式"[1]。可见，疾病和创伤作为受伤躯体的一种表征，是身体叙事的一部分。

同时，疾病叙事和创伤叙事中，身体对于叙事具有驱动作用。"创伤或疾病叙事的运动轨迹，主要体现为从内在自我到外部世界，再从外部世界到内在自我的一个双向位移进程，两个位移之间因疾病因素而形成一个叙事张力，这种叙事张力并不由观念或心智决定，而是由疾病身体推动而成。著名文论家丹尼尔·庞德（Daniel Punday）进一步提出了'身体叙事学'理论。他认为，传统的线性情节观使阅读和写作都成了一种身体缺场的、重理性和心智的经验活动。"[2] 疾病和受创的身体促使叙事张力的形成，使叙事运动处于前后摇摆的不稳定状态，形成一种动态叙事。

近几十年来，疾病叙事和创伤叙事的研究逐渐引来人们的广泛关注。两种叙事方式虽然起源时间、发展背景以及研究范畴上不尽相同，但同隶属于后经典叙事范畴下"身体叙事"的"疾病叙事"和"创伤叙事"之间也存在很多相同之处，两者突破了经典叙事学的限制，在以文本为关注对象的同时，也将作者的创作意图和作品对读者产生的效果考虑在内，关注叙事的治疗作用。此外，两种叙事方式在研究心理创伤（疾病）和精神创伤（疾病）上存在交叉重合之处，同时，两种叙事方式富于隐喻内涵，具有一定的虚构性，这大大增强了文本的叙事张力和阐释能力，成为作家以作品中人物的不正常来反映社会病态的一种有效方式，也成为作家自我疗救和救助社会的一种方式。

---

[1] 许德金，王莲香. 身体、身份与叙事——身体叙事学刍议 [J]. 江西社会科学，2008（4）：31.
[2] 王江. 疾病与抒情——《永别了，武器》中的女性创伤叙事 [J]. 国外文学，2014（4）：128-134.

六、残疾研究的理论视角

残疾是在"正常"的霸权背景下形成的。对残疾进行理论化是近来社会科学研究的核心，这些研究涉及身体、主体性、身份、文化和社会。人文领域关于残疾的理论已经发展了几十年，近40年来出现了许多关键性的方法。残疾研究的意识落后于女权主义、后殖民主义和酷儿理论等思潮。事实上，残疾政治不仅被占主导地位的社会制度所忽视，而且也被其他政治议程所忽视。该领域的许多学者借鉴了其他理论来源，以加强对被排除在外的残疾人的物质、政治和历史基础的理解，从而产生了残疾研究领域。

英国的残疾研究以社会学为基础，以新马克思主义、唯物主义和结构主义为研究视角。与英国的残疾研究相比，北美、加拿大、澳大利亚的研究倾向于采用跨学科和偏重理论的方法来研究残疾。在残疾与其他身份类别的交叉、与女权主义、种族、同性恋和阶级分析有关的多层次边缘化和抵制方面进行了重要研究。如今，残疾研究正朝着不同的理论方向发展，包括后结构主义、文化研究、医疗技术、医学人类学和物质女性主义等。

在后结构主义和新殖民主义的启发下，残疾人的身体因其特定的地缘政治、历史位置和本体论位置而被定位为受殖民统治的身体。在殖民事业中，畸形的概念被用来合法地征服那些被殖民的臣民。认识到这一点对于防范占统治地位的西方、欧洲和北美对残疾主体的话语建构具有重要意义。残疾这一范畴被看作是西欧在特定历史环境下的话语建构。

米歇尔·福柯（Michel Foucault）的《疯狂与文明》（Madness and Civilization）（1967）和《诊所的诞生》（The Birth of the Clinic）（1975）等经典著作引起了人们对精神病学诊断过程的关注。医学话语将某些行为称为正常行为，而另一些行为则称为不正常行为，需要进行医学治疗。福柯将精神疾病描述为一种社会建构的知识体系，对那些被归类为"疯子"的人的温顺身体和心灵施加惩戒的力量。20世纪70年代发展起来的反精神病运动借鉴了福柯的观点来批判那些处理疾病的方法。①

　　文化研究的重点为：关注疾病、残疾和痛苦的意义是如何构建和再现的，以及这些意义是如何影响人们的体验的。

　　人类学家研究方法的主要焦点是考察小规模的、农村的、不发达文化的建设，在这些文化中，疾病和残疾被视为一种交流形式——通过这种形式，自然、社会和文化相互交流。② 非西方文化的医疗实践被晚期资本主义文化视为迷信，因为从资本主义文化角度来看，人体被理解为生物学和社会文化过程的产物。③

　　随着医学技术发挥日益重要的作用，有的学者开始探索人体与医疗技术相互作用的方式，以创造人类与技术组合的身体，某些类型的身份也随之产生。福克斯（Fox）和沃德（Ward）(2006)通过医疗实践和技术，仔细研究了身体、健康和身份之间相互依赖和相互作用的关系。④

　　唐纳·哈拉韦（Donna Haraway）（1988）提出了类人混合的理想，一种人类和技术的结合，其中性别、性行为和种族的分类不是确定的，而是流动的。⑤ 这一概念在打破主导西方文化的身心二元论方面具有革命性意义。

　　自20世纪60年代以来，女性主义对残疾的批评在塑造具体化的性别方面产生了影响。历史上，在医学研究中，妇女的身体会特别威胁道德秩序和社会稳定，这主要是因为她们的性行为是不可控制和危险的。⑥ 几个

---

① ARMSTRONG D. Foucault and the Sociology of Health and Illness: a Prismatic Reading [M] // PETERSON A, BUNTON R. Foucault, Health and Medicine. London: Routledge, 1997: 1-5.
② SCHEPER-HUGHES N. The Mindful Body: a Prolegomenon to Future Work in Medical Anthropology [J]. Medical Anthropology Quarterly, 1987, 1 (1): 31.
③ ANGEL R, GUARNACCIA PJ. Mind, Body, and Culture: Somatization among Hispanics [J]. Social Science & Medicine. 1989, 28 (12): 1229-1238.
④ FOX N, WARD K. Health Identities: from Expert Patient to Resisting Consumer [J]. Health, 2006, 10 (4): 461-479.
⑤ HARAWAY D J. Otherworldy Conversations, Terran Topics, Local Terms [M] // ALAIMO S, HEKMAN S. Material Feminism. Bloomington: Indiana University Press, 2008: 157-187.
⑥ TURNER B S. The Body & Society: Explorations in Social Theory [M]. London: SAGE Publications Ltd, 2008: 20.

世纪以来，在医学话语中，妇女一直被定义为患病的或不完整的男子：虚弱、不稳定；是疾病携带者或传染源。①

通过思考中毒、疾病和残疾的身体，女性主义理论重新思考人类的肉身性，不是把它看作一种独立于社会建构的乌托邦，而是作为一种承载历史、社会地位和文化影响的东西。苏珊·温德尔（Susan Wendell）认为，大多数女性主义作家有关身体的书写都带有赞赏语气，这表明她们没有充分探究负面的肉体体验。②

女性主义思想的新趋向集中于探讨外在或话语如何塑造内在，以及内在或精神生活如何塑造外在。2008年，斯泰西·阿莱莫（Stacy Alaimo）和苏珊·赫克曼（Susan Heckman）共同编辑了《物质女性主义》③，由此重新阐释了身体构成中话语和物质之间相互作用的肉身性定义。疼痛、疾病和残疾作为相关的肉体体验，显示了身体是如何在生理和心理上被环境塑造的。可见，我们对身体、身份和政治的思考必须适应不同的文化框架和政治背景。

七、对痛苦、疾病和残疾的功能属性的阐释的演变

在西方世界，残疾的医学概念在19世纪开始被接受，因而残疾成为一种研究和研究课题。残疾被定义为"有缺陷的身体"，同时也被定义为没有能力参与社会活动的身体。正如笛卡尔所描述的，身体对疼痛的反应，就像一个简单的有机体。从受伤部位到大脑的过程会产生疼痛，就像"拉一根绳子的一端，挂在另一端的铃铛同时响起"④。这种有关损伤和疼痛关系的观点主导了19世纪中期的医学思想，他们认为疼痛是一种普遍的内在

---

①EHRENREICH B. Complaints and Disorders: The Sexual Politics of Sickness [M]. London: Compendium, 1974: 14.
②WENDELL S. The Rejected Body: Feminist Philosophical Reflections on Disability [M]. New York: Routledge, 1996: 167.
③ALAIMO S, HEKMAN S. Material Feminism [M]. Bloomington: Indiana University Press, 2008: 1-15.
④MORRIS D B. The Culture of Pain [M]. Berkley: University of California Press, 1993: 283.

机制的结果。这种观点彻底否定了肉体的能动性,认为人的身体是一种被动的、惰性的物质。

在伊莱恩·斯凯瑞(Elaine Scarry)的《疼痛中的身体》(The Body In Pain)(1985)中,疼痛被视为无法用语言表达的负面体验。"身体上的疼痛没有可参照的内容。这不是为了什么。正是因为它不采取任何客体,它才抵制语言中的客观化。"① 对斯凯瑞来说,痛苦是不及物的,是个体的。这个理论的问题在于它忽略了疼痛的作用,认为在不及物性的情况下,疼痛是一个封闭的系统,是一种不可传播的现象。

大卫·B. 莫里斯(David B. Morris)在1991年出版了《疼痛的文化》(The Culture of Pain),对认为疼痛不过是一个生物化学问题的传统概念进行了重新思考,认为这种概念是对疼痛的误解。② 迈克尔·福柯在《疯癫与文明》(Madness and Civilization)(2007)一书中指出,17、18世纪发展起来的医学话语通过将某些行为定义为自然行为,将另一些行为定义为异常行为,而导致疾病。③ 他坚持认为,主体是由医院、学校和监狱的物质实践塑造的。这种观点要求在对社会现实的讨论中加入身体和物质。但是,长期以来,福柯作品的物质力量一直被后现代主义批评话语和文化转向所忽视。

罗斯玛丽·加兰·汤姆森(Rosemarie Garland-Thomson)在《非凡的身体:美国文化和文学中的身体残疾》(Extraordinary Bodies: Figuring Physical Disability in American Culture and Literature)(1997)中阐明了残疾的定义:残疾是"身体的一种属性,是关于身体应该是什么或做什么的文化规则的产物",是"对身体转变或结构的文化解释"④。她认为,美国黑

---

① SCARRY E. The Body in Pain: The Making and Unmaking of the World [M]. New York: Oxford University Press, 1985: 5.
② MORRIS D B. The Culture of Pain [M]. Berkley: University of California Press, 1993: 1-33.
③ FOUCAULT M. Madness and Civilization: A History of Insanity in the Age of Reason [M]. New York: Vintage Books, 1988: 159-199.
④ GARLAND-THOMPSON R. Extraordinary Bodies: Figuring Physical Disability in American Culture and Literature [M]. New York: Columbia University Press, 1997: 6.

人作家已经接受了主流文化,把残疾描述为"肉体自卑"。

在当代医学思想中,疼痛往往与个人和文化意义紧密联系在一起,而不是沿着神经加速的电脉冲。林达·伯克(Lynda Birke)在《女性主义与生物身体》(Feminism and the Biological Body)(2000)中指出,科学和生物化学将身体看作孤立的有机体,而忽视身体与周围环境的互动关系。她认为,血液、食物和空气的流动使身体与周围空间相融合,吸收一些元素,排斥其他元素。所以不可能描绘出一个固定的主体或身份。伯克认为健康是一个动态过程,充满了身体与外界之间的波动和交换,使身体不至于静止不动。[1]

但是,玛丽安·考克(Marian Corker)和汤姆·莎士比亚(Tom Shakespeare)合编的论文集《残疾/后现代性:体现残疾理论》(Disability/Postmodernity: Embodying Disability Theory 2002)代表了第二波残疾研究,对残疾如何挑战传统身份的理解提出了质疑。[2] 托宾·赛伯斯(Tobin Siebers)也对这种趋势持谨慎态度,他引用了一些残疾学者的观点,认为现代主义、社会建构主义和后现代主义未能解释残疾人所面临的物理现实[3]。

玛格丽特·希尔德里克(Margrit Shildrick)(2002)运用早期的残疾理论来分析安扎杜瓦(Gloria Anzaldua)的作品。她以激进方式打开了肉体和身份的界限,重新提出了基于肉体脆弱性的肉体和身份相互依赖的伦理。在伦理领域,残疾改变了身体之间的界限,挑战了个人的完整性和身份的可预测性[4]。

学者们越来越关注疾病与个人身份感和个人意义之间的密切关联。亚

---

[1] BIRKE L. Feminism and the Biological Body [M]. New Brunswick: Rutgers University Press, 2000: 151.
[2] CORKER M, SHAKESPEARE T. Disability/Postmodernity. Embodying Disability Theory [M]. London: Continuum, 2002: 1-15.
[3] SIEBERS T. Heterotopia: Postmodern Utopia and the Body Politic [M]. Ann Arbor: University of Michigan Press, 1994: 1-22.
[4] SHILDRICK M. Embodying the Monster: Encounters with the Vulnerable Self [M]. London: Sage, 2002: 1-30.

瑟·弗兰克（Arthur Frank）（1998）确定了三种类型的疾病故事：恢复故事，混乱故事，探索故事①。恢复故事在现代西方世界中占有重要地位，因为它强调以乐观态度获得控制权。那些排除在恢复故事之外的故事，如混乱故事，往往被恢复故事的文化主导地位所边缘化。失去控制是混乱故事的主旋律。探索故事包括把疾病的经历表现为一种我们可以从中学习的条件。探索故事比混乱故事要乐观，专注于疾病、疼痛体验改变个人生活和前景的积极方式，尽管它可能不涉及从疼痛、疾病中恢复。

物质女性主义哲学认为，疼痛不是绝对惰性的"他者"，远远不止是简单的或完全的医学问题。痛苦的体验受到性别、宗教和社会阶层等文化力量的影响。比如，从中美洲土著信仰体系的角度来看，牺牲的受害者公开把痛苦践行为恢复社群活力的手段。在墨西哥古老的文化中，疼痛的仪式是为了召唤神灵，超越物质世界。阿尔弗雷德·洛佩兹·奥斯汀（Alfred Lopez Austin）声称，"生理缺陷被认为是人具有超自然能力的标志"。② 在中美洲文化背景下，如果一个人被神灵选中，他或她就会以某种可见的方式被标记。阿图罗·罗查·阿尔瓦拉多（Arturo Rocha Alvarado）表明，阿兹特克人非常尊重我们今天所认为的"残疾人"③。残疾人或其他身体畸形的人被认为是神圣的，因为他们代表了神圣的力量。

奇卡纳女性主义者的信仰植根于土著的形象、象征、魔法和神话。她们将前哥伦布时代的历史融入当代政治诉求中。例如，莫拉加（Moraga）和安扎杜瓦（Anzaldúa）在《这座桥被称为我的背》（This Bridge Called My Back）的前言中写道，"我的背"（My back）是背部疼痛的比喻，传达了身体的历史与世界互动所产生的影响。痛苦的表达来自主流社会的矛

---

① FRANK A. Just Listening: Narrative and Deep Illness [J]. Families, Systems & Health, 1998, 16（3）: 197-212.
② AUSTIN A L. Cuerpo humano e ideología. Las concepciones de los antiguos nahuas（The Human Body and Ideology: Concepts of the Ancient Nahuas）[M]. Salt Lake City: University of Utah Press, 1988: 360.
③ ALVARADO A R. Cronica De Aztlan: A Migrant's Tale（English and Spanish Edition）[M]. Tqs Pubns; 1st Edition, 1977: 20.

盾，以及与种族主义、阶级主义和恐同女权主义身份政治的矛盾①。从这个意义上说，痛苦不仅仅是压迫的证据，它也是政治抵抗的修辞。

此外，痛苦并不总是一种无法减轻的灾难，尤其是在中美洲文化背景下。伊莱恩·斯凯瑞将疼痛视为一种否定和毁灭的力量，声称疼痛是可以毁灭世界的。② 然而，苏珊娜·博斯特（Suzanne Bost）（2010）肯定了痛苦的创造力。③ 事实上，奇卡纳女性主义者对疼痛的反应也说明了这一点。通过痛苦的越界，这些奇卡纳作家的著作开始超越规范的身份认同，并增强了反对势力的政治吸引力。对于奇卡纳女性主义者来说，痛苦伴随着个人的成长或成就。正是在极度痛苦的时刻，一些人感受到前所未有的活力。

拉斐尔·佩雷兹-托雷斯（Rafael Pérez-Torres）声称梅斯蒂扎耶（mestizaje，西班牙征服带来的种族和文化混合）标志着历史的再现以及身体如何"与殖民历史的种族等级"紧密联系④。根据佩雷兹-托雷斯观点，女混血儿的身体是一种积极的能动力，是摆脱种族二元论和女混血儿身份得不到认可的斗争场所。占主导地位的白人或黑人话语中的女混血儿差异性为墨西哥裔美国批评家的探索创造了知识空间。

苏珊娜·博斯特（Susanne Bost）推断，阿兹特克人（Aztecs）可能对残疾人表现出最慷慨的文明。在神圣的仪式上，自己造成的伤口和流血挑战了稳定的身份，提醒人类自身肉体的脆弱性。战士、领主和牧师的身体上都有疤痕、锉齿；他们从口、鼻和耳的孔插入塞子，以表明身体异常是与神圣和皇室地位有关。⑤ 在西班牙征服之后，宗教仪式在那些拒绝服从

---

① ANZALDúA G, CHERRíE M. This Bridge Called my Back: Writings by Radical Women of Color [M]. New York: Kitchen table, 1981: vii.
② SCARRY E. The Body in Pain: The Making and Unmaking of the World [M]. New York: Oxford University Press, 1985: 29.
③ BOST S. Encarnación: Illness and Body Politics in Chicana Feminist Literature [M]. New York: Fordham University Press, 2010: 1-23.
④ PéREZ-TORRES R. Feathering the Serpent: Chicano Mythic Memory [M] // Singh A. New Approaches to American Ethnic Literatures. Boston: Northeastern University Press, 1996: 3.
⑤ BOST S. Encarnación: Illness and Body Politics in Chicana Feminist Literature [M]. New York: Fordham University Press, 2010: 158-59.

西班牙文化和精神形式的人中间更加流行。他们由于对基督教的仇恨，把改变形状的做法当作欺骗征服者的有力手段。考古学家丹尼尔·布林顿（Daniel Brinton）将变形解释为一种对抗宗教。① 以普罗维登斯之神，提斯卡特利波卡（Tezcatlipoca, the god of providence 天意之神）为例。在阿兹特克文化中，这个神与各种伪装的疾病联系在一起。根据露易丝·布尔克哈特（Louise Burkhart）的说法，身体残疾与不可预测的力量联系在一起，因此人们对它既尊敬又敬畏。②

用依莱恩·斯凯瑞（1985）的话来说，个人痛苦被更大的权力结构所挪用。保拉·莫亚肯定了个人与社会中心组织原则之间的互动③。在这种情况下，墨西哥裔批评家主张一种身份的转移，允许梅斯蒂扎的主体在不同的权力结构中协商身份属性。奇卡纳女性主义者试图将身份扩展到当代欧美的肉体理想之外。她们借助墨西哥的女神文化，在其作品中再现过去。对于奇卡纳女性主义者来说，她们古老的中美洲文化背景将身体的转变视为神圣的理想。这些当代女性主义者对痛苦在人类生活中的作用特别感兴趣，这也与她们对痛苦的独特文化认同是相呼应的。

在《被拒绝的身体：女性主义对残疾的哲学思考》（The Rejected Body: Feminist Philosophical Reflections on Disability）（1996）一书中，苏珊·温德尔声称，如今残疾人具有潜在的政治影响力，它提醒人们，西方科学和医学无法保护每个人免于疾病、残疾和死亡。她把疾病和痛苦视为知识的源泉，迫使非残疾人对自己的生活方式和对他人身体的期望进行不同思考④。

事实上，"残疾"和"正常"之间的界限是由主流文化任意划分的。

---

①BRINTON D G. American Hero Myths [M]. Whitefish: Kessinger Publishing, 2010: 35.
②BURKHART, L M. The Slippery Earth: Nahua-Christian Moral Dialogue in Sixteenth-Century Mexico [M]. Tucson: University of Arizona Press, 1989: 177.
③MOYA P. Learning from Experience: Minority Identities, Multicultural Struggles [M]. Berkeley: University of California Press, 2002: 86.
④WENDELL S. The Rejected Body: Feminist Philosophical Reflections on Disability [M]. New York: Routledge, 1996: 64.

艾玛·佩雷斯（Emma Pérez）在《非殖民化想象：将奇卡纳人写进历史》(The Decolonial Imagery: Writing Chicanas into History)（1999）一书中强调身体如何承载文化和历史铭刻的痕迹："身体是由历史和社会构建的。它是由环境、衣服、饮食、运动、疾病和事故所书写的"[1]。佩雷斯对身体的阐释恢复了被奇卡纳民族主义边缘化所压抑的同性恋和女性的声音。人类学家卡娅·芬克勒（Kaja Finkler）（1994）认为，痛苦、疾病和残疾在美国奇卡纳人论述中占据主导地位。通过将自己置身于前哥伦布时代的宇宙学中，美国奇卡纳人努力将自己的身体从欧美霸权话语中分离出来[2]。她们通过对前哥伦布文化的认知来理解疼痛、疾病和残疾，这些认知已在最近的奇卡纳研究中逐步发展起来。

八、女性主义残疾研究

女性主义研究的目的是了解、分析、改变女性的地位和权力，而残疾研究关注残疾歧视、残疾人身份认同等问题。女性主义和残疾研究都以受压迫群体为切入点，充分了解受压迫群体的生理、心理和社会环境，目的是打破统治文化的霸权，将受压迫群体重新纳入主流文化中。至今已有学者从女性主义视角探讨残疾研究，并提出了一些相关的理论和概念。

（一）加兰-汤姆森的女性主义残疾理论

加兰-汤姆森（Garland-Thomson）（1997）在分析女性主义和残疾的关联性之后提出了女性主义残疾理论（Feminist Disability Theory），并从四个领域：表征（representation）、身体（body）、身份（identity）、行动主义（activism），探讨它们提供的潜在批判视角。[3]

---

[1] PéREZ E. The Decolonial Imagery: Writing Chicanas Into History [M]. Bloomington: Indiana UP, 1999: 108.
[2] FINKLER K. Women in Pain: Gender and Morbidity in Mexico [M]. Philadelphia: University of Pennsylvania Press. 1994: 1-34.
[3] GARLAND-THOMPSON R. Extraordinary Bodies: Figuring Physical Disability in American Culture and Literature [M]. New York: Columbia University Press, 1997: 342-343.

表征：在表征领域，唤起残疾所联想的"怪异"历史形象，通常是为了达到种族主义和性别歧视的目的。尽管"怪异"包括了社会和身体异常的各种形式，但这个词的原始意义是指有先天缺陷的人。①

身体：与话语层面的表征不同，女性主义残疾研究从归属物质层面的身体研究身体的物质性、身体政治、活生生的身体经验，以及主体性和身份之间的关系。② 女性主义残疾研究对于身体的研究主要是源自相互关联的两个文化话语领域：医疗和外貌。

疾病是性别化的女性气质。在医疗方面女性和残疾人都被认为是非正常的。治疗中做出的医疗承诺与科技干预造成的控制结果以及这种现代理念结合的时候，这种承诺逐渐转换为一种激进的意图，目的是修复、规范或消除显著偏离正常的身体。③

医疗的首要目的是治愈而不是调整和适应。治疗的理念转移了对残疾人的关注，即关注被想象成非正常的、有功能障碍的、变化的身体，而不是关注排斥的态度、环境上和经济上的障碍。也就是说，治疗是从物质性的角度将残疾人看作是身体上或是心理上有缺陷的，并通过技术手段来改善残疾，而不考虑导致残疾的社会文化成因。同时，那些被认为能够治疗各种形式残疾的医疗手段，如基因筛查等，加深了社会对因年龄增长和环境改变而致残的人的偏见。④

身份：陈旧文化的固有印象将残疾女性想象为缺乏性感、不适合生育、过度依赖别人、没有吸引力，通常被排除在真正的女性和美丽的女性之外。但是，残疾印证了身份的流动性。身体变成残疾是空间和社会环境共同导致的。性别与性属的区分说明缺陷与残疾的差别，拒绝承认残疾身

---

① GARLAND-THOMPSON R. Extraordinary Bodies: Figuring Physical Disability in American Culture and Literature [M]. New York: Columbia University Press, 1997: 338.
② GARLAND-THOMPSON R. Extraordinary Bodies: Figuring Physical Disability in American Culture and Literature [M]. New York: Columbia University Press, 1997: 339.
③ GARLAND-THOMPSON R. Extraordinary Bodies: Figuring Physical Disability in American Culture and Literature [M]. New York: Columbia University Press, 1997: 342.
④ GARLAND-THOMPSON R. Extraordinary Bodies: Figuring Physical Disability in American Culture and Literature [M]. New York: Columbia University Press, 1997: 342-343.

份的部分原因是缺乏理解或不愿谈及残疾受压迫的方式。① 残疾在文化中的体现是主流文化看待非正常现象的一个缩影。

行动主义：加兰-汤姆森认为，女性主义残疾理论的前提是残疾和女性特征一样，不是身体劣等、不完善、不正常或是不幸的自然状态，而是在文化方面对身体的虚假叙述，与我们理解的种族和性属的虚构类似。外科整形手术的出现改变了人们的观点。未修改的身体成了非自然和非正常的，相反外科手术改变的身体则成了正常和自然的。

（二）麦克鲁尔的健全身体理念（Able-bodiedness）

麦克鲁尔（Mcruer）指出，正如酷儿理论一直表明的那样，正是将正常（Normalcy）引入身体系统中才导致了强制。② 健全身体理念（Able-bodiedness）的本质就是：在新兴工业化资本制度下，人们可以自由地出卖劳动力，却不能自主有效地做其他事情，如同一个人可以拥有健全的身体，却无法拥有其他东西一样。和强制异性恋一样，强制身体健全遮挡自由选择的外貌，这样一种系统其实质就是没有选择。③ 换句话说，强制身体健全抹杀人们对身体外貌的自主选择权力。

强制异性恋/强制健全身体理念提出的身份，对于酷儿和残疾人来说，并不是作为一种可选择、可替代的身份。相反，这种身份不断重复，以至于固化成人们的一般思想，通过这种恶性循环，占统治地位的身份进一步边缘化和排斥酷儿、残疾身份。健全身体理念在话语层面对残疾下了定义。

酷儿和残疾的相互关联在于：残疾人常常被认为是奇怪的（queer：酷儿）（无性的或超越性别的自相矛盾的形象），而酷儿则常常被认为是残疾

---

① GARLAND-THOMPSON R. Extraordinary Bodies：Figuring Physical Disability in American Culture and Literature [M]. New York：Columbia University Press, 1997：344-347.
② MCRUER R. Crip Theory：Cultural Signs of Queerness and Disability [M]. New York：New York University Press, 2006：370.
③ MCRUER R. Crip Theory：Cultural Signs of Queerness and Disability [M]. New York：New York University Press, 2006：371.

的（不断治疗的身份，与残疾人通常面对的问题类似）。酷儿/残疾的存在支撑了强制健全身体理念。健全身体的标准在本质上不能完全具体化，健全身体的状态也总是暂时的。从这两点来看，每个人实际上都是残疾的，所有人老年之后都会归属于一种残疾身份范畴。[1] 对于身患残疾的人来说，不管他们愿意与否，文化都把描述模式铭刻在他们的身体之上。[2]

（三）巴特勒的性别与残疾研究理论

巴特勒（Butler）的性别理论并未对残疾现象进行描述与解读，但现在的残疾研究趋势是将巴特勒的理论直接改写成残疾研究理论，这样做也带来了一个问题——把反常的残疾身体引入性别身体，性别身体是作为一个现实主体出现的，而残疾身体还是一个典型的修辞。[3] 此外，把巴特勒的性别理论直接用残疾理论替换可能会导致定义的不准确性，在某些极端的例子里，性别和残疾的交换会成为一种明显地将两种完全不同领域的社会和身体存在进行直接联系或等同替换。[4]

巴特勒认为疾病隐喻总是带有负面特征，米切尔（Mitchell）和斯奈德（Snyder）将这个问题归结为残疾的象征性双重约束（representational double bind of disability）。一方面，残疾人群被牢牢地置于社会权力和文化价值的边缘之外；另一方面，残疾身体也可作为在社会上失去权力的人群为自己争取社会关注的一种手段。[5] 但是，巴特勒把残疾（非正常和卑贱的身体）作为社会性别和生理性别差异的隐喻，却忽视了真正残疾人群的身份和关

---

[1] MCRUER R. Crip Theory: Cultural Signs of Queerness and Disability [M]. New York: New York University Press, 2006: 373-374.

[2] COUSER G T. Signifying Bodies: Disability in Contemporary Life Writing [M]. Ann Arbor: University of Michigan Press, 2009: 458.

[3] SAMUELS E J. My Body, My Closet: Invisible Disability and the Limits of Coming-Out Discourse [J]. GLQ: A Journal of Lesbian and Gay Studies, 2003, 9 (1-2): 233-255.

[4] SAMUELS E J. My Body, My Closet: Invisible Disability and the Limits of Coming-Out Discourse [J]. GLQ: A Journal of Lesbian and Gay Studies, 2003, 9 (1-2): 233-255.

[5] MITCHELL D T, SHARON L S. The Body and Physical Difference: Discourses of Disability [M]. Ann Arbor: University o Michigan Press, 1997: 130-187.

注点。

（四）关于残疾双重边缘化现象的观点

库瑟（Couser）和明茨（Mintz）（2019）认为，在西方自传的历史长河之中，对于某些残疾女性来说，她们的自我书写通常排除了值得记录的各种生活故事中的女性经验。[1] 健全身体文化和女性主义认为，残疾被认为是失败和不足的标志，或者不被看作是具有意义的身份构成要素。女性主义残疾研究学者指出，主流女性主义批评父权神话中的女性在本质上是性别的和母性的，但这一批评却忽视了健全文化中残疾女性在本质上是非性别和非女性的。对于失明的叙述是一种保护视觉正常人特权地位的需要，这种需要从另一方面说来，体现了一种对身份脆弱和不可预测性的担忧。

女性主义批评指出，精神病学带有偏见地认为女性是病态的。尽管精神失常带有浪漫色彩，但是精神失常本身为女性的真正抵制和反抗提供了一些可能性。只关注社会原因导致或建构的精神疯癫身份理论忽视了身体的物质状况，而将身体视为物质条件的理论在政治视野方面又受到限制。[2] 只有当社会环境创造出情感、感官、认知或是生理上的障碍时，一种缺陷才会变成残疾。通过把生理（缺陷）的视线转移到社会（残疾）上，人们才可能有效地识别和处理歧视问题。当把精神疾病概念化为身体缺陷时，为了避免陷入本质主义和生物决定论的陷阱，采取的一种有效方式是：把身体看作创造出来的，而不是简单产生出来的。[3] 战争是导致残疾的主要原因之一。帝国主义的暴行不仅创造了残疾，而且导致了第三世界中由残疾影响

---

[1] COUSER G T, MINTZ S B. Disability Experiences: Memoirs, Autobiographies, and Other Personal Narratives [M]. Farmington Hills: Gale, A Cengage Company, 2019: 114-176.

[2] DONALDSON E J. The Corpus of the Madwoman: Toward a Feminist Disability Studies Theory of Embodiment and Mental Illness [J]. NWSA Journal, 2002, 14 (3): 99-119.

[3] DONALDSON E J. The Corpus of the Madwoman: Toward a Feminist Disability Studies Theory of Embodiment and Mental Illness [J]. NWSA Journal, 2002, 14 (3): 105-106.

的公众认知不足。①

艾瑞维尔（Erevells）认为大部分女性主义残疾研究缺乏有效性，因为对于残疾隐喻的过分关注会漠视残疾的物质属性。未遵循国家意识形态规范的女性将面临巨大物质代价，同时被认为是怪异/非正常的公民。墨西哥社区新生儿高死亡率被认为是女性不健康、教育缺失、育儿技巧缺乏所致，而非经济状况贫困和产前照顾不足所致。大多数残疾人因其生理上的复杂性而被阻止用他们的劳动力有效地生产出剩余价值，在竞争市场中他们的劳动力被认为是价值低廉的。其结果是，残疾人被认为是无法雇佣的。国际货币基金组织（IMF）和世界银行（World Bank）推出的伤残调整生命年体系（disability adjusted life years）认为残疾人对国家来说是负担，而不是有价值的投资。②

残疾历史学家道格拉斯·贝恩顿（Douglas Baynton）认为残疾概念在历史中证明了残疾人群的不平等现象，然而，残疾的概念已被用来证实，其他群体使用残疾来描述他们导致的歧视，……非白人常常与残疾人联系在一起，两类人群都被描述成进化的落后者或复古者。③

奴隶制使黑人不再"适合"成为公民。非裔美国人战争文学中缺乏黑人身体受损伤的描述，这被认为是文学方面的身体复原（bodily rehabilitation）现象，模仿采用复原技术，重建因战争致残而改变身体的目的④。

法国文化批评家亨里-雅克·斯蒂克（Henri-Jacques Stiker）认为，西方社会急于修正带有残疾标签的身体观点，其原因是越来越不情愿承认诸如贫穷或不安全的产业环境会继续创造社会形式（如：非事故、非天生）

---

① EREVELLES N. Disability and Difference in Global Contexts: Enabling a Transformative Body Politic [M]. New York: Palgrave Macmillan, 2011: 118.
② EREVELLES N. Disability and Difference in Global Contexts: Enabling a Transformative Body Politic [M]. New York: Palgrave Macmillan, 2011: 122-127.
③ BAYNTON D C. Disability and the Justification of Inequality in American History [M] // Longmore P K, Umansky L. The New Disability History: American Perspectives. New York: New York University Press, 2001: 34-46.
④ JAMES J C. A Freedom Bought with Blood: African American War Literature from Civil War to World War II [M]. Chapel Hill: The University of North Carolina University, 2007: 137.

的残疾。①

现代科学技术的运用,隐匿残疾外观的显性特征,可以在某种程度上消除人们对于残疾的记忆。新闻、媒体对于发布残疾真实情况的照片和影片都受到政策的影响。原因之一就是人们心理上不愿接受一些他们认为"恐怖怪异"的身体,加兰-汤姆森认为政治宣传采用的残疾"真实"照片常常会给身体健全的观众和残疾主体带来错误的认同②;其二就是公众甚至有一种担忧:这些残疾人不再"适合"进入社会,而且他们处在正常社会秩序之外,对社会是一种扰乱性的威胁。③ 与残疾相伴生活不如死了更好这种想法,和社会没有"缺陷的"公民会更好的观点与西方文化一样历史悠久。④

其实,正常范畴是通过其对立面的非正常而建构的。从巴赫金学派的观点来看,残疾的怪异具有打破霸权范式和改变文化规则的潜力。第三空间中的自我不被完全包含在自我与他者的二元对立中,二元对立依赖于稳固、清晰的边界。比起肤色,残疾是更为显著的能指,残疾可以成为定义"正常",甚至定义国家视觉的手段。⑤

(五) 关于优生学和健全的理论

女性主义者和优生学家都想要获得解放:女性主义者从男性压迫的霸

---

① STIKER H-J. History of Disability [M]. Ann Arbor: University of Michigan Press, 1999: 121-89.
② GARLAND-THOMSON R. Integrating Disability, Transforming Feminist Theory [M] //KIM Q H. Feminist Disability Studies. Bloomington: Indiana University Press, 2011: 13-47.
③ JAMES J C. A Freedom Bought with Blood: African American War Literature from Civil War to World War II [M]. Chapel Hill: The University of North Carolina University, 2007: 137.
④ LAMP S, CLEIGH W C. A Heritage of Ableist Rhetoric in American Feminism from the Eugenics Period [M] // HALL K Q. Feminist Disability Studies. Bloomington: Indiana University Press, 2011: 176.
⑤ LACOM C. Revising the Subject: Disability as "Third Dimension" in Clear Light of Day and You Have Come Back [J]. Feminist Disability Studies, 2002, 14 (3): 138-154.

权中解放出来，优生学家从对弱者的霸权中解放出来。①桑格（Sanger）主张的生育控制将从保护穷人避免成为"不合适"的关注点，转移到把穷人列入"不合适"的范畴②。吉尔曼（Gilman）和桑格没有挑战社会等级制度，而是像现在的许多人一样，奋力"忽视"或否认他们自身的脆弱，以防止进入他们固化而致命的社会等级制度的阶层。被优生学定义的"不适"人群正是出自社会等级制度建构的需要。吉尔曼和桑格歧视残疾人，固化了残疾的负面形象，以至于到21世纪的今天这种负面形象仍有巨大影响力。③

优生学的主要研究对象就是残疾人。尽管主流的女性主义学者解构了种族和阶级的思想，但她们仍然继续重新书写健全身体理念，忽视这些理念对于残疾女性的影响。④

历史为我们提供了一次又一次的实例，通过限制人们的性别主体或是把他们描述成为性别不正常的人来限制对政体持不同意见的社会人士。⑤酷儿群体性别主体的障碍来自两个方面：一是立法对异性恋的偏护；二是信息获取的障碍。⑥羞耻不是个人的心理状态（尽管它会塑造个人主体），而是受压迫群体以特定方式服从的一种社会危害。⑦羞耻是一些人用来压

---

① LAMP S, CLEIGH W C. A Heritage of Ableist Rhetoric in American Feminism from the Eugenics Period [M] // HALL K Q. Feminist Disability Studies. Bloomington: Indiana University Press, 2011: 179.

② LAMP S, CLEIGH W C. A Heritage of Ableist Rhetoric in American Feminism from the Eugenics Period [M] // HALL K Q. Feminist Disability Studies. Bloomington: Indiana University Press, 2011: 179.

③ LAMP S, CLEIGH W C. A Heritage of Ableist Rhetoric in American Feminism from the Eugenics Period [M] // HALL K Q. Feminist Disability Studies. Bloomington: Indiana University Press, 2011: 186.

④ LAMP S, CLEIGH W C. A Heritage of Ableist Rhetoric in American Feminism from the Eugenics Period [M] // HALL K Q. Feminist Disability Studies. Bloomington: Indiana University Press, 2011: 187.

⑤ WILKERSON W. Ambiguity and Sexuality: A Theory of Sexual Identity [M]. New York: Palgrave Macmillan US, 2007: 196.

⑥ WILKERSON W. Ambiguity and Sexuality: A Theory of Sexual Identity [M]. New York: Palgrave Macmillan US, 2007: 203.

⑦ WILKERSON W. Ambiguity and Sexuality: A Theory of Sexual Identity [M]. New York: Palgrave Macmillan US, 2007: 205.

制和孤立其他人的一种政治手段。作为异性恋的行为和心理准则,培养女性气质的情感维度要求女性对男性和孩子的健康幸福持续关爱。这种行为要求女性放弃认识和道德主体(包括认识和表达出自身利益的能力)。[1]

父权文化价值体系对女性和非正常群体的偏见以及对女性自恋的宣传,通过巴特勒所描绘的"重复引用",导致女性、残疾等社会群体将其自身的特征内化为污点。然后又将污点化的女性和残疾等群体与父权控制下的理想化标准做对比,使女性和残疾群体形成一种羞耻心,进而继续对"他者"群体进一步压迫。羞耻对于性别主体的干预组成了政治主体的干预[2],即女性和残疾群体心理上的羞耻感阻止了她们政治观点的表达。

医疗失败包括规避与性别有关的问题以及损害残疾群体的研究项目。医药的最重大影响之一就是积极形成对残疾身份的文化感知,由此形成非残疾人与残疾群体交流互动的方式。医疗非人性化地对待残疾儿童甚至会导致父母对残疾儿童施加暴力。医疗对残疾的病态化,尤其是对残疾人的性征显示出否认态度,是残疾群体性权力丧失和自身羞耻的主要原因。[3]

聋哑人更适合被描述为语言和文化不同的少数群体,更像是说西班牙语的人来到一个说英语为主的国家,而不像是坐在轮椅上的人或是盲人。聋哑人的语言和文化模式与残疾的社会模式有共同的重要假设:是社会对身体和感官上的差别的理解和回应有问题,而非差异本身。对聋哑更准确的描述是一种文化身份而非医疗所指的残疾。消除残疾就是消除世界上有多样存在的可能,阻止认识和重视人类之间的相互依存关系。女性和残疾身体在文化话语中都被认为是反常的、次等的;两者都不能完全参与公共和经济生活;两者都被认为与一个拥有自然身体优越性的重要标准相

---

[1] WILKERSON W. Ambiguity and Sexuality: A Theory of Sexual Identity [M]. New York: Palgrave Macmillan US, 2007: 206.
[2] WILKERSON W. Ambiguity and Sexuality: A Theory of Sexual Identity [M]. New York: Palgrave Macmillan US, 2007: 207.
[3] WILKERSON W. Ambiguity and Sexuality: A Theory of Sexual Identity [M]. New York: Palgrave Macmillan US, 2007: 208-211.

对立。①

九、苏珊娜·伯斯特关于奇卡纳女性主义文学中疾病与身份政治研究

20世纪60年代，美国各种权利运动风起云涌，如黑人民权运动、反战运动和妇女解放运动等。在此背景之下，墨西哥裔人为争取平等权利的奇卡纳运动也应运而生。随着奇卡纳运动的发展，族裔群体开始对自己的文化身份进行思考，逐渐形成奇卡纳（Chicano，墨西哥裔男性）民族文化意识，并寻求反映民族身份和生存状况的表现形式，奇卡诺/纳（Chicano/a）文学随之产生。奇卡纳文学专指由墨西哥裔女性创作的文学。安扎杜瓦、莫拉加和卡斯蒂略是其中的重要代表，她们合著的众多作品在文体、理论和政治方面对奇卡纳女性主义身份研究影响深远。苏珊娜·伯斯特（Suzanne Bost）选择这三位作家进行研究极具代表性。

前期关于奇卡纳文学的研究不在少数，但大多从后殖民理论、女性主义、伦理学和边疆叙事等视角分析。伯斯特在《化身：奇卡纳女性主义文学中的疾病和身份政治》（Encarnación：Illness and Body Politics in Chicana Feminist Literature）（2010）（下文简称《化身》）中，从残疾理论切入，分析安扎杜瓦、莫拉加和卡斯蒂略创作中的疼痛、疾病和残疾因素对身份构建的影响，扩展了奇卡纳女性主义中身份政治的内涵和外延。伯斯特主要从以下几个方面探讨了奇卡纳女性主义身份政治。

（一）奇卡纳女性主义圣徒传记

伯斯特在研究奇卡纳作家时，尝试回到对前哥伦布时期墨西哥的研究中，探寻身体和世界关联的其他方式，认为疼痛为人们认识世界和身体之间的关系提供了新的视点，并创造了身体在世界流动的新方式。她在阿拉孔（Norman Alarcon）和德赛都（Michel de Certeau）对历史阐发的基础上，提出了"奇卡纳女性主义圣徒传记"（Chicana Feminist Hagiography）

---

①KAFER A. Feminist Queer Crip [M]. Bloomington：Indiana University Press, 2013：223-279.

这一模型。安扎杜瓦、莫拉加和卡斯蒂略尝试打破欧美主流文化对历史的书写，跳出其对于身份的界定，从"前哥伦布时期"（pre-Columbian）的中美洲找寻灵感，以新的方式阐释奇卡纳女性主义思想。伯斯特将这三位作家在创作中利用历史的方式称为"圣徒传记"（hagiography）[1]。圣徒传记一般意义上是指圣人的生活，它反思个人日常经历、疼痛以及象征性的疾病所具有的神圣意义。圣徒传记打破线性时间，跳出历史规范，通过书写个人生活中具有教化意义的时刻，履行教化的职能。安扎杜瓦、莫拉加和卡斯蒂略的奇卡纳女性主义书写和圣徒传记存在很多相似之处。她们认为时间是循环性而非线性流逝的；历史是主观的、可塑的和意识形态层面上的。在文学创作中，她们以戏谑的方式运用历史，背离编年史以及由主流历史建构的权力动态机制。[2] 奇卡纳女性主义圣徒传记将物质性与精神性、历史人物和当代政治需求联系起来。

伯斯特将奇卡纳女性主义自传文学与墨西哥艺术家卡洛的自画像进行对比分析，阐释自我表现、墨西哥历史以及疼痛三者之间的关系。卡洛通常将一些超现实的、畸形的、荒诞的元素和真实的身体相融合，创造出残缺的女性形象。安扎杜瓦、莫拉加和卡斯蒂略也利用自传方式书写疼痛和疾病，表达了身体具有开放性、变动性的特点。她们都认为自己与墨西哥历史之间有着深厚的联系，反对权力机构加诸身体的各种标签，如种族、性别、国家等，阐释了身份具有渗透性（permeability）的身份政治观。

(二) 安扎杜瓦的新梅斯蒂扎意识

伯斯特在书中尝试分析安扎杜瓦自身的疼痛经历对其理论观点的塑造和影响。安扎杜瓦的重要理论贡献是她提出的"梅斯蒂扎意识"或"新女性混血意识"（conciencia de la mestiza），这一理论被广泛接受，哪怕持有

---

[1] BOST S. Encarnación: Illness and Body Politics in Chicana Feminist Literature [M]. New York: Fordham University Press, 2010: 54.
[2] BOST S. Encarnación: Illness and Body Politics in Chicana Feminist Literature [M]. New York: Fordham University Press, 2010: 49-51.

不同政治或理论观点的人，都会对这一理论进行创造性地解读，为自身理论构建添砖加瓦。后现代批评家认为"梅斯蒂扎意识"打破了西方传统的二元论思维，女性主义和后殖民主义研究者也乐观地认为梅斯蒂扎中二元对立思想的瓦解必将带来暴力、战争的结束。但在伯斯特看来，前期的研究都忽视了"新女性混血意识"和边境身份蕴含的疼痛因素。① 疼痛和平衡贯穿安扎杜瓦的写作，疼痛书写不仅仅指其书写的内容，还包括其书写的过程。因为患有糖尿病，安扎杜瓦的创作顺应了病痛中身体的流动性和变化，将自己的主观感知客观化。疼痛在安扎杜瓦看来不仅标志着种族和性别的压迫，它同时也是"新女性混血意识"中身体主动性的一种延伸，疼痛是身体对外在条件和社会互动的一种回应。② 安扎杜瓦是一个奇卡纳梅斯蒂扎女同性恋，患有糖尿病，她自身的病痛就象征着"新女性混血意识"的疼痛。

安扎杜瓦认同墨西哥双重精神遗产，即本土文化和天主教文化，在这两种文化中，疼痛具有超自然的意义（洗去罪恶或阐发真理）。安扎杜瓦的作品涉及对这两种不同文化中疼痛身体的书写。虽然在现代医学看来，疼痛所具有的这些意义已经被抹杀，疼痛不过就是"一种需要被消除的神经刺激"③，但安扎杜瓦描述梅斯蒂扎身份时，认为生理上的疼痛具有救赎功能和前瞻力。不论是单独还是在混血框架下理解天主教身份和阿兹特克身份，我们必须认识到人终将一死，人类生命并不惧怕生理上的破碎，它是身、心、灵的统一，能够感知具有创造意义的疼痛。④ 安扎杜瓦的见解使我们摆脱了现代医学对疼痛和身体的界定，赋予其更丰富的内涵。

女性主义一直致力于维护女性的安全——抵抗暴力，维护健康，巩固

---

① BOST S. Encarnación: Illness and Body Politics in Chicana Feminist Literature [M]. New York: Fordham University Press, 2010: 82.
② BOST S. Encarnación: Illness and Body Politics in Chicana Feminist Literature [M]. New York: Fordham University Press, 2010: 90.
③ BOST S. Encarnación: Illness and Body Politics in Chicana Feminist Literature [M]. New York: Fordham University Press, 2010: 91-92.
④ BOST S. Encarnación: Illness and Body Politics in Chicana Feminist Literature [M]. New York: Fordham University Press, 2010: 102.

地位。从这一方面来看，疼痛和疾病对女性主义身份政治而言是没有创建性意义的。安扎杜瓦则认为疼痛带来的不确定状态具有更丰富的内涵。在一次采访中，安扎杜瓦重新定义了"健康"：健康并不是没有疾病，而是学会与疾病、机能紊乱、伤痛和平共处，实现和谐统一。① 因此，伯斯特建议女性主义应该吸收疾病理论的一些观点，将政治力量和身体力量加以区分，承认女性身体上的柔弱和脆弱，承认其流动性和不稳定性。费尔南德斯（Fernandes）在《转变女性主义实践》（Transforming Feminist Practice）（2003）一书中，提出女性应该放弃寻找一个"安全领域"，并进行"去身份认同"（disidentification），放弃外在和内在赋予的一切身份并与周围的人和环境进行开放的交流。其中，最为关键的因素是"精神性"（spirituality）②。精神性承认人类的脆弱，使得人类超越既定的意识形态和身份框架，并认识到个人和他人之间并没有十分明确的边界。由此可以看到，对于健康、疾病和疼痛的研究拓宽了女性主义身份研究的内涵。

（三）莫拉加的流动身份观

伯斯特还从玛雅及阿兹特克文化视角和残疾研究视角，分析莫拉加作品中呈现的观点。通过对医疗的现状进行描写，表明各种相互竞争的利益存在于病患的身体之中。莫拉加的早产儿在刚出生时被放到婴儿保育箱，这促使莫拉加重新思考身体和塑料、母亲和机器之间的关系③，这种"酷儿/同性恋母亲身份"（queer motherhood）使得莫拉加在描写疾病时超越传统意义上的身体和医院的边界。④ 莫拉加对制度化医疗的依赖使其向传统身份政治观提出挑战，促使她重新审视医疗机构、医护人员与自身的（跨

---

① BOST S. Encarnación: Illness and Body Politics in Chicana Feminist Literature [M]. New York: Fordham University Press, 2010: 105.
② FERNANDES L. Transforming Feminist Practice: non-violence, social justice, and the possibilities of a spiritualized feminism [M]. San Francisco: Aunt Lute Books, 2003: 43-156.
③ BOST S. Encarnación: Illness and Body Politics in Chicana Feminist Literature [M]. New York: Fordham University Press, 2010: 121.
④ BOST S. Encarnación: Illness and Body Politics in Chicana Feminist Literature [M]. New York: Fordham University Press, 2010: 118.

种族、跨文化、跨政治的）关系。虽然她一直将自己置于主流文化的对立面，但这次经历使莫拉加对医院的看法有所改观——医院并不完全是一个恐同的、父权制的和以白人为中心的地方①，医护人员会像母亲一样照看病患。

结合阿兹特克和玛雅文化对身体的认识，伯斯特分析了莫拉加的两部戏剧《饥饿的女人》（The Hungry Woman）和《大地之心》（Heart of the Earth），表现出对肉体脆弱性的尊崇。这与主流的医药、政治和哲学理念形成鲜明的对比。在中美洲传统看来，身体和自然之间有着密切的联系，人与自然是统一的整体，疾病是自然汇集在人身上各种因素的失衡所导致的。因此，疾病并不是一个需要规避的敌人，而是身体和周围环境失衡的征兆。② 在现代医学看来，身体是需要治愈的，是失声的，同时也是静止的，疾病和疼痛是医学极力反抗的对象。莫拉加对此表现出了强烈的批判态度，认为身体是流动的，疼痛在某些情况下也是健康的。因为身体的脆弱性，我们会需要他人的照看（caregiving）。这种照看的过程体现了相互性和互惠性，同时能加深对自己和他人的了解。莫拉加也通过她的作品呼吁读者转换视角，将关注点从对健康的维护，转向对身体的看护所构建起来的人与人的关系上。

由此可以发现，医护人员和病患之间并不会因为种族、阶级或文化的原因而引发决然的对立，相反，医疗机构中的看护体现了人与人之间的关怀，这种关怀反映了身份的流动性，跨越了传统意义上身份政治的内涵。

（四）卡斯蒂略的变形身份观

伯斯特从中美洲文化历史背景分析了卡斯蒂略的小说《像剥洋葱一样剥开我的爱》（Peel My Love Like an Onion）中主人公卡门残疾身体的移动

---

①BOST S. Encarnación：Illness and Body Politics in Chicana Feminist Literature [M]. New York：Fordham University Press，2010：126.

②BOST S. Encarnación：Illness and Body Politics in Chicana Feminist Literature [M]. New York：Fordham University Press，2010：130.

对身份政治的影响和塑造。在阿兹特克文化中,身体上的非正常经常与神圣的皇族身份联系起来,"变形"(shape-shifting)可以躲避被征服的命运,因此,在中美洲的世界观里,卡门的跛足是神圣的。同时,中美洲人认为身份是情景化的(contextual)、可扩展的(expandable)、非单一性的(irreducible to one body)[①]。

在这个故事中,卡门的身份也是随着其身体的位移而不断发生变化。即,身份取决于身体的移动,而非受限于早期奇卡纳女性主义书写所规定的身份类别。卡门身体"变形"的故事中有两个主要的方面:第一,身份淹没于多种身份类别之中;第二,出租车、火车、飞机等各种公共交通工具的频繁出现。[②] 因为身体残疾的原因,卡门的出行不得不借助脚支架以及各种交通工具,而这也成为卡门超越身体限制的一种方式。

卡门身体的移动给残疾研究以及奇卡纳女性主义带来了启示。跛足的舞者卡门让我们窥见偏离中心(ex-centricity)这样被当今社会身份规范所排挤。现代社会虽然接受残疾身体不可预测的变化,也承认其需要借助假体或他人的帮助来超越身体的界限,但仍然将这种依赖看作异常的、可怜的、悲惨的。[③] 通过把跛足舞者卡门刻画成知名、充满力量、性感、富有魅力的形象,卡斯蒂略颠覆了现代社会对残缺身体的看法。因为个人包含着不同的、多层次的具体体现以及各异的甚至是相互矛盾的政治诉求,稳定的身份对于政治来说是不够的,卡斯蒂略偏离传统政治形势的观点说明后身份政治是建立在身份的流动性和渗透性之上,而不是归属于某一个种族、民族或性别团体。

虽然上述三位奇卡纳作家都因涉猎身份政治而广为人知,但她们在后

[①] BOST S. Encarnación: Illness and Body Politics in Chicana Feminist Literature [M]. New York: Fordham University Press, 2010: 166.
[②] BOST S. Encarnación: Illness and Body Politics in Chicana Feminist Literature [M]. New York: Fordham University Press, 2010: 177.
[③] BOST S. Encarnación: Illness and Body Politics in Chicana Feminist Literature [M]. New York: Fordham University Press, 2010: 192.

期创作中越来越偏离单一的身份政治，接受身份的流动性和包容性。① 伯斯特认为，奇卡纳女性主义应该突出身体的移动性，身份的流动性、渗透性和多样性，而非一味地强调种族、国家或者性别身份，这样才能丰富奇卡纳女性主义研究的内涵。

伯斯特在《化身》中所进行的研究有很多创新之处，主要体现在研究方法、研究视角以及研究成果上。

首先是研究视角的独特性。现今，从疾病研究和奇卡纳/纳文学所进行的交叉研究较少。俄勒冈大学哲学系教授迈克尔·哈姆斯·加西亚（Michael Hames-Garcia）在对伯斯特这本书的评论中写道：除了朱莉·艾薇儿·米尼其（Julie Avril Minich），还没有发现多少学者完全从事这两个领域（疾病叙事和奇卡纳/纳文学）的研究。② 将疾病理论融入奇卡纳女性主义研究可以将"难预测、难驾驭的身体理论化，同时不是通过身体固有的特征理解身份，而是将身体与周围物理环境、社会环境的关系联系起来加以考量"③。此外，与其他研究者不同的是，伯斯特关注了这三位作家自传性的文本，并由此着手探究疾病对她们创作的影响，使其研究具有独特性和一定的创新性。

其次是研究方法的"渗透性"。伯斯特在分析文本的过程中，融合了历史学、人类学、哲学以及视觉艺术中的重要观点。同时，作者也广泛利用文化研究、后现代主义、女性主义和传统历史研究中的重要方法和理论。如在第一章中，作者运用历史研究的方法，追溯三位作家作品中涉及的中美洲历史中对身体的操控（如戴面具、文身、截肢等），表达男人、女人、动物、环境以及神力之间边界的流动性，进而论证身体及身份之间

---

① BOST S. Encarnación: Illness and Body Politics in Chicana Feminist Literature [M]. New York: Fordham University Press, 2010: 9.
② HAMES-GARCIA M. Review of Bost, Encarnación: Illness and Body Politics in Chicana Feminist Literature [J]. Disability Studies Quarterly, 2011 (3). (https://dsq-sds.org/article/view/1660/1611)
③ HOLMES C. Encarnación: Illness and Body Politics in Chicana Feminist Literature (Review Essays) [J]. Hypatia: A Journal of Feminist Philosophy, 2012 (2): 384.

的流动性。同时,作者也将墨西哥艺术家卡洛(Carlo)的自画像中残缺的女性形象以及奇卡纳女性主义自传文学中对疼痛和疾病的书写进行对比,表现了身体具有开放性、流动性的特点以及身份具有渗透性的后身份政治观。

最后是研究成果的创新性。在《化身》中,伯斯特在详细分析三位作家作品的基础上,阐释了疼痛、疾病或残疾对她们创作的影响或在创作中的体现,表现残缺或不完美的身体打破了传统身份之间的边界,建立起身份之间的桥梁,展现了身份的多样性、杂糅性和异质性以及不同身份之间平等沟通的"后身份政治"思想。

伯斯特对疾病存在的意义进行了深刻反思。一般情况下,人们对疾病和疼痛都是排斥的,认为"疾病是生命的阴面,是一种更麻烦的公民身份"[1],但她却以一种积极和深刻的方式看待疼痛、疾病和残疾。在《临床医学的诞生》(The Birth of the Clinic)(1973)中,福柯谈到现代医学为一个理想中的人创造了定义,因为它勾勒出一个健康人该有的特点。[2] 这一观点促使伯斯特对现存的性别和文化规范(会导致恐同、民族中心主义以及帝国主义)产生强烈抵抗,同时也使得她以一种有违直觉的方式看待疾病和疼痛。现代医学关注人们的幸福和"健康",排斥疼痛和脆弱性。伯斯特反对这种将个人和周围世界割裂开来的防卫性治疗,认为我们不是只能毫无选择地被动接受疾病,相反,我们可以将疾病看作是积极认同世界的一个过程。[3]

此外,伯斯特借鉴中美洲社会对身体的看法,融合安扎杜瓦、莫拉加和卡斯蒂略对身份的思考,探讨了"后身份政治"的思想。身份政治"集中表现为考察文化形成过程中的主体身份(阶级、种族、性别),以达成

---

[1] 苏珊·桑塔格. 疾病的隐喻 [M]. 程巍, 译. 上海: 上海译文出版社, 2003: 2-3.
[2] BOST S. Encarnación: Illness and Body Politics in Chicana Feminist Literature [M]. New York: Fordham University Press, 2010: 178.
[3] BOST S. Encarnación: Illness and Body Politics in Chicana Feminist Literature [M]. New York: Fordham University Press, 2010: 178.

社会个体自我身份的觉醒"①。单一的身份政治观明确划定了不同身份之间的界限。但从伯斯特对历史的溯源来看，古中美洲的社会标准并不认为稳定和固定的身份可以行使特权，而是将融合的、变化的身体看作是神圣的典范。伯斯特对奇卡纳女性主义创作中的疼痛、疾病和残疾以及身体需求（被照顾）和身体移动（移动、变形）的关注，瓦解了身份之间的疆界，挑战了个体的完整性和身份的可预测性。这对传统的单一身份政治形成了极大的冲击。

虽然伯斯特在研究方法、研究视角和研究成果上有一定的创新之处，但她关于"身份政治"和"后身份政治"的某些观点却也值得商榷。在《化身》的开篇，伯斯特就强调如果没有身份政治，她所进行的奇卡纳/诺研究、女性研究或残疾研究的方法论基础和制度基础将不复存在，② 但在整本《化身》中，作者似乎并没有对身份政治做出明确界定。

伯斯特在书中讨论了后身份政治（Post-Identity Politics），其中也涉及对身份政治的一些论断。在她看来，身份政治最主要的问题在于它只关注单一的存在方式，并设立规范，建立理想的范式。因而，基于既定的行为准则和身份认同的身份政治，会与更大的语境及权力网孤立开来。③ 在谈及跛足舞者卡门时，伯斯特认为卡门身体位置的变换带来了身份的变化，这是对传统身份政治的一种挑战——移动意味着差异性和对障碍的跨越，而身份政治寻求同一性并守卫不同身份的边界。这些引起了一些学者的异议。

例如，苏珊·C. 门德斯（Suzan C. Méndez）在评论此书时说道，"伯斯特将种族、性别、阶级和国家看作静止的身份分类，似乎没有关注到更宽泛的途径如交叉性、联合政治以及联盟。研究奇卡纳/纳女性主义的读

---

①罗成. 哪种差异？如何认同？——启蒙的身份政治［J］. 中国图书评论，2010（11）：8-11.
②BOST S. Encarnación: Illness and Body Politics in Chicana Feminist Literature［M］. New York: Fordham University Press, 2010: 192.
③BOST S. Encarnación: Illness and Body Politics in Chicana Feminist Literature［M］. New York: Fordham University Press, 2010: 186.

者可以就这一点和伯斯特进行商榷"①。迈克尔·哈姆斯·加西亚（2011）在对《化身》的评论中对伯斯特的"身份政治"提出了质疑："伯斯特在反复提及'身份政治'时都表现出不屑一顾的态度，但是她并没有给出一个定义，告诉我们她所理解的身份政治是什么，这就有点像和假想的敌人战斗……有些时候，伯斯特似乎把身份政治和民族主义联系起来……在援引温迪·布朗（Wendy Brown）1995年所著的《受伤的国度》(States of Injury)（1995）时，伯斯特近乎要对'身份政治'下一个定义。然而，布朗的这本书饱受研究种族、残疾和女性主义学者的诟病，因此伯斯特以布朗的理论为支撑显然是不可靠的。同时，伯斯特对'身份政治'做了一些未经证实的论断，如'身份政治……将身份和更大的语境及权力网孤立开来'，'身份政治寻求同一性并守卫不同身份的边界'。"此外，加西亚还认为伯斯特"不断地贬抑'身份政治'似乎是为了避免利用身份建立政治联盟或发起政治运动"②。

其实，加西亚对《化身》中的部分观点也存在一些过于偏激的解读，但其根本原因在于伯斯特没有明确阐释《化身》讨论的身份政治是什么，以及她意在批判的身份政治和尝试推崇的后身份政治有何不同。伯斯特在《化身》整本书中想表达的核心观点就是：疼痛、疾病和残疾打破身体和身份的疆界，并通过"化身"体现身份的流动性、渗透性和多样性，而非像单一的身份政治一样一味地强调种族、国家或者性别身份，这种后身份政治思想极大地丰富了奇卡纳女性主义研究的内涵。这一观点的实质就是身份政治向后身份政治的转变。

身份政治是后殖民主义批评中的主要话题，通常针对弱势群体而言。无论是曾经遭受殖民经历的被殖民者，还是像美国黑人那样曾长期受奴役、受压迫的民众，虽然后来获得独立或政治解放，但均处于弱势境况。

---

① MéNDEZ S C. Encarnation: Illness and Body Politics in Chicana Feminist Literature (review) [J]. MELUS, 2011 (1): 233.
② HAMES-GARCIA M. Review of Bost, Encarnación: Illness and Body Politics in Chicana Feminist Literature [J]. Disability Studies Quarterly, 2011 (3): 310.

这些弱势群体为了争取政治平等，一直坚持不懈地进行抗争，力求重现被压制的自我，以独立、平等的姿态立足于社会之中。① 身份政治是通过对个体属性进行不同的拣选而形成的，特定集体也常常利用和突出与"身份"相关的特征，用符号化的言辞来强化身份意识，用来作为实现集体性团结、达成某些政治诉求的基础，因而身份政治就具有一些共同特征。② 这种强调"同一性的身份归属"③的单一身份政治，是伯斯特在书中尝试摒弃的身份政治观。

从《化身》整本书的分析中可以看出，安扎杜瓦、莫拉加和卡斯蒂略并没有通过强化奇卡纳身份来反对"主流"身份或在主流文化中取得成功，而是通过刻画边界模糊的身体来覆盖身份政治的竞争机制和现代自由主义的泛化机制。更具有挑战性的是，她们将对世界的考量聚焦于特殊身体、文化背景以及政治需求之间的重合之处④。伯斯特基于上述观点力图倡导的后身份政治，超越了"同一性"，跨越了由种族、性别和阶级定义的"主流"身份限制，强调身份的不稳定性、渗透性、杂糅性和多样性。

在《化身》的前言部分，伯斯特谈到了莫亚（Moya Paula）在《从经验中学习》（Learning from Experience）（2002）中对后现代主义及奇卡纳女性主义身份政治的讨论，并坦言自己和莫亚在几个方面有着本质的不同。这里涉及作者对于身份和后身份政治理解。莫亚强调身份是"个人存在于社会中特殊的种族、阶级、性别和性的关系"⑤，并认为这些因素对身份的形成起着决定作用。在研究安扎杜瓦、莫拉加和卡斯蒂略基础上，伯斯特认为身体内复杂的、难以预测的、流动的身体组织，打破了我们对传统的种族、性别和健康的理解。在莫亚看来，身份建构了个人、团体以及

---

① 骆洪. 20世纪非裔美国文学批评中的身份政治 [J]. 学术探索，2016（11）：100-106.
② 吕春颖. 异质性哲学视野中的现代身份政治 [J]. 求是学刊，2013（4）：41.
③ 何李新. 性别与身份政治刍议 [J]. 学术交流，2015（6）：175-179.
④ BOST S. Encarnación: Illness and Body Politics in Chicana Feminist Literature [M]. New York: Fordham University Press, 2010: 197.
⑤ BOST S. Encarnación: Illness and Body Politics in Chicana Feminist Literature [M]. New York: Fordham University Press, 2010: 22.

社会的核心组建原则之间的联系，但伯斯特认为，个人和社会之间关系的构建可以通过随疾病或残疾相继而来的看护（caregiving）或非理性的精神性（non-rational spirituality）来实现[1]。与此同时，她们对后现代主义所持的态度也不一样。后现代主义视角下的身份是混乱的、分裂的，莫亚认为在理论上边界是可以渗透的（permeable），但实际上人类却因受限于生物层面及现实生活的社会性存在而无法跨越这种边界。伯斯特的看法刚好相反。她认为在现实中身份和边界是可渗透的，身份只是理论层面的划分，同时也只有在理论层面上，生物、现世及社会环境才会构成限制。伯斯特也尝试解构传统意义上的身份。"如果我们认为所有肉体的存在都需要外部的援助——医疗、假肢、车辆，甚至是梯子和工具——我们就能揭开这个神秘而独立的主体的面纱，将政治上的关注点转向通道（access），而非身体或者身份。这个时候我们寻求的不再是把边缘身份纳入整体或承担中立的普遍权利，政治将以人的需要为导向"[2]。以上都体现了伯斯特对后身份构建的一种设想。

由上可总结出，莫亚尝试利用种族、阶级和性别构建身份政治，并认为现实中人的身份受到多方面因素的制约而无法实现不同身份间的流动。伯斯特则试图借助疾病或残疾以及由此产生的需求，打破身份之间的边界，构建新型的人与社会关系和流动的身份。这体现了伯斯特的后身份政治思想。

后身份政治还是一个生成中的概念，很多学者仍在身份政治范畴下进行着伯斯特在《化身》中探讨的后身份政治研究。假如伯斯特在书中对其探讨的身份政治和后身份政治进行了明显界定，或许会避免很多不必要的误读和批判。尽管在伯斯特的论述过程中还存在有争议的地方和概念不清晰的地方，但毫无疑问的是，伯斯特对于安扎杜瓦、莫拉加和卡斯蒂略文

---

[1] BOST S. Encarnación： Illness and Body Politics in Chicana Feminist Literature [M]. New York： Fordham University Press，2010：23
[2] BOST S. Encarnación： Illness and Body Politics in Chicana Feminist Literature [M]. New York： Fordham University Press，2010：187.

本的全新解读，以及对疼痛、疾病和残疾身体的再审视，推进了残疾研究、奇卡纳女性主义研究以及两个领域间的交叉研究，丰富了奇卡纳女性主义身份政治的理论内涵。

从上述对残疾叙事、疾病叙事、女性主义残疾研究以及奇卡纳女性主义疾病叙事的梳理与阐释中，我们可以发现，前期有关残疾方面的研究已做了大量工作，有些相关研究已跳出传统上从种族、性别、阶级等视角研究族裔女性文学的窠臼，开始剖析族裔女作家，尤其是奇卡纳女性主义作家作品中的疾病叙事，并触及了"身份政治"和"后身份政治"，但是这些相关研究还不够系统，涉及的族裔作家作品比较有限，尤其是对疾病叙事中所体现的"后身份政治"挖掘得不够深入。本书将在上述前期研究的基础上，以几位主要的拉美裔女作家的多部作品中的疾病、疼痛、残疾、抑郁等身体叙事所体现的"后身份政治"为切入点，深化对有关"后身份政治"特性，如"异质性""流动性""多元性""重叠性""开放性"等概念的理解，并从特定的历史、社会、政治、科技、环境和文化语境探讨后身份政治诉求所揭示的更复杂权力运作机制和更深层内涵。下面将梳理和评价一些相关理论，并以它们作为本研究的理论依据。

第四节　相关理论评述

一、物质女性主义理论评述

进入 21 世纪的后人类时期，女性主义的发展在阿莱莫（Stacy Alaimo）和赫克曼（Susan Hekman）等学者的推动下，由对自然关切的生态女性主义发展，成为以物质存在为核心的物质女性主义。物质女性主义综合探究文化、历史、话语、科技、生物和环境之间的相互关系，而非偏重某一特定方面的因素。① 基于 20 世纪量子物理对人类认知的重大影响，物质女性主义认为物质之间的联系是主动的，而非被动的。从各种物质之间的主动联系关系上来解构人类/自然、物质/话语的二元对立，物质女性主义直接对传统女性主义的性别文化形成观、身份的社会建构理论等方面作出挑战。除此之外，物质女性主义在身体交互空间（Trans-Corporeal Space）、内部交互性（Intra-Activity）、毒性身体（Toxic Bodies）、身体与环境的关系等方面的理论，为女性主义的理论和实践研究提供一种全方位、跨学科、多角度的研究视野，并进一步完善和丰富女性主义的批评理论。

史黛西·阿莱莫和苏珊·赫克曼编著的《物质女性主义》（Material Feminism）（2008）的出版宣告了女性主义向物质女性主义转向。物质女性主义以物质性这一被传统女性主义忽略的因素为基础，强调多种因素的互动作用而非单一因素的优势地位，肯定物质主体在人类和非人类世界的互动交流作用，打破传统女性主义身份政治单一化、社会建构的藩篱，转向由生物、化学、物理、心理、历史、文化、社会等多元学科联系并重。物质女性主义与疾病、残疾研究的积极对话，以及对身体物质性的探究为开启全新的后身份政治道路打下了坚实基础。

编者阿莱莫和赫克曼的《物质女性主义》综合众多学者的思想理论，将物质女性主义的核心思想分为三个部分：物质理论、物质世界和物质身体。物质理论阐述达尔文进化论与女性主义的关联、女性主义认识论以及后人类操演性（Posthumanist Performativity）对于人类物质观的影响。物质世界的核心在于物质自然，包括人类与非人类自然的交互影响。物质身体则从身体的物质性解读疾病、残疾、性别、身份等方面与物质女性主义的联系。下面将分别对物质理论、物质世界和物质身体三个概念进行阐述。

（一）物质理论

传统女性主义对达尔文的理论持敌对态度，格罗兹（Elizabeth Grosz）

---

①ALAIMO S, HEKMAN S. Material Feminism [M]. Bloomington: Indiana University Press, 2008: 7.

呼吁女性主义者重新考虑达尔文的理论对女性主义的有效性。达尔文的进化论主张生物性发展演变、性别和种族差异的交织影响,强调作为物质的生物和环境之间交互作用,而生物的物质性基础又是文化存在的先决条件。物质理论与达尔文理论具有联系,其"目的是把女性主义从过分强调文化的后现代主义的形而上倾向拉回物质的身体本身,强调女性主义应该更重视人类人体在科学技术中变异变质后以达到解放的可能性"[1]。达尔文的理论从本质上来说是一种对压迫的揭露;环境迫使生物与同类和环境不断斗争而发展,在女性主义争取解放和斗争方面殊途同归。深度剖析达尔文理论之后,她认为达尔文的著作对于发展一个以理解物质、自然、生物、时间和构成(这些对象和概念往往是女性主义分析研究关注点之外的内容)的更具政治化、更加根本的、更加深远的女性主义研究具有重大意义[2]。

科尔布鲁克(Clare Colebrook)探讨作为非自然潜力(Unactualized Potential)的新活力论(New Vitalism)对女性主义物质理论的形成产生的作用。活力论(Vitalism)是19世纪提出关于生物生命原动力的说法。该理论认为生物与非生物之间的区别在于生物体中存在一种"非物质的生命力",它能保证生物的各项机能正常进行。这种观点实质上是一种形而上学的理论,但其对于生命源泉的探索及生命物质性发现有着引导作用。科尔布鲁克认为物质女性主义理论必须建构在以物质为基础的"全新活力论"之上。对比分析马克思主义物质论,反物质论(Counter-Materialism)等观点之后,她指出物质是一种正差异(Positive Difference),拒绝将身体的物质性当作文化建构的白板[3]。

赫克曼(Susan Hekman)通过阐述女性主义的认识论危机,认为女性

---

[1] 柏棣. 物质女性主义和"后人类"时代的性别问题——《物质女性主义》评介[J]. 中华女子学院学报,2012(6):109.
[2] GROSZ E. Darwin and Feminism: Preliminary Investigations for a Possible Alliance [M]. ALAIMO S, HEKMAN S. Material Feminism. Bloomington: Indiana University Press,2008:46.
[3] ALAIMO S, HEKMAN S. Material Feminism [M] Bloomington: Indiana University Press,2008:11.

主义从认识论（Epistemology）转向本体论（Ontology）才是未来的正确走向。因为，从本体论角度研究主体身份的好处在于能让研究者看到身份的必要性及其在社会环境中产生的作用①；再者，本体论也标志着女性主义物质性的回归。

芭拉德（Karen Barad）对于物质女性主义的贡献莫过于她提出的后人类主义操演性（Posthumanist Performativity）以及主动实在论（Agential Realism）。芭拉德认为，在经历西方语言学和符号学转向之后，女性主义研究的核心主要是语言领域，语言似乎被赋予极大权力，而作为基础的物质却鲜有人关注。基于20世纪玻尔（Niels Bohr）提出的量子力学（Quantum Mechanics），同时结合巴特勒的性别操演理论，芭拉德的后人类操演性及主动实在论强调物质的内在互动联系，她指出主动性（Agency）不是一种属性，而是一种交互活动（Intra-Activity）或状态。② 玻尔（Niels Bohr）认为物质客观性存在于各种现象（phenomenon）之中，她将"现象"作为实在展现的方式，认为现象是互动中（intra-acting）的主动者（agencies）之间本体论上的不可分割/相互交缠（inseparability/entanglement）。③ 所谓后人类主义是指把科学实践看作是人类力量（如科学家或工程师等）与非人类力量（如物质仪器等）之间辩证互动与冲撞的生成过程，以去中心化为主要特征，这一过程中的任何力量都无任何优先或中心地位。④ 在后人类时代，人类与非人类自然的界限变得不再明显，两者处于不断变动、影响之中。

---

①HEKMAN S. Constructing the Ballast: An Ontology for Feminism [M]//ALAIMO S, HEKMAN S. Material Feminism. Bloomington: Indiana University Press, 2008: 85-119.
②BARAD K. Posthumanist Performativity: Toward An Understanding of How Matter Comes to Matter [M]//. ALAIMO S, HEKMAN S. Material Feminism. Bloomington: Indiana University Press, 2008: 144
③颜鸿. 人的地位：凯伦·巴拉德的"主动实在论"及其问题 [J] 哲学动态, 2012 (4): 85.
④肖雷波、柯文、吴文娟. 论女性主义技术科学研究——当代女性主义科学研究的后人类主义转向 [J]. 科学与社会, 2013 (3): 58.

(二) 物质世界

物质世界理论主要研究的对象是物质自然。哈拉维的赛博格（Cyborg）理论对于后人类时代的女性主义影响重大。在物质自然中，哈拉维引用三个故事来论述历史人类因素、有机组成和科技产物对于自然的重要性。她认为自然严格来说是一个共同体[①]，必须涵盖主体间的界限和联系，这些主体包括人类和非人类，有机体和非有机体。[②]

图安娜（Nancy Tuana）的互动主义（Interactionism）认为，各种现象（如社会性别、生理性别、能力、认知权力等）常常被认为是"自然"的现象，女性主义认为它们是社会构建的。这些现象完全是真实的，它们对人类的经济、社会和心理都产生影响，但它们不能独立于人类的互动作用，实际上，这些现象都由互动而产生。[③] 她以黏性的多孔性（Viscous Porosity）形容各种物质因素之间的黏着渗透作用，从互动主义出发对人类/自然、社会/自然二元对立进行解构，以物质交互性为核心，强调各种物质因素的共同作用。她以美国新奥尔良市的卡特里娜飓风（Hurricane Katrina）为例，从地理位置（新奥尔良市位于密西西比河与庞恰特雷湖之间，地势低洼，受飓风袭击有较高决堤风险）、环境影响（新奥尔良市塑料制品生产企业众多，大气污染导致温室效应，河流污染造成毒素进入身体）、种族歧视（白人黑人曾经因为飓风产生过冲突，市政实施白人优先政策，造成黑人大量死亡）、市政管理（官员腐败，削减灾难应对基金）等方面全方位解读此次灾难产生的原因及影响，以此揭示各种物质之间的不可分离性以及互动论对于现实生活的启示。

柯比（Vicki Kirby）重新评价笛卡尔主义二元（心理/身体、自然/文

[①] HARAWAY D J. Otherworldy Conversations, Terran Topics, Local Terms [M] // ALAIMO S, HEKMAN S. Material Feminism. Bloomington: Indiana University Press, 2008: 159.
[②] ALAIMO S, HEKMAN S. Material Feminism [M]. Bloomington: Indiana University Press, 2008: 13.
[③] TUANA N. Viscous Porosity: Witnessing Katrina [M] // ALAIMO S, HEKMAN S. Material Feminism. Bloomington: Indiana University Press, 2008: 191.

化）对立的思想和政治观点，试图为女性主义发掘更多反直觉和令人惊讶的问题，为物质女性主义的思想发展开辟新领域。除此之外，柯比为重新概念化自然的本质提供了一种大胆观点，即考虑我们一直所说的文化就是真正的自然的可能性。①

阿莱莫在其论文《超越肉体的女性主义和自然的伦理空间》（"Trans-Corporeal Feminism and the Ethical Space of Nature"）（2008）的开篇便指出过去几十年来女性主义的主流趋势是减少物质性的影响，它们并不否认身体的物质存在，但是却只关注各种身体是如何通过话语建构的，进而将身体看作被动的、可塑性的物质。② 阿莱莫的物质女性主义吸收芭拉德（Karen Barad）的主动性（Agency）概念，通过弱化主体的认知性、社会性，强调主体的表演性与行动性，赋予非人类物种、非生命物体主体地位，突出非人类生命、非生命物体以行动和表演来体现其存在性与能动性的特点，改变自然被动、消极的典型刻板形象。③ 阿莱莫提出的另一个重要物质世界的概念：交互肉体性（Trans-Corporeality）。她将人类的肉体性（Human Corporeality）归为交互肉体性（Trans-Corporeality），并以食物从动、植物到人类身体中的物质流动为例，暗示人类物质身体和非人类世界（自然）的不可分离性。交互肉体性（Trans-Corporeality）开启一个承认人类身体、非人类生物、生态系统、化学剂（chemical agent）和其他因素不可预测的认识空间。④ 毒性身体（Toxic Bodies）理论预示人类虽然生活在无毒的环境下，却因为毒性的物质流动而不可避免地中毒。毒性身体不仅印证交互身体性（Trans-Corporeality），而且反映出环境主义、人类健康和社会正

---

① ALAIMO S, HEKMAN S. Material Feminism [M]. Bloomington: Indiana University Press, 2008: 13.
② ALAIMO S. Trans-Corporeal Feminisms and the Ethical Space of Nature [M] // ALAIMO S, HEKMAN S. Material Feminism. Bloomington: Indiana University Press, 2008: 237.
③ 方红. 意象中的女性环境观: 物质女权主义核心概念剖析 [J]. 当代外国文学, 2012 (3): 104.
④ ALAIMO S. Trans-Corporeal Feminisms and the Ethical Space of Nature [M] // ALAIMO S, HEKMAN S. Material Feminism. Bloomington: Indiana University Press, 2008: 238.

义的联系不能被切断。①

莫蒂默·桑迪兰兹（Catriona Mortimer-Sandilands）讲述自己陪护罹患阿尔茨海默病母亲的经历，她引述艾布拉姆（David Abram）和托德文（Ted Toadvine）有关环境哲学的论争，部分否认艾布拉姆的记忆与环境分离的观点；她认为阿尔茨海默病消除的是面对现实世界创造的能力，病人的记忆事实上还存在于身体中，疾病并没有将病人的需要与世界切割开来②，环境对于疾病的影响巨大，由此她呼吁女性主义者重新探讨土地、记忆、身体、疾病四者的相互连接关系。

（三）物质身体

西贝斯（Tobin Siebers）认为残疾身体和残疾经历建构少数族群的特殊身份。他以残疾人莱恩（George Lane）受传唤到法院出庭而受辱为例子——因为法院没有为残疾人设置专用的楼梯，莱恩不得不爬上两层楼高的阶梯，法院的员工甚至对他冷嘲热讽。通过实例，西贝斯指出很难克服对残疾的偏见，因为这些偏见已经在环境中根深蒂固③，因此身体体验可以作为构成身份的基础。

黑姆斯-加西亚（Michael Hames-Garcia）探索种族现实的社会与生物概念的对立，认为目前需要对种族身份采取创造性实验，并列举和分析两种反对种族和身份的声音——布朗（Wendy Brown）的悲观身份政治论及迈克尔斯（Walter Benn Michaels）的种族社会分类观点。结合芭拉德和玻尔的物质不断交互变化构成量子非决定性的理论，黑姆斯-加西亚认为种族是一种由许多事物互动作用（intra-action）产生的现象，这些现象包括

---

①ALAIMO S. Trans-Corporeal Feminisms and the Ethical Space of Nature [M]. ALAIMO S, HEKMAN S. Material Feminism. Bloomington: Indiana University Press, 2008: 262.
②MORTIMER-SANDILANDS, C. Landscape, Memory, & Forgetting: "Thinking Through（My Mother's）Body and Place" [M]. ALAIMO S, HEKMAN S. Material Feminism. Bloomington: Indiana University Press, 2008: 275.
③SIEBERS T. Disability Experience on Trial [M]. ALAIMO S, HEKMAN S. Material Feminism. Bloomington: Indiana University Press, 2008: 304.

众多人类表象差异（眼睛和鼻子的形状、肤色、发质等）。而身体的意义不是一成不变的，也不是被动地由外部因素决定的；身体具有主动实在的特征：能够与其他因素不断交互运动，自主地创造意义①。

博斯特从种族、身体、疾病的角度研究奇卡纳文学女性作家安扎杜瓦、莫拉加的生病、疼痛体验，摆脱以往女性主义通过社会、政治视角研究身份的传统，将奇卡纳女性主义身份政治研究带入一个以物质身体疾病、病痛、医疗为关注点的全新领域。疾病批评主要是以作者或是作者作品中的疾病患者为研究背景。安扎杜瓦身患糖尿病，发育过早导致经血来潮过多，性器官异常，她的边界意识和梅思蒂扎意识都在疾病折磨的躯体上得到体现；莫拉加则与医院、医生、护士产生过多的交集，早产的经历，过多依赖医疗器械催乳，以至于发展到后来的女同性恋，皆源于物质身体的改变。通过安扎杜瓦和莫拉加最新作品中残疾主体的需求和对奇卡纳身份边界的超越，残疾（疾病）身份政治比肉体民族主义（corporeal nationalism）身份政治更能体现奇卡纳女性主义的明确目的②。

传统女性主义认为生物学与其说是变化、差异、转变的源泉，不如说是停滞和预先决定的领域。威尔森（Elizabeth A. Wilson）（2008）开始思考女性主义文化观与生物化学的对立，以及对生物化学的忽视，以实证研究的方式对新型抗抑郁药（SSRI 和 SNRI）产生的效果进行分析，阐述生物性因素的影响力——物质身体、心理和药物在抑郁状态下形成不可分离、相互融合的有机整体。重新关注生物性因素对女性主义的影响，能使其摆脱自身政治建构的局限，激发女性主义对新领域的探索。③

博尔多（Susan Bordo）从帮自己女儿绑发辫的经历联想到对种族以及

---

① HAMES-GARCIA M. How Real is Race? [M] // ALAIMO S, HEKMAN S. Material Feminism. Bloomington: Indiana University Press, 2008: 326-327.
② BOST S. Encarnación: Illness and Body Politics in Chicana Feminist Literature [M]. New York: Fordham University Press, 2010: 361.
③ WILSON E A. Organic Empathy: Feminism, Psychopharmaceuticals, and the Embodiment of Depression [M] // ALAIMO S, HEKMAN S. Material Feminism. Bloomington: Indiana University Press, 2008: 373-399.

认识差异的思考。她认为人类不应以某一特定族群的观点审视另一族群，并通过多种宣传手段间接强迫另一族群接受其观点。博尔多指出，白人认为直发比卷发更好看，并在洗发水广告中选用的黑人模特也以直发为标准，并以美的宣传标语加以标榜，否认黑人传统卷发的自然美。博尔多在其著作《不能承受之重：女性主义，西方文化与身体》（Unbearable Weight：Feminism, Western Culture, and the Body）（1993）中就提到，身体是处在自然／文化对立中的自然那一边的[1]，即身体是物质性的。女性主义受到文化主义的影响过多，关注文化建构的身体，往往会忽视身体本身物质性的存在。因此，她倡导我们不应该把时间浪费在文化差异理论化上面，而应花费更多时间学习和了解每个人生活的异同。[2]

上文从物质理论、物质世界和物质身体三个方面综述了物质女性主义学者的理论观点。显而易见，物质女性主义在多方面具有进步性和前瞻性。女性主义的物质理论转向是直接对传统形而上学思想的颠覆；打破了后现代女性主义人类／自然、物质／话语二元对立的束缚，提出了物质世界（物质自然）重塑人类与非人类世界的平等互动观，突出了各种事物的自在交互作用，阐明了物质身体可通过疾病、残疾、医药与后身份政治形成相互联系的有机体观点，强调身体体验与政治身份构建的紧密联系。物质女性主义之所以与传统女性主义区别开来，就是因为它将事物的物质性放在认识论的首要位置，把以重视文化为核心的女性主义导向拉回物质本身。正如阿莱莫和赫克曼在《物质女性主义》的导言中写到的：物质女性主义的目的是把物质（尤其是身体和自然世界的物质性）引入女性主义理论和实践的研究前沿领域[3]。也正因为女性主义理论的自然和身体的物质转向，女性主义批评得以对以往的观点进行修正和革新，从而发现更为广

---

[1] BORDO S. Unbearable Weight, Feminism, Western Culture, and the Body [M]. Berkeley: University of California Press, 1993: 33.
[2] BORDO S. Unbearable Weight, Feminism, Western Culture, and the Body [M]. Berkeley: University of California Press, 1993: 416.
[3] ALAIMO S, HEKMAN S. Material Feminism [M]. Bloomington: Indiana University Press, 2008: 1.

阔的研究领域。

二、身体空间理论

梅洛·庞蒂（Merleau Ponty）是最早抽象出"身体空间"概念并对其进行阐释的学者，他认为没有身体的参与，就没有空间的感知，所以空间不是绝对存在的，而是身体化的空间（embodied space），也就是身体空间，"我的身体不只是空间的一部分，如果没有身体，也就没有空间"[1]。梅洛·庞蒂试图把人类在世界上的一切存在和关系都建立在人类身体行为和身体经验基础之上，他认为身体各个器官共同构成有机整体，以一种积极、主动的方式参与世界的建构，身体具有含混特质，不是单一存在体，而是一种既包括肉身和躯体，又包括心灵和意识的双重存在体，时刻体现二者的互动和交织。他认为"不同于外部物体的位置空间性，身体的空间性是一种处境的空间性"[2]。他强调身体经验和生命体验，相信意义、语言和族裔都是通过个人对世界的经验投射反映出来的，"没有包括感官、行为、语言和欲望的身体空间，我们无法理解对象的意义与形式。活着的身体不仅是已经形成的世界产物，而且孵化着新的世界"[3]。

在身体空间理论方面，列斐伏尔（Henri Lefebvre）把身体提升到元哲学的中心位置，赋予了身体更多的空间想象和主体意识，他认为身体具有主体性，身体不是权力空间的铭刻。[4] "无论是支配抑或是反抗，都源于主体性，在主体性的作用下，个体可以凭着生病取得新的身份，也可以制造出空间，为个人及社会带来转变。"[5] 由此，可以将健康身体空间看作身体空间的主体性支配，而将疾病身体空间看作身体空间的主体性反抗。这种疾病身体空间并不是封闭的，而是与外界互相流通的。外界社会政治希望

---

[1] PONTY M M. Phenomenology of Perception [M]. London: Taylor and Francis, 2005: 117.
[2] PONTY M M. Phenomenology of Perception [M]. London: Taylor and Francis, 2005: 117-138.
[3] LEDER D. Lived Body: A Tale of Two Bodies, The Cartesian Corpse and the Lived Body [M] // WELTON D. Body and Flesh: A Philosophical Reader, 1992: 119.
[4] HOWARTH D. Space, Subjectivity, and Politics [J]. Alternatives, 2006, 31 (2): 105-134.
[5] 何式凝，曾家达. 情欲、伦理与权力 [M]. 北京：中国社会科学出版社，2012: 102-116.

通过控制疾病来控制身体，对疾病控制的实质就是对身体的控制，因为疾病总是在人身体上体现的，药物对疾病的治疗，不仅仅作用于某一个器官，而是作用于整个身体，疾病在身体上的发生和发展则可以引起主体身份流动。所以疾病身体空间本身也不是完全封闭的，而是开放并且处于与外界的互通和交流之中的。疾病，作为一种独特的生命体验，寓居于身体空间又影响着身体空间，既形成处境中的身体感知，又强化通过身体空间投射出来的肉体和环境。疾病让身体觉察到父权社会对原本健康身体的压迫和规约，并赋予身体空间拓展和融合的能力。

三、疾病身体空间叙事理论

没有身体来感知空间，就没有生命与世界的互动，就没有叙事的动力。"一个起动态作用的空间是一个允许人物行动的要素。人物行走，因而需要一条道路；人物旅行，因而需要一个大的空间：乡村、海洋、天空等。童话中的主人公得穿过黑暗的森林以证明其胆量，因而就有了森林。"[1]身体的空间性决定了生命对世界的体验，决定了文学叙事的源泉。病痛中的身体，构成特殊的身体空间，产生不同的生命体验，呼唤不同的叙事，"需要发出自己的声音"[2]。因此，"作家本身所罹患的身体疾病也会影响该作家所采取的叙述方式"[3]。

疾病身体空间叙事理论是身体空间理论和疾病叙事理论的有机结合，主要涉及文本中的疾病身体是如何被建构为空间以及这种空间被何种行为模式和感官体验来刻画和书写。疾病身体空间从疾病身体出发来表达最真实的身体感受，以此揭示疾病身体进入历史语义中蕴含的文化意义，探究疾病身体在叙事中的功能，以及疾病身体如何推动叙事并构成故事的枢纽

---

[1] BAL M. Narratology：Introduction to the Theory of Narrative（4th edition）[M]. Toronto：University of Toronto Press, Scholarly Publishing Division, 2017：161.

[2] FRANK Arthur. The Wounded Storyteller：Body, Illness, and Ethics [M]. Chicago：U of Chicago Press, 1995：2.

[3] 许德金，王莲香. 身体、身份与叙事——身体叙事学刍议[J]. 江西社会科学, 2008（4）：28-34.

与关键,如何反映人物心理变化,背后蕴含了怎样的文化意义和历史意义。①

四、奇卡纳女性主义相关概念和理论

(一) 梅斯蒂扎(mestiza 女混血儿)身份

西班牙语阴性名词"梅斯蒂扎"(mestiza)的英文对应词即混合的(mixed)和混血的(hybrid),影射墨美族裔女性血统和混杂的文化身份。② 奇卡纳作家作品中英语"边界"(Borderlands)和西班牙语"边界"(Frontera)的混合使用(语际跨界)反映了墨西哥裔美国人面临的一系列混合政治身份,它不仅指地理空间上墨西哥和美国的交界区域,而且还指由墨西哥裔美国人混杂身份引起的一系列交叉多元空间。

(二) 奇卡纳(Chicana)、奇卡纳(Chicano)、奇卡纳克斯(Chicanx)

奇卡纳(Chicana)或奇卡纳(Chicano)是指出生在美国的墨西哥人或具有墨西哥血统。这个词的后缀用来区分不同性别,-a 代表女性,-o 代表男性。这个词首先出现在 20 世纪 50 年代的奇卡纳运动中。奇卡纳/纳(Chicano/a)是一种战略身份建构,目的是在白人主导的社会中少数族裔再次受到不公正待遇的情况下,表达墨西哥裔美国人的声音。奇卡纳/纳也是墨西哥裔美国人文化传统和文化抵抗的标志。与"非裔美国女权主义者"一词的发展类似,"Chicana"比"Chicano"更晚才被创造出来。由于奇卡纳女性主义者的努力,墨西哥裔美国人同意把这两个词合并成一个完整的"Chicano/a"或"Chican@",作为他们抵抗斗争的共同基础。目前,由于一些极端女权主义者对后缀 o 和 a 的顺序不满意,"Chicano/a"或"Chican@"逐渐被一个更为中性的词"Chicanx"所取代,可中译为奇卡

---

①王华伟. 空间叙事的身体性思考 [J]. 中州学刊, 2008 (2): 159-165.
②黄心雅. 同志论述的奇哥那想象:安扎尔朵的美斯媞莎酷儿 [J]. 中外文学, 2003 (3): 35-62.

纳克斯。

目前，奇卡纳一词建构了独特、流动、变化的墨西哥裔美国女性身份。当代墨西哥裔美国女性学者格洛丽亚·安扎杜瓦（Gloria Anzaldúa）是最有代表性的奇卡纳作家之一。她在其散文、随笔、诗歌和自传中构建了疾病身体叙事，从"新梅斯蒂扎"（New Mestiza）混血儿意识出发，用疾病身体空间叙事来凸显文化混杂语境下的审美表达和女性文学经验，以疾病这一流动的物质为载体来呈现奇卡纳群体政治身份、文化身份、性别身份、族裔身份和阶级身份的流动，反映了奇卡纳群体由疾病身体体验衍生出的后现代新身份政治诉求，即主张边缘文化、混血意识和流动身份，扩展了奇卡纳女性主义身份政治的内容。

（三）认知（Conocimiento）

认知（Conocimiento）是由格洛丽亚·安扎杜瓦在她编辑的《这座桥我们称之为家》（This Bridge We Call Home）一书中提出的一种非二元的、变革的思维模式。根据安扎杜瓦的说法，认知（conocimientos）是由一系列联合力量——登记信息的感觉器官、有组织的理性思维、通过第三只眼睛（像爬行动物的眼睛同时向内和向外看）观察生命而产生的图像知识以及对女守护神（Naguala，变化的感知者）形状的感知——发展起来的。[①]换句话说，认知（conocimientos）是指隐藏在人类深层意识中的被忽视的知识，可以被激活来挑战传统和主导的意识形态，以争取社会正义。认知（Conocimiento）是对自我、他人和社会世界进行有意识的解构/重建的迭代过程。认知（conocimiento）的特征是七个相互依存的交织阶段，它将个体暴露在更深层次的、通常是新的、复杂的或矛盾的认知方式中，这些认

[①] ANZALDúA G, KEATING A. This Bridge We Call Home: Radical Vision for Transformation [M]. New York: Routledge, 2002: 542.

知方式超越了思维和存在的规范性、层级性、客观性和二元性。①

（四）尼潘特拉（Nepantla，夹缝状态）、尼潘特勒拉（nepantlera，处于夹缝状态的人）和新梅斯蒂扎耶（new mestizaje，新混血儿）

尼潘特拉（Nepantla，夹缝状态）是阿兹特克人的纳瓦特尔语的一个术语，意指一种中间状态，是人们从一个地方搬到另一个地方，或转换阶层、种族、性取向，或从一种身份变为另一种身份时所处的一种不确定状态。它经常被墨西哥裔美国人和拉丁裔美国人的人类学、社会评论、批评、文学和艺术所采用，并代表了促进转变的阈限空间的概念。安扎杜瓦将尼潘特拉定义为不同生存领域之间的阈限区域："转换发生在这个中间空间，一个不稳定的，不可预测的，不确定的，总是在过渡的空间，缺乏明确的边界。……生活在这个边界地带意味着处于不断迁移的状态——一种不舒服，甚至令人担忧的感觉。"②

对于生活在边疆的梅斯蒂扎来说，她们时常丧失方向感，在空间丧失方向感就是处于尼潘特拉状态，身份被粉碎，又重新建构。边疆是空间上的静态，而尼潘特拉则是时间上的动态，是粉碎与重建的不断相续。对于艺术家，特别是边界艺术家来说，尼潘特拉状态就是他们的自然栖身地，他们参与两种或多种传统，甚至拥有双重国籍。他们也由此建立了一个新的混血儿文化艺术空间③。安扎杜瓦将处于尼潘特拉状态的人，那些沟通世界、起到桥梁作用的新梅斯蒂扎称为"尼潘特勒拉"（nepantlera，处于夹缝状态的人）。尼潘特勒拉具备全球眼光，而不仅仅是他们族群的或美国、或北美的眼光。他们使人觉醒，鼓励并激励人们有更深层次的意识，更深的自我认知（conocimiento）；他们提醒每个人要追求自身的完整性。

---

① FERNÁNDEZ S J, GAMERO M A. Latinx/Chicanx Students on the Path to Conocimiento: Critical Latinx/Chicanx Students on the Path to Conocimiento: Critical Reflexivity Journals as Tools for Healing and Resistance in the Trump Era [J]. Association of Mexican American Educators Journal. 2018, 12 (3): 16.
② Anzaldúa G. Borderlands/La Frontera: The New Mestiza (1st ed.) [M]. San Francisco: Aunt Lute, 1987: 1.
③ 韩颖. 安扎杜瓦"新梅斯蒂扎意识"的理论嬗变 [J]. 国外文学, 2013 (1): 55-62.

在大多数情况下，尼潘特拉这一术语指的是从事非殖民化生存抵抗的边缘化和殖民地人民。从这个意义上说，这个尼潘特拉的文化空间成了一种后现代范式或意识，根植于一种新的中间的创造之中，安扎杜瓦称之为"新梅斯蒂扎耶"（new mestizaje，新混血儿），其目的是治愈殖民占领留下的伤口。有时，它指的是生活在边境地带或十字路口，并创造可供生活、使用或创造的另类空间的过程。换言之，它是作为一种生存手段而发展政治、文化或心理意识的过程。

（五）科亚特利库埃状态（Coatlicue State）

科亚特利库埃（Coatlicue），又名"蛇裙女神"，是掌管生与死的大地女神和众神之母。当她清扫圣坛时，外套被一团羽毛浸透了。科亚特利库埃注意到羽毛，把它捡起来放在她的胸前，结果，她怀上了威齐洛波契特里（Huitzilopochtli），太阳之神和战神。科亚特利库埃的大女儿开尤沙乌奇（Coyolxauhqui）对母亲的怀孕感到愤怒。她鼓动她的四百名兄弟姐妹攻打科亚特利库埃。当开尤沙乌奇准备弑杀母亲时，胎儿威齐洛波契特里发育成熟，他将姐姐撕成上千块碎片，并将她的头颅抛向天空。开尤沙乌奇成了月亮女神。在另一个版本的墨西哥神话中，开尤沙乌奇成功杀死了她的母亲。她砍下母亲的头，就在那一刻，威齐洛波契特里出生了，并肢解了他的姐姐。墨西哥国家人类学博物馆的科亚特利库埃雕像展示了一个由两条蛇组成的头，据信是在她的头被切断后出现的。

奇卡纳女性主义者转向科亚特利库埃和开尤沙乌奇，试图从支离破碎的身体和身份中建构理论。安扎杜瓦创造了科亚特利库埃状态（Coatlicue state）这个词来代表对新知识和新情况的抵抗。安扎尔杜瓦将科亚特利库埃状态与抑郁、精神斗争和写作障碍联系起来。这些内在冲突与她作为一个墨西哥人所经历的那些状态类似。对于切丽·莫拉加来说，开尤沙乌奇的杀戮行为意味着对男性定义的母性的破坏。她最终的死亡表明太阳/儿子的崛起。开尤沙乌奇被肢解的尸体代表了莫拉加支离破碎的同性恋混血儿身份。开尤沙乌奇被重新想象为一个"重构自我"和一个完整的形象①。根据安扎尔杜瓦的说法，开尤沙乌奇代表着身体和思想、精神和灵魂的分裂。开尤沙乌奇诚命允许以新方式将碎片组合在一起。在《化身》中，苏珊娜·博斯特解释说，莫拉加认为开尤沙乌奇的伤残既是她自己的，也是普遍墨西哥妇女的伤口。② 奇卡纳艺术家和历史学家劳拉·佩雷斯（Laura Pérez）解释说，开尤沙乌奇不再被认为是邪恶的。相反，她被重新想象成一个试图摧毁其弟弟的人，她弟弟是战神，后来成为墨西哥的最高神。③ 开尤沙乌奇袭击她母亲的原因有很多。安扎杜瓦认为，孩子们因母亲怀孕而蒙羞。当代的版本认为，开尤沙乌奇预见到威齐洛波契特里是战神，她不想生活在一个充满战争的世界里。通过对阿兹特克神话的修正，奇卡纳女性主义作家能够把女性原型想象为具有能动性和创造性的表达及赋权的象征。

(六) 奇卡纳女性主义

奇卡纳女性主义，一种人人享有的女性主义，与白人女权主义者有不同的声音，奇卡纳女性主义被定义为一种试图承认奇卡纳和其他有色人种女性所经历的多重身份女性主义理论。奇卡纳人由于种族、性别、阶级以及在某些情况下的性取向而面临着边缘化。此外，奇卡纳女性主义理论考虑基于人的历史背景而产生的差异④。

比如艾莉森·贝利（Alison Bailey），她认为白人中产阶级妇女提出了一些理论，让有色人种妇女提供生动的故事和有趣的经历来支持她们。⑤ 但是，安扎杜瓦不是简单地将奇卡纳嵌入主流叙事，或补充它，而是设想

---

① MORAGA C. The Last Generation [M]. Boston：South End，1993：74.
② BOST S. Encarnación：Illness and Body Politics in Chicana Feminist Literature [M]. New York：Fordham University Press，2010：139.
③ PÉREZ L. Chicana Art：The Politics of Spiritual and Aesthetic Altarities [M]. Durham：Duke UP，2007：273.
④ HERNANDEZ E. La Chicana y el movimiento [M]. Garcia A M. Chicana Feminist Thought：The Basic Historical Writings. New York：Routledge，1997：83-92
⑤ BAILEY A. Women of Color and Philosophy [J]. Hypatia，2005，20（1）：220.

奇卡纳女性主义理论将通过质疑权威（谁来建构理论？）、知识的定义（什么是知识，谁来决定？）以及理论的应用（理论应该与谁分享，在哪里分享，如何分享？）来改变这些空间/叙事。

安扎杜瓦呼吁恢复这些知识和理论空间。她大胆地声称：

因为我们不被允许进入话语，因为我们经常被剥夺资格，被排斥在外，因为如今被视为理论的东西对我们来说是禁区，我们占领理论的空间是至关重要的，我们不允许白人男女独自占用它。通过引入我们自己的办法和方法，我们改变了理论空间。①

在安扎杜瓦之后，奇卡纳学者产生了她们自己的理论，这些理论基于生活经验，并将她们的身体纳入理论产生的过程中；这样产生的知识反击了理论化的历史，使那些由理论和话语塑造的主体和主观性在学术和公共空间中隐形。

艾玛·佩雷斯（Emma Perez）在《去殖民化意象：把奇卡纳人写进历史》（The Decolonial Imagery: Writing Chicanas into History）一书中也批评了白人女性主义现象学家伊丽莎白·格罗兹（Elizabeth Grosz）对德拉兹（Deleuze）和古斯塔里（Guattari）的解读，认为欲望源于缺乏记忆的原始身体感觉。

同样，拉丁裔哲学家玛丽安娜·奥尔特加（Mariana Ortega）批评了白人女权主义者侵占了有色女性的生活、经历和身体。她的讨论使有色人种女性使用的词语合法化，将有色人种女性从白人女权主义者的话语中解放出来②。

玛丽安娜·奥尔特加认为，哈拉维（Haraway）在试图用有色人种女性作为其半机器人形象的化身时，并没有注意到莫拉加（Moraga）对血缘和肤色重要性的坚持。莫拉加强调哈拉维工作和写作所反对的本质主义的

---

① ANZALDúA G. Making Face, Making Soul/Haciendo Caras: Creative and Critical Perspectives by Feminists of Color [M]. San Francisco: Aunt Lute, 1990: xxv.
② ORTEGA M. Multiplicity, Inbetweeness, and the Question of Assimilation [J]. The Southern Journal of Philosophy, 2008, 46 (1): 62.

属性，即血缘和肤色，让哈拉维构建的重视家庭亲属关系的半机械人物复杂化，因为血缘和肤色这种本质主义特性既排斥又扩展了他建构的半机器人身份，这对女权主义联盟的工作至关重要。莫拉加并没有完全否定半机械人物形象的适用性，而是要求重新表达半机械人的身份，包括血缘和肤色，这两者都不是固定的，而是不断变化的标志。① 在《奇怪的半机器人和新变种人》（Queer Cyborgs and New Mutants）中，米米·纽伦（Mimi Nguyen）也考虑了身体的重要性，反对用半机器人来代表有色女性，尤其是梅斯蒂扎（混血妇女）②。

因此，谢拉·桑多瓦尔（Chela Sandoval），一位有色女性主义者，在《压迫者的方法论》（Methodology of the oppressed）中提出了一种新范式来构建后殖民时代各学派，如后殖民理论、后结构主义、霸权主义（白人）女性主义和种族研究之间的对话。③

桑多瓦尔的差异意识是有效的，因为人们能够解读当前的权力形势，自觉地选择，采用最适合推动局面的意识形态立场。④ 美国向自身第三世界的学科映射能力促进了这种流动性，这种流动性的特点是在对立意识形态之间穿梭，以便揭示它们之间的区别⑤。这样的穿梭可以点燃全新的集体理想、风格、知识、政治和存在。其能动性和革命的潜力是巨大的，因为它为公民主体、美国第三世界的妇女或任何其他受压迫者，创造了学习识别、发展和控制意识形态手段的可能性，即要把与意识形态决裂所必需

---

① ORTEGA M. Multiplicity, Inbetweeness, and the Question of Assimilation [J]. The Southern Journal of Philosophy. 2008, 46（1）: 65-80.
② NGUYEN M. Queer Cyborgs and New Mutants: Race, Sexuality and Prosthetic Sociality in Digital Space [M] // Radway J, Gaines K, Shank B, Eschen. V. American Studies: An Anthology. New York: Wiley-Blackwell, 2009: 63.
③ SANDOVAL C. Methodology of the Oppressed [M]. Minneapolis: University of Minnesota Press, 2000: 70.
④ SANDOVAL C. Methodology of the Oppressed [M]. Minneapolis: University of Minnesota Press, 2000: 60.
⑤ SANDOVAL C. Methodology of the Oppressed [M]. Minneapolis: University of Minnesota Press, 2000: 57-58.

的知识集合起来,同时也用意识形态或从意识形态内部发言①。

总之,对于奇卡纳女性主义者来说,白人女权主义者的物质框架不适合她们的身体。要消除刻在奇卡纳身体上的历史和集体记忆并非易事。奇卡纳人的创伤不仅在于后现代世界中的身份体验,而且也在于用来想象和构建赋权主体的语言、历史和身体被否认。奇卡纳女性主义理论可以积极地缝合墨西哥裔人身体中受伤的组织部分,使其重新完善起来,并允许新事物的出现。

(七) 边疆身份理论

边疆(Borderland/La Frontera)身份理论是一种边界映射,从那些精确定义和划分美国和墨西哥的边界,映射到因语言、性别、性取向、种族和阶级而将个人隔离的文化边界。在这种对立意识和实践中,奇卡纳人通过生活在两种文化之间,意识到自己的边缘化,意识到自己的政治和能动性建构。

边境学者试图解释奇卡纳人"生活在不同世界、文化和语言之间"的情况②。格洛丽亚·安扎杜瓦描写了关于奇卡纳人的身份和生活在边境的奇卡纳人的状况。"有色人种女性与她母亲的文化疏远,与主流文化格格不入,她们在自己的内心生活中感到不安全。她惊呆了,无法回应,她的脸夹在两个位置之间,夹在她所居住的不同世界之间。"③

一些奇卡纳女性主义者研究过安扎杜瓦的作品,她们认为探索奇卡纳人的独特经历,对于理解自身作为有色人种女性如何在多个世界中生存至

---

① SANDOVAL C. Methodology of the Oppressed [M]. Minneapolis: University of Minnesota Press, 2000: 43-44.
② ELENES C A, DELGADO B D. Latina/o Education and The Reciprocal Relationship Between Theory and Practice: Four Theories Informed by The Experiential Knowledge of Marginalized Communities [M]. MURRILLO E G, VILLENAS S A, GALVáN R T, MUñOZ J S, MARTINEZ C, & MACHADO-CASAS M. Handbook of Latinos and Education: Theory, Research, and Practice. New York: Routledge, 2010: 72.
③ ANZALDúA G. Borderlands/La Frontera: The New Mestiza (1st ed.) [M]. San Francisco: Aunt Lute, 1987: 42.

关重要。安扎杜瓦构建了边界理论，并以此来解释与光明和黑暗、墨西哥和美国、西班牙和英国、男性和女性、同性恋和异性恋相比较的"边界"之间的空间。这是奇卡纳人自己在得克萨斯州南部和墨西哥边境的生活经历中所面临的空间。在经历固有的种族主义、阶级主义和性别歧视的教化过程中，他们找到了生活变通的方法，并在主导叙事之外创造了教育成功的其他途径①。妇女在这场斗争中的道路是教育和职业发展，以争夺某种形式的经济和社会流动性，以及对其他方式更深刻的意识，而不仅仅是遵从先前定义的角色②。安扎杜瓦解释说，她的文化强调社区而不是自我，强调无私而不是抱负，强调一致性而不是差异性。

此外，安扎杜瓦还指出，由于生活在双重世界中，边缘化的妇女与他人联系时更为敏感。这种敏感性成为一种保护自己的生存机制。就像一个受虐待的妇女或女孩，为了避免触怒压迫者，步履艰难，奇卡纳人培养了这种情感能力，以便在阶级、种族和性别歧视社会中生存——知道何时逃避，何时战斗③。安扎杜瓦确实建议奇卡纳人要接受彼此以及其他女性同盟，不管其表型、语言、文化影响和以往的经历如何，都要团结起来，相互支持，争取进步。

因此，流动性是奇卡纳身份研究中尤为重要的一个特征，因为奇卡纳人必须面对在欧美和墨西哥两种文化的鸿沟中进行生活重建的经历。钱超英认为："身份是研究对象的工具，在不同文化和历史的裂缝中漂流，并在全球化的进程中经历快速社会转型。这些主体通常是移民和有问题的群体。"④ 研究者莉萨·帕拉西奥斯（Lisa Palacios）将奇卡纳女性主义描述为一种不被白人和父权世界同化的经历，而是生活在中间和边缘，同时仍然反对任何形式的压迫——这就形成了新的"梅斯蒂扎"。

---

① ANZALDúA G. Borderlands/La Frontera：The New Mestiza（1st ed.）[M]. San Francisco：Aunt Lute，1987：42-95.
② KEATING A. Interviews/Entrevistas [M]. New York：Routledge，2000：150-290.
③ ANZALDúA G. Borderlands/La Frontera：The New Mestiza（1st ed.）[M]. San Francisco：Aunt Lute，1987：40-98.
④ 钱超英. 身份概念与身份意识 [J]. 深圳大学学报（人文社会科学版），2000（2）：89-94.

这一章对前期的相关研究和相关术语及理论进行了综述、梳理和评价，着重阐释了物质女性主义、奇卡纳女性主义和边疆理论及概念，为本书的研究找到了研究理据和理论支撑。本书将主要基于上述物质女性主义、奇卡纳女性主义和边疆理论及概念等，分析和研究拉美裔美国女作家疾病叙事中反映的后身份政治建构、后身份政治的体现形式及后身份政治的诉求，试图挖掘疾病身体带来的不同寻常的体验是如何能引发原有身份在政治、文化、性别、族裔和阶级等层面的变化和流动。此外，疾病身体所形成的后身份政治如何与历史、记忆、语言、环境、民族文化产生复杂的关系也是本书研究的重要内容，这样就能为后身份政治研究提供新的思想范式和研究范例。

第二章 拉美裔美国女作家疾病叙事中后身份政治建构

第一节 建构"新梅斯蒂扎"身份政治：安扎杜瓦自我疾病身体书写

格洛丽亚·安扎杜瓦（Gloria Anzaldúa，1942-2004）是墨西哥裔美国人，奇卡纳女性主义理论家、作家、社会活动家。她曾在旧金山州立大学、加州大学圣克鲁斯分校和佛罗里达大西洋大学任教。她不仅为后殖民主义和女权主义理论做出了贡献，而且也为同性恋理论做出了贡献。在安扎杜瓦的作品中，有她独自撰写的《边疆：新梅斯蒂扎》（Borderlands/La Frontera: The New Mestiza）(1987)，有她与莫拉加合编的《这座桥被唤作我的背》(This Bridge Called My back)(1981)，有她独自编辑的《做鬼脸，造灵魂：有色女权主义者的创造性和批判性视角》（Making Face, Making Soul: Creative and Critical Perspectives by Feminists of Color）(1990)，还有她与他人合编的《这座桥我们称之为家：变革的激进愿景》(This Bridge We Call Home: Radical Visions for Transformation 2002)。她是最早公开宣布自己的奇卡纳同性恋身份的人，"是奇卡纳女性主义思想创始人，在奇卡纳女性主义以及酷儿理论方面都有重大的建树，她以一个同性恋墨西哥裔美国人的视角，争取自身及其他少数族群的权利，同时又反对仅仅基于民族出身或性取向对人做出简单划分，提出人人都要有一种新梅斯蒂扎（new mestiza 新女混血儿）意识……安扎杜瓦提出的'新梅斯蒂扎意识'，在文学理论乃至跨文化研究等方面都具有分水岭的作用"①。下文拟通过研究安扎杜瓦的自我疾病身体书写，来探讨其"新梅斯蒂扎"身份政治的形成过程。

一、糖尿病和疼痛对"新梅斯蒂扎"身份政治形成的影响

当安扎杜瓦在 20 世纪 90 年代初被诊断为 1 型糖尿病时，她遇到了一系列与写作过程相关的冲突。比如糖尿病导致血糖的不稳定和身体感觉的波动，糖尿病使身体超出传统的范畴，食欲不能再被解释为文化的反映，等等。随着身体的转变，糖尿病以产生新的意识的方式挑战了安扎杜瓦在世界上的地位。在一篇题为《精神认同危机》（Spiritual Identity Crisis）的文章中，安扎杜瓦指出，对饼干的极度渴望可能是患糖尿病身体对糖急需的反应。她想知道："我的症状背后是什么？血液中有太多的糖意味着什么？免疫系统将好细胞识别为'他者'，然后击败并杀死它们"。安扎杜瓦写道，当她被诊断为糖尿病的时候，"感觉就像我已经变成了一个外星人，它正在从外面吃掉我的肉。我感到与自己有分歧"②。糖尿病人所用的注射器、尿液试纸和人工激素绝对超越了人体的"自然"边界。

在她被证实诊断为糖尿病第三周后，她认识到患病的现实会限制自身的艺术创造力。痛苦的身体有可能会辜负她的期望。由于面对一生的痛苦和疾病而产生的抑郁，她开始沉溺于痛苦中。同时，她期待着某个人或事物来减轻其痛苦。"身体的疾病占据了你的所有思想"；安扎杜瓦拒绝有关身心健康的主导思维，她认识到"如果你不能摆脱你的疾病，你必须学会忍受它"；"你已经明白，深入研究你的痛苦、愤怒、沮丧会让你走到另一

---

① 韩颖. 安扎杜瓦 "新梅斯蒂扎意识" 的理论嬗变 [J]. 国外文学, 2013（1）: 55.
② ANZALDúA G. Spiritual Identity Crisis [M] // Gloria Evangelina Anzaldúa Papers, Benson Latin America Collection. University of Texas Libraries, the University of Texas at Austin, 2006: 9-15.

<<< 第二章 拉美裔美国女作家疾病叙事中后身份政治建构

边"①。

　　安扎杜瓦认为她的疾病不是解体的迹象,而是成长的信号,她成功地从抑郁症的缓慢自杀中崛起,但她不是在现代疗法中找到治愈方法。在《现在让我们改变》("Now Let Us Shift")一文中,她揭示了不断重塑身体和扩大意识的能动力。她肯定通过伤口连接,疼痛的经历可能会打开封闭的通道。梅斯蒂扎人有可能像蛇蜕皮一样放弃陈腐的意识,通过使用新的意识作为工具,即"你通过恐惧、焦虑和愤怒的移动,突然到达另一个现实"②。

　　自从安扎杜瓦被诊断为糖尿病以来,她的个人经历开始对梅斯蒂扎身份的流动模式产生影响。事实上,疾病和疼痛对她建构身份模式的理论产生了影响。安扎杜瓦开始经常使用纳瓦特尔(Nahuatl)这个词,意思是"介于两者之间的空间",来发展其边疆理论。以前在《边疆：新梅斯蒂扎》中,安扎杜瓦试图构建多重身份。工人阶级的有色女同性恋的特点是流动和综合的主体性。"她有一个多元的个性,她以一种多元的模式运作——没有东西被推出,好的坏的和丑陋的,没有什么被拒绝,没有什么被放弃。"③ 随着糖尿病对其身体侵袭的加深,安扎杜瓦对差异意识、视角转变和基于经验的认识论展开了另一种解释。安扎杜瓦强调两种文化之间的运动和移动的频率。这一运动以同时跨越地缘边界和心理边界的形式进行。安扎杜瓦将占据过境点空间的游牧民族定义为"尼潘特拉"(Nepantla：夹缝状态)。她从纳瓦特尔语的尼潘特拉的定义中得出了两个世界之间的边缘空间的理论。该理论提供新的视角,对模式化以外的信仰系统进行质疑,并从"一个世界观转向另一个世界观"④。安扎杜瓦试图利用尼潘特拉

---

① ANZALDúA G. Gloria Evangelina Anzaldúa Papers, Benson Latin America Collection [M]. University of Texas Libraries, the University of Texas at Austin, 2006：550-563.
② ANZALDúA G, KEATING A. Now Let Us Shift……the Path of Conocimiento……Inner Work, Public Acts [M] // ANZALDúA G. This Bridge We Call Home：Radical Visions for Transformation, New York：Routledge, 2002：540-578.
③ ANZALDúA G. Borderlands/La Frontera：The New Mestiza (1st ed.) [M]. San Francisco：Aunt Lute, 1987：110.
④ ANZALDúA G. The Gloria Anzaldúa Reader [M]. Durham：Duke University Press, 2009：248.

范式，将生活在不同文化重叠空间之间的、还未阐明的梅斯蒂扎的经验理论化。

在《开始发挥作用》（Coming into Play）①中，安扎杜瓦发展了梅斯蒂扎意识，以打破二元对立。她提出了"nos/otras"理论，她是通过把女性"我们"（nosotras）的单词分成两部分，承认当代生活中经常感受到的分裂感。"nos/otras"并不意味着相同，"我们"之间的差异仍然存在。"nos/otras"理论使梅斯蒂扎能够连接和改变自我与他人之间的距离，但联系更加明显。

安扎杜瓦使用"尼潘特拉（Nepantla）"一词来描述一种独特的调解人，通过痛苦的谈判，从裂缝中发展出观点。在夹缝空间状态中，个体和集体的自我定义是不稳定的；先前接受的认识论、本体论和伦理学受到挑战。博斯特认为，安扎杜瓦的糖尿病引起的疼痛和身体异常深刻地影响了她对自我的理解，这是一个相互主观联系网络的一部分。后现代杂交理论主张纳入差异和跨越边界但没有暴力。然而，安扎杜瓦将身份形成的过程描述为痛苦的过程：黑客攻击、流血、切碎和鞭打。

安扎杜瓦的新理论代表了身份政治和联盟建设的新形式。她转向阿兹特克神学，发展新的认识论的科亚特利库埃状态（Coatlicue State）。这个术语被用来表示对新知识和其他由内心斗争触发的精神状态的抵抗。科亚特利库埃状态代表了安扎杜瓦通过蛇和鹰的眼去观察的强烈愿望。与梅斯蒂扎意识相比，新的理论更进了一步，它表达了打破一系列西方思想的二分法（文化/自然、男性/女性、主体/客体等）的倾向。

对于安扎杜瓦来说，新理论意味着认知（conocimiento），也是其著名边疆理论的扩展。在尼潘特拉空间内，与精神和精神世界的联系更加明显。它更具有精神、心灵、超自然和本土的共鸣。它是一个转变的地方，一个不同观点相遇的地方，一个可能的区域，在这里，梅斯蒂扎人努力找到内心和现实的外部世界之间的平衡。

---

① ANZALDúA G. Coming Into Play: An Interview with Gloria Anzaldúa [J]. MELUS, 2000, 25 (2): 3-45.

第二章 拉美裔美国女作家疾病叙事中后身份政治建构

在尼潘特拉空间，奇卡纳人接触到其他视角，更能获得从内心感受和想象状态中获得的知识，并以整体意识感知它们。个人和集体获得的新视角允许奇卡纳人建构知识、身份和现实，探索自己个人（包括其他人）的建构如何违反他人的认识和生活方式。

安扎杜瓦的身体政治是渗透的，是以痛苦作为能动力理论的起点。苏珊·温德尔认为，残疾人、慢性病患者或处于痛苦中的人有充分的理由渴望肉身性的超越[1]。安扎杜瓦倾向于关注精神因素的意义。她用精神能动主义的术语来描述基于肉体经验的认识论和伦理学。对于奇卡纳女性主义者来说，身体在所谓的纯粹内部和外部之间提供了一个中介点。

在后现代主义的范式中，身体是由监管话语产生的结果。但对于奇卡纳女性主义者来说，身体先于并超过话语，可以作为知识生产的场所。伊丽莎白·格罗兹（Elizabeth Grosz）（2008）专注于"外部"或话语如何塑造内部，以及"内部"或精神生活如何塑造外部。[2] 安扎杜瓦的理论应用引起了人们对物体与周围环境之间相互联系的关注。切里·莫拉加与安扎杜瓦有共同的信念：变化源自身体，对身体的感知并不是不证自明的，而是必须协商和解释它们的迹象。通过写作过程，主体之间的联系变得清晰。事实上，书写是一种认识，一种生成。"通过写作、艺术创作、舞蹈、治疗、教学和精神活动来实现自我认知（Conocimiento）"[3]。这些理论意义与后现代女性主义理论有很大的不同。

从一开始，西方女权主义者就把妇女的人身安全作为其首要目标之一，保护妇女免受暴力侵害，保护妇女健康。从这个角度来看，疼痛和疾病是负面因素，破坏了妇女在世界上的地位和妇女的安全。西蒙娜·德·

---

[1] WENDELL S. The Rejected Body: Feminist Philosophical Reflections on Disability [M]. New York: Routledge, 1996: 175.
[2] GROSZ E. Darwin and Feminism: Preliminary Investigations for a Possible Alliance [M] // ALAIMO S, HEKMAN S. Material Feminism. Bloomington: Indiana University Press, 2008: 23-51.
[3] ANZALDúA G, KEATING A. Now Let Us Shift: the Path of Conocimiento…Inner Work, Public Acts [M] // ANZALDúA G. This Bridge We Call Home: Radical Visions for Transformation. New York: Routledge, 2002: 540-578.

波伏娃在《第二性》(The Second Sex)中坚持认为,女性生理阻止了女性存在的超越。她肯定妇女的可能性被束缚在生殖能力的奴役下和脆弱而不稳定的肉体存在中[1]。然而,安扎杜瓦不把身体看作一个固定的实体,而是具有延展性,这意味着它可以在不同的时间形成不同的形状和形式。

疼痛和疾病不再被视为必须消除和治愈的东西。安扎杜瓦将写作行为与自我治愈的欲望联系起来[2]。2001年在接受艾琳·雷德(Irene Reti)的采访中,安扎杜瓦坚持道:"我不把健康定义为没有疾病,而是学会与疾病、功能障碍和创伤相处,并朝着完整的方向努力"[3]。安扎杜瓦创造了开尤沙乌奇诫命(Coyolxauqui imperative)这一术语来描述疗愈过程,从碎片到整体的内在渴望。一个梅斯蒂扎不必有一个完整的身体,重要的是寻找内在的完整性。新"女混血儿"通过创造性的活动,将其个人斗争与地球上其他生物的斗争联系起来,与地球本身的斗争联系起来[4]。

糖尿病为安扎杜瓦作品的体裁、支离破碎的叙述和视角的转变提供了另一种解释。她作品中神秘、诗意和精神的方面在过去的评论和解释中被忽视了。安扎杜瓦宣称,疼痛对她的写作至关重要:她实际上跳进了那种疼痛,然后从那里开始写作[5]。糖尿病使她经常感到头晕和失去平衡,实际症状及其严重程度因日而异。疼痛在移动。身体疾病受到无数已知和未知因素的影响。身体的能动性不可避免地被认可。身体与社会、经济、心理和文化力量之间形成相互联系。作为一名伟大的作家和艺术家,安扎杜瓦不愿意充当痛苦的艺术家。她的写作遵循其糖尿病身体的流动性。她强

---

[1] BEAUVIOR, S D. The Second Sex [M]. London: Jonathan Cape, 1972: 32-34.
[2] HALL L. Telling Moments: Autobiographical Lesbian Short Stories [M]. Madison: University of Wisconsin Press, 2003: 113.
[3] LARA I. Daughter of Coatlicue: An interview with Gloria Anzaldua [M] //KEATING A L. Entre mundos/Among Worlds: New Perspectives of Gloria Anzaldúa New York: Palgrave MacMillan, 2005: 41-55.
[4] ANZALDúA G, KEATING A. Now Let Us Shift: the Path of Conocimiento…Inner Work, Public Acts [M] //ANZALDúA G. This Bridge We call Home: Radical Visions for Transformation. New York: Routledge, 2002: 540-578.
[5] REUMAN A E. Coming Into Play: An Interview with Gloria Anzaldúa [J]. MELUS, 2000, 25(2): 3-45.

调转变的过程，并创作了具有多重意义和多重层面的著作，其著作不能进行任何简单化一的解释。虽然身体是作品的核心，但边界是巨大的和渗透性的。身体的流动性意味着对我们曾经认为是"正常"物质状态的挑战。托马斯·萨兹（Thomas Szasz）在《痛苦与快乐：对身体感觉的研究》（Pain and Pleasure：A Study of Bodily Feelings）中把疼痛看作是一个信号，警告身体处于危险状态的自我。① 糖尿病人身体处于不适的这种状态打破了安扎杜瓦的正常健康感觉。当自我感知到身体和周围环境之间的一种新型思维时，我们不得不产生一种与我们正常意识格格不入的新模式。

1999 年在接受基廷（Analouise Keating）的采访中，安扎杜瓦强调她的身体在塑造梅斯蒂扎身份和政治方面的作用。"我对性别不公正的抵制源于我的身体差异，源于早期的流血和成长的爆发"；事实上，她实践了她的理论主张。她对糖尿病的痴迷让她意识到"整个事情就是你的血糖平衡"②。理论主张和创作过程重新划定了奇卡纳女性主义的界限，迫使我们思考社会政治形态规范范畴之外的身份。物质的波动和偏差打破了身份的固定性。梅斯蒂扎身份被转移到身体和环境之间复杂的交叉点上。

综上，安扎杜瓦有关疼痛和糖尿病的书写在我们思考新的梅斯蒂扎身份的方式上提出了一场革命。糖尿病强化了她对开放和变化的梅斯蒂扎女性主义的思考。她的新梅斯蒂扎意识并没有专注于后现代将梅斯蒂扎概括为隐喻，而是开始考虑从性别化、种族化的身体转向与周围环境相互联系的更广阔身份。

二、通过肉体斗争改变传统的身份政治

在奇卡纳女性主义著作中，疼痛是最明显的取向之一，它说明了身体、意识和身份的力量。安扎杜瓦在她的疾病痛苦经历中建构了"新女混血儿"身份，即一种后身份主体，既是一个话语建构的中间主体，也是一

---

① SZASZ, T S. Pain and Pleasure：A Study of Bodily Feelings [M]. New York：Basic Books, 1957：54.
② KEATING A. Interviews/Entrevistas [M]. New York：Routledge, 2000：558-559.

个活生生的身体。

  苏珊娜·博斯特在恩卡纳西翁宣布，疾病导致了基于痛苦和身体相互依存的新形式的认同。在《边疆》中，安扎杜瓦解释了她的身体与她性格的相互依赖。"我写下我心中的神话，这个神话就是……我征服了我的恐惧，我跨越了我内心的深渊。我用文字使自己变成石头、鸟、蛇桥，在大地上拖动。"① 这篇文章中作者承认心理和身体之间的物质关系以及在互动中嵌入的转变的潜力。在《双脸女人的梦想》("Dream of the Double Face Woman")中，安扎杜瓦写道："所有的心灵过程都是物质的。没有任何一个过程不需要消耗相应的物质"②。安扎杜瓦描写一个女人，她认为她的疾病源于肉体和精神的分裂。根据她的描述，这位双面女人无法体验自己的身体，除非她生病，不得不去倾听它的信息。

  在2002年发表的文章《现在让我们改变》中，安扎杜瓦讲述并论述了她的肉身性体验、她内心的写作冲动以及她与糖尿病的斗争。安扎杜瓦的力量在于她改变观点的能力，而不是充当痛苦的艺术家。虽然奇卡纳人被冒犯的图像和痛苦所困扰，但她们正在逐渐获得工具来转换致残的图像和记忆，用积极的图像和记忆代替它们。

  在《现在让我们改变》中，安扎尔杜瓦记录了通往认知（Conocimiento）的七个阶段，这七个阶段构成了"梅斯蒂扎"意识。在这篇文章中，身体是一个关键的处理单元。身体不是机器，而是历史、集体和文化的记忆，并在危险和压迫的情况下能够实现转化。③

  在接受琳达·斯穆克勒（Linda Smuckler）的采访时，安扎尔杜阿瓦描述了她月经期出现的异常生理现象，包括发烧、抽筋和扁桃体炎，因此，

---

①ANZALDúA G. Borderlands/La Frontera: The New Mestiza (1st ed.) [M]. San Francisco: Aunt Lute, 1987: 7.

②ANZALDúA G. Dream of the Double Face Woman [M] // Gloria Evangelina Anzaldúa Papers, Benson Latin America Collection. University of Texas Libraries, the University of Texas at Austin, 2006: 70.

③ANZALDúA G, KEATING A. Now Let Us Shift: the Path of Conocimiento…Inner Work, Public Acts [M] // ANZALDúA G This Bridge We Call Home: Radical Visions for Transformation. New York: Routledge, 2002: 540-78.

她的月经期相对"健康"的身体,要更为痛苦和血腥。她的这种生理"非正常"被当作一种缺陷。最后,医生通过切除子宫来解决了这个问题。手术虽然消除了她痛苦的来源,但同时也剥夺了她的生殖能力。

在《拉普拉塔》("La Prieta")一文中,安扎杜瓦将子宫切除术比作父权医学对女性身体的侵犯。"医生玩着他的刀。……用白人的手强奸……我的肠子被手术刀操了,子宫被扔进垃圾桶。"①在西方社会,血的象征意义与死亡、痛苦和失去控制有关。此外,经血来自子宫和阴道,被认为是肮脏和污秽的。厌恶女性的描写和医学力量结合在一起,将女性的身体掏空,使其象征着当代的马琳切(Malinche,在男权社会中被设定为"妓女母亲和私生子的养育者")。

来月经的女人身体被认为很糟糕。电视和广告中会表现社会文化对经血污染的焦虑,在这些广告中,卫生棉条被委婉地称为"女性卫生产品",人们不断重申摆脱忧虑的能力。所有这些因素结合起来,使经血成为诱发焦虑的液体。手术后安扎杜瓦被迫经历了很长一段时间强烈的身体疼痛。她把那些肉体的体验比作外星生命和灵魂。外星的新意识正在形成。她最终跨越了西方人性和理性范式的传统身份范畴。疼痛常常被认为是一个人过度的、异类的和不合逻辑的差异,需要在美国医学话语范式中被完全消除。在此安扎杜瓦质问,什么样的身体状况才算正常和健康呢?安扎杜瓦不认为自己是在经受痛苦的磨难,而是在痛苦中努力恢复身体的力量。书写身体的行为使梅斯蒂扎人能够重新编纂身体,使奇卡纳人的身体沿着转变的轨迹定位。

在接受琳达·斯穆克勒的采访时,安扎杜瓦承认这样一个事实:"糖尿病的逆境迫使你赋予负面经历以意义";安扎尔杜瓦说:"发生在我身上的事情就像看电影或读科幻小说,你知道吗?"② 但是,通过肉体的艰苦斗

---

① ANZALDúA G. La Prieta [M] // ANZALDúA G, MORAGA C. This Bridge Called My Back. New York: Kitchen table, 1981: 203-208.
② REUMAN A E. Coming Into Play: An Interview with Gloria Anzaldúa [J]. MELUS, 2000, 25 (2): 3-45.

争,"身体可能会超出标记你的类别"①。安扎杜瓦重新创造自己和其他墨西哥人周围的经历与事物。

强烈的肉体痛苦如此真实,以至于它似乎揭示了产生这种痛苦的权力结构这一无可争议的现实。早期在《边疆》,安扎杜瓦把美墨边境描述为一个开放的伤口。第一世界和第三世界的生命血液碰撞、流血、融合,形成了独特的边界文化。然而,很少有评论家注意到安扎杜瓦受到评论界赞誉中所蕴含的创伤和痛苦。在《边疆》和其他作品中的一些段落一直被解读为跨文化的后现代与后殖民的混合,以及困扰边界的暴力、创伤和痛苦被否认的事实。实际上,安扎杜瓦试图添加一个新元素——一种梅斯蒂扎意识,以打破身份认同的单一方面。安扎杜瓦相信,梅斯蒂扎人虽然受伤,但可以通过伤口连接。当伤口形成瘢痕时,伤疤就能成为连接分裂的人们的桥梁。

苏珊娜·博斯特将安扎杜瓦的身体解释为一个膨胀的身体②。在安扎杜瓦的《现在让我们改变》中,疾病和痛苦被认为是一种贡献。通过学会与疾病共存,梅斯蒂扎主体可以构成一个新的历史。因此,生病的身体成了一种资产。作者将残疾、疾病和疼痛转化为认知变化的催化剂。安扎杜瓦曾经说,经过那么多年,伤口仍然流血。她从来没有意识到需要治愈伤口。安扎杜瓦围绕她的糖尿病和疼痛产生的理论说明,她并不是把疾病看作有利的状态,而是证明身体的变化是如何使多重意识转变的。她关于疼痛和糖尿病的著作为理解身体如何变化和产生意识奠定了基础。

大卫·莫里斯(David Morris)评论说:"现代疼痛失去了意义,在神经周围漫不经心地嗡嗡作响"③。在奇卡纳女性主义者采用的文化框架内,痛苦被认为具有救赎和幻想的力量。然而,现代医学认为这个认识是不合理和反常的。西方医学话语的统治加剧了人们的偏见,即疼痛是一种神经

---

① ANZALDúA G, KEATING A. This Bridge We Call Home: Radical Visions for Transformation [M]. New York: Routledge, 2002: 135.
② BOST S. Encarnación: Illness and Body Politics in Chicana Feminist Literature [M]. New York: Fordham University Press, 2010: 6.
③ MORRIS D B. The Culture of Pain [M]. Berkley: University of California Press, 1993: 4.

<<< 第二章 拉美裔美国女作家疾病叙事中后身份政治建构

刺激。

安扎杜瓦对强制子宫切除术的叙述揭示了，在当代美国医疗保健系统中一个棕色女混血儿所遭受的压迫。霸权主义的社会文化结构寻求维持性别分类的权力。那些同性恋者、残疾人、有色人种和穷人会被视为酷儿。安扎杜瓦，作为一位奇卡纳酷儿理论家，扩展了酷儿概念的霸权表达，使酷儿奇卡纳人在理论上得到认可。现代医学非但不关注疾病和疾病的内容，反而把酷儿和病态从"健康"社会中分离出来。残疾的身体、慢性疾病的身体和疼痛的身体被视为高风险群体，就像同性恋和有色人种妇女一样。事实上，西班牙语中的"混合"一词在梅斯蒂扎耶（metizaje，女混血儿）眼中被视为种族白/黑二元对立之外的一种酷儿。在《写给酷儿作家》（"To Queer the Writer"）一文中，安扎杜瓦对"酷儿"（Queer）和"女同性恋"（lesbian）进行了区分："当她用'女同性恋'（lesbian）来称呼我时，她把我归入了她的类别。总的来说，我不是她那个群体的——我的肤色被抹去了，我的阶级被忽视了"[1]。

对女同性恋关系进行评论必须调查其他形式的屈辱，才能揭示正常是如何设法干预受辱的领域的。糖尿病和疼痛的体验使作为"他者"的混血儿经历变得更加异常。安扎杜瓦的身份政治从不企求与任何单一的身份类别认同，包括酷儿和"他者"。有时候，棕色人种的酷儿性会改变人的信仰体系和观念。虽然酷儿关注的是性的权力结构，但酷儿一词的应用并不局限于性。酷儿的痛苦的和残疾的身体使梅斯蒂扎在具体化的霸权话语中保持沉默。酷儿和病痛的身体有可能打破理性和常态的范式。

将痛苦置于特定的美墨边境和阿兹特克文化中，使安扎杜瓦得以坚持新梅斯蒂扎的物质性存在。疼痛和伤口作为创伤的能指，能将梅斯蒂扎的主体置于疼痛产生的特定历史和地理位置。安扎杜瓦，作为奇卡纳女性主义作家，抛弃了以欧洲为中心的历史叙事，发展了从过去的事件和文化中获得意义的新方法。安扎杜瓦的身体书写，可以解释为试图把棕色梅斯蒂

---

[1] ANZALDúA G. To Queer the Writer [M] // Making Face, Making Soul/Haciendo Caras: Creative and Critical Perspectives by Feminists of Color. San Francisco: Aunt Lute, 1990: 240-250.

扎人的身体写回到墨西哥裔民族主义、女性主义和医学的主流叙事中。

三、用疾病隐喻抵制消除差异的身份政治

安扎杜瓦的疾病身体书写的目的不是庆贺疼痛和疾病，而是通过展示痛苦，来表述疾病和痛苦如何有助于塑造她的经验和想法。她对疼痛和疾病的态度来源于墨西哥的文化框架，指向特定的奇卡纳女性主义身份政治。

在1990年发表的《巫师传统中的隐喻》（"Metaphors in the Tradition of the Shaman"）的文章中，安扎杜瓦写道，在写作中她开始将自己的理论探索与巫师的工作进行比较，巫师的角色就是通过在过去的文化遗产和梅斯蒂扎人所处的现状之间进行调解来实现对土著文化的保护。[①] 她解释了诗人或巫师使用疾病隐喻的原因。这些隐喻被用来表达一种疾病，这种疾病会导致一个团体或个人的真实身体或隐喻身体的精神或身体不平衡。安扎杜瓦通过"提取过时的死隐喻"，找到恢复平衡的方法。对于安扎杜瓦来说，隐喻是我们感知自己的信号图像。它们也可以作为一种语言，使人们能够理解那些难以表达的经历。"死"隐喻的指代物已经被抹去并留存下来。乔治·莱科夫（George Lakeoff）将"死"隐喻概念化为那些从概念到对象的语言映射无法追溯的隐喻。例如，"所有墨西哥人都是惰性的懒汉"这样的比喻已被频繁使用，以至于它们成为语言的一部分，不再作为隐喻使用。这个隐喻植根于文学、学术和法律中有关混血儿群体的修辞斗争。占主导地位的盎格鲁-美国语发起了一场修辞运动，使"混血儿"的含义永存于世。土著文化遗产已被抹去。集体记忆中只有对懒惰的墨西哥人的隐喻性描述。除了古老的死隐喻，安扎杜瓦倾向于将其他隐喻视为交流的形式以及代理和移动的工具。在《边疆》中，她详细阐述了"边界""梅斯蒂扎人"和疾病，这有助于展示身体和隐喻如何在梅斯蒂扎人/墨西哥人的身份历史方面创造理论空间。通过将隐喻根植于混血儿的体验中，

[①] ANZALDúA G. Metaphors in the Tradition of the Shaman [M] // ANZALDúA G and KEATING A. The Gloria Anzaldúa Reader. Durham: Duke University Press, 2009: 69-135.

安扎杜瓦强调身体和心灵的不可分离性。在切里·莫拉加（Cherríe Moraga）的《在翅翼中等待》（Waiting In the Wings）① 中，我们可以看到梅斯蒂扎母亲如何体验她们的母性身体，隐喻如何以授权的方式发挥作用。

如同后现代主义对边疆理论的诠释，新梅斯蒂扎意识似乎提供了超越种族主义、性别主义和阶级主义的理想化空间。事实上，安扎杜瓦在《边疆》中重申了梅斯蒂扎意识来自强烈的痛苦和不断打破每一个新范式的统一性的创造性运动。然而，西方评论家继续忽视安扎杜瓦作品中疼痛和疾病的影响。他们认为边疆理论具有解决各种关键问题的潜力。他们往往将《边疆》解读为一种后现代文本，并将《边疆》里的空间浪漫化为一种对归属之地的怀旧。从西方批评家的观点来看，安扎杜瓦对体裁的解构，源自她对混乱的后现代欣赏。在西方主流话语范式中，边疆并不意味着潜在的变革性状态，而是被贬谪为身份建构；棕色的梅斯蒂扎身体被描写得卑贱和不正常。然而，安扎杜瓦证明，尼潘特拉（Nepantla，夹缝状态）允许梅斯蒂扎主体在中间空间内协商身份结构。"家"的概念或隐喻不适合具有移民传统的混血儿。安扎尔瓦将从事地缘政治和精神边界过境点的流动主体归类为尼潘特勒拉（nepantlera，处于夹缝状态的人）。

多洛雷斯·德尔加多·伯诺（Dolores Delgado Bernal）肯定隐喻可以产生非殖民化理论和范式空间②。事实上，梅斯蒂扎耶的空间包含着打破落差的潜力。"边疆"的概念成为奇卡纳/纳批评家和文化研究者使用的一个时髦隐喻。边疆不仅代表物理、政治、心理和精神现实，而且已经演变为奇卡纳/纳研究的学科之一。然而，安扎杜瓦的边疆理论之所以仍然受到西方世界的关注，是因为西方后现代批评家倾向于将边疆视为一个稳定的家园，而安扎杜瓦的理论主张则坚持身份的转变和多重身份的形成。随着

---

① MORAGA C. Waiting in the Wings: Portrait of a Queer Motherhood [M]. Ithaca: Firebrand, 1997.
② BERNAL D D, BURCIAGA R. Chicana/Latina Testimonios as Pedagogical, Methodological, and Activist Approaches to Social Justice [M]. New York: Routledge, 2017: 74.

梅斯蒂扎人居住地的改变，他们与自己身体和土地的关系也发生了变化。葆拉·莫亚（Paula Moya）批评了后现代建构的奇卡纳身份政治中对酷儿和他者的浪漫化①。切里·莫拉加也表达了一种对后现代方法可能会抹去社会差异的痛苦现实的担忧。美国科学院利用一些陈词滥调来产生文化多元化，故意忽视梅斯蒂扎耶的生活经历，如入侵西班牙、殖民主义和强迫异族化。安扎杜瓦试图将梅斯蒂扎耶的经验理论化，这可视为去殖民化项目。她的"梅斯蒂扎意识"理论试图将奇卡纳女权主义置于工人阶级认同的女性的具体位置。多重的且经常相互矛盾的身份问题形成了"新梅斯蒂扎人意识"。棕色妇女开始质疑和挑战美国对她们的压迫和歧视。

后现代主义理论表现出认同整体身份政治、中和或融合差异的倾向。西方对混杂性的态度主要是将其假定为一种不变和纯粹的身份。"Nosotras"最初在西班牙语中是阴性"我们"的意思，表示一种集体身份。通过把单词分成两部分，"nos/otras"就形成了既分裂又融合的身份。"nos/otras"表明差异的存在和梅斯蒂扎耶历史中固有的矛盾。在《开始起作用》（"Coming Into Play"）中，安扎杜瓦写道："我们是他们，他们是我们，我们彼此交织在一起"；她发展了主体间性理论，以打破个人与社区之间的对立。安扎杜瓦用来描述身份形成过程的隐喻充满痛苦的意味："哦，那很难/把肉体从肉体中分离出来，我冒着风险/我俩都流血致死"②。

后现代评论家倾向于认为跨越边界是非暴力和抽象的。奇卡纳女性主义者努力抵制身份形成的普遍性主张。事实上，边境地区的痛苦矛盾为实现个人和群体身份的巨大变化提供了必要的工具。边境地区的安扎杜瓦声称，个人差异不应被社区身份政治所消除。她承认，跨越边界会产生暴力、冲突和不平等的权力关系。在《这座我们称之为家的桥》中，安扎杜瓦和莫拉加解释她们启动写作计划的原因，她们试图弥合自我与他人之间

---

① MOYA P. Chicana Feminism and Postmodernist Theory [J]. Signs, 2001 (2): 441-83.
② REUMAN A E. Coming Into Play: An Interview with Gloria Anzaldúa [J]. MELUS, 2000, 25 (2): 12.

<<< 第二章 拉美裔美国女作家疾病叙事中后身份政治建构

的差异与矛盾。①

批评家往往忽视了安扎杜瓦定位梅斯蒂扎耶的具体背景。后现代主义和散居海外的批评家都认为，边疆理论具有解决许多关键问题的巨大潜力。边疆理论被后现代主义和后殖民主义评论家誉为超越种族主义、殖民主义和同性恋恐惧症的手段。宝拉·莫亚批评了对梅斯蒂扎耶生活经历的浪漫化。奇卡纳成为后现代世界中模糊性、矛盾性和分裂性的经典形象②。对于奇卡纳女性主义者来说，学术界是斗争的场所。当白人女权主义者承认种族、性和阶级的差异时，奇卡纳女性主义者试图理解奇卡纳身份的复杂性。通过构建基于痛苦、疾病和残疾的身份政治，奇卡纳学术界在批判传统理论的标准模式之外构建了一个反霸权的方案。

一些评论家，如温迪·布朗（Wendy Brown）对身份政治表现出相当悲观的态度。他们相信压迫只有在少数民族身份消失之后才会结束。因此，身份政治导致阶级不平等，陷入怨恨的恶性循环中。迈克尔·哈姆斯-加西亚（Michael Hames-Garcia）认为，布朗对身份政治的悲观描述是抽象的。根据布朗的说法，那些参与构建身份政治的人受困于无法度过过去的伤害中。既然身份政治寻求为因受排斥而遭受的耻辱进行报复，那就不可能提供一个可能战胜痛苦的未来③。后结构主义者认为少数群体对身份的需求是由于压迫所致，应该避免。他们无法面对边缘化的残疾人居住在流动和越界的地方这一事实。这个地方和空间具有现实世界的特质，人们想要体验快乐、创造力、知识和认可。在实际日常生活中，当涉及残疾人的痛苦经历时，残疾人的基本需求往往被忽视，得不到支持。④

相比之下，安扎杜瓦的作品从来没有摆脱来自过去历史的创伤。她也

---

① ANZALDúA G, KEATING A. This Bridge We Call Home: Radical Visions for Transformation [M]. New York: Routledge, 2002.
② MOYA P. Learning from Experience: Minority Identities, Multicultural Struggles [M]. Berkeley: University of California Press, 2002: 479.
③ BROWN W. States of Injury: Power and Freedom in Late Modernity [M]. Princeton: Princeton University Press, 1995: 54.
④ SIEBERS T. Disability Experience on Trial [M] // STACY A, SUSAN H. Material Feminism. Bloomington: Indiana University Press, 2008. 291-307.

从不逃避身体的物质性，而是从她的身体状况中汲取力量。她的作品把痛苦的情感看作是从墨西哥历史中产生的，她的作品将酷儿性和他者性作为梅斯蒂扎身份建构的宝贵来源。

琳达·阿尔科夫（Linda Alcoff）指出，身份是在既定位置中真实的存在①。在安扎杜瓦的后期著作中，医学常作为认识论出现。她设法使西方医学凝视的对象主观化。她的理论冲动可以看作是在努力寻找一种词汇来表达疼痛和疾病。她在墨西哥被征服前的历史中寻找到词汇，因此她通过融合自传、诗歌和散文来超越痛苦的现实。对安扎杜瓦来说，写作是摆脱糖尿病和痛苦的途径。

苏珊娜·博斯特提出了"残疾"这一身份类别，旨在描述慢性和暂时性、有形和无形、身体和精神、一般性和创伤性的状况②。但安扎杜瓦提出了批判性地使用身体来形成超越学术界限的观点。她最终放弃传统身份政治，形成新的身份概念。《边疆》出版15年后，安扎杜瓦概述了超越梅斯蒂扎意识的七个认知阶段。伦纳德·戴维斯（Lennard Davis）指出，这种新视角的导入可能是身份形成方式新思考的开端③。的确，糖尿病促使安扎杜瓦通过拓宽心灵/身体的边界来重新设定身份形态。身份政治是基于混血儿的具体体验和特定的创伤与痛苦，而不是基于普遍性的身份类别。

四、疾病治疗书写过程中拓展的新星际部落主义

安扎杜瓦通过书写她与糖尿病的斗争突出了她作为一个活生生的身体和一个话语建构主体的身份。冯娜·亚布罗-贝哈拉诺（Yvonne Yarbro-Be-

---

① ALCOFF L. Phenomenology, Post-structuralism, and Feminist Theory on the concept Of Experience [M]//ALCOFF L, EMBREE L. Feminist Phenomenology. Dorcrecht: Kluwer Academic Publishers, 2000: 337.
② BOST, S. From Race/Sex/etc. to Glucose, Feeding Tube, and Mourning: the Shifting Matter of Chicana Feminism [M]// ALAIMO S, HEKMAN S. Material Feminism. Bloomington: Indiana University Press, 2008: 340-372.
③ DAVIS L J. Introduction: Disability, Normality, and Power [M]// DAVIS L J. The Disability Studies Reader. New York: Routledge, 2013: 1-14.

jarano）评论说，奇卡纳女性主义者援引阿兹特克女神（Aztec goddesses），她们富有想象地挪用和重新定义神话，以创造新的神话。[1] 虽然这些作家居住在当代美国，但她们通过反殖民姿态构建了新梅斯蒂扎身份。

安扎杜瓦的奇卡纳方法是从墨西哥被征服前的历史和传统中确立的。到1521年，西班牙征服者拆毁了所有较大的寺庙和土著图腾崇拜的地点，以抹去对文明的记忆。根据米歇尔·德塞托（Michel de Certeau）的说法，现代西方历史始于过去和现在的分化[2]，是通过构建历史、过去、疯人、儿童、第三世界、残疾人等来建立现代西方文化。奇卡纳女性主义文学的史学拒绝主流的"进步"，选择在同一时区与前哥伦布时代的过去共存。前哥伦布文化认为时间是周期性的，而不是线性的和渐进的。安扎杜瓦的理论项目致力于发掘本土历史，使其作为转型政治的推动力。她赋予像不忠的马琳切和不听话的女儿开尤沙乌奇这类人物新的意义。安扎杜瓦揭示了土著历史进入意识的过程。她坚持认为，奇卡纳女性主义作品的力量在于改变观点的能力，看穿叠加在现在之上的过去的膜的能力[3]。早在1971年，韦利亚·汉考克（Velia Hancock）就在《奇卡纳运动和妇女解放》（"Chicana Movement and Women's Liberation"）一文中使用了"三重压迫"这个词[4]。在种族层面上，对墨西哥人和美国人来说，奇卡纳人都是边缘人。在性别层面上，奇卡纳民族主义运动把从属角色归于奇卡纳人。美国的农业依靠墨西哥移民的廉价劳动力。女性劳动者赚的钱比男性劳动者少，但在照顾孩子方面承担的责任更多。在身体层面上，农药使用在女性劳动者体内产

---

[1] YARBRO-BEJARANO Y. The Wounded Heart: Writing on Cherríe Moraga [M]. Austin, TX: University of Texas Press, 2001: 19.
[2] de CERTEAU M. The Practice of Everyday Life [M]. Trans. Steven Rendall. Berkeley: University of California Press, Berkeley, 1984: 2.
[3] ANZALDúA G. Making Face, Making Soul/Haciendo Caras: Creative and Critical Perspectives by Feminists of Color [M]. San Francisco: Aunt Lute, 1990: XXVII.
[4] HANCOCK V. La Chicana, Chicano Movement and Women's Liberation [J]. Chicano Studies Newsletter (February-March 1971): 6.

生的负面影响比男性更大①。"奇卡纳"最初是用来指那些住在工人阶级居住区的人。通过奇卡纳裔批评家和积极分子的努力,"奇卡纳"成为激发民族精神和民族自豪感的象征。"奇卡纳"被用作与种族、性别和阶级压迫相关的标识符。安扎杜瓦拥抱奇卡纳人的多重意识,其主要包括性别认同与种族、阶级和性共存等。新混血儿是指居住在多个世界的人,与他们的性别、性、阶级、身体和精神信仰相对应。新的中间意识是由安扎杜瓦发展起来的,包括对歧义、矛盾和矛盾心理的容忍。然后,安扎杜瓦调用关于科亚特利库埃的阿兹特克神话来标记与生理异常和多重性相关的身份。

安扎杜瓦所讲述的关于她童年月经血的"可怕秘密",标志着她的身体是陌生的和异常的。在这个阶段,安扎杜瓦注意到身体和精神之间的分裂。阳刚之气进入她的身体。但"他不喜欢我的身体"②。疾病和痛苦被安扎杜瓦视为梅斯蒂扎能动性的延伸。她的糖尿病罹患史使她能够从更全球化的精神层面,而不是从传统的种族、性别和阶级类别来重新思考身份。安扎杜瓦提出了新部落主义理论,重新思考身份作为一个更具包容性的理论,从行星文化的角度重新定义梅斯蒂扎。将我们与他人分离的国界变得具有渗透性和可塑性。分隔"Nos/Otras"的裂缝成为通道和桥梁。安扎杜瓦不局限于女同性恋女权主义者的角色,而是希望有一个新的故事来解释世界,一个新的价值体系,将人们联系在一起,并与地球联系起来。

安扎杜瓦的边疆开拓理论为一种病理和心理状态的不确定性和不安全性提供了变革和革命的可能性。作者希望发展一种新的生存方式,使人们从暴力中恢复过来。作者渴望透过蛇和鹰的眼睛去看事物,可以跨越边界进入一个全新的领地。尼潘特拉空间是一个新的场所,在那里,梅斯蒂扎的身体可以改变形式,跨越界限,超越理想的对身体功能的定义。身体保

---

① HOLMES C. Ecological Borderlands: Body, Nature and Spirit in Chicana Feminism [M]. Urbana: University of Illinois Press. 2016: 39.
② ANZALDúA G, CHERRIE M. This Bridge Called my Back: Writings by Radical Women of Color [M]. New York: Kitchen table, 1981: 34.

<<< 第二章 拉美裔美国女作家疾病叙事中后身份政治建构

持着物质实体、历史渊源和文化特色，而不是建立理想的身体规范。安扎杜瓦设想的身体能动性是在与周围环境的对话中不断变化。

当第一次被诊断出患有糖尿病时，安扎杜瓦承认，她的反应是拒绝接受。但现实提醒她，她的身体背叛了自己。她被唤醒，意识到自己灵魂的存在，被迫接受身份的多方面，以及自我感知和现实之间的冲突。在关键时刻，安扎杜瓦将洛洛娜（LaLlorona）作为构建新梅斯蒂扎身份的转折点。洛洛娜是墨西哥裔美国人神话历史上哭泣的女人。她是一个美丽的年轻女子的鬼魂；这个年轻女子被一个男人引诱，后被抛弃，她为了复仇淹死了自己的孩子。她注定要永远漂泊，为她失去的孩子哭泣。她是瓜达卢佩（Guadalupe，一个被剥夺了性身份的母亲形象）的反面形象；瓜达卢佩的形象在很长一段时间控制着墨西哥妇女的行为并建构了她们的身份。安扎杜瓦把洛洛娜赞扬为赋予梅斯蒂扎呐喊、尖叫和打破沉默的核心人物。在《我的黑色天使》（"My Black Angelos"）（1993）这首诗歌中，安扎杜瓦用过去土著的黑人天使取代传统幽灵般的白人女性形象。这正如评论家艾玛·佩雷斯（Emma Pérez）解释的那样，正在消除父权制对洛洛娜的建构，转而主张赋予植根于土著血统的恸哭妇女权力[1]。失去的孩子象征着土著过去知识的死亡。在对科亚特利库埃状态（Coatlicus state）的描述中，安扎杜瓦将萌芽的意识描述为新生，在每一寸道路上战斗。科亚特利库埃把梅斯蒂扎抱在怀里，她永远不会让她离开。在这首诗的结尾，洛洛娜的身体与叙述者的身体相连，她们成为一体。在《现在让我们改变》中，洛洛娜出现在无月之夜，为失去和解体而哭泣。叙述者陷入深深的抑郁，开始思考她内心世界的月球景观。洛洛娜的哀嚎已经从一种哀怨演变为一种赋权，尽管梅斯蒂扎在心灵上、精神上和身体上都遭到了肢解，但它显示了转变的可能性。洛洛娜的哭喊提醒梅斯蒂扎人，新的宗教已经形成。

在《女权主义与生物身体》一书中，琳达·伯克（Linda Berk）将肉体的变化视为一种自我主张的形式。肉体的能动性发生在相互关系中，而

---

[1] PERZE E. The Decolonial Imagery: Writing Chicanas Into History [M]. Bloomington: Indiana UP, 1999: 59.

不是作为一种个人的基本属性①。糖尿病对人体的影响超出传统标准：尺寸、形状和食欲。糖尿病挑战了安扎杜瓦在世界上的地位，产生了新的梅斯蒂扎意识和物质转变。安扎杜瓦的1型糖尿病是免疫系统疾病，是无法产生胰岛素的结果。糖尿病所采用的注射器、尿检试纸和胰岛素强化疗法已经超越了人类的"自然"界限。安扎杜瓦把冥想、祈祷和讲故事纳入她的康复实践中，使她的抑郁逐渐改善。精神激进主义者安扎杜瓦反对人文主义思想的传统，即理性主义和经验主义。她创造了把人类作为一种特殊实体的去中心化。在题为《精神认同危机》的文章中，安扎杜瓦关注糖尿病患者对饼干的强烈渴望。她试图破译身体的信息。"这些症状背后的原因是什么？"免疫系统将好细胞识别为其他危险细胞，并将它们杀死，细胞不断更新自己，身体内部不断对外界的变化做出反应，并对世界采取行动。在上述文章中，安扎杜瓦表达了转化到陌生世界的感觉。"它从外面吃我的肉。我觉得和自己有分歧。"安扎杜瓦将这种身体变化描述为同类相食，突出了她的疾病的本体论意义。"'我错过了与世界的有机联系吗？'糖尿病试图告诉我，我的疾病之谜和不适根源。我不是一个和谐的人。"②她遭受了"休克"，一种将她灵魂的一部分从身体中敲出的损失。她努力恢复平衡，修复创伤，并把支离破碎的身份拼凑在一起。

为了逃避异化和解体，安扎杜瓦找到了尼潘特拉空间，即夹缝空间，在那里她经历了现实的流动和扩展。她暴露在对立的冲突中，对其他观点持开放态度。当被混乱和矛盾所淹没时，她的思想就会崩溃，落入科亚特利库埃所构建的空间。她被绝望和自我厌恶所困扰。她一直处于精神上的孤立状态，直到一个新的身份开始出现。当这个世界辜负了她的理想，她就开始从绝望和无助中寻找出路。她开始与自己不想要的一面作斗争。她没有对自己失望，而是激发内在力量，发展策略，协商自我与他人之间的

---

① BIRKE L. Feminism and the Biological Body [M]. New Brunswick: Rutgers University Press, 2000: 152.
② ANZALDúA G. Spiritual Identity Crisis [M] // Gloria Evangelina Anzaldúa Papers, Benson Latin America Collection. University of Texas Libraries, the University of Texas at Austin, 2006: 9-15.

冲突和差异。这两个阶段扩大了意识的深度和广度，引起了内部和外部的变化。

首先，安扎杜瓦试图通过将精神引入她的分析框架来打破笛卡尔的身体/心灵的划分。安扎杜瓦的反思从她自己的身体创伤转移到集体创伤，包括对土著民族的种族灭绝、奴隶贸易带来的破坏、与地球失去联系。对肉体的冥想使她从全球精神的角度重新思考梅斯蒂扎的身份，最终使她能获得一种整体意识。她为所有倒下的树木、被污染的空气、被污染的水和被屠杀以至灭绝的动物感到悲哀。在这里，个人历史和集体历史之间明显发生了联系。她认为，在边境之地也是如此。人们不受种族、性别、阶级和性认同的限制。这一阶段的集体主义有助于她建构新部落主义理论，创立一种以亲和力为基础的身份形成方法。

安扎杜瓦试图对秩序和意义进行探索。对她来说，生病的身体不再是一种障碍，而是一种资产，她的身份超越了民族、性别和家庭类别。正如安扎杜瓦在《制造面孔，制造灵魂》的导言中所声称的那样："我们的力量在于改变视角，在于我们'看穿'叠加在现在之上的过去的膜"①。通过用自我肯定的图像和记忆替换那些让人丧失能力的图像和记忆，安扎杜瓦重新创造了过去的历史。安扎杜瓦把改写历史比作像蛇一样摆脱陈腐的故事。作为现代混血儿，梅斯蒂扎人在寻找新的个人神话。

通过拓宽心灵/身体的边界，身体成为心灵中表现自我的基础。边境将地理映射到人体上。新梅斯蒂扎意识源于第三世界对第一世界的摩擦所造成的开放性伤口。只有当边界两边的两个国家合并成包含多重身份的第三空间时，因创伤和不公正而流血的身体才有可能愈合。文化冲突、奇卡纳民族主义和英美种族主义文化都局限于他们厌女和恐同的传统。居住在边境的人们有可能改写历史、神话和身体。虽然安扎杜瓦因滥用历史而受到批评，但她主要关心的是改变现在，而不是准确地描述过去。在"nos/otras"中，"us"被分为两部分，斜线代表桥。尼潘特勒拉（Nepantleras：

---

①ANZALDúA G. Making Face, Making Soul/Haciendo Caras: Creative and Critical Perspectives by Feministsof Color [M]. San Francisco: Aunt Lute, 1990: XXVII.

夹缝中生活的人）设想一种不需要桥的连接而与他人交往的生活。身份类别包括不同的其他类别，而不依赖于传统的同一性。

诺玛·阿拉尔孔（Norma Alarcón）认为，安扎杜瓦对各种神灵的挪用（科亚特利库埃、开尤沙乌奇和许多其他神）是奇卡纳主观性的表现，也是一种主张颠覆范畴同一性的策略："通过对土著妇女的挪用来重新定义她们的部分经历，努力使身体多元化，这标志着对男性为中心的文化民族主义和男权政治经济的第一次攻击"①。通过借鉴古代的过去，作者能够对抗现代欧美特权和思维方式。安扎杜瓦批评英美女权主义，认为它未能理解奇卡纳人的现状及其主体性的复杂性。在《现在让我们改变》中，她描写了墨西哥裔女权主义者被夹在权力斗争中间时的身份危机。"这让你想起20世纪70年代，其他女同性恋者斥责你，劝你放弃与男人的友谊。女同性恋者会认为你不够酷儿。民族主义的围栏维护者会给你贴上马林奇斯塔的标签"②；安扎杜瓦怀疑传统西方科学是最好的知识体系。她记录了自己对"进步"定义的质疑，"进步"的天定命运已经把其他人置于帝国主义的控制之下③。如果帝国主义是通过限制"人"的概念来得到强化的话，那么对帝国主义强加的民族形态的抵抗可能意味着对西方人文主义模式的拒绝。安扎杜瓦在探索治疗的实践中，拥抱西方科学忽略的精神：希望和祈祷。通过使用来自不同认知系统的信息，安扎杜瓦试图颠覆笛卡尔的划分法。她认为，除了爱，疼痛也可能通过触及伤口而打开封闭的通道。个人或集体的创伤能导致一个人转移意识，并使其视野向更大的现实开放。糖尿病扩大了安扎杜瓦的意识，不仅超越了她的梅斯蒂扎文化，也超越了以人为本的观点。作者把痛苦和疾病框定为财富，而不是损失。"你敬畏

---

① ALARCON N. Chicana Feminism：In the Tracks of The Native Woman. Between Woman and Nation：Nationalisms, Transnational Feminisms, and the State [M]. Durham, NC：Duke University Press, 1999：66.
② ANZALDúA G E. Now Let Us Shift...the Path of Conocimiento, Inner Work, Public Acts [M] // ANZALDúA G, KEATING A. This Bridge We Call Home. New York：Routledge, 2002：570.
③ ANZALDúA G E. Now Let Us Shif...the Path of Conocimiento, Inner Work, Public Acts [M] // ANZALDúA G, KEATING A. This Bridge We Call Home. New York：Routledge, 2002：560.

地环顾四周,意识到地球的珍贵,万物的统一和相互依赖……你的共同身份比社会地位或种族标签更广泛。认知(conocimiento)激励你从事精神活动和治疗工作"①。

祈祷、深呼吸、冥想和写作这样的精神工具让一个人深入到骨髓,在那里,灵魂使人能够拒绝绝望、疏远和绝望的负面影响。"精神成为你在暴风雨中停泊的港口";安扎杜瓦信奉阿兹特克的纳瓜利斯莫传统,这是一种形状的转变,就可以改变为其他动物形式。安扎杜瓦强调,一个具有认知(conocimiento)的人不会把灵性当作一种贬值的知识概念形式。通过创造性的活动,如写作、舞蹈、治疗、冥想和精神活动,可以实现认知(Conocimiento)。这些创造性活动将个人的斗争与地球上其他生命的斗争联系起来②。精神能动主义利用非二元思维方式,允许冲突和矛盾化解。接受另一方为平等的个体,就能形成亲密联系,将冲突转化为解决问题的机会,将负面影响转化为积极影响,治愈种族主义、性别歧视和阶级主义的创伤。

可以说,糖尿病对安扎杜瓦的身体造成了各种各样的侵扰,作者不可避免地将她的身体体验置入其理论创立中。与她的新部落主义理论有关的主体间性是建立在身体意识的基础之上。新部落主义认识到奇卡纳人是生态系统中负责任的参与者。安扎杜瓦主张在个人和文化方面放弃"家"。从她的角度来看,家族的根源就像散居的根源一样,不能适用于那些有着纠缠、遥远和破碎的根源的多栖人。此外,根植埋于存在的精神和心理方面。为了参与新的部落主义,人们不必与其家庭-种族联系在一起。最强大的力量是与内在自我的精神联系。它类似于地下的根茎,由自由和不受限制地相互连接的部分组成。与单一抽头根的植物不同,根茎向各个方向传播。身份如同根茎一样,总是处于关系和过程中。当我们的身体与真实

---

① ANZALDúA G E. Now Let Us Shift...the Path of Conocimiento, Inner Work, Public Acts [M] // ANZALDúA G, KEATING A. This Bridge We Call Home. New York:Routledge, 2002:558.

② ANZALDúA G, KEATING A. This Bridge We Call Home:Radical Visions for Transformation [M]. New York:Routledge, 2002:119.

和虚拟、内部和外部、过去和现在的环境相互连接时，身份就会与不同的世界和社区互动。身份是多层的，在各个方向，按时间顺序和空间伸展。通过卫星、手机和互联网进行即时连接的进程使我们紧密地联系在一起。我们的意识可以到达其他行星、太阳系和星系。宇宙就像一个包含过去和现在所有生物的网络，包含积极和消极的力量①。

归根结底，安扎杜瓦通过自我疾病书写发展了一种新的星际部落主义理论，其中一个人的精神、感觉和身体能构成一个更大的身份范畴；"你在树木、丛林和溪流中能接触到精神"；安扎杜瓦作品中身体的渗透性表明她重建了与个性和人性相关的身份，而不是局限于民族、种族和性别。传统的西方科学将你的意识限制在现实的一小部分，而安扎杜瓦拒绝将人类与动物、地球和精神分开。在寻找治疗的过程中，安扎杜瓦开始拥抱现实的其他方面——意识、希望和祈祷，这些是传统科学忽略的方面，因为意识、希望和祈祷是不能在实验室中进行测试的。②

第二节 建构越界的身份政治：切丽·莫拉加的创伤书写

切丽·莫拉加（1952年出生）是一位著名的奇卡纳诗人、剧作家、散文家，其批评和艺术成就众多。她在旧金山州立大学获得硕士学位。她在美国的各种大学里教过写作和戏剧。她与格洛丽亚·安扎杜瓦共同编辑了《这座桥被唤作我的背：有色人种的妇女写作》（This Bridge Called My Back: Writings by Radical Women of Color）（1981），并赢得哥伦布美国图书奖励。莫拉加还获得各种戏剧奖项和资助。例如，《英雄与圣徒》（The Heroes and

---

① ANZALDúA G E. Now Let Us Shift... the Path of Conocimiento... Inner Work, Public Acts [M] // ANZALDúA G, KEATING A. This Bridge We Call Home. New York: Routledge, 2002: 570.

② ANZALDúA G E. Now Let Us Shift... the Path of Conocimiento... Inner Work, Public Acts [M] // ANZALDúA G, KEATING A. This Bridge We Call Home. New York: Routledge, 2002: 561.

<<< 第二章 拉美裔美国女作家疾病叙事中后身份政治建构

Saints）在1992年获得"笔西奖"；《一个男人的影子》（Shadow of a Man）在1990年获得美国新戏剧基金资助。切丽·莫拉加的作品还包括《饥饿的女人》（The Hungry Woman）（2001）、《在翅翼中等待：一位同性恋母亲的肖像》（Waiting in the Wings: Portrait of a Queer Motherhood）（1997）、《战争年代的爱》（Loving in the War Years）（1983）和《放弃幽灵》（Giving up the Ghost）（1986）等。

莫拉加的戏剧经常描述两个女人之间的激情和爱，并拒绝以隐蔽的方式来表现。她强调女性的身体是快乐的源泉。其散文集《战争年代的爱》是一个强调肤色和性要素的身体文本的例子。莫拉加把她的性和种族异化定位在征服前的墨西哥。她把自己比作马琳切（La Malinche），一个在男权社会中被设定为"妓女母亲和私生子养育者"。从主流文化的角度来看，莫拉加的自我特征是不正常和离经叛道的，而且莫拉加强调越轨是权力的源泉。在西方思想中，作为本质主义储存库的女性肉体的存在与自然有着强烈的联系。琳达·伯克认为，西方女权主义一直被"生物学幽灵"所困扰，并假设生物学的这些方面是固定不变的[1]。批评家们，如唐娜·哈拉威（Donna Haraway）、维奇克尔比（Vickikirby）、卡伦·巴拉德（Karen Barad），扩大了文化研究的范式，能够解释身体以及自然的能动性和动力。对梅斯蒂扎人身体的隐喻解释使其变得卑鄙和丑陋。莫拉加在她早期的作品中，利用肢解的隐喻，将同性恋的欲望隐喻为痛苦的经历。独腿的身体、张开的嘴和异常的头颅反映了这些身体很难被纳入规范的身份类别。雅布罗-贝哈拉诺在莫拉加的诗歌中发现，女性的身体不断被肢解[2]。开尤沙乌奇的诫命（Coyolxauhqui imperative）成了墨西哥女同性恋戏剧和诗歌中反复出现的主题。就像安扎杜瓦一样，莫拉加把开尤沙乌奇改写为一个被赋予力量的分裂的象征，把她理解为对抹除的抵抗。莫拉加以一种整体

---

[1] BIRKE L. Feminism and the Biological Body [M]. New Brunswick: Rutgers University Press, 1994: 44.
[2] YARBRO-BEJARANO, Y. The Wounded Heart: Writing on Cherríe Moraga [M]. Austin, TX: University of Texas Press, 2001: 5.

意识视觉，在疗愈的语境中解构身体。她对肉体的描写是站在主流"蓝图"的对立面，力图走向一种新的整体性。

事实上，当莫拉加编辑散文集《战争年代的爱》时，她的背痛给她带来了持续的痛苦。莫拉加坚持认为，被肢解的开尤沙乌奇的尸体象征着她自己支离破碎的梅斯蒂扎同性恋身份。在《最后一代人》中，莫拉加承认她正在书写开尤沙乌奇的伤口。月亮女神被她哥哥肢解了，父权制的兴起使女性权力黯然失色。莫拉加没有回避痛苦的过去，而是将开尤沙乌奇重新想象为母性的恢复和自我的重建。她所记录的痛苦感觉总是在困扰着她自己。"伤害最大的部位是控制我手指运动的肌肉"[1]。莫拉加把她的背比为合作的桥，这座桥叫作我的背，这表明她的身体痛苦是她写作的组成部分。在《饥饿的女人》中，开尤沙乌奇作为生死女神科亚特利库的女儿并不代表邪恶，莫拉加所拥抱的被肢解的开尤沙乌奇，既是她自己身体疼痛的体现，也是梅斯蒂扎创伤的体现。莫拉加的作品总是痴迷于把身体作为身份政治冲突的场所。在《在翅翼中等待》中，通过增加疾病、母性和现代临床护理的主题，莫拉加使这种痴迷进一步扩展为具体化的身份。

在莫拉加的作品中，梅斯蒂扎的母性身体并不是不可接近的对象。身体上带有殖民传统的痕迹，比如强奸和强迫生育等。她的《战争年代的爱》特别强调肤色和性。通过对母性和酷儿身份的阐述，莫拉加试图理解她作为混血儿和女同性恋身份的复杂性，并寻求调和母性爱和女同性恋爱之间的矛盾。在她后来的自传体作品中，棕色梅斯蒂扎人能组成一个酷儿奇卡纳家庭。在美国现代诊所，莫拉加早产的儿子被称为拉斐尔·安吉尔（Rafael Angel）。她被迫留在诊所陪伴儿子接受治疗。在医院里，莫拉加和伴侣遭遇了保安员的恐同对待。她对自己作为酷儿母亲的描写挑战了母亲身份的规范形态及其相关的传统观念。在《最后一代人》中，莫拉加声称，诗人的使命就是写出在视觉和文本描述中被忽视的东西："痛苦的真实写照"[2]。她作为酷儿母亲的形象并不是专注于身体与规范之间的协商，

---

[1] MORAGA C. The Last Generation [M]. Boston: South End, 1993: 5.
[2] MORAGA C. The Last Generation [M]. Boston: South End, 1993: 71.

<<< 第二章 拉美裔美国女作家疾病叙事中后身份政治建构

而是拓展了对脆弱身体的探索，并探讨了现代医学权力结构与人类多样性之间的冲突。她试图寻找策略来重写传统框架内的医疗条件，挑战所谓标准的无效的现代医学。通过在现代临床文化中定位人的物质性，莫拉加试图超越临床规范，转变"模范人"的特征。通过对母性身体及其创伤的书写，莫拉加进一步理解了压迫性意识形态的深层结构。就像安扎杜瓦的边疆理论一样，莫拉加强调本土灵性的重要性，赋予梅斯蒂扎人权力，使其成为新空间的特权创始人——酷儿阿兹特兰（Aztlan）。"酷儿空间"为阅读打开了一扇门，而让读者发现其中差异前意识在起作用。

一、在《在翅翼中等待》中形成变化的身份意识

茱莉亚·克里斯塔娃（Julia Kristeva）在《恐怖的力量：一篇关于落魄的文章》（"Power of Horrors: An Essay on Abjection"）中，把母亲的身体描绘成一种可怜、丑陋和凌乱的形象[1]，但莫拉加在 1997 年出版的《在翅翼中等待》一书标志着新类型的母亲回忆录的诞生。在书中，回忆录与日记、评论散文交织在一起。在回忆录中，莫拉加讲述了她怀孕时的恐惧，以及早产的儿子。通过讲述怀孕和产后的经历，莫拉加描述了作为一位酷儿妈妈-作家的感受。自从莫拉加在 22 岁时公开自己的同性恋身份后，她从未想过结婚和要孩子。"我永远不会有孩子"；但莫拉加对父权之外的血缘关系和婚姻有着强烈的渴望。这种关系被定义为"以女性为中心的、延伸的、墨西哥式的、没有文化限制的家庭关系"[2]。

莫拉加在其激进的奇卡纳政治受到全世界的关注之后，渴望成为一个母亲的愿望似乎是一个保守的转变。事实上，莫拉加的作品并没有产生让女性屈从于母性的传统政治。正如莫拉加描述她的同性恋家庭一样，她将女同性恋和男同性恋作家的土著元素以及女权意识融入她的精神谱系。这

---

[1] KRISTEVA J. Power of Horrors: An Essay on Abjection [M]. New York: Columbia University Press, 1982: 53.
[2] MORAGA C. Waiting in the Wings: Portrait of a Queer Motherhood [M]. Ithaca, New York: Firebrand, 1997: 18.

个酷儿家庭的形成从一开始就不仅仅包括孩子出生和母亲身份。莫拉加是由一位男性朋友捐献的精子受精的。同性恋生育涉及了在死亡/艾滋病时代为生存而奋斗的故事。自传体叙事与疾病和艾滋病背景下的死亡交织在一起。莫拉加记录了塞萨尔·查韦斯（César Chavez）的死亡、奥尔德·罗德（Audre Lorde）的癌症和葬礼、莫拉加叔叔的死亡、她的女性情人的母亲因帕金森病而致残，以及莫拉加自己与痛苦和抑郁的持续斗争。疾病叙事占据了很大叙事空间，因此，大部分文本设置在医院，集中表现疾病和治疗的过程。莫拉加的新生儿拉斐尔·安格尔（Rafael Angle）在重症监护室的保温箱里度过了三个月。儿子伤痕累累、毛发浓密、像猴子一样脆弱，完全不像电影里那些躺在妈妈怀里的健康新生儿。① 婴儿最终活了下来，但这让莫拉加不断想起死亡。在他们离开医院后，莫拉加参观了沃森维尔的圣树。当时莫拉加的注意力并不在她儿子身上，而是在一个坐在婴儿车里、长着"意大利面条腿"的小孩身上。莫拉加觉得自己"像是在孩子母亲的皮肤里，知道残疾本可能发生在她自己和儿子身上"②；对残疾的恐惧困扰着莫拉加的一生。痛苦的疾病和残疾超越身体扩展到作家对自然的感知。莫拉加注意到，在她的花园里有一棵巨大的雪松，在一场严酷的冬季风暴后，它的顶端裂开了。这棵原本美丽的树被连根拔起，当作废物被处理。在花园左边的果树永远不会结果，就像一个没有孩子的母亲。莫拉加试图从这些没有孩子、分裂、患病、缺失的树状躯体中寻找痛苦和脆弱的美。死亡的主题在她创作的戏剧《在翅翼中等待》中反复出现。在莫拉加看来，拉斐尔·安格尔是不具有消极意义的死亡使者。在我们的生命中，每天在这个时候都有出生和死亡。③ 莫拉加平静的悲伤有时会嵌入欢乐的瞬间，因为她意识到世事无常。在接受罗斯玛丽·韦瑟斯顿

---

① MORAGA C. Waiting in the Wings: Portrait of a Queer Motherhood [M]. Ithaca, New York: Firebrand, 1997: 53.
② MORAGA C. Waiting in the Wings: Portrait of a Queer Motherhood [M]. Ithaca, New York: Firebrand, 1997: 89.
③ MORAGA C. Waiting in the Wings: Portrait of a Queer Motherhood [M]. Ithaca, New York: Firebrand, 1997: 126.

(Rosemary Weatherston)的采访时,莫拉加解释了为什么她在即将分娩拉斐尔·安吉尔时,写出这本关于女同性恋杀死孩子的戏剧《在翅翼中等待》的原因。通过怀孕和酷儿母亲身份获得的新体验为莫拉加关注女性受伤害这一主题提供了灵感。莫拉加选择了其中一个社会禁忌,改写了美狄亚和洛洛娜的故事。"你对社会或父权制能做的最坏事情是什么?扼杀母性"①。

虽然墨西哥民族主义运动提倡通过生养棕色人种孩子来扩大人口,而且在《最后一代》中,莫拉加也表达了她希望墨西哥家族延续的愿望。她解释道:"不知何故,我的分娩过程与创造新梅斯蒂扎的轨迹有关。"②但是,莫拉加并没有将她的身体同化成母亲的理想榜样。她按照自己对再生和血脉的渴望行事。莫拉加以作家和戏剧家的身份来补充她的母性,使得她的酷儿母性身份的矛盾更加复杂。墨西哥民族主义通过稳定他们的生育能力来提高自身的地位,而不是为解决性别歧视问题创造空间。莫拉加寻找新家庭与她渴望一种不会延续奇卡纳父权制的关系有关。通过选择怀孕和分娩,莫拉加在此过程中建构着酷儿母亲身份政治,旨在重新设定生育文化。

作为一位新妈妈,莫拉加不能履行母乳喂养的职责。她写道:"我现在是一名母亲,但我还不知道如何在这个世界上定居"③;与此同时,她发现自己的身体是陌生的。怀孕需要她解码怀孕身体的信号。在怀孕期间,莫拉加可以观察自己身体每天的变化,却发现她很难将自己视为过程中的主体。"当我饿了,它们是那种动物,使我饥肠辘辘拉肚子,陷入沉睡"④;由于胎儿占据子宫更多的空间,莫拉加感觉胎儿属于另一个实体的运动,

---

①JOSEPH A B, DEBRA S, et al. Queer Frontiers: Millennial Geographies, Genders, and Generations [M] //Moraga C. An Interview with Cherrie Moraga: Queer Reservations; or Art, Identity, and Politics in The 1990s. Madison: University of Wisconsin Press, 2000: 44-83.
②MORAGA C. The Last Generation [M]. Boston: South End, 1993: 38.
③MORAGA C. Waiting in the Wings: Portrait of a Queer Motherhood [M]. Ithaca, New York: Firebrand, 1997: 86.
④MORAGA C. Waiting in the Wings: Portrait of a Queer Motherhood [M]. Ithaca, New York: Firebrand, 1997: 43.

尽管这个实体仍然是她自己的身体。当出生后的婴儿身体接触塑料管和医疗器械时，莫拉加也被迫将她的身体敞开给医务人员和医疗技术："每天我们都看到恐惧的药液穿过塑料管，输入血管"①；对医疗技术的依赖挑战了她的身份政治，迫使她与医生、护士和其他病人建立一个临时新家庭。莫拉加并没有用痛苦而高尚的牺牲来叙述她的生育，而是描写她的身体沉浸在动物的快乐中。在生下儿子的过程中，莫拉加的身体扩张、倍增，并跨越人类和动物、痛苦和快乐之间的界限。莫拉加儿子与保温箱和医疗设备的亲密关系促使莫拉加重新思考母亲和机器之间的界限。这台机器似乎履行了母亲保护和照顾婴儿的职责。"他（拉斐尔·安吉尔）还记得凌晨3点在医院的刺眼灯光下醒来吗？看不见母亲，却有一阵阵刺痛？他那瘦小的身体怎么承受得了这些痛苦呢？"②莫拉加表达了她对白人男性医生和护士的怨恨。此外，她必须依赖他们的医学知识。医院已经是一个超越仇视同性恋、男权规范的场所。几位护士的名字分别是斯泰西、苏、唐娜和博比，她们在拉斐尔·安吉尔的母亲不在的情况下，整夜观察安吉尔的情况。有的护士很喜爱拉斐尔，把他当作她们的孩子。"这些女人实际上已经和我们成为一家人。"③酷儿母亲莫拉加参与了照顾者的行动。护士送的礼物一直陪伴着这个孤单的婴儿，直到莫拉加和儿子出院乘车回家。

在《被拒绝的身体：女性主义对残疾的哲学思考》（The Rejected Body：Feminist Philosophical Reflections on Disability）中，苏珊·温德尔认为疾病和残疾是知识的源泉和存在的方式④。莫拉加记录了她在怀孕期间大出血的经历，这激发了她阅读玛雅人放血仪式的兴趣，将她自己的肉体经历与文学思维联系起来。作者把肉体的波动作为女性主义理论的来源，

---

①MORAGA C. Waiting in the Wings：Portrait of a Queer Motherhood [M]. Ithaca, New York：Firebrand, 1997：66.

②MORAGA C. Waiting in the Wings：Portrait of a Queer Motherhood [M]. Ithaca, New York：Firebrand, 1997：106.

③MORAGA C. Waiting in the Wings：Portrait of a Queer Motherhood [M]. Ithaca, New York：Firebrand, 1997：78

④BOST S. Encarnación：Illness and Body Politics in Chicana Feminist Literature [M]. New York：Fordham University Press, 2010：366.

<<< 第二章 拉美裔美国女作家疾病叙事中后身份政治建构

提醒我们一个事实,即性别、种族和阶级并不总是准确的差异标记。我们必须接受肉体状态是构建梅斯蒂扎身份的同样重要的框架。切丽·莫拉加在儿子住院期间的经历打破了传统身份类别,如种族、性别和阶级的界限。疾病叙事与孕妇身体和棕色皮肤相结合,对资本主义医疗制度提出了批评。

在《在翅翼中等待》中,莫拉加表达了一种担忧,即语言会以某种方式减少她的认知。莫拉加暗示身体的感觉可以让她知道更多。莫拉加以其身体体验为参照,试图使其母性身体文本化。她认为,强调母性身体经验是母性知识的起源。莫拉加对分娩的恐惧伴随着她与恐同医务人员交往的经历,伴随着她儿子三个月的住院,伴随着她作为一名酷儿新母亲身份的改变,这些都促成了惊骇症(susto)的书写。格洛丽亚·安扎杜瓦将惊骇症描述为个体/集体创伤、碎裂和伤口的体现。莫拉加写道,纠缠自己这么久的惊骇症是不容易驱魔的。一切都变了。为了孩子的生存而奋斗,已使她魂不守舍。惊骇症起源于科亚特利库状态。"你的身体-心灵是发生转变的密闭容器"①;莫拉加所体验的惊骇症可以解释为一个酷儿母亲转变意识的痛苦。女同性恋母体承受着心理和潜在的身体暴力。"我知道恐惧的气味与婴儿毯子和被单上的工业洗涤剂气味融浸一体。我们把皮肤里无臭的冷漠带回家。惊骇症,惊骇症。"② 正是身体缓慢而屈辱的解体让她感到如此恐惧。③

作为第一位提出"肉身性理论"的奇卡纳作家,莫拉加一直拒绝将心灵与身体分开。玛丽·帕特·布雷迪(Mary Pat Brady)评论说,莫拉加提供了一个不同的空间概念,其中空间和身体融合在形而上学和真实的感官

---

① Anzaldúa G, KEATING A. This Bridge We Call Home: Radical Visions for Transformation [M]. New York: Routledge, 2002: 133.
② MORAGA C. Waiting in the Wings: Portrait of a Queer Motherhood [M]. Ithaca, New York: Firebrand, 1997: 66.
③ MORAGA C. Waiting in the Wings: Portrait of a Queer Motherhood [M]. Ithaca, New York: Firebrand, 1997: 32-33.

中①。在《在翅翼中等待》中，莫拉加利用惊骇症来赋予心理创伤和身体创伤意义。她在住院过程中的特殊经历建构了她的主体性。她关注疾病和怀孕对身体界限的侵蚀。对于莫拉加来说，母亲身份的建构是基于母亲肉体的经验。随着她身体的变化，母亲的意识或认知（conocimiento）经历了一个重新传递信号的过程。在阿兹特克文化传统的框架内，如果身体与外部力量相连，物质形态就会不断变化。健康被认为是通过人类与植物、动物和女神的仪式进行协商的状态。和安扎杜瓦一样，莫拉加也援引了古老的墨西哥女神，试图超越欧洲中心主义异性恋和父权的期望，重新定义健康。在《战争年代的爱情》中，身体是同性恋抵抗性别歧视的文化场所。她强调开尤沙乌奇被肢解的身体是奇卡纳人分裂的身份的隐喻。在其早期作品中，莫拉加想要宣称阿兹特兰是一个包容人们居住环境多样性的空间。就像安扎杜瓦所说的，那些拥有整体和关系视角的人居住在尼潘特拉的夹缝空间。

在《在翅翼中等待》中，医院是莫拉加为她和婴儿创造酷儿奇卡纳家庭的空间。她开始打破社会对怀孕的想象，同时让界限变得更加开放和包容。莫拉加把身体当作身份政治冲突的场所。在构建梅斯蒂扎身份方面，莫拉加在表达个人经历时，设法避免本质主义倾向。通过将这些经历置于特定地点和特定时刻，莫拉加挑战了文化、地理和社会的划分。她详细描述阴道和子宫的疼痛，并承认自己并不理解这些症状。身体似乎背叛了她。"在艾拉（Ella）走进来之前，我被医院接纳。我们又是一对女同性恋。酷儿妈妈。"②当莫拉加的女情人走进托儿所时，她的母亲身份受到了威胁。同性恋家庭不属于异性恋婚姻的框架。医院造成的心理暴力最终使她意识到母亲和儿子之间的关系可能受到威胁。实际经历要求莫拉加重建同性恋、梅斯蒂扎和女权主义身份的空间。作者需要找到身体与外部变化

---

①BRADY M P. Extinct Lands, Temporal Geographies: Chicana Literature and the Urgency of Space [M]. Durham: Duke University Press, 2002: 139.
②MORAGA C. Waiting in the Wings: Portrait of a Queer Motherhood [M]. Ithaca, New York: Firebrand, 1997: 26.

之间的平衡，以及身份建构中存在的矛盾。

生育和疾病的主题扩大了她试图体现的身份。在莫拉加看来，医院并不是一个可以让人变得健康和良好的地方。由于拉斐尔·安吉尔的长期逗留，保温箱变成了他的住所。莫拉加声称："我的种族和阶级分析对我毫无用处。"医院以家庭和性的主导思想对母亲表现出偏见。然而，尽管母亲受到了不公平的待遇，男婴还是无法脱离呼吸机的网络。她甚至不得不与医生和护士共同照料孩子。医生和护士有责任爱护和照顾拉斐尔，把他当作他们自己的孩子。[①] 这些医务人员也成为酷儿家庭中的成员。护士们的指导手册放在车里带回家。莫拉加不得不接受护士、医疗器械和药物进入她的私人生活。同性恋母亲的身份和医院的渗透是相互交叉的。

苏珊娜·博斯特主张，依靠医疗器械的身体必须将机器作为自我身份的一部分。[②] 根据堂娜·哈拉维[③]的半机械人理论，人体是由轮椅、助听器和假肢组成的。婴儿不能从母亲的乳房中吮吸，只能从医疗机器中吮吸。通过将医疗器械与母性结合，莫拉加摆脱了母性的浪漫化概念。虽然莫拉加及其生活伴侣遇到了来自保安的恐同歧视，但莫拉加并不认可，医院的中立性和客观性只是掩盖其社会性别歧视的面具。现代医学与奇卡纳女同性恋关系和土著文化传统相结合，使患病的身体呈现出多种多样的形态。由于身体接受临床治疗，个人完整性受到侵犯。身体转变之际唤醒了母性意识，使莫拉加的酷儿梅斯蒂扎母亲身份的紧张关系得以调和。就像格洛丽亚·安扎杜瓦的科亚特利库埃状态，生育是死亡和再生循环的一部分。莫拉加的生育叙事创造了一些新的东西，而不是重复母亲的传统。

莫拉加重构母性回忆录，使其成为对抗父权制和有关生育霸权话语的反叙事。莫拉加没有逃避生育叙事和身体的物质性，而是尊重充满身体和

[①] MORAGA C. Waiting in the Wings: Portrait of a Queer Motherhood [M]. Ithaca, New York: Firebrand, 1997: 76.

[②] BOST S. Encarnación: Illness and Body Politics in Chicana Feminist Literature [M]. New York: Fordham University Press, 2010: 126.

[③] HARAWAY D J. Otherworldy Conversations, Terran Topics, Local Terms [M] // ALAIMO S, HEKMAN S. Material Feminism. Bloomington: Indiana University Press, 2008: 157-187.

心理张力的空间。莫拉加生下拉斐尔·安吉尔的故事展现了变形的可能性：把身体连接到机器上，在手术中分解身体，以及在肉体上进行分裂。正如古代中美洲人所认为的，形状改变是赋予人类外化灵魂的力量[1]，诊所、医疗器械、保温箱和不足月婴儿人工抚育器展示了在种族、性别和阶级等传统范式之外构建身份的可能性。疾病叙事是身份重建和转化的载体。

二、在《英雄和圣徒》中建构"跨肉身性"的身份意识

古代中美洲人认为，一个人身上所有的元素都集中在一起，而疾病则标志着这些元素之间的不平衡。[2] 疾病是身体和周围环境之间不平衡的标志，而不是要被消灭的敌人。对阿兹特克人和玛雅人来说，健康就是恢复身体和宇宙元素之间的平衡。文身、耳鼻穿孔和出血都代表着身体的渗透性。变形能使人的灵魂外化。对跨越边界的认识导致基于渗透性和流动性身份的形成。基于上述理解，切里·莫拉加修改了戏剧《英雄和圣徒》中的母性身体，记录了墨西哥农民因大量使用杀虫剂而患上致命疾病的故事。剧中的圣华金谷象征着一个反乌托邦，女儿们因母亲有毒的身体而遭受致命伤残。克里斯蒂娜·霍姆斯（Christina Holmes）在《生态边疆：奇卡纳女性主义的身体、自然与精神》（Ecological Borderlands: Body, Nature and Spirit in Chicana Feminism）中指出，女性农场工人比男性更容易受到杀虫剂的危害[3]。医学话语将富有的白人妇女视为需要依靠的脆弱残疾人，而工人阶级妇女却在工厂和"血汗工厂"长时间工作，面临着致命的工业

---

[1] AUSTIN A L. Cuerpo humano e ideología. Las concepciones de los antiguos nahuas (The Human Body and Ideology: Concepts of the Ancient Nahuas) [M]. Salt Lake City: University of Utah Press, 1988: 368.

[2] AUSTIN A L. Cuerpo humano e ideología. Las concepciones de los antiguos nahuas (The Human Body and Ideology: Concepts of the Ancient Nahuas) [M]. Salt Lake City: University of Utah Press, 1988: 225.

[3] HOLMES C. Ecological Borderlands: Body, Nature and Spirit in Chicana Feminism [M]. Urbana: University of Illinois Press. 2016: 39.

事故的危险。工人阶级妇女被视为传染的媒介,传播来自贫民窟的疾病。[1]美国西南部土著混血儿的激进化行动为美国政府的西进扩张提供了理由。在19世纪后半叶,自从瓜达卢佩条约的签署,墨西哥裔美国人在自己本土被标记为可疑公民和外国人。墨西哥裔美国人的土地被剥夺。西部的美国化被认为是环境主义运动的最早根源。20世纪60年代和20世纪70年代的第二波环境运动,伴随着妇女解放运动,重点关注毒性问题。奇卡纳人在组织草根运动,而不是参加主流的环境组织。

《英雄与圣徒》的灵感来自加州圣华金谷麦克法兰镇的"癌症群"。莫拉加在作者的笔记中提到记录儿童罹患癌症的高比率的视频。视频题为"葡萄的愤怒"。本杰明·查维斯(Benjamin Chavis)将其称为环境种族主义——专门报道了有色人种社区的有毒废物设施、威胁生命的毒药和污染物的扩散排除在环境运动领导之外的有色人种[2]。在作者的笔记中,莫拉加将这部戏剧献给创建联合农场工人恺撒·查韦斯(Cesar Chavez)。1986年,查韦斯发起了"愤怒的葡萄"运动,以引起公众对奇卡纳人及其子女杀虫剂中毒的关注。联合农场工人强调有色人种妇女在葡萄生产和消费系统中的地位。此外,联合农场工人的组织者把瓜达卢佩圣母(Virgin of Guadalupe)纳入争取土地、水和工人权利的斗争中。

莫拉加和安扎杜瓦曾在1983年共同编辑过《这座桥叫作我的背》,试图在美国有色人种妇女中建立联盟。联合农场工人专门与环境事业结盟,并扩大了抗议活动的范围。查维斯说:我们不仅想要身体健康,而且想要精神健康。安扎杜瓦和莫拉加通过强调身体及其与社会、地理位置、性别、性行为、肤色和疾病等的关系来抵制殖民理论和方法论,因为这些理论和方法论未能解决奇卡纳身份的复杂性。"如果被释放出来,身体可以

---

[1] EHRENREICH B. Complaints and Disorders: The Sexual Politics of Sickness [M]. London: Compendium, 1974: 34.
[2] ADAMSON J, MEI MEI E, RACHEL S. The Environmental Justice Reader: Politics, Poetics and Pedagogy [M]. Tucson: University of Arizona Press, 2002: 4.

通过工作、写作和实践来说话，可能会产生新的肉身性话语。"①

这些棕色妇女患有流产、乳腺癌、卵巢癌和子宫颈癌，以及分娩等问题，如分娩畸形和致残儿童。② 易受杀虫剂侵害的山谷农场工人与他们的工人阶级地位、种族分工中的从属地位密切相关。种族身份和阶级地位的交集对于了解墨西哥人如何应对环境问题至关重要。

在《英雄与圣徒》中，塞蕾兹塔（Cerezita）的哥哥马里奥（Mario）在枪声中冲进田野，呼吁烧毁被污染的田野，号召将环境抗议继续下去。莫拉加运用雾的比喻来表现化学暴力的不可见性。迷雾掩盖了奇卡纳人的痛苦、挣扎和行动。小说的中心人物塞蕾兹塔一直试图理解这种毒性，并让农业社区的其他人看到它。塞蕾兹塔的身体被放置在一个滚动的像桌子一样的轮椅上。大多数时候，她都是用下巴来操作轮椅。塞蕾兹塔经常凝视窗外，尽管她的母亲多洛雷斯认为她的观看和凝视没有什么价值。塞蕾兹塔将有毒的身体与田野之间的关系可视化。羊喝着橙黄色的水。孕妇喝下有毒的水，与此同时婴儿在母体内变形。塞蕾兹塔得出结论，婴儿会像她自己一样，一出生就残缺不全。"我从窗口望着，哭了"③；后来，她强调可见性的政治意义："没有人的死亡应该是隐形的"④；马里奥评论说，婴儿的身体很容易受到杀虫剂的伤害。"他们没有缓冲区"⑤。"缓冲区"的说法否定了人类与自然、物质与力量是分离的假设。在《英雄与圣徒》中，儿童残缺不全的身体表明身体与环境是共生的。毒的传递表明，在身体栖息的时空里，人的肉身性与肉体、自然和环境是不可分割的。⑥ 跨肉体性的时空既是快乐的场所，也是危险的场所。"跨（trans）"表示跨身

---

① ANZALDúA G, CHEERIE M. This Bridge Called my Back: Writings by Radical Women of Color [M]. New York: Kitchen table, 1981: 266.
② HOLMES C. Ecological Borderlands: Body, Nature and Spirit in Chicana Feminism [M]. University of Illinois Press. 2016: 39.
③ MORAGA C. Heroes and Saints and Other Plays [M]. Albuquerque: West End, 1994: 99.
④ MORAGA C. Heroes and Saints and Other Plays [M]. Albuquerque: West End, 1994: 139.
⑤ MORAGA C. Heroes and Saints and Other Plays [M]. Albuquerque: West End, 1994: 104.
⑥ ALAIMO S. Trans-Corporeal Feminisms and the Ethical Space of Nature [M] // Alaimo S, HEKMAN S. Material Feminism. Bloomington: Indiana University Press, 2008: 237-264.

<<< 第二章 拉美裔美国女作家疾病叙事中后身份政治建构

体的运动。人体不是成品，而是向它周围环境开放，并可以由其他身体组成和分解。加滕斯（Gatens）认为，与其他身体的接触是积极的还是消极的，取决于它们是帮助还是伤害身体构造。① 向超越人类的世界开放可能会导致疾病、残疾和死亡。在《英雄与圣徒》中，邦妮（Bonnie）孩子的死亡让人们看到奇卡纳/纳社区中脆弱的躯体。这个可怜孩子身上所有的开口都在流血：她的嘴，她的耳朵，她的鼻子，甚至她的小便孔都是如此。对身体开放性的强调表明，身体受到有毒物质的威胁。失控的流血显示人类肉体的力量。跨肉体的时空展示了痛苦、毒性和死亡的危险。由于混血儿和动物居住在污染区，他们和它们的血液和身体组织中都含有化学毒物。杀虫剂会毒害山谷中的农场工人、邻里、动植物。有毒物质的贩运揭示了环境正义、残疾人权利、职业健康、儿童福利和有色人种困境之间的相互联系。这出戏剧突出身体的开放性和生成性。这表明，肉体的本质在于其本体论上的不完整性或缺乏最终性。肉体的毒性使奇卡纳人无法想象他们的健康和福利会与土地的毒性分开。身体被标记、雕刻，并由社会压力和秩序构成。有毒物质渗入邦妮的孩子体内导致其死亡②。

在《英雄与圣徒》中，女主角塞蕾兹塔的畸形是由她母亲接触杀虫剂导致的。莫拉加创作女主人公塞蕾兹塔形象的灵感来自那些死于癌症的孩子。戏剧中这些死去的孩子被竖立在葡萄田里的十字架上。塞蕾兹塔指出，葡萄园"看起来就像一千个袖珍十字架""每一种植物的树干都是受难中基督的小身体"。她用耶稣基督受难的比喻来突出山谷中农场工人身体上的痛苦。树枝看起来就像长着痛苦血脉的手臂，每一只手臂都连接着另一只钉在十字架上死去的孩子，成千上万的人在绝望中整齐地排成一行。尸体被比作成排的葡萄。通过这样的比喻，塞蕾兹塔强调了身体与环境之间的亲密联系。葡萄上喷了农药，使农民们感到绝望。因此，肉体与自然、环境是不可分割的。安帕罗（Amparo）创建了一个特殊的地图，表

---

① GATENS M. Towards a Feminist Philosophy of the Body [M] // GROSZ E. Crossing Boundaries: Feminisms and the Critique of Knowledges. Sydney: Allen and Unwin, 1988: 59-70.
② MORAGA C. Heroes and Saints and Other Plays [M]. Albuquerque: West End, 1994: 27.

113

示山谷中生病的身体。红点表示那些住着癌症患者的房子，蓝点代表肿瘤，绿点表示有先天缺陷孩子的房子，黄点表示流产。安帕罗说明了有毒社区的起源。约兰达（Yolanda）意识到整个山谷的毒性："这是个该死的社区。"圣华金河谷数百英里的土壤被注入致命剂量的化学物质，工业机械也对土壤造成了破坏。地图上的有毒物质点代表引起健康问题的有毒区域。这张地图不仅具有使毒性可见的政治意义，而且最终也是由生病的身体构成。这部剧讲述的是有毒的身体，这些身体在它们的跨肉体的过程中呈现出世界的毒性。"自然"不再仅仅作为人类剥削的背景。塞蕾兹塔指着绿点说："那是我"。约兰达也回应说："是你让我们上了地图。"[1] 这些点代表着他们的身体，他们的身体开始在文字上构成地图。通过思考有毒的身体，我们可以把人的肉体想象成承载着历史、文化和污染风险不均匀分布的痕迹，而不是社会铭文之前存在的乌托邦。切丽·莫拉加的毒性叙述记录了暴露在环境污染物中的人类身体，展现了肉体存在与我们周围世界交织在一起的方式。正如史黛西·阿莱莫所提议的，残疾研究是为了解释一种不同类型的肉体作用。中毒的身体当然不是本质主义的，而是由工业化农业综合企业、资本主义力量和环境种族主义产生和复制的[2]。

塞蕾兹塔的母亲多洛丽丝曾经质疑塞蕾兹塔对解剖学的浓厚兴趣。"你对身体有什么怪癖？"塞蕾兹塔把它比作成排的葡萄。葡萄枝看起来就像痛苦的鼓胀静脉。整齐的一排排喷洒杀虫剂的农场工人对自己的身体感到绝望。塞蕾兹塔声称她看到了一串墨西哥基督，他们的脚在机器制造的战壕里扎根。农业机器和杀虫剂已经把葡萄田变成了"一行行的绝望"。有毒的地方使农场工人及其孩子的身体变形了。多洛丽丝也注意到，洒在杏仁上的毒药会使劳动者生病。然而，这家国际公司的老板却声称水中没有有毒物质。这些化学物质渗入土壤和水源，不断导致婴儿先天缺陷、奇

---

[1]MORAGA C. Heroes and Saints and Other Plays [M]. Albuquerque: West End, 1994: 129-134.

[2]ALAIMO S. Trans-Corporeal Feminisms and the Ethical Space of Nature [M] // Alaimo S, HEKMAN S. Material Feminism. Bloomington: Indiana University Press, 2008: 237-264.

卡纳工人流产和居民癌症高发。

塞蕾兹塔的姐姐约兰达（Yolanda）生下了一个女儿，但女儿却死于母亲约兰达的毒奶。作为新妈妈，约兰达担心她的女儿拒绝母乳喂养。在她的女儿死于恶性肿瘤后，尤兰达开始意识到女儿排斥其乳房的原因。她愤怒地跑向盘旋的直升机，尖叫着，悲叹着。在葬礼那天，痛苦的经历更加明显。女儿已经走了，但尤兰达的乳房仍在分泌乳汁。尤兰达感觉乳房快要胀裂，溢出来，把一切都变成了乳汁。约兰达无法解释自己女儿的死因。在为女儿举行的追悼会上，她的痛苦感受达到了顶点。约兰达对其胀痛的乳房表现出极大焦虑。"它们太重了。没有什么能消除痛苦。它们想要一个嘴巴，但没有嘴巴来解救它们。"[1] 约兰达哺乳的肉体经历突出了身体的物质性。可见，母亲的身体打破了身体和社会的界限。母亲的身体不再是一个哺育的容器，而是一个有形的实体，也是一个文化和社会建构的实体。

杀虫剂引起的疾病和残疾的痛苦导致新梅斯蒂扎意识的出现。塞蕾兹塔在最后一段演讲中用流淌着血的河流象征"一个奇迹般民族"的出现。它和流过他们血管的河水一样有着同样的颜色，和他们出生时所在的水潭一样有着同样的颜色。[2] 塞蕾兹塔虽然从小就畸形，但她的梅斯蒂扎意识却超越了物质的界限，赋予身体以行动和力量来改变山谷的情况。安帕罗和塞蕾兹塔决定发起抗议来对付这些问题。基层行动主义能更有效地给奇卡纳/纳农业社区带来积极变化。

莫拉加还把身体与酷儿性联系起来。比如，塞蕾兹塔哥哥马里奥的同性恋经历就在很大程度上表现了20世纪80年代以来的艾滋病危机的肉身渗透性。他承认自己与神父胡安有同性恋关系。马里奥体现了莫拉加在她的理论和写作中强调的酷儿身份。他从小在山谷长大，在城市和农村环境之间来回行动。他修复了塞蕾兹塔的手动轮椅，并使残疾妹妹能够移动。像塞蕾兹塔一样，马里奥也对观看和凝视表现出兴趣。当除草机在晚上开

---

[1] MORAGA C. Heroes and Saints and Other Plays [M]. Albuquerque: West End, 1994: 142.
[2] MORAGA C. Heroes and Saints and Other Plays [M]. Albuquerque: West End, 1994: 148.

始喷洒除草剂时，马里奥目睹着这一幕，他说："没人这么看它们。反正没人在乎。"他还指出，母亲多洛丽丝无法把酷儿身份看作一种保持完整的方式。当马里奥离开旧金山时，他说道："我不能把我的身体放在一个地方，而把我的心放在另一个地方"。不幸的是，母亲多洛丽丝认为酷儿是一种病，不断诋毁马里奥的酷儿身份。"你自己变成了半个男人""上帝让你成为一个男人，你把它扔掉了"①。多洛丽丝没有不具备非二元和关联主义思维方式的认知（conocimiento）。但是，马里奥能认识到同性恋歧视和毒性这两个看似独立问题之间的关系。马里奥发现同性恋是一种疗伤的方式。"我一直觉得，不管我身体有什么残疾，性爱可以治愈，性爱可以让扭曲的四肢伸直。"② 希尔德里克（Shildrick）断言，反常的物体不再是焦虑的来源，而是提供新的创造性意义的希望③。酷儿欲望有可能把身体上的伤口缝合在一起，形成多重身份的梅斯蒂扎化身。

马里奥希望能够在山谷和城市之间移动，以逃避母亲的歧视。马里奥告诉胡安关于他的城市之旅：他抽烟、喷鼻、接纳任何东西以及任何与他有关的人。马里奥强调身体的渗透性及其与物质联系的潜力。后来马里奥告诉他妹妹孩子们死亡的原因。更重要的是，马里奥送给塞蕾兹塔一本解剖学的书，让她进一步了解人体。塞蕾兹塔开始意识到身体在生物学方面不是固定的。塞蕾兹塔通过对人体的进一步了解，不再被束缚在轮椅上，而是成长为抗议运动的领袖，并在戏剧最后一幕中发表了强有力的演讲。

作为与生理性别不同的最具革命性的性别概念之一，"女性"是建立在自然与文化对立的基础上的。白人女权主义理论致力于将女性从自然中解放出来。南希·图阿纳（Nancy Tuana）批判了种族和性别的生物决定论。她认为，女权主义者有责任创造一个固定的和本质的认识论空间，使

---

① MORAGA C. Heroes and Saints and Other Plays [M]. Albuquerque: West End, 1994: 122-124.
② MORAGA C. Heroes and Saints and Other Plays [M]. Albuquerque: West End, 1994: 118-141.
③ SHILDRICK M. Embodying the Monster: Encounters with the Vulnerable Self [M]. London: Sage, 2002: 125.

生物决定论有意义。① 但是，琳达·麦克道尔（Linda McDowell）在"性别、身份和位置"一文中指出，流动性是质疑解剖学和社会身份之间关系的关键因素②。身体不是一个固定的实体，而是具有延展性，这意味着它可以在不同的时间形成不同的形状和形式。

在莫拉加提出的"肉身性理论"中，奇卡纳人生活的物质现实创造了一种出于需要而诞生的政治。在《酷儿阿兹特兰》（"Queer Aztlán"）一文中，莫拉加写道："地球是女性的。她被强暴，被剥夺了资源，变得无言以对，毫无生气。如果我们的身体不自由，我们的土地怎么能自由？"③唐娜·哈拉威（Donna Haraway）声称身体是权力和身份的地图。④伊丽莎白·格罗兹（Elizabeth Grosz）写道，身体的特殊性应该从历史的角度来理解，而不是从生物学的角度来理解。⑤《英雄和圣徒》把身体作为身份政治冲突的场所，并增加了毒性、环境正义和母性等主题。畸形、致命的疾病和残疾扩大了莫拉加所体现的身份。《英雄和圣徒》中表现的有毒物质反映了美国农业工业化过程中的环境不公。"布拉塞罗（Bracero）计划"（1942-1964年）鼓励墨西哥移民来满足美国农业企业的需求。尽管该计划于1964年结束，但墨西哥裔美国人和移民继续在西南部受到剥削和毒害，他们的工作条件是出了名的恶劣。当布拉塞罗计划成为政府政策时，奇卡纳/纳劳工得到的保护比过去更少。农药技术的进步导致生态破坏和对妇女的摧残。《英雄与圣徒》解构了美国环境保护主义历史的叙事，揭示了主流环境观点和行为的局限性，以及对墨西哥裔环境正义运动的

---

①TUANA N. Viscous Porosity: Wistnessing Katrina [M] // ALAIMO S, HEKMAN S. Material Feminism. Bloomington: Indiana University Press, 2008: 181-213.
②MCDOWELL L. Gender, Identity, and Place: Understanding Feminist Geographies [M]. Twin Cities: University of Minnesota Press, 1999: 39.
③MORAGA C. The Last Generation [M]. Boston: South End, 1993: 172-173.
④HARAWAY D J. Otherworldy Conversations, Terran Topics, Local Terms [M] // ALAIMO S, HEKMAN S. Material Feminism. Bloomington: Indiana University Press, 2008: 157-187.
⑤GROSZ E. Darwin and Feminism: Preliminary Investigations for a Possible Alliance [M] // ALAIMO S, HEKMAN S. Material Feminism. Bloomington: Indiana University Press, 2008: 23-51.

排斥。

三、在《饥饿的女人：墨西哥美狄亚》中建构跨界的母性身份

莫拉加的两幕戏剧《饥饿的妇女：一个墨西哥美狄亚》（The Hungry Woman: A Mexican Medea）是以欧里庇德斯（Euripides）的希腊经典悲剧《美狄亚》为参照进行创作的，其背景设置在未来派的凤凰城。戏剧中，医院、疯人院和监狱为女主人公提供了表达欲望和情感的尼潘特拉空间。该剧的开始和结束都是在一个医院和监狱合为一体的诊所里，美狄亚（Medea）被控犯下女同性恋和杀害儿童的"罪行"，这意味着女性角色被妖魔化。这部戏剧相当引人注目，挑战了殖民主义和异性恋压迫的建构，质疑了厌恶女性和厌恶同性恋的墨西哥民族主义的根基。该剧除了体现女同性恋女性主义立场，还把土著神话与古老的希腊故事切实地融合起来。

美狄亚的职业是民间药师——是以本土医学知识挑战现代医学和临床的治疗师。莫拉加将洛洛娜（Llorona）和美狄亚（Medea）融合在女主人公身上，挑战了医学和母亲的规范观念。莫拉加对一个经典悲剧进行探索，将对女性角色的审视转移到对未来墨西哥社会的审视。阿兹特兰（Aztlán）远不是承诺的天堂，而是一个噩梦般的国家，在这里种族纯洁和异性恋占统治地位。据莫拉加说，大多数新附属国都发生了反革命。"男性和女性之间建立了等级制度，同性恋者被流放"[1]。在一个厌恶同性恋和厌恶女性的社会中抚养一个男孩，就是希腊和当代版本中美狄亚所面临的两难困境。

莫拉加挑战了美狄亚作为一个被丈夫背叛的可怜女人的传统形象。在经典希腊版本中，美狄亚帮助她的丈夫找回金羊毛。但是其丈夫杰森（Jason）却为了另一个女人离开了她。美狄亚决定杀死自己的孩子来进行报

---

[1] MORAGA C. The Hungry Woman: A Mexican Medea [M]. Albuquerque: West Ens Press, 2005: 6.

<<< 第二章 拉美裔美国女作家疾病叙事中后身份政治建构

复。欧里庇得斯笔下的美狄亚承认杀死自己的孩子是"最邪恶的罪行"[①]。不像杰森可以选择另一个妻子，美狄亚唯一的权力范围在于母爱。欧里庇德斯的目的是描述一个不幸女人的命运[②]。剧中的合唱部分将犯罪描述为一个女性的命运："女人的床，充满了苦难/你给人类带来了什么麻烦"[③]。

莫拉加将悲剧事件纳入一个虚构的过去的不久的将来。在这位剧作家的笔记中，种族内战将美国的一半分割成几个较小的国家。美狄亚是反抗欧美统治政治和经济制度的革命者之一。作为反抗的领导者之一，美狄亚最终与她的儿子和女同性恋情人一起被驱逐出阿兹特兰。他们生活在凤凰城——一个毒药和社会不良分子的聚集地。从美狄亚与护士长的对话中，我们了解到，美狄亚在流亡中度过了七年，其丈夫杰森要求儿子查克-摩尔（Chac-mool）的监护权。杰森还计划娶一个年轻的印第安女人，并在墨西哥裔社区谋得一职。美狄亚回忆查克-摩尔第一次把他的嘴放在她的乳房上。我们的结合在他红宝石色的嘴里完成了[④]。她觉得自己像一团纯粹的动物，需要箍紧自己。一想到失去查克-摩尔，美狄亚就会感到痛苦。一方面，美狄亚宣称世界上最自然的革命是从对国家的爱转向对卢娜（Luna）的爱。然而，她不能与她的伴侣分享母性关系。儿子的存在减弱了她们的女同性恋关系。"查克-摩尔让我们变得不那么同性恋了。"[⑤] 莫拉加揭示了关于女同性恋母亲的争论和女同性恋关系的动态过程。在《饥饿的女人》中，美狄亚综合了男性和女性的特质。她可以生个孩子，然后嫁给杰森。她扮演战士的角色，建立自己的家园。她甚至也喝得烂醉，感

[①] EURIPIDES. Medea [M]. Translated by Svarlien D A. Indianapolis: Hackett Publishing Company, 2008: 773.

[②] EURIPIDES. Medea [M]. Translated by Svarlien D A. Indianapolis: Hackett Publishing Company, 2008: 1225.

[③] EURIPIDES. Medea [M]. Translated by Svarlien D A. Indianapolis: Hackett Publishing Company, 2008: 1270-1271.

[④] MORAGA C. The Hungry Woman: A Mexican Medea [M]. Albuquerque: West Ens Press, 2005: 31.

[⑤] MORAGA C. The Hungry Woman: A Mexican Medea [M]. Albuquerque: West Ens Press, 2005: 47.

受男神的堕落。另一方面，关于墨西哥裔男子气概的可疑概念一直困扰着美狄亚。她拒绝把查克-摩尔交给杰森，是因为她不信任传统的墨西哥男子气概。"他还只是个孩子，不是成人，你别想照着你的样子把他变成男子汉！他长大后不会从你身上学到背叛。"① 美狄亚对查克-摩尔的爱为重建家园提供了途径。在第一幕中，美狄亚把自己描述成一个被遗弃的孤儿。失去土地与母亲之间的联系加剧了她支离破碎的身份危机。美狄亚谈到杰森要娶的处女。"她是个处女。她为他流血。"美狄亚哭着说，她也为她的丈夫和国家流血。"男人认为女人没有爱国之心，对国家的渴望是男人优先考虑的事情。"② 事实上，奇卡纳勇士为建立阿兹特兰而流血牺牲。

墨西哥美狄亚与其对应的希腊版本中的美狄亚一样，不是一个合法的公民，因此不受当地法律的保护。她悲叹道："大地成了我的敌人。"③ 公民身份的缺失增加了美狄亚对故土的渴望。一旦她成功地与儿子建立亲密的关系，母乳喂养的肉身体验就确立了母子之间的原始关系。在某种程度上，美狄亚将她的国家观念暂时定位在她与查克-摩尔的母子关系中。不幸的是，杰森回来接管查克-摩尔的监护权，并宣称："因为我们的儿子，你将永远是我的女人。我不怕你。我曾经害怕这种愤怒，但现在不害怕了。我现在有了我想要的。土地和未来都寄托在那男孩身上。你阻止不了我。"④ 美狄亚曾秘密计划与杰森举行婚礼，试图带着儿子回到阿兹特兰。然而，杰森决定娶一个印第安女孩，以满足阿兹特兰法律的种族要求。杰森需要一个棕色皮肤的妻子和儿子来确保他的政治和社会地位。美狄亚得知他的计划后，意识到自己回到阿兹特兰的梦想不再可行。杰森作为一个男人和父亲，在法律上有权对他的儿子进行监护。

---

① MORAGA C. The Hungry Woman: A Mexican Medea [M]. Albuquerque: West Ens Press, 2005: 69.
② MORAGA C. The Hungry Woman: A Mexican Medea [M]. Albuquerque: West Ens Press, 2005: 15.
③ MORAGA C. The Hungry Woman: A Mexican Medea [M]. Albuquerque: West Ens Press, 2005: 42.
④ MORAGA C. The Hungry Woman: A Mexican Medea [M]. Albuquerque: West Ens Press, 2005: 69.

第二章 拉美裔美国女作家疾病叙事中后身份政治建构

墨西哥美狄亚是一个背叛配偶、违背社会禁忌、选择爱上同性的角色。父权社会的不公正迫使她杀死查克-摩尔。她被刻画成一个拒绝把儿子交到阿兹特兰的亡命之徒。美狄亚作为社会的不法之徒，做出了违背社会禁忌的道德伦理抉择。这个角色的道德斗争反映了他们文化中固有的不公正、僵化和不人道的因素。这部戏剧利用梅斯蒂扎母亲原型的传说，展示了边缘化是如何通过他者化的过程被强制执行的。越界的性行为和破坏行为是他者化的表现形式，它铭刻在混血儿母亲的身体和精神上。

传说中洛洛娜（Llorona）这个人物在被情人拒绝后，一气之下溺死了她的孩子。在传统的墨西哥文化背景下，洛洛娜不得不沿河游荡，哀恸失去的孩子。她象征着"越轨"的母性欲望。在《战争年代的爱》一书中，切里·莫拉加对这个传说给出了另一种解释："当洛洛娜杀死她的孩子时，她杀死的是剥夺了我们女性身份的男性定义的母性。"[1] 对酷儿母性欲望的污名化与被动的、自我牺牲的和无性的理想母性的建构有关。格洛丽亚·安扎杜瓦也用洛洛娜来探讨了梅斯蒂扎人是如何从受害者转变为积极抵抗者。[2] 洛洛娜的形象反映了墨西哥传统文化中对母性负面力量的恐惧。因此，洛洛娜成了瓜达卢佩（Guadalupe）的对立面，瓜达卢佩是一个坏母亲，她的形象被用来统治受压迫的群体，构建他们的身份。安扎杜瓦认为，洛洛娜是一个迫使奇卡纳人通过写作和创立理论来发声并打破沉默的人物。

莫拉加明确地描述美狄亚对卢娜的性欲："没有她的乳房，我怎么活？我无法张开嘴吮吸她。"在精神病院中，美狄亚向杰森讲述了自己身为人母的经历："我正处于一场贪得无厌的爱恋之中。是不是从我儿子把勺子般大小的嘴放在我乳房上开始的？是的，我们的结合就在那里完成了。这是杰森的一个秘密的命名，赤裸暴露——母亲和孩子——赤身裸体，彼此

---

[1] MORAGA C. Loving in the War Years [M]. Boston: South End, 1983: 147.
[2] KEATING A. Interviews/Entrevistas [M]. New York: Routledge, 2000: 180.

依依不舍。"① 原始的关系被新结盟的家长制和对同性恋施加压迫的制度所打破。莫拉加将母亲构建为一个实体，以复杂的方式与种族、国籍、性别和性行为互动。玛丽·罗梅罗（Mary Romero）的研究表明，美国的反移民项目反对墨西哥移民母亲的育儿行为。该组织描绘了一幅对国家主权、文明和自由构成威胁的越轨的场景以及反美的母性做法的画面。墨西哥移民母亲被称为"繁殖者"，通常用于动物繁殖。② 墨西哥的母亲们被认为是兽性的、无知的和犯罪的，这标志着公众和网络空间中强烈的反棕色母亲情绪。美狄亚作为一名酷儿母亲，在父权制和异性恋主导的话语中被视为离经叛道和变态。其母性身体被解释为肮脏和可怜的。美狄亚既没有在她的"家园"中得到保护，也没有在另一个女人的怀抱中得到保护，因为卢娜也被流放了。

美狄亚从未给她的儿子断奶。儿子长大后，就不再想要吃她的奶水了。"我展示我的胸部。他的目光从我身上掠过。'现在不吃了，妈妈'。他说道，像一个男人。"③ 从儿子的反应来看，母亲的沮丧是合理的。从那时起，美狄亚开始意识到自己心爱的儿子总有一天会远离自己。此外，儿子和他的父亲将决定哪些身体和身份是规范的和可取的。最终，美狄亚又一次被儿子抛弃。

《饥饿的女人：一个墨西哥美狄亚》在情节和结构上与欧里庇得斯的《美狄亚》没有什么相似之处。莫拉加的版本排除了一些重要人物，即克瑞翁（Creon）和美狄亚的另一个儿子，却把卢娜、护士、杰森和查克-摩尔引入戏中。舞台布景包括四名女战士，她们戴着骷髅形状的死人脸。裙子上系着蛇绳。合唱团用本土的阿兹特克风格表演，取代了希腊合唱团的古典特征。在一次采访中，莫拉加承认非线性的情节代表了对欧洲中心主

---

① MORAGA C. The Hungry Woman: A Mexican Medea [M]. Albuquerque: West Ens Press, 2005: 31.
② ROMERO C. Activism and the American Novel [M]. Charlottesville: University of Virginia Press, 2012: 1371.
③ MORAGA C. The Hungry Woman: A Mexican Medea [M]. Albuquerque: West Ens Press, 2005: 31.

<<< 第二章 拉美裔美国女作家疾病叙事中后身份政治建构

义或欧洲-美国主义的有意偏离，以及努力跳出他们的结构去思考。非线性结构也挑战了西方经典的时间和结构统一的亚里士多德概念。墨西哥美狄亚的情节是通过在过去和现在之间的不断转换来表现的。

在欧里庇得斯的版本中，美狄亚用拒绝食物和不停哭泣的方式折磨自己的身体。她每天每时每刻都在流泪。女性的身体被描绘成被动的，不活跃的。女人只能通过忽视她们可怜的身体和身体的需要来寻求宽恕。在莫拉加的版本中，美狄亚声称燕麦片的味道会粘在她的肋骨上。燕麦是她的宝宝的单词之一，因为这是他最初的食物之一。美狄亚对饮食的渴望可以看作是一种自爱和肯定生命的行为。作为一个没有祖国保护的墨西哥女人，食物帮助她直面自我的深层构建，克服真实和想象的障碍，成为真正的自我。① 莫拉加对母性身体的描写为弱势群体发出了声音，试图探究压迫意识形态的更深层次结构。

在欧里庇得斯的戏剧中，美狄亚并未把自己的身体当作快乐的源泉。她的饮食可能与其对性的抛弃有关，反映了对失去丈夫妇女的刻板描写。莫拉加却将美狄亚描述为一名奇卡纳武士，与土著女武士卢娜有一段女同性恋关系。莫拉加在《酷儿阿兹特兰》②中声称，在墨西哥人的国度里，女性的性欲已经被男性占据了。那些逾越性别角色的棕色混血儿被认为是有待征服的领地。她们也是有待解放的领地。作者所追求的民族主义是对棕色女性身体的非殖民化。莫拉加的发言表达了奇卡纳人面临着殖民和性别压迫。在莫拉加的戏剧中，杰森和查克-摩尔作为男性主体被允许进入阿兹特兰，美狄亚作为母亲却被流放到边境的一家精神病院，她的女同性恋爱人卢娜也被禁止自由穿越边境。卢娜向边防警卫解释说她和美狄亚像姐妹一样睡过觉。同样，美狄亚必须与杰森发生性关系，这样她才能回到阿兹特兰。这两个女同性恋者必须证明她们是"正常的"才能进入阿兹特兰。此外，阿兹特克人的创世神话讲述了一个女人的故事，她的饥饿使她

---

① SOLER E, et all. Rethinking Chicana/o Literature Through Food: Postnational Appetites [M]. New York: Palgrave Macmillan, 2013: 174.
② MORAGA C. The Last Generation [M]. Boston: South End, 1993: 62.

全身长满了喋喋不休的嘴。性别压迫在剧中得到了体现。就像那个被男神折磨的饥饿女人一样，这两个女性人物的母性身份和女性身份都遭受压迫。美狄亚认同土著血统，渴望成为神性生态系统中的一种动物，"美洲虎，熊，鹰"。莫拉加信奉将身体与自然世界连接起来的本土灵性。在未来的反乌托邦中，女主人公面对多重身份的破碎和肢解。她就要失去儿子了。美狄亚大叫："我们被劈成了两半"①。

欧里庇得斯戏剧中的美狄亚杀死她儿子的行为可能意味着女性获得阿兹特兰。与欧里庇得斯的美狄亚不同，墨西哥美狄亚谋杀儿子的原因是由于儿子想成为男人并认同父亲而背叛与母亲的关系。在《饥饿的女人：一个墨西哥美狄亚》中，查克-摩尔对他母亲美狄亚说，他得离开与他母亲一起生活的地方，不能再那样生活下去了。要不然，他总会是一个孩子，那样是不正常的。美狄亚回答她儿子说，如果他想要正常，那就跟他父亲去，也许他父亲是很正常的。即，当查克-摩尔开始谈论"正常"的时候，他的婴儿气正在消失，他正在变成一个男人。他再也不能和边境上那些被禁锢的居民生活在一起了。

卢娜和美狄亚无法得到阿兹特兰父权制度的认可。她们被放逐到边境。异性恋是进入阿兹特兰的唯一机会。剧本中，美狄亚声称，卢娜是她自愿流亡的原因："我为了你牺牲了阿兹特兰！"像洛洛娜一样，美狄亚被渲染成父权制母亲的对立面。在此过程中，莫拉加解构了母性叙事，重建了抵抗父权制和异性恋的反叙事。莫拉加将洛洛娜解读为失去主体性和身份的象征。与此同时，洛洛娜提供了自我认知的机会。戏剧结尾时，很难分辨美狄亚是睡着了还是快死了，也未交代查克-摩尔是死还是活。通过模棱两可的结局，莫拉加试图阻止戏剧变成纯粹的悲剧。这个饥饿的女人仍然处在生与死、悲剧与浪漫的十字路口。

是美狄亚的女同性恋情人卢娜讲述了这个饥饿女人的来历。在鬼魂居住的地方，有一个女人哭着要食物。她的手肘、脚踝、膝盖和手腕上都有

---

① MORAGA C. The Hungry Woman: A Mexican Medea [M]. Albuquerque: West Ens Press, 2005: 12-16.

嘴。起初，男性鬼魂们把饥饿的女人拖下水里。男性鬼魂抓住她的脚和手，从四面八方挤压她。那个饥饿的女人腰部被打成两半。男性鬼魂继续以肉体的暴力，用她的皮肤创造草和花，用她的头发创造森林，用她的眼睛创造泉水，用她的肩膀创造高山。那个饥饿的女人还活着，满身都是嘴。根据奇卡纳的神话，妇女的嘴和阴道被视为文化耻辱和文化异质的来源。女人的身体被鄙视和被怀疑。通过对《饥饿的女人：一个墨西哥美狄亚》的女性主义重写，莫拉加让美狄亚成为说话主体，拒绝物化和沉默的情境。饥饿女人神话中的残疾叙事塑造了美狄亚的主体性，并设法调和美狄亚酷儿混血母性所体现的矛盾话语。切丽·莫拉加通过对母亲身份、赋权和身体侵犯的多重叙述来处理梅斯蒂萨人所遭遇的困境，并运用多种语言、母性身体和性取向来重构美狄亚，使其能消解制度上的限制。

在这种背景下，美狄亚和卢娜之间的爱有了新的意义，她们在被放逐的家园中彼此治愈。通过对美狄亚和卢娜之间酷儿爱情的生动描写，莫拉加展现了一种激进的梅斯蒂扎母性身份，这种身份是对母性欲望污名化（即"好"母亲是无性的、被动的和自我牺牲的）的抵制，代表了一个母性的尼潘特拉，介于传统和对立的梅斯蒂扎母性化身之间。

多语言主义是对抗种族、性别和性的霸权话语的方式。莫拉加在《最后一代人》中说道，奇卡纳文学渴望改变。"一切都是饥饿。渴望得到充分的了解和爱。"[1] 饥饿妇女和洛洛娜的残疾形象揭示了从肉体和精神上的肢解到赋权转变的可能性。美狄亚的身体是一个无边界的、不受约束的实体，寻求填满饥饿的女人的嘴。

莫拉加的戏剧《饥饿的女人：一个墨西哥美狄亚》中的人物具有象征意义。查克-摩尔的名字代表这个世界和另一个世界之间的信使。卢娜是阿兹特克女神开尤沙乌奇的象征。开尤沙乌奇被弟弟杀死。当弟弟威齐洛波契特里切断开尤沙乌奇的四肢并将其头抛向天空时，开尤沙乌奇变成了月亮（La luna）。"Luna"在西班牙语中表示月亮。通过卢娜（Luna）这

---

[1] MORAGA C. The Last Generation [M]. Boston: South End, 1993: 60.

一角色,莫拉加成功地将遭受兄弟迫害的开尤沙乌奇融入剧中,反映了男性的统治地位。《饥饿的女人:一个墨西哥美狄亚》通过神话人物美狄亚、洛洛娜和阿兹特克的生死女神科亚特利库埃来审视母性意识。

艾玛·佩雷斯(Emma Pérez)断言"历史已被写在身体上"①。莫拉加赞赏两个女人之间的激情,强调女性身体是快乐和知识的源泉。莫拉加对阿兹特克的肉身性实践的援引,与西方和奇卡纳神话有关,是对经典美狄亚神话的双语阐释。饥饿这一主题与女性身体紧密相连,是她与《饥饿的女人》中的神话之间复杂关系的基础。莫拉加创造的包含多重混血儿身份的空间是在女性肉身性中发现的,女性的肉身体验——嘴和女性生殖系统在历史上是受到限制和怀疑的。在莫拉加笔下,美狄亚为了异性恋牺牲了她和卢娜的女同性恋关系。在采访中,莫拉加承认女性主义者意图通过这个中美洲神话来表现性别压迫。"我的上帝是被肢解的女儿洛洛娜,因为她背叛了她的弟弟。"为了重塑母性的存在,莫拉加在她的戏剧中编织了几个神话。母性身体的结构是一个无边界的实体,能够消除制度上的限制。莫拉加坚持对植根于文化和社会差异的母性身体的解释。

莫拉加曾阐述了她与奇卡纳/诺文化神话的精神关系。"我发现了我们土著历史上被肢解的妇女:洛洛娜、开尤沙乌奇、科亚特利库埃。我欣赏她们饥渴的生动表达。"②从某种意义上讲,每一个神话都与对女性身体的焦虑有关。嘴巴和饥饿代表着两个女性恋人之间的性欲。胡安·拉雷斯·帕迪拉(Juan Ráez Padilla)认为莫拉加作品中的嘴巴与阴道和生殖系统是一致的。③

通过再现美狄亚神话,莫拉加将她的观众带入未来的美国,在内战

---

① PEREZ E. The Decolonial Imagery:Writing Chicanas Into History [M]. Bloomington:Indiana UP,1999:xvi.
② MORAGA C. The Hungry Woman and Heart of the Earth [M]. Albuquerque:West End,2001:x.
③ PADILLA J R. Los cuatro elementos y Seamus Heaney:de la cosmogonía helénica a la cosmopoética de the spirit level [D] (1996) (Tesis Doctorales) (Spanish and English Edition). Spain:Editorial Universidad de Jaén,2007:76-120.

<<< 第二章　拉美裔美国女作家疾病叙事中后身份政治建构

后，各种激进组织占领了这个国家的不同地区。由于与一名女性发生性关系，美迪亚与她的情人和她的儿子一起被阿兹特兰当局流放在凤凰城的核废料场。在《酷儿阿兹特兰》（Queer Aztlan）一文中，莫拉加笔下的美狄亚的身体上镌刻着两种文化的神话，融合并创造了多元文化。①《饥饿的女人》包含了莫拉加作品中聚集的多重身份和群体。"我想成为一个印度人，一个女人，一个神圣生态系统中的动物。美洲虎，熊，鹰。"②

欧里庇得斯的《美狄亚》反映了当时希腊社会对女性的压迫。为了情人杰森，美狄亚背叛了她的祖国。作为一个在科林斯市缺乏根基的外来者，美狄亚经受了压迫。虽然美迪亚受到了杰森的威胁，但她仍继续执行计划，向杰森的背叛进行报复。美狄亚最终将自己的孩子作为复仇的工具，来抵抗陈规俗套的母亲角色。直到21世纪，美狄亚神话一直是热门的文化消遣。但是，后女性主义对美狄亚的刻画是建立在"他者"的形象之上的。比如，美狄亚成为遭受霸权主义和排外这双重压迫下的欧洲国家希腊的女性化象征。

琳达·阿尔科夫（Linda Alcoff）认为，女性被置于时空关系的环境中，她们发现自己置身于真实的物质世界里。③ 奇卡纳女性主义者不是渴求已失去的起源，而是在前哥伦布时代的文化传统中感受到了亲密的精神纽带。阿兹特克人和玛雅文化利用痛苦和鲜血的公开性仪式来展示他们的力量。奇卡纳女性主义作品中土著元素表达了与帝国主义、文化和性别歧视实践相关的集体女性经验。在2004年的一次公开演讲中，莫拉加重申了对土著文化的信仰，并声称开尤沙乌奇是21世纪奇卡纳女性主义政治的隐喻。④ 莫拉加专注于被肢解的月亮女神身体，反对兄弟威齐洛波契特里所

───────────────

① MORAGA C. Queer Aztlán [M] // MORAGA C. The Last Generation. Boston：South End，1993：224-235.
② MORAGA C. The Hungry Woman：A Mexican Medea [M]. Albuquerque：West Ens Press，1995：12.
③ ALCOFF L. Visible Identities [M]. New York：Oxford University Press，2006：148-149.
④ BOST S. Encarnación：Illness and Body Politics in Chicana Feminist Literature [M]. New York：Fordham University Press，2010：144.

127

代表的父权文化。莫拉加建议回归本土，尊重女性神和男性神。通过雨神、月亮女神、父子神和玉米神，土著宗教提供了想象构建梅斯蒂扎身份的另一种模式的机会。

总之，莫拉加在《饥饿的女人：一个墨西哥的美狄亚》中将两个女人之间的爱情戏剧化，拒绝以一种含蓄的方式来表达。莫拉加庆祝两个女人之间的激情，突出女性身体作为快乐的场所。戏剧中大量的关于暴力、性和母性的论述挑战了"正常"的传统母亲和女性形象。莫拉加重塑了阿兹特克女性神灵，赞赏母性的能动性和主观性，反对将科亚特利库埃和开尤沙乌奇物化为父权社会母性的象征。

第三节 建构转换的身份政治：安娜·卡斯蒂略的残疾书写

墨西哥裔奇卡纳小说家、诗人兼散文家安娜·卡斯蒂略（Ana Castillo）曾获得美国图书奖等多个奖项。对于奇卡纳人的关注使她成为美国奇卡纳运动的领军人物。她的大部分作品关注的是得克萨斯州、新墨西哥州和加利福尼亚州等边境地区墨西哥裔美国人性别、种族和身份的斗争问题。卡斯蒂略于1994年在美国发表了她的博士论文。论文内容跨越了文化批评、社会科学和文学的界限。卡斯蒂略与切丽·莫拉加合编，出版了《这座桥被唤作我的背：激进有色人种女性作品》（This Bridge Called My Back: Writing by Radical Women of Color）（1981））。她出版了七部小说，五部诗集和一部戏剧。她的《密西夸华拉信件》（Mixquiahuala Letters）（1986）获得美国图书奖。在《梦想家的大屠杀：有关西卡尼斯玛论文集》（Massacre of Dreamers: Essays on Xicanisma）（1994）中，卡斯蒂略用西卡尼斯玛（Xicanisma）这个词来形容奇卡纳女性主义是前征服、前父权制和前基督教文化的产物。"X"取自阿兹特克文化，强调欧美帝国主义强加的父权制和等级文化所引起的矛盾。卡斯蒂略放弃了"女性主义"与白人妇女运动联系起来的语言重塑。她宣称,她的目的是接触大众,她希望通过提高西卡尼斯玛(Xicanisma)的意识来启发大众。

卡斯蒂略认为,奇卡纳女性主义的力量来源于古代中美洲精神。她创造的"西卡尼斯玛"这个术语来自学院派理论,在此理论论述中,奇卡纳女性主义沦为理论抽象的牺牲品。卡斯蒂略写道:"那种在政治上被描述为墨西哥裔、在种族上被称为梅斯蒂扎人、在讲西班牙语的传统上被称为拉丁裔的数百万在美国的女人无法被精确地归类"[①]。卡斯蒂略试图证明混血女性的存在,并努力为遭受英美社会压制的西卡尼斯玛发声。她在小说和诗歌中塑造女性人物,尤其是残疾女性人物,鼓励她们跨越种族、阶级和性别的障碍。卡斯蒂略呼吁西卡尼斯玛挑战阻碍她们认识自己是谁,以及自己可以成为谁的障碍。

一、在《离上帝如此之远》中改变残疾身份的定式

卡斯蒂略的小说《离上帝如此之远》(So Far from the God)[②] 于1993年出版,并于当年获得了"卡尔·桑博格文学奖"(Carl Sandburg Literary Award)。这部作品因为其独特的魔幻现实主义色彩,被《洛杉矶时报》誉为可以与《百年孤独》相媲美,从而成为卡斯蒂略最具影响力的代表作。作者在描述人物的患病经历时,将细致入微的写实性描写与离奇怪诞的情节相结合,模糊了自然与超自然的界限,并将《圣经》和墨西哥神话传说中的人物形象挪用重置于作品中,使作品中出现的种种疾病不再是单纯的生理现象,而是"负载了更多的隐喻功能,承担着诠释政治、文化、宗教、道德和审美等多重语义指向"[③]。疾病不仅改变了作品中人物的生活轨迹,更体现了主流白人及男权社会对奇卡纳女性社会身份的操演与控制。

---

①CASTILLO A. Massacre of the Dreamers: Essays on Xicanisma [M]. Albuquerque: University of New Mexico Press, 1994: 1.
②CASTILLO A. So Far from God [M]. London & New York: W. W. Norton & Company, Inc, 1993.
③徐汉晖. 现代小说中的疾病叙事解读 [J]. 辽宁师范大学学报(社会科学版), 2014 (9): 32-39.

下文将聚焦《离上帝如此之远》中的主要人物费（Fe）、拉罗卡（La Loca）和凯瑞达德（Caridad）的疾病经历，探讨作家如何运用魔幻现实主义手法，透过患病原因、疾病症状、疾病治疗等维度，再现奇卡纳女性身处种族、性别、阶级等多重桎梏下被规约与压迫的身份，以及她们通过挑战宗教权威、跨越认知藩篱等途径打破规约，重塑自我身份的抗争。

《离上帝如此之远》强调的是中美洲文化传统中的痛苦、疾病和残疾，而且还突出了中毒和污染给女性造成的悲剧。故事发生在 20 世纪 90 年代初的美墨交界的新墨西哥州托姆小镇。故事围绕索菲（Sofia）和她的四个女儿展开。索菲的丈夫嗜赌如命，在输光了家里所有值钱的财物后，抛弃妻女远走他乡。索菲独自一人抚养女儿们长大，但她的辛劳却并未换来相应的回报。四个女儿们命运多舛，在经历各种打击折磨后都英年早逝。她们曾经都有着对美好生活的憧憬，试图在美国大家庭中寻找自己的一席之地，从而实现自己的美国梦，然而无情的现实却粉碎了她们的梦想。在她们短暂而苦难的一生中，每个人都因为不同的原因而罹患各种生理、心理疾病，与疾病相缠相争的过程成了她们人生中的转折点。作为贯穿作品始终的一条主线，疾病成为推动故事发展、揭示作品主题的关键因素。虽然《离上帝如此之远》是一部现实主义作品，但卡斯蒂略并未将疾病作为单纯的生理现象加以写实性再现，而是运用魔幻现实主义的叙事手法赋予疾病以特殊的隐喻意义，使作品中的疾病躯体成为承载多重意义的载体。

女主人公索菲（Sofi）是一位奇卡纳母亲，她经历了家族土地的缓慢流失。嗜赌的丈夫卖掉了她父母送给他们作为结婚礼物的十英亩土地。她的丈夫将种族压迫制度内化，对自己的能力缺乏信心。因此，他认为这个世界是由神秘的运气主宰，然后成为一个赌徒。在目睹丈夫和女儿生活的分崩离析，遭受巨大的精神创伤之后，索菲决定竞选托姆镇镇长，最后竞选成功。

索菲的大女儿埃斯佩兰萨（Esperanzar）在大学主修奇卡纳研究，然后获得了传播学硕士学位。在她的兄弟姐妹中，埃斯佩兰萨似乎是成功融入美国社会最有资格的候选人。但是她的男友鲁本（Ruben）信奉奇卡纳和美国原住民的精神实践，对埃斯佩兰萨进行支配。鲁本和他的男性朋友们就"宇宙的秩序和理性"达成一致，力图验证女性在英美社会中所扮演的顺从角色。埃斯佩兰萨被迫参加充满父权价值观的会议，为鲁本提供性和经济上的好处。"她开始觉得自己是仪式的一部分，在仪式中，她像拨浪鼓或药物一样，毫无戒备地参加其中"①。作为家庭中受教育程度最高的女儿，埃斯佩兰萨有一份收入丰厚的新闻记者工作。然而，鲁本把埃斯佩兰萨当作一个任意使唤的朋友，保持着一种高人一等的态度。鲁本前往玛雅废墟的朝圣之旅是由埃斯佩兰萨的薪水资助的。她还得为鲁本付伙食费、煤气费和电话费。

由于埃斯佩兰萨在情感上对男人感到失望，她离开了小镇，从事新闻播音员职业。她最终抛弃了家庭和社区，成为海湾战争的海外记者。她体现了英美女性主义者的特点，试图通过个人努力改变世界。几个月后，埃斯佩兰萨在没有代表美国军方和政府采取行动的情况下失踪。在索菲和多明戈三次前往华盛顿追究当局责任后，埃斯佩兰萨被报道死亡，但她的尸体一直没有找到。大女儿埃斯佩兰萨试图超越母系的限制，进入一个充满父权和皇室价值观和期望的世界。结果，她失去了生命和身份。索菲伤心地失去了她的大女儿，尽管埃斯佩兰萨这个名字本身是具有希望的意思。

索菲的二女儿凯瑞达德（Caridad）遭到了性侵犯，但在现代医学的范式下，她再次失去了对身体的控制。塑料管穿过她的喉咙，全身都是绷带。凯瑞达德的身体象征着奇卡纳文化中棕色女性身体的种族、性和医学变形。这些相互关联的力量对妇女造成身体和精神上的伤害。埃斯佩兰萨向地球外婆和天空爷爷祈祷，希望能把凯瑞达德从毁灭中拯救出来。拉洛卡（La Loca）帮助母亲为姐姐们准备饭菜。一天晚上，在拉洛卡经历了一次癫痫发作后，凯瑞达德奇迹般地从医院回到了家。管子、绷带和手术缝合线都不见了。凯瑞达德像以前一样完整和美丽。通过运用魔幻现实主义，卡斯蒂略面对所谓的规范性身体和规范性的梅斯蒂扎经验，重新想象

---

①CASTILLO A. So Far from God [M]. London & New York: W. W. Norton & Company, Inc, 1993: 36.

女性的身体和身份。同时，卡斯蒂略接受了美洲原住民关于人、动物、自然和上帝之间联系的概念。小说中，一个叫费利西亚（Felicia）的民间女药师前来帮助。费利西亚坚持认为对上帝的信仰是疾病治愈的先决条件。她相信治疗是在自然环境中进行的。费利西亚用草药疗法来减轻凯瑞达德精神世界根深蒂固的创伤。疾病被民间药师视为身体和环境不平衡的标志。"这些疾病可能是某人的不良意图造成的。千万别让别人嫉妒你！"[1]民间药师就像一个老师，让凯瑞达德专注于她的思想和感情。渐渐地，通过香薰浴和净化仪式，凯瑞达德的身体正在恢复。

索菲的三女儿费（Fe），在银行工作，选择与母亲和姐妹保持距离。与埃斯佩兰萨一样，她雄心勃勃地追求美国梦。费也被男友抛弃，经历了感情的崩溃。费不断发出惊人的大声尖叫。安娜·卡斯蒂略把费的经历看作同化和同化造成的摧毁性后果的寓言。费试图远离其他姐妹和母亲，试图拥抱传统的美国婚姻生活，而把妹妹拉罗卡（La Loca）视为反社会的精神病患者。费被未婚夫抛弃后，一直声嘶力竭地尖叫，造成声带破损。声带痊愈后，她回到了银行工作，在那里她多次被拒绝升职。无奈之下，她在 Acme 国际组装厂找到了另一份工作。高科技产业 Acme 国际工厂代表着对工人阶级妇女的剥削，妇女们很难质疑她们的工作条件。在工厂工作就像在地狱里劳作。劳动力主要由离婚妇女和拥有高中文凭的单身母亲组成。在那里，工资增长基于"利用率"和"效率"。费从装配工晋升为调度员实习生。费和同事之间的午餐谈话显示，妇女流产和不育的比率很高。她的同事们不知道在有毒的环境下工作，妇女的中毒风险特别高。几名女工说，去年夏天她们做了子宫切除手术。费肩负着将重型设备拖到地下室用特殊有毒物质清洗的艰巨任务。费在这样的工作环境中由于中毒而感到无精打采，但她得到了更多奖金。费屈服于美国人生活方式的物质诱惑，不断添置自动洗碗机、微波炉和录像机等。安娜·卡斯蒂略在《梦想家的大屠杀》（Massacre of Dreamers）中揭示，一个出生在卑微经济条件下

---

[1] CASTILLO A. So Far from God [M]. London & New York: W. W. Norton & Company, Inc, 1993: 63.

<<< 第二章 拉美裔美国女作家疾病叙事中后身份政治建构

的人学会了渴望物质产品,这便成为提升她在社区和整个世界中地位的唯一途径。①

费为了融入美国主流文化所付出的代价是其未出生婴儿的死亡。一开始,费遭受流产的痛苦,并得知她的同事不得不接受子宫切除术。② 随后,费在不知不觉中慢慢中毒,导致她身患癌症,最后惨死。来自 Acme 国际公司的化学药品毒害了奇卡纳/诺社区。"它进入污水系统,然后流入菜园、厨房水龙头和日晒茶。"③ 卡斯蒂略将费的死与环境种族主义和资本主义联系在一起。费在 Acme 国际公司担任的工作是白人女性不愿承担的。在那里工作的一些女性甚至没有高中文凭。"他们以前都没有白领的工作经验。"④ 费的死对总检察长办公室来说毫无意义。最终,费和她的家人没有从 Acme 国际公司获得任何补偿。费的悲惨经历凸显了环境正义问题,揭示有色人种女性和自然女性的双重压迫。女性的身体成了战场,在这里,地方、区域和全球的压力都在发挥作用。

索菲的小女儿拉罗卡在三岁时被牧师宣布死亡。然而,随着葬礼的进行,拉罗卡在棺材里醒来。然后她向上飞,降落在屋顶上。杰罗姆神父把拉罗卡当作魔鬼的使者,但索菲坚持认为她女儿的复活绝对不是什么奇迹。索菲带着女儿去阿尔伯克基的一家医院看病,在那里拉罗卡被诊断为癫痫。从那时起,拉罗卡就待在在家里,她拒绝与别人接触,只找动物做伴。对她来说,人类的气味与她死后经过地方的气味相似⑤。她开始培养土著和家庭的仪式感,她还拉小提琴,照顾孔雀和马,用草药和治疗的直

---

① CASTILLO A. Massacre of the Dreamers: Essays on Xicanisma [M]. Albuquerque: University of New Mexico Press, 1994: 53.
② CASTILLO A. So Far from God [M]. London & New York: W. W. Norton & Company, Inc, 1993: 179.
③ CASTILLO A. So Far from God [M]. London & New York: W. W. Norton & Company, Inc, 1993: 188.
④ CASTILLO A. So Far from God [M]. London & New York: W. W. Norton & Company, Inc, 1993: 179.
⑤ CASTILLO A. So Far from God [M]. London & New York: W. W. Norton & Company, Inc, 1993: 23..

觉知识照顾她的姐姐。凭借其超脱尘世的直觉和力量，她被称为拉罗卡圣女，即女圣徒。索菲从不质疑拉罗卡的治愈能力。拉罗卡给姐姐凯瑞达德做了几次堕胎手术。拉罗卡的超自然力量和虔诚的祈祷对凯瑞达德身体奇迹般的恢复是有效的。

安娜·卡斯蒂略在《离上帝如此之远》一书中描述了与性别、国籍和性有关的越界行为。越界的女混血儿会遭受暴力带来的后果。对奇卡纳/纳人来说，美墨之间的边界一直是一个暴力的空间，一个战争地带，一个侵略和冲突的地方。边境城镇一直由男性控制。边界上竖立着标语，上面写着"入侵者将被强奸、致残、枪杀和勒死"[1]。

安扎杜瓦在《边疆》中写道："所有种族的男性都把女性作为猎物"[2]，甚至通过强调陈规定型的性别角色来鼓励对妇女的暴力行为。文化机构继续支持厌女主义态度，创造有利于暴力侵害妇女的社会环境。性别和种族的交集危及梅斯蒂扎人，而且美国对有色人种妇女遭受暴力的态度是默许的。这些卑微的土著妇女经常在孩子面前被殴打，这样的孩子是不会相信女性的力量。安娜·卡斯蒂略在《离上帝如此之远》中描述了女性遭受的实际身体威胁以及授权实施暴力的话语。例如，索菲的二女儿凯瑞达德在一天晚上遭到袭击。她的乳头被咬掉，像牛一样被烙上了烙印。[3]在犯罪现场，有太多的血。最糟糕的是，凯瑞达德不得不接受气管切开术，因为她的喉咙被刺伤了。最小的女儿拉罗卡在她的有生之年不愿与人有任何身体接触，但她最终却奇怪地死于艾滋病。拉罗卡拒绝接受医疗诊所的治疗，因为她目睹了姐姐们的悲惨经历。

对奇卡纳/纳人来说，美国和墨西哥之间的边界一直被视为冲突、威胁和入侵的地方。安扎杜瓦将边界描述为一个开放的伤口，将其想象为第

---

[1] ANZALDúA G. Borderlands/La Frontera: The New Mestiza (1st ed.) [M]. San Francisco: Aunt Lute, 1987: 25.
[2] ANZALDúA G. Borderlands/La Frontera: The New Mestiza (1st ed.) [M]. San Francisco: Aunt Lute, 1987: 42.
[3] CASTILLO A. So Far from God [M]. London & New York: W. W. Norton & Company, Inc, 1993: 33.

三世界与第一世界冲突并流血的地方①。奇卡纳人必须待在父权制和帝国主义所建构的妇女地位的边界之内。当梅斯蒂扎人试图跨越边界时，她们有可能被边界两边的父权文化所支配和控制。

《离上帝如此之远》详细讲述了女性的身体是如何牺牲于父权制和环境破坏的体制下。杀虫剂是从直升机上直接喷洒在蔬菜和水果上的。人们为了生存不得不采摘它们，而婴儿在母亲的子宫里就死于中毒②。Acme 国际公司破坏了棕色女性的生殖能力，然后吞噬她们身体的其余部分。在《梦想家的屠杀》一书中，卡斯蒂略批评了男性主导的、以技术为导向的社会消除了她所称的"女性原则"。这些原则的消除是宗教、经济和政治计划逐步实现必然呈现的特点。

但是卡斯蒂略也试图在《离上帝如此之远》中描绘一些不会成为环境状况牺牲品的人物。她并没有把边境当作父权和殖民统治的手段，而是探索反抗压迫和暴力的家庭空间。她将家庭设想为独立于墨西哥裔民族主义和英美殖民主义范式之外的赋权安全空间。通过讲述索菲和她的四个女儿埃斯佩兰萨、凯瑞达德、费和拉罗卡的故事，卡斯蒂略试图呈现一种将天主教与美国土著信仰体系相结合的另类精神模式。格洛丽亚·安扎杜瓦将边界定义为一种模糊的、不确定的空间，这种空间是由不断过渡的非自然边界的情感残留物造成的。

当索菲开始接受她四个女儿的痛苦经历以及最终死亡时，她培养了自己的西卡尼斯玛意识，尊重奇卡纳文化遗产的灵性。在西卡尼斯玛意识的驱使下，索菲成功地构建了自身性别化、阶级化和种族化的新身份。在摒弃了英美文化的陈规俗套之后，索菲认识到马琳奇/瓜达卢佩的二分法〔瓜达卢佩是一个被剥夺了性身份的母亲形象，而马琳奇（La Malinche）是一个在男权社会中被设定为妓女母亲和私生子的养育者〕对重建个人和

---

① ANZALDúA G. Borderlands/La Frontera: The New Mestiza (1st ed.) [M]. San Francisco: Aunt Lute, 1987: 25.
② CASTILLO A. So Far from God [M]. London & New York: W. W. Norton & Company, Inc, 1993: 243.

135

国家身份的负面影响。她开始挑战在父权制和基督教价值观中建立的去性别的瓜达卢佩形象。在目睹女儿们的悲惨遭遇和丈夫的自暴自弃之后，索菲邀请邻居们到她家厨房来，并宣布她决定竞选托姆镇的镇长。小说结尾，由于丈夫赌光了家庭财产，索菲不再拥有她的商店和房子。失去家园和土地意味着女性角色被制度化的种族和性别压迫所剥夺。但是索菲通过自己的努力，转换了她的角色，从原来的母亲和家庭主妇角色转变成托姆镇的镇长。

可见，卡斯蒂略在《离上帝如此之远》中通过剖析男权制度、生态殖民及工具理性等权力话语对女性身体的控制与禁锢，赋予女性残破、中毒及异化的疾病身体以丰富的隐喻意义，再现了美籍墨西哥裔女性身处种族、性别、阶级等多重桎梏下被规约与压迫的身份。其小说中的残疾叙述为女混血儿在艰难的生活中谋求生存提供了一条道路。小说中描写的天主教与美国土著信仰体系相结合的另类精神模式，有助于墨西哥裔女性走出身份困境，建构一种转换的身份，使她们能够从一种情境走向另一种情境。

二、在《像剥洋葱一样剥开我的爱》中解构残疾身份

安娜·卡斯蒂略的《像剥洋葱一样剥开我的爱》（Peel My Love Like an Onion）[1] 着重讲述了残疾弗拉门戈舞蹈家卡门·桑托斯（Carmen Santos）所体现的混血儿身份的转变。卡斯蒂略生活在一个系统性地将残疾人边缘化的社会中，但她将卡门塑造成一个拒绝被边缘化的人。此外，从历史上看，西方剧院的表演一直被芭蕾经典剧目所主导。舞者的身体是艺术的缩影。对残疾的偏见在英美人心里根深蒂固，残疾身体被等同于疾病，被限制在治疗的范围内。专业表演不包括残疾舞蹈演员。卡斯蒂略虚构的女主人公挑战了西方戏剧大师们对舞者的僵化观念。《像剥洋葱一样剥开我的爱》中所采用的残疾叙事不再坚持理想化舞蹈身体的经典规范，为人们重

---

[1] CASTILLO A. Peel My Love Like an Onion: A Novel [M]. New York: Anchor Books, 2000.

<<< 第二章 拉美裔美国女作家疾病叙事中后身份政治建构

新理解什么是合规的舞蹈身体提供了可能。弗拉门戈舞蹈扩展了谁会跳舞,如何跳舞的界限。"弗拉门戈舞不是百老汇……你只需要跟上节奏,跟着你的音乐家走"。① 卡门六岁时患上小儿麻痹症,她没有被送进医院治疗,因为她的工人阶级家庭负担不起医疗费用。当她恢复健康时,却成了跛子。她的左脚让她看上去就像一只从巢里掉下来的一瘸一拐的死苍鹭,但她的右腿相当理想。她的名声是建立在她双腿不对称的基础上。她是传奇人物,因为她是一个会跳舞的瘸子。作为一个残疾孩子,卡门被送到一所特殊学校,在那里,"残疾"的标签被强加在各种各样的聋哑、失明和残疾儿童身上,他们由于叛逆的身体而被聚集在一起。弗拉门戈舞提供了一种舞蹈编排,它强调手、躯干和手臂的运动。卡门能够通过她上半身的动作展示她的魅力,在长裙下夹着她的一条瘸腿。安东尼奥·帕拉(Antonio Parra)认为弗拉门戈舞的风格能够表达吉卜赛人的迫害和个人痛苦②。

卡斯蒂略笔下的女主人公并没有对疼痛产生认同,而总是试图调动自己的身体来逃避疼痛。"自从我开始经历这些痛苦,我就一直在想办法逃离这个小冰盒,它使我身体持续不断的痛苦。""我真的不喜欢疼痛。我甚至不喜欢谈论它"。据卡斯蒂略说,疼痛就像一个冰盒,密封并冷冻起来。尽管苏珊·温德尔认为残疾和痛苦是存在的方式和知识的来源,卡门却试图让自己远离痛苦的经历。后来,卡门不得不从舞台上下来,因为强烈的疼痛一直延伸到她的脊椎。卡门开始着手录制自己的演唱专辑。一位乐迷在一家连锁音乐店里问道:"你为什么叫卡门瘸腿(Carmon la Coja)?"这时,卡门正坐在签字桌旁,穿着一件长裙。乐迷们看不到她那条带支架的腿。卡门回答说:"因为我以前会跳舞。"③ 卡门的身份超越了残疾界限,因为她的身体超越了社会对一个带着腿托的妇女的期望。当身体移动时,

---

①CASTILLO A. Peel My Love Like an Onion: A Novel [M]. New York: Anchor Books, 2000: 39.
②PARRA A. Flamenco: A Joyful Pain [M]. London: Wellcome Trust, 2004: 2.
③CASTILLO A. Peel My Love Like an Onion: A Novel [M]. New York: Anchor Books, 2000: 186.

周围的环境和身份也随之改变。就像剥洋葱一样，一层一层的意义取决于不断脱落的可能性。多层的洋葱提供了一个同时再生和破坏的一瞥。残疾叙事通过跨越边界、创造新的区分点和新的定义来源来探讨身体如何变化以及如何改变身份。

艾米丽·帕金斯（Emily Perkins）在《残疾男性奇卡纳的政治》（Politics of Disabled Male Chicano）[1]一文中探讨了《雨神》（The Rain God）中的男主人公是如何用他残疾的身体抵制性别文化规范的。残疾男性的身体违反了墨西哥文化中被认为是规范的行为。残疾的身体不能被准确地归类为健康或不健康的身体。苏珊·温德尔在《被排斥的身体》（The Rejected Body）一书中探讨了女性主义对身体的再现如何聚焦对身体经验，包括怀孕、性和母性的重写。[2] 身体被认为是满足和情感联系的源泉，象征着理想的女性身体体验。女权主义者很少把身体视为痛苦、沮丧和分裂的根源。卡斯蒂略的小说突出了女性痛苦和失落的经历，挑战了女性"健康"和"理想"身体的特权地位。卡门并不是一个遵循墨西哥文化习俗的"好"女人。她被描述为一个自恋的酒鬼，与一个不忠的男人有染。卡门证明了脆弱、被动和不可预测性与残疾身体有关。她在镜子里看到自己的脸是"毕加索的赝品"。她的骨头就像碎石头。她担心药物是否能让她在台上表演两个小时。幸运的是，卡门可以学会调和她的残疾与行动的需求。

在《像剥洋葱一样剥开我的爱》的题记（诗歌形式）中，卡斯蒂略一直在想洋葱是身份认同的典范。洋葱没有核，它们的层次象征着弗拉门戈舞的身体。剥洋葱就像剥自己。每一层都表现出一种"佛亦无穷"，表现出一个无止境的过程。这首诗援引了一位古代中美洲的神，名叫特斯卡特利波卡（Tezcatlipoca），他与变形有关。作为普罗维登斯的神，特斯卡特利

---

[1] PERKINS E C. Recovery and Loss: Politics of Disabled Male Chicano [J]. Disability Studies Quarterly, 2006 (1): 22-38.

[2] WENDELL S. The Rejected Body: Feminist Philosophical Reflections on Disability [M]. New York: Routledge, 1996: 167.

<<< 第二章 拉美裔美国女作家疾病叙事中后身份政治建构

波卡以各种伪装出现在路上。最初有四个与四个方向相对应的特斯卡特利波卡。"真正的"特斯卡特利波卡能给予，也能带走生命和财富。南方的蓝色特斯卡特利波卡成了肢解他妹妹开尤沙乌奇的战神。红色的特斯卡特利波卡成了阿兹特克人用仪式剥去牺牲品皮肤的神。上帝代表了分裂成其他身份的可能性。纳瓦特人的传说认为是特斯卡特利波卡导致了托尔特克帝国的灭亡，他以卖主或木偶舞蹈领袖的身份欺骗了托尔特克的统治者。托尔特克人用石头砸死他后，仍然无法处理他的尸体。他以一个旅行者的身份一次又一次地出现，最后成了上帝。神的形象与卡门·拉·科亚有相似之处。特斯卡特利波卡有一条腿被祭祀了，从他的假肢中露出一面镜子。带着腿托的卡门也会改变形式和身份去适应特定情况。她25岁时从父母那里得到了化妆镜的礼物。她的父母为她成为舞蹈明星而感到骄傲。镜子会冻结她作为一位成功的弗拉门戈舞蹈家的形象，反映出她的"美"。卡门的力量在于她能够在自己残疾的身体上改变自己身份。她很少担心自己的外表。她更关心的是寻找方法，超越她的残疾和她所在的工薪阶层社区的界限。她自豪地对医生说："弗拉门戈舞是一种技能、一种生活方式，就像你的医学学位一样来之不易。"[1] 卡门的回应打破了将女性身体贴上"残疾"或"患病"标签的不利主导意识形态。洋葱的隐喻挑战了身份和个人完整性的统一形式。在阿兹特克宇宙学中，把蜘蛛、响尾蛇、血液和草药的黏稠混合物放在一个人的身体上，就可以实现超自然的交流。通过添加额外的一层"皮肤"，牧师们可以暂时放弃他们的日常身份去体验超凡脱俗的状态[2]。佛罗伦萨法典显示，拥有魔法能力的女性被标记为变形人，她们可以用鸟脚取代自己的下半身，在天空飞翔。安娜·卡斯蒂略对卡门的描写是建立在中美洲的文化背景下的，这种文化背景对残疾人更为宽容。残疾人受人尊重，或者至少是受人尊敬和敬畏。卡门的自信与前哥伦

---

[1] CASTILLO A. Peel My Love Like an Onion: A Novel [M]. New York: Anchor Books, 2000: 53.

[2] BOST S. Encarnación: Illness and Body Politics in Chicana Feminist Literature [M]. New York: Fordham University Press, 2010: 161.

布时代的文化遗产密切相关。

如果我们不能超越我们的身体,我们可以改变我们的感知和运动。格洛丽亚·安扎杜瓦说道,"如果我们能从最痛苦的经历中找到意义,我们就能更真实地做自己。"[1] 加入弗拉门戈舞蹈为卡门提供了流动性、收入和社会尊重的途径。她那不对称的舞步挑战了身体和性别的规范观念。卡斯蒂略着重表现卡门"被拒绝"的身体,它虽不符合舞者的理想,却创造了残疾舞者的奇迹。卡门运用心理治疗和瑜伽的方法,试图超越心理和生理上的痛苦。跳弗拉门戈舞有助于卡门在舞台上找到自己的位置。她的健康状况随着公开演出的经济收入而改善。她还通过教雅皮士妇女弗拉门戈课程来赢得社会尊重和尊严。卡门改变了自己的身份,从一个需要教练和假肢装置帮助的女孩变成了一个独立的舞者。苏珊·温德尔将残疾视为有效的生存方式,迫使非残疾人以不同方式思考自己的生活方式和对他人身体的期望[2]。安·福威尔·斯坦福(Ann Folwell Stanford)研究了奇卡纳/纳文学,尤其是有色人种女性作家,是如何表现残疾和疾病的。邦妮·史密斯(Bonnie Smith)在《性别残疾》(Gendering Disability)中认为,残疾研究挑战了性别和身体的规范观念[3]。男性化的身体被认为是强壮有力的,而残疾女性太过脆弱,无法真正存在。一个人的女性气质和残疾通常意味着一种失败的处境。卡门象征着对各种困难的有效掌控。她的肉体或身体经验使她能克服她的残疾。托宾·西伯斯(Tobin Siebers)表达了一种担忧:社会有可能转向残疾歧视(ableism)文化。那些残疾的英雄可能会赢得更多的认可和财富,但他们无法改变现有的社会特权体系。[4]

安娜·卡斯蒂略通过塑造了一个残疾人物角色,试图对主导女性和身

---

[1] ANZALDúA G. Borderlands/La Frontera: The New Mestiza (1st ed.) [M]. San Francisco: Aunt Lute, 1987: 46.

[2] WENDELL S. The Rejected Body: Feminist Philosophical Reflections on Disability [M]. New York: Routledge, 1996: 64.

[3] SMITH B G, BETH H et al. Gendering Disability [M]. New Brunswick, NJ: Rutgers University Press, 2004: 3.

[4] SIEBERS T. Heterotopia: Postmodern Utopia and the Body Politic [M]. Ann Arbor: University of Michigan Press, 1994: 19.

第二章 拉美裔美国女作家疾病叙事中后身份政治建构

体的常规话语进行干预。卡门的舞蹈并不是对残疾的否定。卡门不会选择一种身份而放弃另一种身份。她身体的变化提供了挑战单一身份的可能性。在多洛特娅（Dorotea）小姐的帮助下，卡门在一个不适合她需要的环境中获得了信心。虽然卡门所受教育的程度和知识的总和可能就只是高中水平，但她掌握了跳舞的技能，并以吉普弗拉门戈舞蹈为生。此外，卡门有机会教一些富有的白人妇女舞蹈课。"那十几个穿着各式各样服装的女人跟着我的动作旋转着"。她看到几个学生对着自己露出沮丧的表情。卡门认为，也许学生们认为一个残疾女孩配不上当她们的老师。卡门终于叫了起来："不要看我！别担心我的护具！听音乐。"① 尽管卡门不知道有钱女人为什么要上弗拉门戈舞课，但她设法获得了尊严，她认为这是女人能学到的最性感的东西。卡门将这种物化凝视转化为一种互动凝视。作为一名残疾舞者，卡门重新定义了舞者与观众之间的关系。她从根本上质疑舞蹈家形体的理想形象。卡门可以为自己租一间酒店公寓。钥匙被卡门视为独立女性的象征。源自弗拉门戈舞的肌肉运动使卡门可以在没有拐杖和腿撑的情况下走动一段时间。在夜总会表演弗拉门戈舞的收入使她能够获得更好的保险和更好的住房。作为一名残疾舞蹈演员，她经济上的成功改善了她的健康状况。弗拉门戈舞的确把卡门从她那困窘的工人阶级家庭中拉了出来。她身份的流动性源于她残缺的身体。"跛足舞者"一词从强加的判断转变为赋权的来源。

卡门没有被限制在一个特定的空间，而是有勇气拒绝残疾人的刻板印象，选择舞蹈作为她的职业。她的腿不好是个不幸的障碍，但这并不妨碍女主人公追求自己的舞蹈梦想。她被化身成一只断蹄的鹿，一个吃药的瘸子，一个爵士电台的歌手。卡门并不仅仅是一个努力超越自身残疾的人。她的经历证明了身体的可塑性。一方面，卡门展示其个人力量，挑战女性气质和残疾的束缚；另一方面，她必须与沮丧、失望和脆弱做斗争。卡门曾经讲述过她内心矛盾："我不是真正的墨西哥人。我告诉自己。或者有

―――――――
① CASTILLO A. Peel My Love Like an Onion: A Novel [M]. New York: Anchor Books, 2000: 50.

141

人在背后议论我。一个重大的身份危机。"卡门的内心界限正在瓦解。她无法认同墨西哥的文化传统。卡门向一位心理学家求助,讨论她的身份危机。这位心理学家建议她参加一个针对小儿麻痹症患者的支援小组。卡门利用陶器等创意形式来解决身份危机。她在沙漠里和几个西班牙天主教艺术家待了一年。第二年冬天,狂风呼啸,她回到了她出生的城市。她说:"我只会跳舞。"①卡门开始意识到她的身份不是由族裔、种族和性来定义的,而是由舞蹈来定义的。卡门的吉卜赛人身份转变是基于她对公共交通系统的依赖。小说中建立了个人出行和公共交通之间的联系。除了跳弗拉门戈舞,卡门还乘火车到芝加哥机场的一家比萨店上班。吉卜赛人的身份倾向于开放,以重建她所居住的世界。卡门的自由流动不仅是对有色人种女性普遍经历的管控,也是对移民遭受限制的现象提出了疑问。她穿上运动鞋,在日落时分沿着城市的街道漫步。卡门不断重新调整自己的身体以适应新的环境。

卡斯蒂略研究了与有色人种女性身体相关的残疾和疼痛体验。在表演弗拉门戈舞时,卡门很漂亮,能够用她的右腿、她的上身和自信来掩盖左腿不能做到的事情。有时脊髓灰质炎病情恶化,她无法发挥作用。在这个时候,她是可怜的奇卡纳。她在一家电影院工作,拿的是最低工资。残疾问题与种族主义、性别歧视和阶级歧视交织在一起。然而,卡门并没有因为不能再跳弗拉门戈舞而失去活力。"没关系。我不能再跳舞了,所以现在我要唱歌了!"② 卡门的乐迷们一直在问,为什么她被称为"la Cojia"(瘸腿)。卡门撩起她的裙子,露出了她的软腿。她的粉丝平静地说:"太好了。"她看着站在她身后的那个男人。他咧嘴一笑。乐迷们的积极反应打破了残障人士通常被认为是脆弱和不能行动的刻板印象。

《像剥洋葱一样剥开我的爱》中的残疾叙事提供了一种偏离规范而存在的身份建构方式。卡门可以乘飞机在每个城市举办音乐会;卡门的身体并没有因为脊髓灰质炎而萎缩,而且变形术可以在不抛弃身体的情况下改

---

①CASTILLO A. Peel My Love Like an Onion: A Novel [M]. New York: Anchor Books, 2000: 5.
②CASTILLO A. Peel My Love Like an Onion: A Novel [M]. New York: Anchor Books, 2000: 188.

<<< 第二章 拉美裔美国女作家疾病叙事中后身份政治建构

变身份形态。一个新的比喻出现在卡门40岁生日。当它接触光明时，一种新的生命就会展开①。每一天，莲花都在重生。卡斯蒂略用洋葱和莲花的隐喻来展现女主人公的多重化身。卡门的身份层层展开，始终在变动。《像剥洋葱一样剥开我的爱》放弃了对西卡尼斯塔（Xicanista）家园的寻找。残废的身体不需要实体边界，不再强调稳定的身份和家园。传统身份政治的主要问题是强调单一的存在方式，而残疾叙述质疑"身体残疾"一词，因为"身体残疾"这一术语是根据身体属性将个人与他人隔离开来。

这一章主要论述了拉美裔美国女作家疾病叙事中建构的后身份政治：探讨了安扎杜瓦如何在自我疾病身体书写中形成"新梅斯蒂扎"身份意识，如何通过自身的肉体斗争改变传统的身份政治，如何用疾病隐喻抵制消除差异的身份政治，以及如何在自己疾病治疗书写过程中拓展新星际部落主义；阐述了莫拉加如何通过创伤书写建构越界的身份政治，如何在其小说《在翅翼中等待》中形成变化的身份意识；如何在《英雄和圣徒》中体现"跨肉身性"的身份意识；如何在《饥饿的女人：墨西哥美狄亚》中建构跨界的母性身份；最后还论述了卡斯蒂略如何通过残疾书写建构转换的身份政治，即她如何在《离上帝如此之远》中改变残疾身份的定式，如何在《像剥洋葱一样剥开我的爱》中解构残疾身份。上述研究揭示，身体变成残疾是空间和社会环境共同导致的，而疼痛、疾病和残疾的肉体体验又能瓦解身份之间的疆界，挑战个体的完整性和身份的可预测性，并能跨越由种族、性别以及阶级定义的"主流"身份的限制，从而形成身份的不稳定性、渗透性、杂糅性和多样性。这种后身份政治是一种再理解，不是将对象简单化，而是复杂化；不像单一身份政治那样强调某一群体的文化认同，而是承认身份的不稳定性、异质性、杂糅性和多样性，承认差异的同时建立平等沟通的渠道，并通过身份诉求改变个体对自我和世界的阐释。下面一章将以几部拉美裔女作家的作品为范例，阐释其疾病叙事中后身份政治的表现形式。

---

①CASTILLO A. Peel My Love Like an Onion: A Novel [M]. New York: Anchor Books, 2000: 197.

第三章 拉美裔美国女作家疾病叙事中后身份政治体现

第一节 与残疾共舞：安娜·卡斯蒂略的小说《像剥洋葱一样剥开我的爱》中的残疾叙事

安娜·卡斯蒂略的小说《像剥洋葱一样剥开我的爱》讲述残疾人、弗拉门戈奇卡纳舞者兼歌手——卡门·桑托斯（Carmen Santos），在职业生涯中所遭受的族裔身份危机和主流文化边缘化的内外困扰。弗拉门戈舞蹈变动的特性使得身患残疾的卡门能够跨越精神和身体双重障碍，打破白人主导的美国社会中正常和异常之间的内在界限，实现奇卡纳人适应性和流动性的身份的重构。

卡门童年时期罹患小儿麻痹症，并且在美国文化中饱受身份丧失的困扰。通过学习弗拉门戈舞蹈，她逐渐从受损的身躯中获得自信与认同。卡门寻求自身身份回归的同时，也反映了墨西哥裔美国人在美国这一所谓的"自由和民主的国度"的失语现象，普通奇卡纳族裔在经济、情感上的追求独立的梦想，以及对社会失衡的强烈批判。正是社会公正丧失和功能失常导致了墨西哥裔美国人社区中身体和心理上的无归属感。

本节尝试从残疾解构"正常"范畴和弗拉门戈舞蹈重构奇卡纳身份这两方面分析卡斯蒂略的小说《像剥洋葱一样剥开我的爱》，重新审视奇卡

第三章　拉美裔美国女作家疾病叙事中后身份政治体现

纳身份中最基本的问题——她们是谁,她们想成为怎样的人,她们以何种方式打破社会约定俗成的传统身份,进而建构自己全新的"后身份",也即"新梅斯蒂扎"身份,彰显出与传统疾病身份迥异的后身份政治。

一、残疾解构正常

　　正常、规范和均衡的概念已经统治了人们今天生活的各方面。对于残疾人来说,他们只能被认为是背离正常的、边缘化的他者。而在当前美国社会中,无论哪个民族,残疾人都是美国人口中数量最大的"少数民族"[①]。在社会背景下,权力与文化的结合使人们有可能将对正常的关注发展成一种边缘化和孤立异常或异常现象(残疾,精神失常等)的固有认知模型。即使在小说中表现出独立的卡门,情况也没有什么不同。当卡门服用药物来缓解左腿小儿麻痹症的疼痛时,她承认:"很长一段时间,成对的东西对我来说有无穷无尽的魅力。两个相同和相等的东西是对称和崇高的本质。"[②]

　　健全至上(Ableism)和正常霸权(Hegemony of Nomalcy)的刻板印象是如此普遍,以至于占统治地位的正常往往偏执地迫使"异常"回归其"正常"位置,给那些被称为"异常"的人造成"身体"和"心理"双重创伤。除了身体上的疼痛,卡门的精神创伤不亚于她的小儿麻痹症。"我想让我的身体这样工作的时候,它却表现出另外一种完全不同的方式。我想要做某件事时,身体完全没有回应。我12岁时就服用了各种各样的止痛药。蹄子坏了的马,他们就杀掉,不是吗?"[③] 赛马在比赛中断腿时,就会发生令人震惊的死亡判决。事实上,人们普遍认为杀掉马蹄受损的马匹是

[①] FOX A M, LIPKIN J. Res（crip）ting Feminist Theater through Disability Theater Selections from the Disability Project [M] // KIM Q H. Feminist Disability Studies. Bloomington: Indiana University Press, 2011: 295.
[②] CASTILLO A. Peel My Love Like an Onion: A Novel [M]. New York: Anchor Books, 2000: 13.
[③] CASTILLO A. Peel My Love Like an Onion: A Novel [M]. New York: Anchor Books, 2000: 13.

一种"慈悲杀戮"（Mercy Killing），似乎表达了人们对于他们朋友的荣誉和福祉的善意，但更深层次的意义是正常霸权在实施残疾压迫。人们射杀断腿的马，是把腿部残疾的马等同于无用。以这种逻辑为前提，残腿的卡门同样等同于一个毫无用处的人，这势必会引发她心中的消极情绪，造成身体、心理双重创伤。

卡斯蒂略对于残疾卡门的刻画体现出，残疾研究对于残疾身份和缺陷特征之间差异的深刻思考。针对残疾问题，残疾研究学者主张区分残疾与缺陷这两种不同形式。医疗模式主张残疾和损伤的相同性，并将它们共同置于身体问题的物理层面。预防和治疗都使公众把对残疾的关注集中在医疗模式上，这可能导致人们忽视造成残疾人群的残疾社会状况。[①] 社会模式否认医疗模式主张的那种同一性关系，承认身体缺陷与社会建构的残疾之间的差异性。社会模式通过定义与社会和环境相关的残疾来反对医疗模式，认为环境障碍导致了身体残疾的产生并需要在社会正义层面进行干预[②]。缺陷不等同于残疾，前者是独立的和个人的，而后者是在社会和文化环境中建构的。

从这个角度看，与其他健康人群相比，卡门腿部残废不会使她处于劣势，相反正是社会环境本身为残疾人设置了障碍。如女性特征一样，残疾不是自然状态下的身体劣势、不足或不幸等。相反，残疾是一种文化编造的身体叙事，类似于我们所理解的关于种族和性别的虚构[③]。卡门意识到自己的残疾后，被送到残疾人专门学校，这是一个与其他"普通"学校对残疾儿童态度截然不同的地方。幸运的是，卡门遇到新老师多洛特娅（Dorotea）。多洛特娅告诉班上的同学："孩子们，你可以做任何你想做的事情。不要

[①] WENDELL S. Unhealthy Disabled: Treating Chronic Illnesses as Disabilities [M] // DAVIS L J. The Disability Studies Reader. New York: Routledge, 2013: 172.

[②] SIEBERS T. Heterotopia: Postmodern Utopia and the Body Politic [M]. Ann Arbor: University of Michigan Press, 1994: 290.

[③] GARLAND-THOMSON R. Integrating Disability, Transforming Feminist Theory [M] //KIM Q H. Feminist Disability Studies. Bloomington: Indiana University Press, 2011: 17.

让任何人在第一堂课就告诉你，你不同于别人。"① 多洛特娅提出，残疾不是一种劣势，所谓的"残疾"儿童与社会正常霸权所定义的那些"正常"儿童具有相同的潜能和才能，这也与戴维斯（Lennard Davis）的观点——建构的"正常"方式给残疾人带来了"问题"② ——是一致的。

残疾与健全之间的二元对立与白人至上密切相关。正如卡斯蒂略在小说标题中使用的洋葱这一本体隐喻一样，洋葱在某种程度上也是奇卡纳身份的同义词。洋葱，外部带有紫色，内部晶莹剔透，正如墨西哥美国人与白人一样拥有独特的外表和纯净的心。洋葱由多层不同的组织构成，围绕着中间的核心，暗示了多方面和流动的奇卡纳身份，与当前白人至上的傲慢态度形成对比。从洋葱外围逐层剥离，直到洋葱的内核，内核里存在的只有虚无和空白。这正是对奇卡纳族裔歧视的解构，揭示这样一个简单的事实：除了外在有色皮肤外，人们基本上是相同的。

在小说中，卡门第一次与新入职的白人弗拉门戈舞者考特尼（Courtney）结识时，她回忆说："总有那么一位舞者认为她比其他人跳得更好，并且必须通过让其他人失败来证明这一点。考特尼就是这样。"③ 考特尼还没有搬进来之前就调查了舞蹈工作室，并且已经打算重新装修，就像南希·里根第一次访问白宫时检查了一切那样④。由于她的白人身份和深深植根于她脑海中的白人优先权和特权意识，考特尼认为她比这个剧团中其他健康的舞者更好，更不用说身体残疾的卡门了，这不可避免地会导致其他族裔的不适和不满。

事实上，无论是否身体残疾，心理疾病总是困扰着至少有两种不同文化背景的人，无论他们身处何处。更为常见的是，我们普遍认为生活在边

---

① CASTILLO A. Peel My Love Like an Onion: A Novel [M]. New York: Anchor Books, 2000: 13.
② DAVIS L J. Introduction: Disability, Normality, and Power [M] // DAVIS L J. The Disability Studies Reader. New York: Routledge, 2013: 1.
③ CASTILLO A. Peel My Love Like an Onion: A Novel [M]. New York: Anchor Books, 2000: 39.
④ CASTILLO A. Peel My Love Like an Onion: A Novel [M]. New York: Anchor Books, 2000: 40.

界地区的人们理所应当会遭遇身份危机，但在芝加哥这样距离墨西哥和美国边境很遥远的文化融合城市里仍然可能会给墨西哥裔美国人带来身份混乱，就如同卡门及其家人所经历的那样，小说中写道：

你用一些美国人"说这是他们国家的方式"称呼你的城市。你永远不会说这里是我们的国家。出于某种原因，你看起来像墨西哥人意味着你不能成为美国人。我的堂兄弟告诉我，那些回到墨西哥但是像我一样出生在边界这边的人，他们肯定不是墨西哥人。因为你是在这边出生的，那就意味着：不友好的亲戚，街上的陌生人或是餐馆里的服务员偷听到你低声说的英语，嘲笑你蹩脚的西班牙语的时候，你在墨西哥会被称作外国人（pocha）。尽管如此，你还是至少尝试过。没有人像你一样同时存在两个不同的地方。作为外国人意味着你做着各种各样的尝试，以这种方式或另外一种方式，但是你仍然不适应。不属于这里，也不属于那里。①

残疾人和非白人与美国文化以及社会中的边缘化群体有共同的特征。墨西哥社区中的奇卡纳/奇卡纳族裔在社会和经济上受到美国白人的贱斥，使他们产生双重意识，这种双重意识既是一种剥夺（只能"通过别人的眼睛才能看到自己"）也是一份礼物（一种"超然的视力"，似乎可以让他们更深入或加倍地理解"这个美国世界"的复杂性）。小说中的卡门和她的堂兄弟们一方面有一种无归属感带来的剥夺经历以及对真实身份的寻求造成的疑问，因为他们"看起来像墨西哥人"，这使他们与真正的美国人之间有距离。换句话说，判断是否是一个美国人的标准仅仅依赖于外表、口音和行为。因此，内在的异质性导致更深的偏见。卡门是一个实实在在讲英语的美国人，但餐厅服务员从她的外表便断定出她的族裔身份，并开玩笑说卡门的西班牙语不流利，却完全不考虑她流利的英语口音。另一方面，这种身份困境并不完全是一件坏事，因为它提高了奇卡纳群体对美国主流文化的适应能力，也证实了奇卡纳身份的文化适应性特征，正如卡斯

---

① CASTILLO A. Peel My Love Like an Onion: A Novel [M]. New York: Anchor Books, 2000: 3.

蒂略所描写的，她们具有正反两面性。①

二、舞蹈重构身份

残疾人在面对残疾人身份问题时，大多数情况下，选择保持沉默。有隐形缺陷的人有时不太可能主动称自己为残疾人，并积极接受差异和不同的政治身份，因为保持"正常"身份更容易些②。从历史上看，处于家庭和工作中的残疾人通常避开公众视线③，因为做一个正常人或者不被公众关注，似乎可以逃避残疾人群体所遭受的歧视和系统性暴力。

残疾，特别是肢体残疾，往往是那些想成为舞者的人的先天障碍。尽管如此，当卡门的一位粉丝询问"la Coja（瘸腿）"的含义时，卡门大方承认她腿部残疾，并回答说"在我的文化中，人们以其最显著的特征命名"④。在卡门的世界里，残疾并不妨碍她的舞蹈生涯，因为她并不认为这是一个难以逾越的障碍——从来没有人称我的腿是不幸⑤。她选择积极的方式来面对她的缺陷，而不是回避社会的不公。"当然，我是瘸子。我的坏腿在多数时候都是一个不幸的障碍，但它并没有阻止我做我喜欢做的事，我确信我做得最好的事情就是跳舞"⑥。卡门跳舞不仅仅是因为她的兴趣，而是为了让这个功能失调的社会认同并且接受墨西哥裔美国舞蹈家。"无论何时，我都不喜欢陌生人的关注。至少不是带有怜悯之心的注视。作为一个舞蹈家，即使是一个瘸腿的舞者，我为公众喜爱我的舞蹈而感到

---

①CASTILLO A. Peel My Love Like an Onion: A Novel [M]. New York: Anchor Books, 2000: 3.
②SHAKESPEARE T, GILLESPIE-SELLS K, DAVIES D. The Sexual Politics of Disability: Untold Desires [M]. New York: Cassell, 1996: 55.
③LINTON S. Claiming Disability: Knowledge and Identity [M]. New York: New York University Press, 1999: 3.
④CASTILLO A. Peel My Love Like an Onion: A Novel [M]. New York: Anchor Books, 2000: 187.
⑤CASTILLO A. Peel My Love Like an Onion: A Novel [M]. New York: Anchor Books, 2000: 169.
⑥CASTILLO A. Peel My Love Like an Onion: A Novel [M]. New York: Anchor Books, 2000: 20.

欢喜，尽管我身患痛疾"①。舞蹈，作为一种超越的力量，赋予卡门潜能和灵活性，并以此打破正常与残疾之间的身体界限。与残疾共舞可以更加鼓舞和激励人心。"有时候，我的单腿教学有助于鼓励那些双腿健全的人，而对于其他人来说，这是一种威慑，因为除非亲眼所见，他们不相信一个女人可以单腿跳舞"②。通过舞蹈，她选择揭示她真实的身体状态，并将其变为积极主动性力量，从而将异常转化为正常并跨越残疾人可能期望完成的界限③。

在众多类型和种类的舞蹈当中，卡门唯独选择弗拉门戈舞蹈来从事她的舞蹈生涯，因为它是西班牙吉卜赛文化中变动和流动身份的象征。吉卜赛人本身总是危险的他者，他们违背西方的规范及其文明的影响力，吉卜赛的弗拉门戈使卡门有潜能打破奇卡纳/奇卡纳民族永久性边缘化身份。对于弗拉门戈舞与美国流行舞的区别，卡斯蒂略评论道：

弗拉门戈不是百老汇。它不仅仅是一场舞会，而是关于你如何睡觉、吃饭、做梦、思考。成为弗拉门戈舞者不需要苗条的身段或是年轻的身体，不需要拥有健全的牙齿或光泽的头发。你只需要感受你在做什么，跟上节奏，引领和跟随你的音乐家。④

弗拉门戈在18世纪获得声名，它是一项杰出的西班牙艺术，将舞蹈、歌唱和乐器融于一体，源自加迪斯和安达卢西亚等传统吉卜赛人居住的地方。它的歌唱（cante）、吉他演奏（toque）、舞蹈和掌声（palmas）融合了魔幻、激情和活力，使其成为西班牙特色和表现形式的著名艺术形式。

---

①CASTILLO A. Peel My Love Like an Onion：A Novel [M]. New York：Anchor Books，2000：76.
②CASTILLO A. Peel My Love Like an Onion：A Novel [M]. New York：Anchor Books，2000：52.
③ROSE, J E. Negotiating Work in the Novels of Ana Castillo：Social Disease and the American Dream [J]. College Language Association Journal，2011，54（4）：397.
④CASTILLO A. Peel My Love Like an Onion：A Novel [M]. New York：Anchor Books，2000：39.

>>> 第三章 拉美裔美国女作家疾病叙事中后身份政治体现

由于西班牙人的自由和变动，弗拉门戈反映了弗拉门戈精神和吉卜赛感伤中的流散身份、颠沛流离、民族杂糅、流动和跨国特质①。

弗拉门戈反映的是西班牙文化艺术中自我依赖和边界跨越的典型。虽然卡门并不能算作一个真正的吉卜赛人，但她的弗拉门戈舞步中透露着墨西哥祖先传承而来的西班牙文化，她以一种吉卜赛女孩的生活方式——从一个地方迁移到另一个地方，寻求自身的独立性和流动性。卡门一直期待能有一间属于自己的小公寓。起初，她和母亲一起住在贫穷的墨西哥社区的一所小房子里，然后在她怀孕期间被驱逐到加州旅馆。卡门的母亲心脏病发作时，她再次搬到老房子来照顾母亲。在她成为著名的弗拉门戈舞者之后，她终于可以在她的朋友维琪（Vicky）的建议下在附近买了一间全新的公寓。她在舞蹈生涯中的住所也是不断更换，与弗拉门戈舞蹈一样，她表现出流亡海外、流浪放逐的吉卜赛人不羁的形象。弗拉门戈是一种从原始束缚中解放出来的表达，弗拉门戈舞者通过流动性而不是"属于"一个特定的地方来表现自己的实质②。

卡门在弗拉门戈中意识到自己的才华和生活意义之前，与美国工人阶级移民的其他奇卡纳后裔一样，为了生存，在偏远地方做着一些卑微的工作，赚取微薄的薪水。但是通过弗拉门戈舞蹈，她重新获得了生命、精神和身份。卡门说，"我的灵魂在某处跳舞。我的灵魂一直在舞蹈。但是我的身体——失控的身体——却不在跳舞"③。只有当卡门跳舞时，她才能确定自己的身份。无论她在机场的比萨餐厅，或是手工工厂，又或是美发沙龙里做着什么，种族、阶级和疾病的聚合改变了她稳定的身份。

弗拉门戈的变动性也与卡门身上的疾病复发密切相关。当人们变老时抵抗力减弱的时候，他们以前看似治愈的一些病症（如小儿麻痹症）会复发。不幸的是，复发的概率对于卡门来说太大了。40多岁的时候，她的小

---

① BAHL S. Disability, Hybridity, and Flamenco Cante [J]. Women, Gender, and Families of Color, 2015, 3 (1): 4.
② BOST S. Encarnación: Illness and Body Politics in Chicana Feminist Literature [M]. New York: Fordham University Press, 2010: 168.
③ CASTILLO A. Peel My Love Like an Onion: A Novel [M]. New York: Anchor Books, 2000: 166.

儿麻痹症症状又重新出现，她不得不提前结束她的舞蹈生涯。除了医疗造成的痛苦之外，她必须面对疾病复发的可怕现实——后背逐渐僵硬，最终变成一块石头。卡斯蒂略叙述道：

我的残破的腿使我现在整天都得服用止痛药。这意味着我走动比平时慢。我在工作中对使用新的拐杖一直抱有偏执的想法。我只是在柜台后面蹒跚来回，如同一个滑雪女孩在一次滑雪事故中腿部受伤一样。但是在路途中我需要拐杖。距离我的夏季双腿有力的情景只有几个月，但现在很难想象我自己依靠自己独自前往巴士站。①

疾病的不可预测性阻止了卡门在她的舞蹈室里跳舞演出。更糟糕的是，她感到彻底的失落和窒息，因为没有别人的帮助她几乎无法动弹，所以独立的卡门再次和父母住在一起，以便获得更好的照顾。她过去在舞蹈生涯中做出的努力终于使她的母亲信服："我曾经认为跳舞对你不好……但我最近一直在想，也许这就是支撑你前进的动力吧。也许你需要回到你的舞蹈中去，孩子，它会再次赋予你灵魂。"② 卡门的母亲原来不支持她选择舞者作为职业生涯，是因为人们普遍认为残疾人不可能成为优秀的舞者。得知弗拉门戈舞对女儿的意义后，她改变主意，鼓励卡门在身体条件允许的情况下尽可能地继续跳舞。弗拉门戈作为一种与美国主流文化艺术不同的文化载体，是表达奇卡纳身份的独特方式。在弗拉门戈的世界里，卡门是优雅和美丽的象征，她可以享受她的自由，成为她梦想中的人。尽管疾病的复发让她再也不能跳舞了，她的弗拉门戈老师奥梅罗（Homero）告诉她，弗拉门戈不仅仅只有舞蹈，还包括歌唱的部分（cante），并为她提供了试镜的机会让她从痛苦中恢复过来。事实证明，卡门在唱歌方面也很有才华，因此卡门又找到了一条回归弗拉门戈的道路。

从上文中，我们可以看出，残疾是健全至上秩序下的阴影，是一个不

---

① CASTILLO A. Peel My Love Like an Onion：A Novel［M］. New York：Anchor Books, 2000：75.
② CASTILLO A. Peel My Love Like an Onion：A Novel［M］. New York：Anchor Books, 2000：166.

容忽视的回声。无法预知的残疾，流散的吉卜赛文化，充满活力且不断变化的弗拉门戈，动摇了美国白人文化中主宰范式的根深蒂固的坚实基础。卡斯蒂略小说中的残疾人卡门利用弗拉门戈舞蹈破除了健全（白人至上）和残疾（边缘化奇卡纳）之间的内在界限，改变了美国白人主导文化下的奇卡纳族裔刻板印象，重构了美国和墨西哥文化之间相互渗透、灵活流动的奇卡纳身份。

第二节 重塑女性主体：安娜·卡斯蒂略的《离上帝如此之远》中的魔幻现实主义疾病叙事

安娜·卡斯蒂略的《离上帝如此之远》中的故事围绕索菲（Sofia）及其四个女儿展开。故事中每个人都因为不同的原因而罹患各种疾病。她们与疾病相缠相争的过程贯穿作品始终，成为推动情节发展、揭示作品主题的关键因素。疾病作为生理现象，以人类身体为载体。由于人类生存空间可以划分为私人空间和公共空间，自然的个人身体一旦进入公共领域，就必然会与权力、政治等社会因素联系起来，成为"联系日常实践和权力组织的媒介，处于权力的罗网之中，受到权力的规训，权力关系直接控制它、干预它，给它打上标记，训练它，折磨它，强迫它完成任务，执行仪式，发出信号"[1]，因此，"政治、法律、各种组织形式、技术管理等权力机构围绕身体展开，使身体呈现疯癫、疾病、性等表现形式"[2]。身体与权力间的这种关系使身体呈现明显的政治性，即身体政治。在身体政治的理论视域下，疾病的身体亦成为文化和社会的建构品，"负载了更多的隐喻

---

[1] 米歇尔·福柯. 规训与惩罚 [M]. 刘北成、杨远婴，译. 北京：生活·读书·新知三联书店，2003：27.
[2] 房洁. 库切小说中的身体政治、女性书写与后殖民书写 [J]. 重庆交通大学学报（社会科学版），2020（2）：78.

功能，承担着诠释政治、文化、宗教、道德和审美等多重语义指向"①。在《离上帝如此之远》中，作者深切关注权力对女性身体的运行机制，通过人物的患病经历揭露男权及帝国霸权对女性身体的摧残与戕害。本节以身体政治为切入点，聚焦《离上帝如此之远》中的主要人物费（Fe）和凯瑞达德（Caridad）的疾病经历，探讨作家如何透过患病原因、疾病症状、疾病治疗等维度，再现墨西哥裔女性身处种族、性别、阶级等多重桎梏下被规约与压迫的身份，同时也展现墨西哥裔女性走出身份困境，重塑女性自我的抗争。

一、被规约与压迫的女性身体

在《离上帝如此之远》（1993）中，索菲的女儿们原本都拥有美丽的外貌和健康的体魄，但由于种种原因，她们先后罹患不同的疾病，鲜活的生命也因此戛然而止。她们的经历深刻地展现了被边缘化的奇卡纳女性在种族、阶级和性别等多重压迫下的悲惨命运。

墨西哥文化是典型的男权/父权文化。在这样的男权文化中，奇卡纳女性被禁锢在圣母/荡妇的二元身份悖论中。完美的母亲形象以对男性的顺从和依附为基本标准，任何偏离圣母形象的行为都被视为离经叛道，必将遭到惩罚。在这样的背景下，不少奇卡纳女性深受男权制书写的影响，屈从于传统文化对女性的身份定位，甚至内化了传统文化中的厌女倾向，相信自己具有"邪恶"的本性，因此希望通过竭力迎合男性对女性的身份定位，成为完美的母亲而摒除邪恶。然而这样的想法只是女性的一厢情愿，因为圣母/荡妇的二分法本质上就是男权/父权制用以控制女性的意识形态工具。奇卡纳女性的自我牺牲和顺从只会纵容奇卡纳男性的霸权行径，使他们在处理两性关系中罔顾责任，为所欲为，从而给女性带来深重的伤害，成为男权戕害下的牺牲品。这样的悲剧在《离上帝如此之远》中

---

①徐汉晖．现代小说中的疾病叙事解读［J］．辽宁师范大学学报（社会科学版），2014（9）：38.

<<< 第三章 拉美裔美国女作家疾病叙事中后身份政治体现

集中体现在凯瑞达德的身上。

凯瑞达德是四个女儿中外貌最出众的。中学一毕业就嫁给了丈夫迈莫（Memo）。她原以为可以拥有幸福的家庭生活，没想到在她怀孕后，迈莫又勾搭上了别的女人。为了和白人情妇结婚，迈莫强迫凯瑞达德打掉胎儿和他离婚。巨大的打击扭曲了凯瑞达德的人格和心理。她从此自暴自弃，流连于夜店酗酒买醉，并且和不同的男人发生关系。声名狼藉的她成了人们口中的"荡妇"。有一天深夜，凯瑞达德在街头遭到了残酷的侵犯，身体承受了巨大痛苦："索菲看见她的时候，凯瑞达德全身血迹斑斑。在她被救护车送到医院抢救后，索菲被告知她女儿的乳头被咬掉了。她的身体不但被什么东西鞭打过，还留下了烙印，就像人们用烙铁烙牲口一样。最惨的是，凯瑞达德的气管也被切开了，有东西刺穿了她的喉咙。"[1]

通过一系列的细节描写，卡斯蒂略将暴力对女性身体的戕害淋漓尽致地展现在读者面前。写实手法既表现了暴力的残酷，又蕴含着深刻的隐喻。凯瑞达德的乳头被咬掉了，这一血腥的细节具有多重隐喻意义，印证了墨西哥男权文化对于女性身份圣母/荡妇的二分法桎梏。"对于男性而言，女性的胸部具有激发性欲冲动的隐喻意义，而对于女性来说，它则象征着羞耻心"[2]。正如阉割是对男性最残酷的惩罚手段之一，施暴者通过伤害破坏凯瑞达德的女性器官，从而达到剥夺其女性特质并对其施以"荡妇羞辱"的目的；同时，乳房也是女性哺育后代的器官，失去乳头也就意味着女性无法正常履行母亲喂哺婴儿的职责，因此残破的女性身体隐喻着女性身份的破碎撕裂。凯瑞达德还受到了鞭打，身体上留下了烙印。施暴者对待她就像对待不听使唤的牲口一样，烙铁留下的不仅是伤痕，更是屈辱身份的标记物。这些细节体现的对女性身体"动物化，非人化"的处理，影射了男权社会中女性受到的非人待遇。她的气管被切开，使她无法发出

---

[1] CASTILLO A. So Far from God [M]. London & New York: W. W. Norton & Company, Inc, 1993: 33.
[2] 赵谦. 米兰·昆德拉小说中身体叙事的隐喻意义 [J]. 广东外语外贸大学学报, 2019 (6): 112.

声音诉说自己的冤屈。言语能力的丧失进一步凸显了女性身份的破碎，失语的女性在男权社会中失去了为自我发声的能力。通过这一系列的细节描写，卡斯蒂略充分展现了性别歧视和性别暴力对女性身心的多重戕害。虽然凯瑞达德的厄运有她自身的原因，但不可否认的是，传统墨西哥男权文化中女性的低下地位，是导致其悲剧的根本原因。迈莫的背叛抛弃剥夺了凯瑞达德作为妻子和母亲的身份，而这一身份的丧失又导致她放弃了对自我身份和自我发展的追求，陷入自我否定的泥潭。婚姻家庭中男女关系的失衡，社会上对男女标准不一的道德约束，使凯瑞达德在遭受背叛后，只能以自己离经叛道的行为作为对男权社会的无声反抗，而这种极端的反抗形式又为她带来了更大祸端。

　　在对凯瑞达德的伤情进行了写实性的描写之后，卡斯蒂略改变了叙述策略，转而用魔幻的手法来呈现对人物实施暴力的元凶：

　　索菲知道，袭击凯瑞达德的既不是一个有名有姓的人，也不是一匹迷路的饿狼；而是一种可以感知却又无形的东西。这个东西由锋利的金属，带刺的木头，石灰石和沙沙作响的羊皮纸汇聚而成。它承载了一片大陆的重量，像白纸上的墨迹一样无法抹除。它历经了好几个世纪却仍旧像一匹正值壮年的公狼一样有力。它无法触碰，比漆黑的深夜还要黑暗。最重要的是，对于凯瑞达德来说，这是一种永远无法忘记的神秘力量。[1]

　　这段描述强调了袭击凯瑞达德的并非某个特定暴徒，而是一种无法言说却又无法逃避的力量。凯瑞达德对袭击者的描述使索菲马上联想到了墨西哥神话传说中的恶魔马拉古拉（La molagra）。在墨西哥神话中，恶魔马拉古拉外形非人非兽，像一团不规则的羊毛球。它专在夜间出现，跟踪恐吓独自游荡的女性。碰见马拉古拉的女性会由于"它的诅咒妖蛊而失去感

---

[1] CASTILLO A. So Far from God [M]. London & New York: W. W. Norton & Company, Inc, 1993: 77.

知力，变得又聋又哑"①。在小说中，马拉古拉的魔咒不但作用于凯瑞达德身上，也作用于小镇居民身上。凯瑞达德在暴力袭击后失去发声的能力；同样，托姆镇的人们对凯瑞达德的悲惨处境也表现得非常冷酷麻木，警察对凶犯的追查更是敷衍塞责，草草了事。这些细节表现了整个社会对于被贴上"荡妇"标签的女性充满了漠视与敌意。通过将神话传说中的魔幻形象插入现实场景中，卡斯蒂略将具象的现实抽象为隐喻，马拉古拉的意象影射了体制化的男权制在社会各个层面对女性的压制与身份剥夺。它无法触碰却无处不在，就像一道无法解除的魔咒笼罩着奇卡纳女性。

男权/父权制对女性的规约与戕害不但存在神话传说中，更是在真实的世界中不断上演。奇卡纳女性的悲剧根植于墨西哥诡异复杂的厌女文化，男权体系对女性的禁锢和对越界女性的惩罚摧毁了女性的身体以及她们的身份认同。然而，奇卡纳女性的悲剧不仅仅源于性别歧视。在资本统摄的当代美国社会，政治权力、官僚体系以及金融财阀相互勾连，对利润的最大化追求带来了日益恶化的生态危机。在这样的背景下，奇卡纳女性在现代文明中再一次沦为被设计和利用的对象，资产阶级所推行的生态殖民主义导致她们罹患各种疾病，失去健康甚至生命。

二、生态殖民下的中毒身体

马克思主义生态学认为，"全球生态灾难的根源不是科学技术和工业生产本身，而是资本主义经济制度、生产关系和阶级关系"。② 处于资本主义社会金字塔顶端的是极少数掌握了政治权力、金融资本的政客和财阀，他们倚靠技术资本、文化资本、政治资本的力量维系资本主义统治的合法性，由于利益共谋关系而结成联盟，而缺乏资金和技术的个人、第三世界人民则处于权力分配的劣势地位。他们和自然资源一样，被资本主义技术

---

① ESPINOSA A M. New Mexican Folk-Lore [J]. The Journal of American Folklore, 1910 (23): 401.
② 戴桂玉，吕晓菲.《地下世界》垃圾书写之生态学马克思主义批评 [J]. 外语与外语教学，2020 (2): 141.

规划与设计，成为资本主义生产方式下被剥削和掠夺的对象。在《离上帝如此之远》中，美籍墨西哥裔人作为少数族裔群体，同样成为资产阶级用于牟利的生产工具。他们所生活的环境也由于资产阶级的生态侵略而面临生态危机。在小说中，生态殖民主义的恶果最集中地体现在索菲的另一个女儿费的身上。

费向往美国中产阶级白人的生活，比其他姐妹更乐于接受白人主流文化的同化。费在一家军工厂工作，希望通过努力工作来挣得她"一直梦想的自动洗碗机、微波炉、影碟机等一切象征着主流中产白人生活品质的消费品"①。然而在军工厂工作一段时间后，费出现各种中毒症状，不但腹中的胎儿流产，她自己也在受尽病痛折磨后悲惨死去。费死后人们才得知，为了追求利润，军工厂在武器生产过程中使用了会导致工人慢性中毒的化学原料，但政府、军方以及掌管工厂的资本家刻意隐瞒了一切，工人们在毫不知情的情况下成了权力和资本共谋的牺牲品。

表面看来费和其他工人是受到蒙蔽而选择了军工厂的工作，然而在资本统摄的当代美国社会，处于弱势地位的无产阶级其实是没有选择权的。资产阶级为了巩固资本主义的生产方式，使之得以延续和发展，必然会宣扬与之相适应的文化价值观，"传播和教育作为决定性的手段，成为该生产方式的一部分，用于巩固其优先的权力和价值取向"②。费从小接受的美式教育使她疏离了原生家庭及其所代表的墨西哥传统文化，竭力向主流白人阶级所倡导的消费主义价值观靠拢，从而成为自我物质欲望的囚徒。与其他姐妹相比，费对物质的追求更为执着，对所谓的现代技术更为笃信。她对母亲和姐妹们的生活不屑一顾，认为她们是"无奢望的，不思进取的"③，觉

---

① CASTILLO A. So Far from God [M]. London & New York: W. W. Norton & Company, Inc, 1993: 171.
② 福斯特·约翰·贝拉米. 马克思的生态学 [M]. 刘仁生 肖峰, 译. 北京: 高等教育出版社, 2006: 36-37.
③ CASTILLO A. So Far from God [M]. London & New York: W. W. Norton & Company, Inc, 1993: 156.

得"自己与家里其他女人不同,似乎并没有什么印第安血统"①。她更希望自己成为白人中产阶级的一员,否定自己的墨西哥裔女性身份。即使已被诊断为癌症,费仍然坚持去上班,"因为她必须偿还为购买各种各样的消费品而欠下的贷款"②。为了满足自己的物质欲望,费落入了资本主义为弱势群体所设置的消费主义陷阱中——在消费主义的刺激下不断借贷,为了还贷不得不廉价出卖劳动力,任资本家宰割。费的经历充分说明,对于处于社会边缘的弱势群体而言,"消费社会所营造的个人自由选择权不过是随时破灭的幻象而已"③。

少数族裔等弱势群体在有形的身体层面受到资本主义制度的宰制;作为受害者,在无形的语言和意识层面他们都被管控。在费死后,"整个工厂都在短时间内进行了彻底的重新装修……所有的工作台都被重新分割开来。没有人会知道这里到底发生了什么,而同时,每个人,都像以往一样,安静地工作着"④。工人们被禁止提及剧毒材料及中毒的话题,他们甚至对自身面临的危险完全不知晓。资本权力、官僚体系及管理特权三者合谋,使少数族裔无产阶级成为资本利润最大化的牺牲品。

通过费的遭遇,卡斯蒂略表达了对环境种族主义和环境正义问题的深切关注。小说中的故事发生在美籍墨西哥裔移民聚居的新墨西哥州,而现实中的新墨西哥州也饱受环境问题的困扰。美国军方有大量的核武器实验室设在新墨西哥州,这个地方也成了美国政府和军方处理核废料的场所。据调查显示,"半个世纪以来,新墨西哥州有 2400 个地方疑似受到钚、

---

① CASTILLO A. So Far from God [M]. London & New York: W. W. Norton & Company, Inc, 1993: 26.
② CASTILLO A. So Far from God [M]. London & New York: W. W. Norton & Company, Inc, 1993: 187.
③ Caminero-Santangelo M. The Pleas of the Desperate: Collective Agency versus Magical Realism in Ana Castillo's So Far from God [J]. Tulsa Studies in Women's Literature, 2005, 24 (1): 81-103.
④ CASTILLO A. So Far from God [M]. London & New York: W. W. Norton & Company, Inc, 1993: 189.

铀、锶90、铅、汞等制造核武器原料的污染"①。这一点在小说中也得到了印证："人们围绕在奄奄一息的费身边。他们并不明白是什么东西在慢慢杀死她。即使他们明白，也不知道该如何应对。他们只知道牧场里的牛羊一头接一头地死去；鸟儿的尸体从空中落下，重重地砸在屋顶上。"② 墨西哥裔移民作为弱势群体，承受着环境种族主义带来的恶果。他们不但对发生在身边的环境污染及其危险性没有知情权，而且受着白人政客和资本家的蒙蔽，为了追求自己的美国梦而去从事危险的工作。殊不知正是这虚无缥缈的美国梦，使他们罹患各种疾病，直至付出生命代价。

透过凯瑞达德和费的患病经历，卡斯蒂略深刻地揭示了权力机构加诸奇卡纳女性身体的各种身份标签。在男权主义和资本主义的霸权欺凌下，女性残缺和中毒的躯体成为其身份构建的重要组成部分。然而，作者并未止步于通过疾病表现被规约与压迫的女性身份。在小说中，作者通过魔幻现实主义的表现手法，进一步探寻疾病、身体与世界的关联方式，使作品中的疾病叙事成为人物反抗压迫、重建身份的有力见证。

三、反抗与重建的女性身份

在《离上帝如此之远》这部作品中，通过与疾病相关的描写叙述，卡斯蒂略不仅聚焦了美籍墨西哥裔人所遭受的歧视欺凌，也浓墨重彩地展现了墨西哥裔人群，特别是墨西哥裔女性逐渐觉醒的反殖民意识和联合开展的反抗运动。贯穿作品始终的民间女药师形象不仅在人物疾病治疗过程中发挥着重要作用，其行医过程中所践行的人类身心应与自然万物统一相连的世界观，也是对西方工具理性及其背后所蕴含的二元对立论的挑战。意识层面的觉醒与行动层面的抗争在少数族裔争取民族权利的斗争中缺一不可。作者将小说中另一人物拉罗卡塑造成女性圣徒的形象。她离奇的人生

---

①RUTA S. Fear and Silence in Los Alamos [J]. The Nation (New York, N.Y.), 1993, 256(1): 9.
②CASTILLO A. So Far from God [M]. London & New York: W. W. Norton & Company, Inc, 1993: 172.

经历特别是她罹患的疾病和死亡,引发了托姆小镇的墨西哥裔居民对社会不公的愤怒,并激励他们主动发声诉诸行动。

医学起源于人类文明。早期的以希波克拉底为代表的医学流派,试图在自然界和人体中寻求疾病的原因。他们重视临床观察,推崇肉体与心灵的不可分割性,强调采取有助于机体自然愈复的措施,但"17世纪笛卡尔提出的心身二分法使现代西方医学背离了古医学的观点,成为将肉体与心灵相割裂的循证科学"①。在这一原则的指导下,现代医学对病人的治疗多侧重于实体的身体层面而忽视了病人的心灵和精神层面。科学技术的发展使医生在从事治疗活动时高度依赖各种仪器,工具理性的泛滥阻碍了医生与病人之间的人际交流,使医院成为权威理性主宰的冰冷技术机器。在《离上帝如此之远》这部小说中,卡斯蒂略通过现代医学与民间女药师的并置对比,表达了对现代医学技术及其背后所蕴含的身体/心灵、理性/感性二元论的质疑。

在小说中,现代医学的局限性集中体现在费的求医经历上。费中毒后罹患癌症住进了医院,但医生采取的治疗手段对费来说无疑是一种巨大折磨:"为了除去费腿上、胳膊上、后背上,乃至于整个身体上的癌变斑块,医生对她进行了无数次的手术将斑块剜去,以至于费的全身到处都是疤痕。遍布全身的手术伤口使费十分痛苦。"② 医院的另一个错误是在费的锁骨位置安了一根导管,用于输送化疗的液体药物。本来导管应该是向下输送药物,但由于医生不负责任,弄反了导管的输送方向,化疗的药物不断地流向费的脑部,使费头痛欲裂。当费离开医院时,医生以为已将导管拆除,但实际上并没有。直到由于它导致了费脑部感染发炎,医生才意识到自己的错误,而这个错误使"费经历了七十一个白天和七十二个夜晚的痛苦,每天都像脑袋要爆炸了一样,没有人能解释为什么,医院坚称那是因

---

① PETRI R, DELGADO R, MCCONNELL K. Historical and Cultural Perspectives on Integrative Medicine [J]. Medical Acupuncture, 2015, 27 (5): 66.
② CASTILLO A. So Far from God [M]. London & New York: W. W. Norton & Company, Inc, 1993: 186.

为压力"①。

通过上述细致入微的细节描写，卡斯蒂略揭示了现代医疗体系面临的危机。医生对仪器和科技的过分依赖，将病人的血肉之躯异化成为各种技术手段的物质载体。正如某些医学伦理学家言，在现代医疗体系内，病人时常沦为"无差别的程式化治疗和有限的医患接触的牺牲品。在某些极端例子里，医生对待病人的方式，就像是面对实验室里没有情绪和感情的物品"②。医疗技术对病人生命的延续时常是以病人失去尊严和生活质量为代价。费的经历充分印证了上述观点。为了剜除癌变斑块而进行的一系列手术最终使她丧失了自主行动的能力。与此同时，医生的渎职加剧了费的痛苦。他们对于高科技医疗手段的过度信任，使他们对费关于疼痛的抱怨充耳不闻。医生的盲目自信和傲慢态度充分展示了工具理性对于医患关系的异化和冲击。

卡斯蒂略运用现实主义的手法描写了费的悲惨经历，以此唤起人们对于现代医疗体系弊端的关注。在作者看来，现代医疗体系对于科技的滥用导致了治疗过程中人际互动的缺失；医生对病人的治疗停留在物质躯体层面，忽视了精神和心灵在疗愈过程中的作用。因此，作者主张现代医学不应是单纯的循证科学，疾病的治疗应将现代科技与强调非物质性、整体性的世界观相结合。卡斯蒂略对医学工具理性的批评体现了她对基于身心二元论的经验主义、理性主义世界观的解构。作品疾病叙事中关于民间女药师的书写部分，进一步凸显了作者所倡导的身心合一、物我一体的生存智慧。

民间女药师是传统拉美裔社区中身份特殊的人物，他们的医术"根植于美洲印第安人对灵性世界的信仰，在治疗中大都借助印第安人古老的宗

---

① CASTILLO A. So Far from God [M]. London & New York: W. W. Norton & Company, Inc, 1993: 187.
② PETRI R, DELGADO R, MCCONNELL K. Historical and Cultural Perspectives on Integrative Medicine [J]. Medical Acupuncture, 2015, 27 (5): 66.

教仪式和草药知识,强调身心兼治"①。民间医术强调个人身体健康与自然的和谐,通过"仪式、互惠和交流重建世界的秩序"②。由于墨西哥民间医术与现代西方医学的巨大差异,它难以得到美国主流文化群体的认同,甚至被贬为"巫术",但在墨西哥裔社区内部,民间药师在社区医疗保健中发挥了重要作用。小说中民间女药师的作用最典型地体现在凯瑞达德身上。当伤痕累累的凯瑞达德躺在医院里时,现代医学对她的病体只能做到"部分的修复","各种各样的管子穿过她的喉咙,绷带缠满了她全身,手术也只能将曾经是胸部的那些皮肉杂乱地缝合起来"③。她在医院待了三个多月后被送回家时,她的状况却依然是"生不如死"。现代医学只是缝合了她外表的伤口,却无法医治她心灵的创伤。回家后,民间女药师多娜·菲力西亚(Doňa Felicia)来到了凯瑞达德身边。在治疗病人的过程中,她不但关注病人的生理状况,更关注病人的精神洗礼:"一个医师不仅要掌握病人的身体状况,还要了解他的精神状况"④,在多娜看来"精神清洗(spirit cleansing)的作用就在于恢复人的平和心态,恢复清醒的头脑,直到他知道如何做才能改变自己的命运"⑤。她日夜陪伴凯瑞达德,娴熟地运用草药以及印第安宗教中的传统仪式为她治病。一段时间后,凯瑞达德恢复了健康。她的康复既依靠草药所发挥的实际效用,也有赖于仪式给予她的心理暗示和精神慰藉。在多娜的引导下,凯瑞达德逐渐获得了心灵的平静,她决心追随多娜,学习民间医术去帮助自己的同胞。

民间药师对于疾病的认识反映了美洲印第安人的生态思想和生存智

---

① 李保杰. 美国墨西哥裔文化中的民间药师及其文学再现 [J]. 山东外语教学, 2013 (5): 89.

② LEÓN L D. La Llorona's Children: Religion, Life, and Death in the U.S.-American Borderlands [M]. Berkeley: University of California Press, 2004: 130.

③ CASTILLO A. So Far from God [M]. London & New York: W. W. Norton & Company, Inc, 1993: 38.

④ CASTILLO A. So Far from God [M]. London & New York: W. W. Norton & Company, Inc, 1993: 62.

⑤ CASTILLO A. So Far from God [M]. London & New York: W. W. Norton & Company, Inc, 1993: 69.

慧。一方面，印第安宗教信仰中的"万物有灵论"认为"世间万物的灵性和人类的灵魂相通，自然和人类是不可分割的整体"①，一旦这种和谐被打破，人们的身体和精神就会失去平衡，疫病便乘虚而入。印第安人对人与自然关系的认识与欧洲白人的自然观截然不同。作为土著印第安人和西班牙殖民者混血的后代，"墨西哥裔美国人不像白人那样将自然和超自然截然分开，他们认为，自然和超自然的和谐关系是保证人类健康安宁的根本，而不和谐就会导致疾病和灾祸。另一方面，身体与心灵、理性与感性、物质与精神等矛盾共同构建了宇宙这个整体，人是这个整体的一部分。矛盾双方的和谐共存是宇宙得以正常运转的保证"②。所以，民间药师在治疗身体的病痛时需要重建人与自然的平衡关系，通过借助"法事"等宗教仪式通达灵性世界，发挥媒介作用，为病人解决心理、精神及人际关系等方面的问题。

民间女药师所践行的疾病观和治疗观根植于印第安文化，其中所包含的"包容差异性"对于多元文化语境下墨西哥裔美国人的自我认同和身份构建具有建设性意义。作为民间医术的受益者，凯瑞达德在疾病疗愈的过程中认清了现代西方医学的局限性，也认识到了奇卡纳女性对自我身份的界定和认同不能只依照白人主流社会的标准，而是应该珍视自己的民族传统，因为这些传统的文化要素为生活提供了一种"应对生活危机的有效而富有创造性的方式，使她们可以在歧视、贫穷和没有任何权利保障的情况下存活下去并找到生活的意义"③。作为奇卡纳文化的书写者，卡斯蒂略也经常被比作"民间女药师"，因为她的文学书写及其所倡导的奇卡纳女性身份，"在墨西哥裔美国人构建新的美国身份中发挥了精神媒介的作用"④。

---

① 李保杰. 美国墨西哥裔文化中的民间药师及其文学再现 [J]. 山东外语教学, 2013 (5): 90.
② MADSEN W. The Mexican Americans of South Texas [M]. New York: Holt, Rinehart, and Winston, 1964: 68.
③ LEÓN, L D. La Llorona's Children: Religion, Life, and Death in the U. S. -American Borderlands [M]. Berkeley: University of California Press, 2004: 5.
④ PÉREZ L. Spirit Glyphs: Reimagining Art and Artist in the Work of Chicana Tlamatinime [J]. Modern Fiction Studies, 1998, 44 (1): 40.

四、与教会和男性权威抗衡的女性身份

将历史故事、宗教经典或神话传说中的人物事件挪用移置于现实场景中,是魔幻现实主义作品最典型的叙事策略之一。通过对经典文本,包括《圣经》故事、主流历史等的借用、改写或戏仿,奇卡纳女性主义作家们就创造出了"诸多魔幻的不可能的事件,或是冲突的反事实的不合逻辑的事件"①,从而背离由经典文本"建立的权力动态机制,将物质性与精神性、历史人物与当代奇卡纳女性政治需求相联系"②。

墨西哥裔美国人大都信奉天主教,宗教在人们的日常生活中扮演着重要角色。然而,"教会在逐渐制度化的过程中,加入了父权主义的色彩,成为具有严格等级制度的组织。在教会的主教、牧师、会吏的圣职中,妇女被拒诸门外"③。男性可以在神坛上传经布道,女性只能倾听和附和,这一事实进一步强化了男性的权威地位。与此同时,作为欧洲殖民者在美洲大陆推行文化霸权的利器,天主教的教义支持统治集团(白人男性)的立场,通过宣扬对上帝的虔诚顺从而实现对被殖民者和底层人民的驯化控制。在上述因素的共同作用下,天主教教会作为社会制度与文化生活的重要组成部分,通过其组织结构和霸权意识,逐步将奇卡纳女性置于种族、性别和阶级构成的交叉压迫之下。鉴于此,奇卡纳女性主义作家在她们的作品中从女性的角度去解读《圣经》,以此来挑战男性中心、白人中心的传统神学思想,肯定女性的价值与地位。在《离上帝如此之远》中,卡斯蒂略戏仿《圣经》中的人物和情节,将索菲最小的女儿拉罗卡塑造成女性耶稣的形象,通过描述拉罗卡一生中奇幻的疾病经历来展现奇卡纳女性挑战教会权威、塑造主体身份的努力。

小说的第一章以拉罗卡罹患怪病突然夭折作为故事的开始。作者细致

---

① BUCHHOLZ L. Unnatural Narrative in Postcolonial Contexts: Rereading Salman Rushdie's Midnight's Children [J]. Journal of Narrative Theory, 2012 (3): 89.
② BOST S. Encarnación: Illness and Body Politics in Chicana Feminist Literature [M]. New York: Fordham University Press, 2010: 54.
③ 孙美慈. 从《圣经》中看妇女在教会与社会中的作用 [J]. 金陵神学志, 2000 (3): 58.

入微地描写了拉罗卡死亡时和葬礼上发生的诸多神秘怪异的事件，从而奠定了整部作品现实场景与玄魔幻象并存的基调。拉罗卡夭折时只有三岁，当人们把她抬到教堂举行葬礼时，她却突然复活并从棺材里飞升到了教堂的屋顶，并宣称自己是上帝派来拯救世人的天使。回到地面后拉罗卡在众人的尾随下走进教堂。从此以后，拉罗卡变成了具有神秘力量的神女。她因为能够运用意念治愈家人及其他人的疾病而被镇上的人们奉若神明。这一幕幕充满魔幻色彩的场景让人非常容易联想到《圣经》里耶稣受难及复活的故事，而且这在现实生活中也不可能发生在普通人身上。卡斯蒂略却将它移置到了现代社会一个三岁小女孩的身上，并且通过细节上的改写添加，赋予作品中人物与事件以特殊含义。《圣经》中起主导作用的人物如上帝、耶稣和他的门徒均为男性，女性大多处于从属地位，但小说中作家却将复活故事中的主角置换成了女性。神父面对复活的拉罗卡错愕不已，并称她为撒旦派来的魔鬼。神父的说法激怒了索菲，她无法忍受神父将其女儿妖魔化，激动地用拳头击打神父并质问他："你怎么敢这样说？你怎么敢这样诋毁我的女儿？你这个缺德鬼！"[1]

这一系列魔幻的细节是卡斯蒂略创作思想的典型体现，"她用奇卡纳女性的复活代替耶稣的复活，由此来挑战宗教历史上的男性权威，试图书写另一个版本的基督教历史"[2]。复活后的拉罗卡成为具有超自然力的神性人物。她拒绝教会的精神指引，而且一生从不与男性接触；她几乎不说话，但能和动物沟通交流；虽然她生活在与世隔绝的环境中，却具有通灵和治愈他人疾病的能力。卡斯蒂略将《圣经》中的耶稣置换为女性，从而质疑了基督教传统中男性的救世主地位。拉罗卡这一特立独行的女性形象，凸显了奇卡纳女性在男权社会的压迫下对心灵自由和精神独立的追求。

---

[1] CASTILLO A. So Far from God [M]. London & New York: W. W. Norton & Company, Inc, 1993: 23.

[2] DELGADILLO T. Forms of Chicana Feminist Resistance: Hybrid Spirituality in Ana Castillo's So Far from God [J]. MFS Modern Fiction Studies, 1998, 44 (4): 906.

第三章 拉美裔美国女作家疾病叙事中后身份政治体现

卡斯蒂略对教会权威的挑战不但体现在对宗教人物形象的移置挪用上,还体现在对《圣经》中重要场景情节的戏谑性模仿与改变上。《圣经》中耶稣受难、复活并得以永生;而现实中拉罗卡复活后却最终感染艾滋病死亡。作者通过设置这一明显不合情理的故事情节,留给读者充分的解读空间来挖掘文本之下隐藏的潜在意义。

如前所述,拉罗卡复活之后的20年一直过着与世隔绝的生活,她憎恶人类身上的气味,几乎从不外出,也不与外人接触,却和大自然中的流水树木更为亲近。尽管她过着隐士般的生活,但莫名其妙地感染了艾滋病。众所周知,艾滋病已成为现代社会中无处不在的幽灵,各种各样的社会问题导致了艾滋病的失控蔓延。拉罗卡患病死亡这一故事情节无疑是基于社会现实,但发生在她这样的人物身上却又是不合常理和逻辑的。对于拉罗卡的患病原因,作者没有进行任何解释或评论,只是用非常冷静客观的语调将拉罗卡患病直至死亡的场景一幕幕呈现在读者面前,有意制造读者的认知与作品文本之间的距离,通过"陌生化"的策略来揭示隐藏在疾病这一现象背后的意义。

虽然小说中卡斯蒂略并未对拉罗卡患病的原因做出合理解释,但她在此情节的设计安排上颇具深意。作家将拉罗卡死亡的情节安排在小说第十五章的结尾,这一章前面的部分描写的是索菲为了竞选市长而举行的游行。这场游行的参与者均为"女殉道士与圣徒之母"这个女性组织的成员。这个组织的宗旨在于揭露环境污染及工厂滥用有毒原料对少数族裔女性造成的伤害。拉罗卡虽然身体非常虚弱,但她一反常态地坚持参加游行。人们手里举着自己受害亲人的照片,并且再现了《圣经》里耶稣自被捕到被钉上十字架的历程,但她们的表演是对《圣经》的戏仿,因为她们用现实生活中少数族裔的生活场景取代了《圣经》里的情节:

当法官彼拉多宣布即将处死耶稣时,法官不是陈述耶稣的罪状,而是发表了反对美国军方将辐射性废物倾倒至民用下水道的演说。

当耶稣被钉在十字架上时,围观的人群中有人慷慨陈词,讲述美国印第安裔家庭和西班牙裔家庭的窘境。他们大多数生活在贫困线以下，每六个家庭中就有一个要依靠政府救济，而且越来越多的少数族裔流离失所、流浪街头。

当耶稣第一次倒下时，人们也躺倒在地，扮演由于工厂使用有毒原料而中毒死亡的工人。

当耶稣在去往骷髅山的途中遇见圣母玛利亚，母亲声泪俱下地和他描述印第安保留地受到核原料铀的污染，新生婴儿生下来就没有大脑的惨状。

当耶稣第二次倒下，他安慰耶路撒冷的妇女："不要为我哭泣，应当为自己和儿女哭……"队伍中的孩子们模拟着在被污染的运河中汲水、游泳，并因此而染病死亡的场景。

当耶稣第三次倒下，空气中弥漫着工厂排放的毒气的味道，艾滋病在贫穷的有色人种中肆虐成灾，直升机在空中将有毒的杀虫剂直接喷洒在农作物上，也喷洒在为了微薄的薪水在田间劳作的人身上。

啊，耶稣最终被钉死在了十字架上……这时天色渐暗，天上乌云翻滚。①

游行表演至此结束，并未再现耶稣复活的场景。那天日落时分，拉罗卡永远离开了这个世界。这一次，奇迹没有出现，她没有像20年前那样死而复生。拉罗卡之死这一事件既与本章中的耶稣受难形成呼应，又与小说第一章中拉罗卡如耶稣般死而复活形成对照。游行中人们对《圣经》戏仿式的再现，并非为了宣扬对基督教的笃信虔诚，而是对基于阶级和种族压迫的奇卡纳生存现状的控诉。墨西哥裔美国人作为内部殖民的对象，在政治、经济等方方面面被边缘化，成为贫穷、瘟疫、环境污染等社会问题的牺牲品。就连拉罗卡这样纯洁的奇卡纳女性也难逃感染疾病的厄运。因此，拉罗卡的经历使人们深受触动，深刻体会到对于处于困境中的少数族

---

① CASTILLO A. So Far from God [M]. London & New York: W. W. Norton & Company, Inc, 1993: 242-243.

裔而言，教会并不是他们的救世主，被动等待上帝的救赎无法解决任何问题。只有切实采取行动，主动发声积极抗争才能改变自己的命运。作者通过塑造拉罗卡这一被移置的女性耶稣形象，从宗教这一殖民工具的内部去解构殖民者和被殖民者之间的关系。拉罗卡虽然因为疾病失去生命，但她的经历促使奇卡纳人打破消极被动的身份限定，在面对各种社会不公时奋起抵抗，从而构建具有能动性的主体身份。

　　小说的标题《离上帝如此之远》来自美墨战争后墨西哥总统迪亚兹的名言："墨西哥的悲剧，就在于离上帝如此之远，离美国如此之近"。通过对小说中疾病叙事的分析，可以看到这句名言同样非常切合奇卡纳女性的生存状况。美国社会中无处不在的种族、阶级和性别压迫相互交错，犹如一张密不透风的网笼罩着奇卡纳女性。卡斯蒂略采用魔幻现实主义表现手法，从作品中人物的患病原因、疾病症状、疾病治疗等维度深刻揭示了疾病的隐喻意义及其在人物身份建构中所发挥的作用。各种社会权力机制对奇卡纳女性身份的规约与操控是通过形形色色的生理、心理疾病及其所导致的残破中毒躯体得以呈现的原因；同样，奇卡纳女性打破规约、构建主体身份的诉求也通过作品中的疾病叙事得以彰显。作者借助对民间女药师的书写和对《圣经》经典的戏仿，挑战了既定的殖民意识形态和权力关系，反对权力机构加诸奇卡纳女性身体的各种基于种族、性别、阶级的标签，体现了身份具有流动性的特点。作品中的奇卡纳女性透过集结同路人（如同志团体）的力量，以社会运动去争取权利，这既是自我赋权的手段，也是她们借社会运动确认自我身份的过程。从被规约与压迫的身份到反抗与重建的身份，这一身份嬗变的过程体现了身份的流动性和多样性，更是少数族裔女性群体的不屈不挠、不懈抗争的证明。

第三节 建构本真自我：克里斯蒂娜·加西亚作品中家国动荡下受摧残的女性躯体叙事

克里斯蒂娜·加西亚（Cristinagarcía）现在是普林斯顿大学的一名研究员。她于1958年出生于古巴首都哈瓦那。在20世纪60年代初菲德尔·卡斯特罗（Fidel Castro）掌权之后她随父母移居到了纽约。当时她只有两岁，所以她对古巴并没有留下什么印象。1979年，她取得了哥伦比亚大学的政治学学士学位，之后又在约翰·霍普金斯大学获得了国际关系硕士学位。作为第一代移民的后代，加西亚受到父母流亡经历的影响，但是在美国长大又让她跟父母对于离散有着不同理解。她在接受采访时坦言流亡者视角具有一定的局限性："对我来说，在一个流亡家庭长大，父母都是反共产主义者，这意味着我对古巴和古巴历史的理解非常有限"[①]。1984年，她在移民后第一次回到古巴，在那里她见到了阔别已久的亲戚朋友。这次旅行让她萌生了写作的念头，于是加西亚在1990年决定开始创作小说，并决定以在美国的古巴移民为主角。《梦系古巴》（Dreaming in Cuban）于1992年出版，并获得了当年的美国国家图书奖提名。接着她又于1997年发表了小说《阿奎罗姐妹》。她的后续作品包括2003年的《猎猴记》（Monkey Hunting），2007年的《运气手册》（A Handbook to Luck），2010年的《斗牛女士酒店》（The Lady Matador's Hotel），2013年的《古巴之王》（King of Cuba）和2017年的《在柏林》（Here in Berlin）。目前她的作品已被翻译成14种语言，在全世界广为传播。加西亚的《梦系古巴》和《阿奎罗姐妹》（The Agüero Sisters）可谓是古巴裔美国文学的经典之作。这两部长篇小说都以古巴革命为背景，展现了在时代变迁的洪流中两个家庭因政治立场和生活经历的不同而发生的种种变化。这两部作品中的每位角色

[①] IRIZARRY Y. An Interview with Cristina García [J]. Contemporary Literature, 2007, 48 (2): 178.

第三章　拉美裔美国女作家疾病叙事中后身份政治体现

都患有各自的病症，如癌症、梅毒、肺结核、肺炎、精神错乱等，经历着种种苦难。下文将从疾病叙事的角度对这两部作品进行阐释，以揭示普通古巴妇女在家国动荡背景下以及在痛苦磨难中如何重构自我身份。

一、身份的迷失与回归：《梦系古巴》中集体创伤叙事

本小节通过具体分析克里斯蒂娜·加西亚作品《梦系古巴》中家国动荡下受迫害的女性躯体叙事，来探讨女性在身份沦丧的过程中如何重建本真的自我。

《梦系古巴》讲述了西莉亚·皮诺（Celia de Pino）在被西班牙情人古斯塔沃（Gustavo）抛弃后与乔治·皮诺（Jorge de Pino）结了婚。丈夫却因为西莉亚对旧情人余情未了而嫉妒古斯塔沃，并想要惩罚西莉亚婚前的"不检点"。婚后的西莉亚尚未从被抛弃的打击中恢复过来，却要同乔治的母亲及妹妹住在一起，承受她们的冷漠和虐待，而乔治也常常故意在美国处理工作事宜远离家庭，留下孤立无援的西莉亚在古巴生活。在第一次怀孕生产后，乔治把精神崩溃的西莉亚送到一所疗养院进行残酷的"电击"治疗。经历种种创伤后，西莉亚此时甚至不愿同自己的女儿亲近，婚后她唯一的倾诉方式便是给抛弃自己的婚前情人写信，但从未寄出过。

西莉亚的大女儿卢尔德（Lourdes）生活在美国，拥有两家面包店，还有一个非常叛逆的女儿，名叫皮拉尔（Pilar）。皮拉尔在幼时离开古巴，跟随父母定居美国。作者在皮拉尔身上投射出她自己的人生经历。皮拉尔在情感上同外婆亲近，异常讨厌母亲和美国，迫切想要到古巴同自己的外婆生活在一起。西莉亚的二女儿菲利希亚（Felicia）一直过着不尽如人意的生活，甚至可以说非常悲惨。她的第一任丈夫雨果（Hugo）有家暴倾向，只把菲利希亚当作泄欲工具。菲利希亚生下了一对双胞胎女儿和一个儿子伊瓦尼托（Ivanito）。雨果却对菲利希亚非常粗暴，给她的身体和内心都造成了严重的创伤。雨果在菲利希亚怀小儿子时把梅毒传染给了她，导致菲利希亚在绝望之中放火烧伤了雨果。后来菲利希亚的第二段和第三段婚姻都以丈夫的死亡而告终。精神慢慢陷入疯癫的菲利希亚开始迷信宗

171

教，但是却无法从中得到救赎，最后她还是死去。乔治因胃癌在美国病逝后，他的鬼魂回到了卢尔德的身边，告知她菲利希亚的死讯并建议她回到古巴，回到母亲西莉亚的身边。卢尔德重回离开古巴之前的创伤之地，与自己的过去达成了和解。皮拉尔重新在古巴找寻自己的身份定位，也意识到古巴和美国都是她不可分割的一部分。西莉亚把自己写给情人的信都交给了皮拉尔，西莉亚的后代也将通过这些信件了解古巴和自己家庭的历史和过往。下图是该故事中的人物关系：

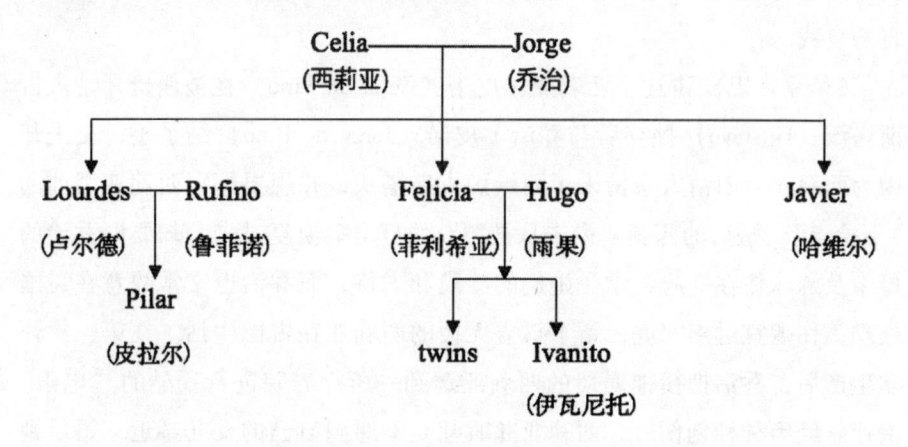

```
         Celia ————— Jorge
        (西莉亚)        (乔治)
    ┌──────┬──────────┬─────────┐
  Lourdes—Rufino    Felicia—Hugo      Javier
  (卢尔德)(鲁菲诺)  (菲利希亚)(雨果)   (哈维尔)
    │                  ┌────┐
  Pilar              twins  Ivanito
  (皮拉尔)                   (伊瓦尼托)
```

罹患疾病是《梦系古巴》中所有人物的共性，无论他们身在何处、年龄、性别或意识形态如何，他们都共有一种集体创伤，这种创伤也伴随着他们自我身份的建构。他们的疾病反映了各自所处的社会环境，并例证了罗斯玛丽·加兰-汤普森（Rosemarie Garland-Thompson）所说的"一种普遍的疾病话语……需要把身体理解为一种文化文本，这种文化文本在社会关系中被诠释和赋予意义"①。

主人公西莉亚被情人古斯塔沃抛弃后回到西班牙，她深受打击，卧床不起长达八个月。"很快她就变成了一具脆弱的骨架……医生找不出她究竟什么地方出了毛病"②。凯瑟琳·佩滕（Katherine Payant）认为，古斯塔

---

① GARLAND-THOMPSON R. Extraordinary Bodies: Figuring Physical Disability in American Culture and Literature [M]. New York: Columbia University Press, 1997: 22.
② GARCÍA C. Dreaming in Cuban [M]. New York: Ballantine Books, 1992: 36.

第三章 拉美裔美国女作家疾病叙事中后身份政治体现

沃象征着"像西班牙这样的殖民主义者,他们糟蹋了古巴的美丽,掠夺了古巴的财富后就离开了"①。在各种医疗手段都宣告失败后,西莉亚的家人别无他法,只能找来宗教中的女祭司(Santería)试一试。女祭司认为西莉亚的疾病跟她身处的环境相关,由此西莉亚产生出一种走出囚禁她的环境的渴望。

小儿子失踪之后西莉亚"感觉她的胸部有一个肿块,像核桃一样大小。一周后,医生切除了她的左乳。在左乳的位置留下了一个粉红色的疤痕,就像她儿子背上的那样"②。此情节带有魔幻的色彩,西莉亚的肿块和伤疤代表着她面临一个破碎不全的家庭痛苦:大女儿远在美国;丈夫、小女儿和儿子都已死去。同时,具有革命精神的西莉亚在多年的努力和等待后古巴的革命仍未完成。西莉亚已成为一个身体虚弱、伤痕累累的老太太,被自己的孩子遗弃。但虽然如此,西莉亚仍未妥协。她对古巴革命抱有残存的希望,仍在海边的瞭望台上监视,防范美国军队的入侵。

大女儿卢尔德出生后不久,母亲西莉亚把她递给丈夫乔治说道:"我不会记得她的名字。"③ 由于存在着不被母亲接纳这样一层隔阂,女儿卢尔德与母亲西莉亚并不亲近,但她和父亲乔治的关系很亲密。所以当父亲去世后,父亲的鬼魂选择回到卢尔德的身边。

当卢尔德和丈夫还在古巴生活时,一天两个士兵登门送官方文件,要他们同意把私有的农场和土地财产都收归国有,但是卢尔德拒绝了。其中一个士兵随后强奸了她,"结束之后这个士兵拿起刀在她的肚子上刻字。……后来卢尔德想要认出上面刻的什么字,但始终辨认不出来"④。更让卢尔德痛苦的是她的第二个孩子也因此流产了。

惨剧发生后,卢尔德就同丈夫和女儿离开了古巴,离开了这个重创她身心的地方。她决定彻底切断自己与古巴的联系。她同丈夫和女儿移民到

---

① PAYANT K B. From alienation to reconciliation in the novels of Cristina Garcia [J]. MELUS, 2001, 26 (3): 166.
② GARCÍA C. Dreaming in Cuban [M]. New York: Ballantine Books, 1992: 160.
③ GARCÍA C. Dreaming in Cuban [M]. New York: Ballantine Books, 1992: 43.
④ GARCÍA C. Dreaming in Cuban [M]. New York: Ballantine Books, 1992: 72.

173

了美国，再加上与母亲的政治立场截然不同，卢尔德同母亲西莉亚和古巴的关系都渐渐疏远。作者加西亚评论道："卢尔德认为自己很幸运。移民重新定义了她的人生，对此她很感激。与她的丈夫不同，她喜欢这种新的语言，以及重塑自我的可能性。她不想跟古巴有任何关联，卢尔德声称她从不属于古巴。"①

卢尔德还加入了美国当地的辅警队，在业余时间巡街打击犯罪，她将这份工作视为自己的职业并为此感到骄傲。这同西莉亚巡视海滩的行为遥相呼应，可以视为卢尔德对母亲和古巴的对抗。她要竭尽全力成为最标准的美国公民，彻底摆脱古巴给她留下的印记。在这一过程中，她似乎找到了自己存在的意义和价值。

卢尔德的女儿皮拉尔与她关系疏远，母女之间有隔阂。皮拉尔和父亲乔治都对古巴抱有一种怀旧情绪，叛逆的她非常反感母亲对美国的满腔热爱。皮拉尔曾讽刺地说："妈妈做的食物只有俄亥俄州人吃……什么吃的东西她都能用来烧烤……我们是生活在美国梦里吗？"②

因为皮拉尔学习绘画，所以卢尔德要求她为自己的第二家面包店的开业仪式创作一幅壁画。皮拉尔故意创作了一幅朋克风格的自由女神像，"自由女神的火炬飘浮在空中……自由女神的周围是黑色的影子，看起来像铁丝网留下的伤痕……在壁画的底部我写上了我最喜欢的朋克宣言：我就是一团糟"③。皮拉尔画笔下的美国就是一具混乱和不健康的躯体。

卢尔德在美国拥有两家面包店，她将食物作为自己成功的标志，并将其视为对抗古巴和母亲西莉亚支持的政治信仰的武器："卢尔德把她在布鲁克林的面包店里的糕点照片寄给西莉亚。每个闪闪发光的糕点都像是针对西莉亚政治信仰投下的一枚手榴弹，每个草莓脆饼——那些黄油、奶油和鸡蛋——都证明了卢尔德在美国取得的成功，并提醒西莉亚古巴持续的

---

①GARCÍA C. Dreaming in Cuban [M]. New York: Ballantine Books, 1992: 73.
②GARCÍA C. Dreaming in Cuban [M]. New York: Ballantine Books, 1992: 137.
③GARCÍA C. Dreaming in Cuban [M]. New York: Ballantine Books, 1992: 141.

食物短缺。"① 古巴的食物短缺是由于美国的经济制裁，目的在于将饥饿政治化，将其作为一种引发民众不满的手段，希望在饥饿和绝望的驱使下，古巴人民会揭竿而起，驱逐菲德尔·卡斯特罗。在这里古巴人民的身体具有了政治意义，成了美国政府想要利用的武器。

卢尔德对食物及自己身体的痴迷也暗含着疾病叙事的隐喻。卢尔德对于食物的执着象征着美国病态的消费主义，她的暴饮暴食同时也是一种尝试在男性通常占主导地位的社会中拿到主动权的方法。流行的审美观以瘦削、曲线型的身体为美，相反卢尔德却通过吃蛋糕长胖了118磅（相当于长了50公斤左右）。饮食成为卢尔德改变自己身体的方法，她认为长胖之后就不会再吸引男性的注意力："肥肉迅速在屁股堆积，她的骨骼不再分明"②。通过重塑自己的身体，卢尔德试图通过摄入食物来获得主动权。她的肥胖并未让她变得行动不便："她越重，她的身体越柔软"。而她丈夫鲁菲诺（Rufino）却说"性生活让他痛苦。他的关节像得了关节炎一样肿大"③。通过不断向鲁菲诺索取，卢尔德似乎想要填补她内心的空白，这种空白是因在古巴遭受强奸、随后流产、缺乏母爱和远离父亲造成的。

在父亲乔治因癌症去世之后，卢尔德便停止了暴饮暴食。"她觉得自己的胃在收缩，节食、大量饮水让她感到自己变干净了。"④ 食物在此时不再象征营养，反而变成了疾病的代名词。就连闻到食物都让她觉得恶心——"如果嘴巴里没有呕吐前的唾液，她甚至看食物一眼都不行"。她觉得自己之前对丈夫的过度索取就像"一个渴望生存的妓女，以丈夫令人作呕的精液为食"⑤。她的节食就像是获得重生和净化，所以她必须像婴儿一样"断奶"，这样她才能获得一种干净和纯洁的状态。卢尔德的饮食问题始于在古巴遭受到的性侵犯，以及随之而来的饮食失调而导致的身体问题无疑是她未能融入移民社会的原因。康斯坦西亚和卢尔德都想融入美国

---

①GARCÍA C. Dreaming in Cuban [M]. New York: Ballantine Books, 1992: 117.
②GARCÍA C. Dreaming in Cuban [M]. New York: Ballantine Books, 1992: 20.
③GARCÍA C. Dreaming in Cuban [M]. New York: Ballantine Books, 1992: 21.
④GARCÍA C. Dreaming in Cuban [M]. New York: Ballantine Books, 1992: 167.
⑤GARCÍA C. Dreaming in Cuban [M]. New York: Ballantine Books, 1992: 169.

社会，她们的经历代表了美国文化对加勒比女性关于"美"的价值观所产生的心理影响。

卢尔德的女儿皮拉尔按照女祭司的指引进行沐浴后，得到了精神上的觉醒，所以她提出和母亲卢尔德一起回到古巴，尝试同过去、家庭和古巴达成和解。许多移民美国的古巴人都拒绝在卡斯特罗去世之前回到古巴，然而作者加西亚通过皮拉尔这一角色打破了这一禁忌，让家人跨越了这条界限。

卢尔德回到自己曾经被强奸后流产的地方之后，她发现那里已经建起了一所医院。曾经带来创伤的地方变成了一个在社会主义政府管理下的疗愈场所，这也许标志着卢尔德同古巴和解，并重回祖国怀抱的可能。但是女儿皮拉尔在短暂回到古巴生活之后却觉得某些界限是无法逾越的，"我迟早要回到纽约。我知道我属于那里——不是在这里，不仅仅是在这里"①。皮拉尔开始重新确定自己的身份，将美国和古巴融合在自己的身体里。她决定帮助伊瓦尼托离开古巴。混乱当中皮拉尔在秘鲁大使馆外面找到了伊瓦尼托，他们之间产生了一种无法用言语形容的联系，当皮拉尔拥抱他时，"我能感觉到他的心跳。我能感觉到我们的心结都解开了"②。伊瓦尼托在古巴已没有真正的亲人，他的母亲去世了，祖母也因为衰老在慢慢走向死亡，他的父亲离开了家，而双胞胎姐姐都觉得伊瓦尼托也患有母亲那样的疾病所以不跟他亲近。伊瓦尼托上学的时候梦想着以后能成为国家领导人的翻译，这象征着重建古巴和美国之间的关系。伊瓦尼托代表着架起两国之间语言、文化和政治的桥梁。而西莉亚把自己未寄出的信都交给了皮拉尔，代表着一种历史和记忆的传承。皮拉尔在美国长大，伊瓦尼托在古巴长大，他们将会一起把这个家族的历史和记忆传承下去。

二、身心的创伤与疗愈：《阿奎罗姐妹》中的创伤叙事

与上述《梦系古巴》相似，《阿奎罗姐妹》中四代人都遭遇一系列造

---

① GARCÍA C. Dreaming in Cuban [M]. New York：Ballantine Books，1992：236.
② GARCÍA C. Dreaming in Cuban [M]. New York：Ballantine Books，1992：242.

成创伤的事件，包括遭到强奸、殴打、烧伤、咬伤、枪伤等。在小说中，没有一个女性角色幸免于难，这种伤害也与国家经历的动荡背景息息相关。

《阿奎罗姐妹》中的家庭也是因为地理和政治原因而分裂。这个家庭也有着复杂的历史，甚至可以追溯到古巴革命之前。《梦系古巴》的故事背景是在20世纪70年代，当时的革命浪潮正盛。而《阿奎罗姐妹》中故事发生的时间是在20世纪90年代早期，革命前景已经式微。如果说在《梦系古巴》中古巴流亡者与岛民分裂的主要原因是革命和卡斯特罗政权，那么在《阿奎罗姐妹》中则是1898年的美西战争，以及随后美国在古巴的军事和经济的影响造成的混乱、冲突和家庭关系的破裂，其后果一直持续到20世纪中叶。

《阿奎罗姐妹》的故事讲述了一对古巴裔姐妹康斯坦西亚（Constancia）和蕾娜（Reina）的一生。蕾娜在古巴生活，是一个电工。她身体强壮，喜欢冒险而且感性十足，同时拥有许多恋人。她对自己为革命事业提供电力保障的工作非常满足。她的同母异父的姐姐康斯坦西亚则女人味十足，对生活和工作都非常认真细致。她与同为古巴人的丈夫的婚姻已经持续了30年，并且她还是一个成功的商人。她设计了一系列化妆品，使那些生活在美国但却怀念自己在古巴的青年时代的古巴女性免受岁月的摧残。与《梦系古巴》中的西莉亚不同，蕾娜对革命抱着与之共存的态度，而非狂热。与卢尔德不同，康斯坦西亚也不是狂热的美国拥戴者，她对古巴裔美国人的革命极端分子持批评态度。

这对姐妹已经疏远多年，不仅是因为革命，也因为她们的童年经历和复杂的家族历史。小说以两姐妹的父亲伊格纳西奥（Ignacio）谋杀其妻子布兰卡（Blanca）开始。两个女儿蕾娜和康斯坦西亚一直生活在母亲神秘死亡的阴影下，这种创伤一直笼罩着她们。作者在叙述这个姐妹重逢的故事当中，穿插讲述着她们父母的故事。伊格纳西奥在1950年去世前写了一份长长的遗书，以这种方式向我们讲述了他的人生经历。

作者让伊格纳西奥以第一人称叙述，中间穿插后续发生的事情，揭示过去是如何影响到现在的。伊格纳西奥的故事，包括他的父母雷纳尔多

(Reinaldo)和索莱达（Soledad）的故事，都暗示了现代古巴历史上发生的巨变。布兰卡是一个聪明美丽的年轻女子，她有科学研究的天赋，婚前是伊格纳西奥的学生。伊格纳西奥和布兰卡除了有一段短暂而甜蜜时期之外，他们的婚姻并不幸福。在20世纪30年代的古巴，她与一个受过教育的中产阶级男性结合，如果她墨守成规，做一个安分守己的妻子，也许能过上安稳日子，但她无法适应传统的妻子和母亲的角色。布兰卡是伊格纳西奥不可或缺的助手，也是让伊格纳西奥获得许多科学发现的关键人物。布兰卡想要一份正式职业，要求伊格纳西奥在婚后继续支付她薪水，但遭到拒绝。布兰卡怀孕后，试图寻找其他科学研究工作，但没有成功，还屡屡受到歧视。布兰卡幻想要去美国工作，她觉得那里的女性待遇会好一些，但是孩子就要出生了。她觉得这个孩子把她困在了古巴，捆绑在了这个家庭里。女儿康斯坦西亚的出生引发了布兰卡严重的产后抑郁。

生下康斯坦西亚后不久，布兰卡就离家出走了，并在消失了两年半之后才回来，此时她怀上了八个月的女儿蕾娜，而蕾娜的父亲是一个神秘的、身材高大的黑人混血儿。也许潜意识里出于对伊格纳西奥的报复，她把所有的注意力都放在了蕾娜身上。母亲对康斯坦西亚的无视引起了康斯坦西亚对蕾娜的强烈嫉妒，她甚至试图通过在婴儿床里放蜘蛛来伤害她的妹妹。此事被发现后，康斯坦西亚被母亲布兰卡赶出家门。父亲伊格纳西奥把她安置到布兰卡的老家养猪场，从此康斯坦西亚就与家人分开过着孤独的生活。布兰卡死后，姐妹一起被送到寄宿学校，但这些童年的事件引起的怨恨，以及父亲伊格纳西奥对母亲布兰卡被谋杀事件的不合情理的解释等，都加深了姐妹之间的裂痕。

蕾娜在经历被雷击和皮肤移植后选择来到美国投奔姐姐。她想要讨论母亲的死亡，而忠于父亲的康斯坦西亚一直表示抗拒。在两人一起回古巴的路上，康斯坦西亚告诉蕾娜：母亲布兰卡失踪和背叛的经历以及蕾娜是私生子的身份。但她不知道蕾娜早就知道了这一点。此时康斯坦西亚不知道她应该忠于谁，是她父亲的记忆还是她母亲的记忆。直到回到古巴的家里，找到父亲的日记和忏悔书，她才明白事情的真相。

<<< 第三章 拉美裔美国女作家疾病叙事中后身份政治体现

和《梦系古巴》一样，古巴对流亡归来的人有着复杂的影响。一方面，回到古巴后，康斯坦西亚对古巴人民所遭受的贫困感到震惊；另一方面，她又惊讶地看到许多古巴的宗教仪式还在继续。当她回到童年的场景时，她意识到她的记忆并不都是痛苦的。故事中还讲到了蕾娜的女儿德尔西塔（Dulcita）和康斯坦西亚的儿子西尔韦斯特（Silvestre）。下图中是故事的主要人物：

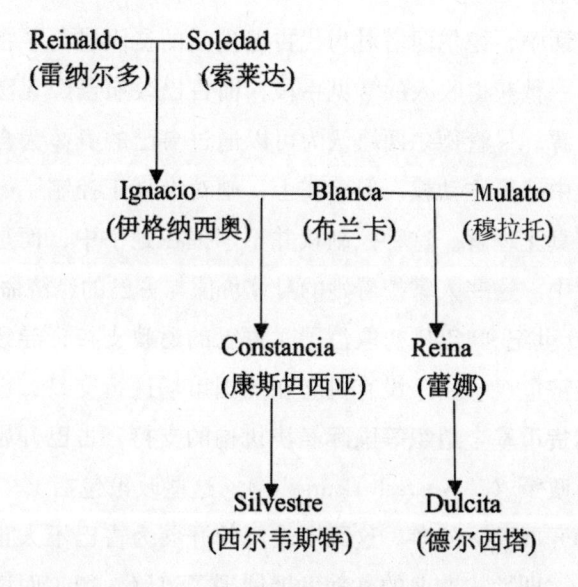

```
Reinaldo——Soledad
(雷纳尔多)   (索莱达)
     │
     ▼
Ignacio——Blanca——Mulatto
(伊格纳西奥) (布兰卡)  (穆拉托)
     │            │
     ▼            ▼
Constancia      Reina
(康斯坦西亚)    (蕾娜)
     │            │
     ▼            ▼
Silvestre       Dulcita
(西尔韦斯特)    (德尔西塔)
```

蕾娜的女儿德尔西塔一直生活在卡斯特罗领导的古巴革命产生的后续影响中。虽然也生活在古巴，但是德尔西塔跟母亲蕾娜的关系相当疏远。加西亚在《阿奎罗姐妹》中展现出共产主义的古巴并不像革命前那样限制女性。蕾娜就没有因从事一份工作而声名狼藉，更不用说她从事的电工行业在传统上是男性的工作了，她也没有因为其女儿德尔西塔是非婚生子女受到歧视。和古巴其他女性一样，蕾娜似乎已经受益于革命，即古巴工作场所和家庭内部男女之间的性别不平等已经得到纠正[1]。然而尽管有这样的进步，德尔西塔的经历表明，女性的身体仍然处于被剥削的地位。

---

[1] LEAHY M E. Development Strategies and the Status of Women: A Comparative Study of the United States, Mexico, the Soviet Union, and Cuba [M]. Boulder, CO: Rienner, 1986: 96-112.

179

小说中，我们看到了古巴社会的这一阴暗面：德尔西塔一边在哈瓦那的人群中招揽外国人的生意，一边说道："在哈瓦那，性是他们唯一不能定量配给的东西。它是仅次于美元的最好的货币，而且要民主得多……如果你问我……几乎所有我认识的同龄人……偶尔耍个花招……跟我到马孔街去散散步，你就明白我在说什么了。任何拥有一双名牌运动鞋或太阳镜的人都是大人物。"①

在这一段话中，德尔西塔对当代古巴生活的贫困进行了批判，揭示了卖淫已经成为一种获得收入的常见手段，而古巴政府已经无法为人民提供稳定的经济来源。尽管德尔西塔认为可以通过自己的身体为自己争取更好的生活，并从中获得主动权。但事实上，她对谁真正控制了她明码标价的身体显然没有真正理解。这种控制权并不掌握在她手中，而是掌握在古巴的当权人士手中。这些人掌控着她的身体价值与古巴的经济命脉。

苏联在20世纪90年代初取消了对古巴的财政支持，导致了古巴经历了灾难性的经济危机。由于没有机会在美国市场进行交易，也没有得到世界银行和国际货币基金组织等国际经济机构的支持，古巴开始实施旨在获得美元的经济政策（"A Crash Course"）。这些政策包括1993年美元的合法化以及鼓励开展国际旅游。这两项政策的开展为古巴不太正式但非常成功的产业之一，即性旅游业的蓬勃发展铺平了道路。德尔西塔的经历证实了这类旅游的规模，她透露她和"来自世界各地的男人"在一起②，"她的男朋友来自世界各地"③，"瑞典和法国，巴西，加拿大和巴基斯坦"④。德尔西塔身处这个行业的选择取决于她的财政状况，以及古巴社会的贫困现状。正如恩洛（Cynthia Enloe）指出的那样，"要获得性旅游产业的成功需要第三世界的妇女在经济上窘迫到愿意进入这个产业……寻求外汇的地

---

① GARCÍA C. The Agüero Sisters [M]. New York: Ballantine Books, 1998: 51.
② GARCÍA C. The Agüero Sisters [M]. New York: Ballantine Books, 1998: 53.
③ GARCÍA C. The Agüero Sisters [M]. New York: Ballantine Books, 1998: 55.
④ GARCÍA C. The Agüero Sisters [M]. New York: Ballantine Books, 1998: 38.

第三章 拉美裔美国女作家疾病叙事中后身份政治体现

方政府同谋取利益的外国商人之间结成的同盟"[1]。

德尔西塔只知道:"至少这样我能赚几美元。差别就是这么简单——有美元的和没美元的。美元意味着特权……比索一无是处。就这么简单"[2]。对于德尔西塔来说,卖淫可能"那么简单",但对作者加西亚来说不是。正如莉莲·罗宾逊(Lillian Robinson)所说,卖淫"就像任何其他跨国产业一样,从低得离谱的当地劳动力中获取巨大利润"[3]。罗宾逊指出卖淫这个产业的发展是经济造成的,而加西亚的小说也指出了古巴的社会问题。她认为,对美元的迫切需要迫使古巴女性以这种方式谋生。事实证明,尽管在哈瓦那卖淫是非法的(德尔西塔曾因此被捕),古巴政府还是暗中鼓励该行业的发展。德尔西塔说:"外国人喜欢我们,因为古巴没有艾滋病。这可能是卡斯特罗最成功的宣传活动。但也仅仅是宣传而已。"[4] 古巴宣传男性和女性均不受性病的困扰,明显是在鼓励外国人到古巴参与性行业的消费,目的是外汇交易。

德尔西塔跟随她的一位客人去了西班牙,与他共处了两个星期就离开了。之后,德尔西塔收到了一封她母亲的信,信中蕾娜邀请女儿到迈阿密与她会合。德尔西塔为了能买一张飞往迈阿密的机票,再次不惜出卖自己的身体。德尔西塔从事过两种只有女性从事的工作:妓女和家仆。她一直以来的贫困状态揭示了古巴、西班牙和世界各地的底层人民(尤其是身处社会底层的女性)所经历的创伤与困苦。

通过强调卖淫给德尔西塔带来的物质利益,作者揭露了古巴的性产业经济的社会背景及其给女性带来的伤害。这些女性为了摆脱贫困不得不出卖自己的身体。此外,在批评古巴的同时,作者也批评了资本主义对第三世界国家的剥削。加西亚的叙述体现了性别与贫穷通常交织在一起,给女

---

[1] ENLOE C. Bananas, Beaches, and Bases: Making Feminist Sense of International Politics [M]. Berkeley: University of California, 1989: 36-37.
[2] GARCÍA C. The Agüero Sisters [M]. New York: Ballantine Books, 1998: 53.
[3] ROBINSON L S. Touring Thailand's Sex Industry [M] //Rosemary H, Chrys I. Materialist Feminism: A Reader in Class, Difference, and Women's Lives. New York: Routledge, 1997: 256.
[4] GARCÍA C. The Agüero Sisters [M]. New York: Ballantine Books, 1998: 51.

性的生活造成巨大的影响。

故事中德尔西塔的母亲蕾娜患有严重的失眠症,是由于家族历史困扰着她,尤其是对母亲布兰卡的记忆和失去母亲的创伤一直萦绕在她的心头,使她无法安然入睡。离开古巴之后,她的失眠渐渐好转。在美国蕾娜开始了新的生活,并在经济上逐渐获得了独立。在小说的结尾,她比以往任何时候都更具活力,并且即将迎来一个新生命的到来。通过这次怀孕,蕾娜重新跟死去的母亲建立起了联系。她感觉腹中未出生的孩子是一只蜂鸟,这让她想起了母亲布兰卡与那只鸟之间的联系。蕾娜感到:"它在血液中颤抖,朝着永恒飞去。"① 在同自己的过去和平相处之后,蕾娜带着她的古巴身份融入了她在北美的新生活。

发现了关于父亲的真相后,康斯坦西亚并没有得到多少安慰,但她比任何时候都要理解母亲的立场。虽然康斯坦西亚还在承受着被母亲抛弃的痛苦,但现在她至少知道母亲布兰卡不知道自己如何成为一个好母亲,也懂得了当时的社会背景下母亲的选择。通过母亲所唤起的与古巴各方面的联系,康斯坦西亚终于可以在美国与自己的家庭、国家和文化建立起紧密的联系。

《阿奎罗姐妹》和《梦系古巴》都叙述了古巴革命和社会动荡的环境给普通的古巴家庭带来的影响,同时也批判了不同政治体系,即共产主义古巴和资本主义美国的冲突给女性带来的伤害和限制。两部小说中观念相近的卢尔德和康斯坦西亚过上了移民生活,但两人都或多或少遭受了离开故土带来的精神创伤。加西亚将古巴流亡者的感受描述为"一种放逐感。他们与祖国分离,经历着一种得不到安慰的痛苦,没有归属感……对今天的古巴人来说,无论是在岛上还是在岛外,那种被放逐及其疏离感依然存在。在哈瓦那、迈阿密、马德里或墨西哥城,你永远都找不到家的感觉"②。但是古巴移民能够在迈阿密建立一个自给自足的飞地,这个紧密团结的社区缓和了古巴人对离开故土的忧伤。加西亚笔下的女性人物卢尔

---

①GARCÍA C. The Agüero Sisters [M]. New York: Ballantine Books, 1998: 294.
②GARCÍA C. The Agüero Sisters [M]. New York: Ballantine Books, 1998: 176.

德、康斯坦西亚、蕾娜等都曾经遭受生理和心理创伤，她们有的回归古巴与祖国认同，有的仍在异国他乡，但她们通过自己的努力，都寻找到了本真的自我。

加西亚将故事讲出来或写出来是对创伤事件的见证，也是对患者所受创伤的见证。心理学家范德科克（Bessel A. Van Der Kolk）与范德哈特（Onno Van Der Hart）就认为，"创伤痊愈的标志之一就是患者能讲述他们的创伤故事，回顾所发生的一切，使其在自己的人生故事中占有一席之地"。① "文学性创伤叙事治疗与修复的不仅是作家个体自身的创伤，甚至是一个集体、民族、社会或国家的创伤。文学性创伤叙事也为人们提供了一种可以更深刻地探究与理解历史的某些记忆片段，或循迹当前某些现象的可行性渠道。"②

总的来说，《阿奎罗姐妹》的结局无论是在治愈革命带来的创伤方面，还是在人物对自我身份的追寻方面似乎都比《梦系古巴》更积极。两部小说都表现了家国动荡背景下遭受身心磨难的女性的生活处境。加西亚笔下的女性角色在努力反抗女性的刻板印象，比如，菲利希亚和蕾娜都对父权社会表达出了强烈的抗拒。尽管以皮拉尔为代表的移民后代决定不留在古巴，但他们仍然对纽约和自己的身份感到不安。对这些移民来说，他们的身份认同过程永远不会结束。

这一章主要涉及了拉美裔美国女作家疾病叙事中后身份政治的表现形式：首先以卡斯蒂略的小说《像剥洋葱一样剥开我的爱》为范例，阐述女主人公卡门如何通过跳弗拉门戈舞蹈，来用残疾解构正常，用舞蹈重构身份，在生活和事业中与残疾共舞，实现自己的人生意义和价值。然后，以卡斯蒂略的小说《离上帝如此之远》为范例，阐释故事中女性人物如何意识到父权制下女性被规约、被压迫的身体和在生态殖民下女性中毒的身

---

① VAN DER KOLK B, VAN DER HART O. The Intrusive Past: The Flexibility of Memory and the Engraving of Trauma [M] // CATHY C. Trauma: Explorations in Memory. Baltimore/London: Jonhs Hopkins U, 1995: 168.
② 张婧磊. 新时期文学中的创伤叙事研究 [D]. 苏州：苏州大学, 2017: 25.

体,因而她们中间有的人起来反抗并重建女性自我,有的人与教会和男性权威抗衡,实现女性的能动性,她们都努力重塑女性主体。最后以加西亚作品《梦系古巴》和《阿奎罗姐妹》为范例,阐述在家国动荡背景下古巴女性身份的迷失与回归以及身心的创伤与疗愈,这些古巴女性通过不懈的努力最终构建了她们本真的自我。这一章阐明,疾病是具有行动能力与表演性的自在体,它不与人类的目的性和主体意识相提并论,它是内部运动的结果,是一种释放;疾病可以打开人们新的自我意识之路,扩展自我表现方式。拉美裔女作家通过疾病书写传达一种不同寻常的体验,表达日常状态下难以表现的内心冲突和精神焦虑;当女性主动言说疾病时,疾病就不再是社会文化、意识形态强加在她们身上的命运,而是她们不得不领受的生命处境,是逾越日常生活界限爆发的生命呐喊。拉美裔女作家通过女性的病痛体验,模糊了主流意识形态关于健康/残疾的二元对立,并借痛苦经验产生移情作用让人们学会如何去正视环境污染、科技发展和残障人群,学会与疾病相处,向任何困境和无常敞开心胸的开放。下面一章将探究拉美裔美国女作家疾病叙事中后身份政治有哪些诉求。

第四章　拉美裔美国女作家疾病叙事中后身份政治诉求

第一节　诉求族裔的文化政治身份：艾薇菊·丹缇卡的《兄弟，我将离你而去》中的疾病叙事

艾薇菊·丹缇卡（Edwidge Danticat, 1969——）是知名的海地裔美国作家，被称为海地流散作家的"声音"。其处女作《息、望、忆》（Breath, Eye, Memory）在1994年出版后，《纽约时报》给予丹缇卡高度的认可，认为她是"未来30年极有可能改变美国文化的30位30岁以下的作家和艺术家之一"。此外，丹缇卡在1996年被《格兰塔》（Granta）文学杂志评为美国最优秀的年轻作家之一，并于1999年被《纽约客》（The New Yorker）评为"未来美国小说的20位模范之一"。当代英国小说家卡里尔·菲利普斯（Caryl Phillips）评论道："尽管从奥普拉（Oprah Winfrey）到《纽约客》的每个人都试图对她进行总结和定义，但艾薇菊却挣脱各种束缚，她在每一本书的创作中都表现得越来越强大和自信。"[1]

从其处女作发表至今的近30年间，丹缇卡创作了10多部文学作品，编著了6余部文集，并借此斩获了十几种文学奖项，得到了读者们的广泛

---

[1] 关于丹缇卡的详细介绍可参考以下网站：https：//www.theguardian.com/books/2004/nov/20/featuresreviews.guardianreview9

认可。其作品包括小说《息、望、忆》(Breath, Eye, Memory)(1994)、《耕耘骨头》(The Farming of Bones)(1998)、《海洋之光克莱尔》(Claire of the Sea Light)(2013), 短篇小说集《克里克? 克拉克!》(Krik? Krak!)(1995)、《踏露人》(The Dew Breaker)(2004)、《万物深处》(Everything Inside)(2019), 回忆录《兄弟,我将离你而去》(Brother, I'm Dying)(2007), 还包括其他类型的创作, 如游记、散文集、儿童文学作品以及画册等。借助这些作品, 丹缇卡荣获了美国图书奖(American Book Award)、意大利费拉亚诺文学奖(Super Flaiano of Literature Prize)、美国短篇小说奖(The Story Prize)、安斯菲尔德-沃尔夫图书奖(Anisfield-Wolf Book Award)等奖项。此外, 她还在2018年被授予有"美国诺贝尔奖"之称的纽斯塔特国际文学奖(Neustadt International Prize for Literature), 并在2020年"以其绚丽的散文风格, 以及基于海地流散群体和个人叙事的跨体裁创作中表现出来的对人类共同境遇的深刻理解"获得了维尔切克文学奖(Vilcek Prize in Literature)。

丹缇卡的作品主要聚焦于海地的历史或身处美国的海地移民群体, 表达了她对历史的反思、对创伤的铭记以及对故乡的热爱。丹缇卡的回忆录《兄弟,我将离你而去》(Brother, I'm Dying)(2007)以自己父亲和叔叔遭受疾病折磨与政治迫害为主线, 讲述了海地移民艰难的生活以及家国动荡的历史。回忆录中涉及很多对疾病身体的描写, 而这又与人物的身份探索密切相连。下面的章节主要聚焦于丹缇卡回忆录《兄弟,我将离你而去》中的疾病叙事, 探索丹缇卡借疾病躯体以及与之相关的叙事所表达的海地人对文化身份的追寻以及对政治身份的诉求, 并探讨海地人在带有偏见的移民政策下实现后身份政治理想所面临的窘境。

一、用回忆录来叙述疾病人士的身份诉求

《兄弟,我将离你而去》在2008年获得了戴顿文学和平奖(Dayton Literary Peace Prize), 旨在表彰该作品对于促进和平的重要意义; 同时, 也获得国家图书奖提名并被授予美国国家书评奖(National Book Critics

<<< 第四章 拉美裔美国女作家疾病叙事中后身份政治诉求

Circle Award)。这本家族回忆录以丹缇卡怀孕和父亲确诊肺纤维化为起点，回忆了在经济困窘以及政治动荡的背景下其家族成员的经历，如父母移居美国经历的艰苦、伯父伯母留居海地面临的困境、丹缇卡和弟弟与父母相聚于美国的曲折等。这本回忆录核心人物是标题中的"兄弟"俩，即丹缇卡的父亲米拉和丹缇卡的伯父约瑟夫。丹缇卡的父亲在其两岁时离开海地去往美国谋生，最终通过开无证个体出租车养家糊口，而伯父约瑟夫则留在海地开办教堂和学校。约瑟夫·丹缇卡是一位浸礼会牧师，他在海地首都太子港成立了自己的教堂和学校，希望更多的人能以此获得救赎。在海地动荡的政治背景之下，防暴警察与海地帮派成员之间发生战斗，约瑟夫的教堂成为交战的地点，很多平民在这次战斗中死亡，约瑟夫被误认为叛徒，其人身安全受到威胁；迫于无奈，81岁高龄的他拖着病残的身体逃离海地。然而在迈阿密接受海关检查时，约瑟夫因申请临时避难而被海关扣押在克罗姆拘留中心，在接受审讯时疾病突然发作却没有得到及时而充分的治疗，最终离开人世。

在这本回忆录中，疾病身体贯穿全文——父亲米拉患有肺纤维化，婶婶丹妮丝患有糖尿病、高血压，最后中风，伯父罹患咽喉癌、高血压以及急慢性胰腺炎，丹缇卡和弟弟在小时候曾感染肺结核。通过对疾病及其与环境互动的描写，丹缇卡在这本回忆录中所进行的身份探索得到进一步的凸显与深化，表明了在后现代社会里，疾病一方面使人们越来越坚守自己的文化身份；另一方面，也造成人们在地理位置上的移动，使身份呈现流动性特点。但是，海地人要实现身份的跨界相对于其他族裔群体而言更为困难。海地残障人士的跨界经历引发了丹缇卡对美国移民政策及族裔群体合理政治身份诉求的思考。

二、通过民间草药保留本族的文化身份

在《兄弟，我将离你而去》中，丹缇卡反复提及父亲、伯父和婶婶对于海地民间草药的依赖。在海地传统的"伏都教"文化中，"伏都教的祭

187

司在治疗病人的过程中，需要各种不同类型的知识和力量"①，其中很重要的一项就是草药知识。草药对于海地人具有重要意义，亦如中药在中国文化中的重要地位。

在丹缇卡的父亲米拉确诊为肺部纤维化晚期时，牧师建议他去看看药师以寻求帮助。在丹缇卡的陪同下，他们来到了牧师推荐的地方。给他们看诊的是一位身材魁梧的牙买加妇女。诊断前，这位女药师让他们签署免责声明，说明他们知道她不是医生，不能治愈任何疾病。她解释说，这是法律上的需要，尽管她已经治愈了许多人，包括一些晚期癌症患者。接下来，这位药师对着丹缇卡父亲的瞳孔拍照，然后将其在电脑上放大，观察眼白部分。之后，她指着一些斑点说："你需要大量的维生素，同时需要清洁系统，疏通肺部。"在对丹缇卡眼睛进行扫描后，说"你的子宫不平衡"②。离开时，这位女药师给丹缇卡的父亲开了200多美元的维生素、辅酶、液氧和天然的止咳药，并告诉丹缇卡"人的眼睛是不会撒谎的"。神奇的是，丹缇卡在此之后发现自己确实怀孕了。在人们绝望时，往往会转向传统文化寻求帮助。传统的民间草药对于疾病的疗效难以定义，药师是否真的能治愈疾病也难以界定，但是他们所具有的精神意义是值得肯定的，即给病人提供精神上的支持和心理上的安慰。回归传统文化会给予病困中的人们一种安全感和归属感。因此，我们不能否定民间草药和传统药师存在的意义与价值。正如布朗·凯伦·麦卡锡（Karen McCarthy Brown）所言，"现如今，虽然医生和药师之间甚少合作，但是医生的治疗和传统治疗师的精神治疗密不可分"③。这一点同时也通过约瑟夫伯父加以体现。在一次教堂周年纪念庆典上，约瑟夫在布道的时候声音突然颤抖并变得短促而尖厉，他的喉咙和牙床开始抽搐、发疼。牙医诊断过后，说需要拔光

---

①MICHEL C, BELLEGARDE-SMITH P. Vodou in Haitian Life and Culture: Invisible Powers [M]. New York: Palgrave Macmillan, 2006: 23.

②DANTICAT E. Brother, I'm Dying [M]. New York: Alfred A. Knopf, 2007: 6.

③HELAINE. Medicine across Cultures: History and Practice of Medicine in Non-Western Cultures [M] //BROWN, KAREN M. Healing Relationships in the African Caribbean. Dordrecht: Kluwer Academic Publishers, 2003: 285.

<<< 第四章 拉美裔美国女作家疾病叙事中后身份政治诉求

所有牙齿,然后使用假牙。然而,经过医生的多番治疗,约瑟夫的声音并没有恢复,也无法找出病因。于是,约瑟夫向药师寻求帮助,"就像他的祖祖辈辈那样""毕竟,他是在乡野里长大的孩子,人生的大半段都是依靠树根或草叶进行治疗"①。回归本土医药已经成为一种自救的本能,同时也是人们文化身份的一种沉淀与表达。

在土生土长的海地人眼中,民间草药已逐渐内化为他们心中的一种信仰。在丹缇卡来到美国后的第二年,约瑟夫伯父来到纽约诊查。当父亲问及婶婶丹妮丝的近况时,伯父说婶婶身体状况不太好,患有糖尿病和高血压。丹缇卡的父亲追问为什么不带她来纽约看病,约瑟夫伯父回答道:"她不想来……她严重依赖草药,她本国的药物"。丹妮丝婶婶一辈子生活在海地,生病后求助药师已经成为一种自然而然的行为。约瑟夫伯父亦是如此。

在海地动荡的政治背景之下,警察的突袭和海地帮派战争不断,约瑟夫被误认为是叛徒,认为他为了个人私利,将自己的教堂变成交战的地点,造成了大量的伤亡。海地帮派人员对约瑟夫怨气满腹,扬言如果他不赔偿丧葬费、医疗费,就会杀了他。虽然这一切和约瑟夫没有关系,但出于牧师的仁慈,他还是对那些失去亲人的人们施以援手。当天晚上,海地帮派人员聚集在教堂门口,枪声不断,他们向约瑟夫喊道:"牧师,你逃不掉了,我们会让你付出代价的。"② 迫于无奈,约瑟夫逃往美国。临行前,他在一家药店购买了经常服用的治疗前列腺炎和高血压的药物。此外,他还为丹缇卡的父亲和他自己买了草药——"一种由树皮泡制、混合了液体维生素的补药"③。约瑟夫伯父相信,这些草药即使不能治愈疾病,也能增强身体的抵抗力。对于他来说,这是"充满希望的药水"④。正如丹缇卡所言:"我的伯父一生都在喝这种草药,他确信这些药水会很好地发

---

① DANTICAT E. Brother, I'm Dying [M]. New York: Alfred A. Knopf, 2007: 35.
② DANTICAT E. Brother, I'm Dying [M]. New York: Alfred A. Knopf, 2007: 179.
③ DANTICAT E. Brother, I'm Dying [M]. New York: Alfred A. Knopf, 2007: 198.
④ DANTICAT E. Brother, I'm Dying [M]. New York: Alfred A. Knopf, 2007: 198.

挥作用，因为它们是海地本土种植的。"①

丹缇卡的伯父和婶婶对于传统草药的信赖与坚守，表现了海地人坚定的文化身份认同。也许医院的医生能通过各种检查更准确地寻找病因，但无法给病人提供心灵上的慰藉，而民间草药为它的信仰者提供的精神上的支持，这是现代医疗中所缺乏的。在海关接受审讯时，审讯者们绝口不提约瑟夫被没收的两瓶草药和小瓶药片；在被关押到克罗姆拘留中心时，约瑟夫的物品清单上也没有提到他服用的治疗高血压和前列腺炎的草药和药片。只有在护士的检查笔记中，才得以窥见这些药物的存在。"病人使用一种传统的海地药物治疗前列腺，他说如果不服用该药物，就会尿血，而且会感到疼痛。"② 一方面这些药品可以缓解身体的不适；另一方面也是他的精神寄托，在陌生的环境下，草药是他唯一熟悉并且可以依赖的东西，所以在扣押过程中，约瑟夫一直在表达对于所携带药品的需求。

然而，美国移民和海关执法局发言人对这些传统药物表示轻蔑，认为它们不过是"巫毒药水"③。在他们看来，这是一种落后的文化象征，是需要被摒弃的对象，因此对之不屑一顾。这种对海地传统药物的贬损，本质上是对海地文化以及海地身份的一种否定。美国对海地的偏见和贬抑由来已久，正如迈克·达什（Michael Dash）在《海地与美国：民族刻板印象与文学想象》(Haiti and the United States: National Stereotypes and the Literary Imagination) 一书中所引述的那样："美国通过将海地边缘化或使其变得低下，来强化自己的身份"④，即便如此，海地人仍然以自己的方式坚守着祖祖辈辈传承下来的医药文化，在现代医学迅速发展的时代仍不忘民间草药功能，并以此来保存本民族的文化身份。

---

①DANTICAT E. Brother, I'm Dying [M]. New York: Alfred A. Knopf, 2007: 198.
②DANTICAT E. Brother, I'm Dying [M]. New York: Alfred A. Knopf, 2007: 226.
③DANTICAT E. Brother, I'm Dying [M]. New York: Alfred A. Knopf, 2007: 227.
④DASH J M. Haiti and the United States: National Stereotypes and the Literary Imagination [M]. New York: Palgrave Macmillan, 1997: 136.

三、家国动荡中残疾移民的政治身份诉求

在这本回忆录《兄弟,我将离你而去》中,丹缇卡的伯父约瑟夫深受疾病的折磨,55岁时因患有咽喉癌,在美国医生的救治下活了下来。但因切除了喉头,无法正常发声,脖子上留有一个气管切开的孔。约瑟夫后来患有前列腺炎和高血压,需要依靠药物治疗。由于家国动乱,在逃离海地过程中,81岁高龄的约瑟夫因为申请"临时避难"而被视为无证移民,被扣押在克罗姆拘留中心,他的日常药物也被收走。在"可信恐惧听证会"(credible fear hearing)[①]上,约瑟夫身体状况急剧恶化,并遭到了非人的对待,最后因为急慢性胰腺炎在监狱病房去世,当时"脚上也许还戴着镣铐"[②]。约瑟夫去往美国寻求政治庇护的过程,实际是对政治身份的一种诉求,然而也正是对这种政治身份的诉求导致其最终丧失性命。同时,约瑟夫诉求的失败也揭露了美国帝国主义对移民生命的威胁,及其在国家安全面前生命政治对生命的捕获。

对于约瑟夫而言,美国赋予了他"新生(声)",但最后却也剥夺了他的生命。在1978年的春天,55岁的约瑟夫在看过牙医以及药师后,喉疾没有任何缓解,相反声音变得越来越弱,喉咙仍持续发疼。当他得知一群美国医生将来海地南部的一家医院坐诊时,他辛苦跋涉,最终来到那家医院。医生发现他的喉咙上可能长了肿瘤,如果不切除,最终会因呼吸道堵塞而窒息。因为肿瘤过大,海地设备不齐全,医生让他申请签证到美国进行手术。在进行喉头切除手术后,约瑟夫再也无法使用自己的声音,只能靠肢体语言和唇语与人交流。时隔五年后,事情有所转机。在1983年约瑟夫再次来到纽约检查,一位金发的年轻男医生"拿出一个香肠大小的设备,将它放到他手里",并且"告诉他,这是一个音盒,也就是人造的喉

[①] 可信恐惧(credible fear)是美国庇护法中的一个概念,根据该概念,一个人如果证明他或她确实害怕返回其祖国,那么在其庇护案件得到处理之前不能被驱逐出美国。
[②] DANTICAT E. Brother, I'm Dying [M]. New York: Alfred A. Knopf, 2007: 238.

191

头，可以扩大他的声音，这样周围的人就可以听见他说话，理解他的意思"。① 回到家，伯父关掉电视机，坐到丹缇卡的父亲身边，从口袋里掏出了这个音盒。在打开开关时，仪器发出了刺耳的尖叫。约瑟夫伯父调节了一下音量，将它紧贴在下巴和脖子的曲线之间，对自己的亲弟弟说，"米拉，我可以说话了"。② 在美国，约瑟夫的疾病得到救治，并重获说话的能力，这使得他的生活充满新的希望；然而，也是在美国，约瑟夫被不经辩驳、不加区别地关押进克罗姆拘留中心，最终在审讯时因疾病突然发作，救治不及时而去世。

在美国国土安全部的人看来，约瑟夫不过是从海地逃亡而来的另外一个难民，他们全然不顾约瑟夫是否有签证和各类通关文件，仅凭"临时避难"的字眼，就将其扣押在海关。难民是"处在两国之间并努力融入一个新的国家的阈限公民"③，他们"在社会上被抛弃，在空间上被剥离，虽然并没有从本质上失去人权——'生命、自由和追求幸福'的权力，但是失去了一个合法化的共同体对这些权利的保障"④。在阿甘本（Giorgio Agamben）看来，移民和难民这类"无国家的人民"就是现代的"神圣人"⑤。在政治动荡的海地，约瑟夫的生命受到帮派成员的威胁而无法得到国家的保护；在美国，因为非该国的公民，约瑟夫也不能享受政治权力，而是处在一种随时有可能被驱逐的境地。此时处在"阈限阶段"的约瑟夫已沦为阿甘本笔下的"赤裸生命"：他"被宣称有着文明时代所有人均有的人权，却不属于任何一个国家，不享有任何政治权利，同时也得不到法律和主权的任何保护"⑥。在被海关扣押时，约瑟夫的随身药品被收走、食物只有苏打水和薯条。如果不是年事已高，约瑟夫会被戴上手铐，而且被告知如果

---

① DANTICAT E. Brother, I'm Dying [M]. New York: Alfred A. Knopf, 2007: 131.
② DANTICAT E. Brother, I'm Dying [M]. New York: Alfred A. Knopf, 2007: 131.
③ LAGUERRE M S. Diasporic Citizenship: Haitian Americans in Transnational America [M]. New York: Palgrave Macmillan, 1998: 76.
④ LO A. Locating the Refugee's Place in Edwidge Danticat's Brother, I'm Dying [J]. Literature Interpretation Theory, 2018, 29 (1): 47.
⑤ 汪民安. 文化研究关键词 [M]. 南京：江苏人民出版社，2020：31-34。
⑥ 汪民安. 文化研究关键词 [M]. 南京：江苏人民出版社，2020：31-34。

试图逃跑的话，会被开枪射杀。此时约瑟夫的生命安全已经没有任何庇护，并且"他的'赤裸生命'状态从海地转移到了美国：从海地遭受的人身攻击和谋杀的威胁转到了美国官僚体制下的另一种危险，更具有讽刺意味的是，本应提供保护使其免受伤害的庇护条件却直接导致了约瑟夫的死亡"①。

在克罗姆拘留中心，约瑟夫作为"赤裸生命"的存在进一步被强化。在可信恐惧听证会上，约瑟夫突然发病，"他的身体僵硬了。腿猛地向前一伸，椅子向后一滑，后脑勺撞到了墙上，他开始呕吐"②。在这之后，他的身体变得僵硬而冰冷，手臂无力地垂在两边，像是陷入了昏迷状态。医护人员在整整15分钟之后才过来实施抢救。然而，当律师问是否可以因年龄及身体状况的原因申请人道主义保释时，医生打断他说："我想他是在假装"。为了证明自己的观点，医生抓住约瑟夫的头猛地上下摇晃，说头是僵硬的，而不是软弱无力的，并且，约瑟夫不时地睁开眼，好像在看他。根据在克罗姆多年的行医经验，医生坚持认为约瑟夫是在假装。由于没有得到及时的救治，约瑟夫身体状况急剧恶化，最后被送往迈阿密的杰克逊纪念医院监狱病房，脚上还戴着脚镣防止他逃跑，同时律师和家属都不得探望。根据拉盖尔的研究，"监禁控制对难民而言是一种用来羞辱、贬低和剥夺他们的自由和寻求庇护的权力机制""监禁控制从本质上来说具有规训性，因为为了惩罚或改造，个体需与社会隔离，同时也被置于一种中间的不确定状态"③。在克罗姆，病重的约瑟夫遭受到了惨无人道的对待，在临死之前没有一丝尊严可言。处在这一阈限空间，约瑟夫无法得到任何的帮助或受到任何法律保护，相反一直在被剥夺各种权力，其生命主体安全不断受到威胁。

通过约瑟夫疾病的身体，我们可以看到美国政府作为此时的最高权力

---

① KNEPPER W. In/justice and Necro-natality in Edwidge Danticat's Brother, I'm Dying [J]. The Journal of Commonwealth Literature, 2012, 47 (2): 191-205.
② DANTICAT E. Brother, I'm Dying [M]. New York: Alfred A. Knopf, 2007: 232.
③ LAGUERRE M S. Diasporic Citizenship: Haitian Americans in Transnational America [M]. New York: Palgrave Macmillan, 1998: 78.

体现了生命权力运作的双重机制。一方面，美国通过派遣医务人员到海地，对当地进行医疗援助，约瑟夫也从中获益，这体现了生命政治对于生命的"保护与扶植"；另一方面，海关和拘留中心人员对约瑟夫生命的忽视与践踏，体现了生命权力会"捕获生命、将生命赤裸化"[1]。通过这种双向维度操作中的疾病躯体，我们不难发现若涉及国家安全问题，个人的安全和权利往往会被牺牲，这也意味着约瑟夫对于政治身份的诉求注定会以失败而告终。

四、海地移民后身份政治诉求的困境

在疾病治疗过程中，民间草药和药师已成为海地人的精神寄托，并成为他们文化身份中不可分割的一部分。但是对于漂泊海外寻求美国政治庇护的海地人，他们想在美国保有本族文化，实现身份的流动和杂糅必然面临内部和外部的政治、文化环境双重阻碍。

约瑟夫拖着病残的身躯来到美国寻求"临时避难"，哪怕手里拿着各种合格合法的通关文件，仍然被拒之门外，并在海关和克罗姆受尽屈辱和虐待，这足以窥见政治身份边界的牢固性。苏珊娜·伯斯特（2010）在《化身：奇卡纳女性主义文学中的疾病和身份政治》一书中认为奇卡纳女性通过疼痛、疾病和残疾打破了身体和身份的疆界，实现了身份的流动性、渗透性和多样性，而非像单一的身份政治一样一味地强调种族、国家或者性别身份。这种新型的人与社会关系和流动的身份体现了伯斯特的后身份政治思想。然而，对于海地群体而言，疾病的躯体要想打破身份的边界，实现后身份政治理想，可能面临着更多障碍。因为相较于奇卡纳/诺、古巴等其他群体，海地人面临着来自美国更大的敌意，所遭受的歧视更为严重，故实现身份的流动和跨界也更为困难。

美国对海地的偏见由来已久。正如迈克·达什在其1997年的研究中提到的："海地美国关系史上充满了各种错失的良机和悲剧性的不解。由于

---

[1] 虞昊，吴冠军. 生命政治的"至暗时刻"？——一个思想史重梳[J]. 国外理论动态，2020（4）：85.

<<< 第四章 拉美裔美国女作家疾病叙事中后身份政治诉求

海地威胁到美国的利益，美国因而想要重塑、控制、支配海地。这种意图是凭借一种富于想象力的刻板印象得以维持，海地也借此进入了美国的意识。叛逆的身体、令人厌恶的身体、诱人的身体和病态的身体的形象构成了一种一致的话语，使海地在西方的想象中固定下来。"① 利普曼（Jana K. Lipman）也坦言："美国政府从来没有欢迎过来自海地的移民，因为海地是一个由暴力、种植园奴役、革命和反奴隶制起义而生的黑人共和国。在20世纪，美国与海地的关系因1915—1934年美国对该岛的占领以及冷战时期的恩庇主义而受损……在美国政府接纳古巴人作为反共难民的时代，那些惧怕美国政府支持下的弗朗索瓦·杜瓦利埃（François Duvalier）高压统治的海地人无一不被拒绝避难申请。美国移民法院甚至发起了'海地项目'，每天听取最多80名海地人的避难申请，然后立即驳回所有申请，并安排驱逐出境。这导致海地难民中心提起诉讼，美国国会黑人核心小组成员进行调查，他们认为海地人作为黑人移民受到特殊的歧视。"②

在《兄弟，我将离你而去》中，丹缇卡也怀疑伯父约瑟夫遭受的一切源自"带有偏见的移民政策，这个政策可以追溯到20世纪80年代，那时大量海地人乘船来到佛罗里达州"。丹缇卡写道："在佛罗里达，古巴难民只要能踏上美国的陆地，他们的诉求会被立即处理，然后释放和在美的家人相聚。但是，寻求庇护的海地人会被大量拘留，然后驱逐出境。"此时丹缇卡不禁发问："我的伯父入狱是因为他是海地人吗？……他入狱是因为他是黑人吗？如果他是白人、古巴人，或者只要不是海地人，他还会被送到克罗姆吗？"③ 丹缇卡写这本回忆录的目的，"不仅为了缅怀她的父亲米拉和伯父约瑟夫，还在于揭露美国移民体系虐待无证移民并侵犯其人权

---

① DASH J M. Haiti and the United States: National Stereotypes and the Literary Imagination [M]. New York: Palgrave Macmillan, 1997: 137.
② LIPMAN J K. Immigrant and Black in Edwidge Danticat's Brother, I'm Dying [J]. Modern American History, 2019 (2): 73-74.
③ DANTICAT E. Brother, I'm Dying [M]. New York: Alfred A. Knopf, 2007: 222.

的举措，进而挑战当下非人道的、带有种族偏见的以及不公正的移民制度"①。

通过约瑟夫的经历，我们可以看到美国移民制度对海地人的歧视较之于其他民族更为严重。美国前总统特朗普也曾公开发表言论侮辱海地移民，认为他们来自"极其肮脏的"国家②，这实际代表了很多白人至上主义者的想法。因此，在现代社会，海地人要想实现身份的跨界和流动较之于其他民族也更为困难。除了上述分析的海地人对自己文化身份的固守，更多的是来自美国的排斥与抗拒。因此，海地移民要想跨越身份政治的疆界，构建新的身份，必须应对来自内部文化和外部政治双重力量。伯斯特所构想的流动性、多样性和杂糅性的后身份对于海地人而言，不过是一个美丽的愿景，在现实生活中是难以实现的。

通过书写自己家族的经历，丹缇卡揭示了美国移民制度存在的种种问题，表达了海地人及海地族裔群体对于合理身份政治的诉求。推而广之，海地所遭受的一切并不是孤立的，也不是单维度的。海地作为世界的一部分，直接反映了很多其他国家的人正在遭受的境遇。所以，丹缇卡的写作其实具有一种全球性的视角。通过对父母移民经历，尤其是对罹患疾病的伯父寻求政治庇护失败的刻画，丹缇卡揭示了世界其他地方的移民群体同样面临来自非正义势力的盘剥，因此呼吁对生命的敬畏、对移民权利的捍卫以及对公平移民制度的憧憬。

---

①CELUCIEN L J, SUCHISMITA B, MARVIN E H, Danny M H J. Approaches to Teaching the Works of Edwidge Danticat [M] //JOSEPH C L. A Comprehensive Resource Guide to Reading and Teaching Brother, I'm Dying. London: Routledge, 2020: 182.
②DAWSEY J. Trump Derides Protections for Immigrants from Shithole Countries [N/OL]. Washington Post, Jan. 12, 2018. http://www.washingtonpost.com/politics/trump-attacks-protections-for-immigrants-from-shithole-countries-in-oval-office-meeting/2018/01/11/bfc0725c-f711-11e7-91af-31ac729add94_story.html. Accessed 24 October 2020.

第二节 建构奇卡纳联盟身体空间：莫拉加的戏剧《英雄与圣徒》的中毒躯体叙事

奇卡纳作家切丽·莫拉加（Cherrie Moraga）的戏剧《英雄与圣徒》（Heroes and Saints）（1994）建构了独特的疾病身体空间，包括父权压迫身体空间，女性反抗身体空间和奇卡纳联盟身体空间。疾病身体唤醒了主人公塞蕾兹塔的身体知觉与欲望，激发了她对性别与族裔的独立认知，表达了奇卡纳群体对权利的主张和知识的诉求。植根于"梅斯蒂扎"混血意识，莫拉加通过疾病身体空间阐释了奇卡纳女性文学审美体验，即尊重内在差异，强调群体关照，包容多元声音。

《英雄与圣徒》是切丽·莫拉加的代表戏剧，讲述了主人公塞蕾兹塔·维勒（Cerezita Valle）克服先天病残，实现人生价值的故事。塞蕾兹塔出生的墨西哥裔美国农场受到托拉斯企业化学药剂污染，致使许多在中毒土地中劳作的孕妇诞下死婴。受到污染影响，主人公塞蕾兹塔天生病残，全身瘫痪，只有头可以正常活动。但是她身残志坚，通过努力最终克服身体障碍，带领同族捍卫健康生存权利，冲破父权压迫身体空间，重构独立、抗争、自主的女性身体空间，最终形成奇卡纳身体空间联盟。

一、抗拒父权压迫下的身体空间

环境的破坏，土地的污染，对少数族裔权利的践踏和女性思想的控制，都是《英雄与圣徒》中父权压迫的身体空间的体现。

莫拉加《英雄与圣徒》的创作灵感来源于美国联合农社（United Farm Workers）制作的纪实录像，该录像记录了20世纪80年代加利福尼亚州中部农药中毒事件。莫拉加以此为背景，将真实发生地麦克法兰改编为麦克莱芬。以一个出生后四肢僵硬只能借助代步木马活动的5岁墨西哥裔美国男孩为原型，塑造了只能借助电动轮椅活动的女主人公塞蕾兹塔①。

戏剧的第一幕展示："远方晨曦微露，一队头戴骷髅面具的少年肩扛婴儿般大小的十字架跑进葡萄园，将十字架插进田地后迅速离开，在晨光中洒下一片晃动的身影。十字架上婴儿的轮廓依稀可辨，婴儿的头发与薄衣在风中摇摆。不远处传来的吱吱轮椅声打破了周围的寂静，塞蕾兹塔的身影与十字架的倒影交融，光影中的塞蕾兹塔面孔清晰，神态坚定。阳光一照，十字架上的婴儿通体发亮，如同耶稣基督。远方直升机的低声轰鸣刺破沉静，阴影笼罩田野，周围一片昏暗"②。

居住在穷乡僻壤的墨西哥裔美国族群，生存环境被农场托拉斯企业喷洒的有毒农药污染，健康的生存权利失去保障，很多孩子从出生那一刻起就被致命的疾病打上了死亡烙印。为了吸引外界援助，病残的塞蕾兹塔带领同伴将一个个死去婴儿的尸体钉上十字架，树立在农场上。钉在十字架上的死婴成为新闻，引起记者安娜·博瑞（Ana Perez）注意，虽然记者对钉婴儿尸体于十字架上的残酷行为感到震惊，却仍然看不到问题的本质，塞蕾兹塔的导师安帕萝（Amparo）向记者揭示了这一无情现实："这些婴儿在被放上十字架之前就已死亡，如果仅仅让他们在土地中沉睡，他们才会真的被这个世界永远遗忘。"③为了阻止农民反抗，罪恶的压迫者无心悔改，为惩罚策划婴儿十字架行动的主谋，农场托拉斯企业派出直升机向田间扫射，塞蕾兹塔被射杀，安帕萝遭到纠察队的毒打。

阶级的差距、女性的束缚、自由的丧失，都是父权压迫身体空间的产物，它不仅在物理空间上约束女性的行为，而且在心理空间上制约女性的思想。塞蕾兹塔的母亲多萝丝就是父权压迫中被规约的身体空间，她曾告诉别人，"我知道生一个有病的婴儿是什么感觉，当塞蕾兹塔从我身体里钻出来的时候，我甚至都不想多看她一眼，我想让医生用毯子裹住她的头把她闷死，但是她却一直在尖叫，歇斯底里，令医生们下不去手。""这个

---

① MORAGA C. Heroes and Saints and Other Plays [M]. Albuquerque: West End, 1994: 90.
② MORAGA C. Heroes and Saints and Other Plays [M]. Albuquerque: West End, 1994: 92.
③ MORAGA C. Heroes and Saints and Other Plays [M]. Albuquerque: West End, 1994: 92.

婴儿浑身上下每一个细胞都非常想活下去。"①

女儿长大后，多萝丝不允许她出门，命令她"将脸移开窗户"②，将她与外界隔离，不让外人看到病残的女儿，认为这是对她的保护，并且经常教育女儿，"看到那些陌生人是如何向你投来鄙夷的眼光了吧"③。

残疾的塞蕾兹塔就是在这样一个阶级分明、环境污染严重、父权思想盛行的压迫空间长大。但是她身残志不残，不畏疾病束缚，冲破阶级压迫，力图揭露男权社会阶级压迫与种族歧视痼疾，谴责环境污染现状，不仅努力解放她自己的受规约、受歧视的身体空间，而且试图改变奇卡纳人的生存环境，带领族群去实现基本生存权利。

二、创建女性抵抗的身体空间

塞蕾兹塔病残的身体象征着奇卡纳生存家园的破坏，她对完整身体的渴望象征着奇卡纳对基本社会身份的诉求。面对着社会的蔑视和阻碍，塞蕾兹塔并不害怕，用决心、毅力和行动克服病残，重构女性抵抗身体空间。

母亲多萝丝对塞蕾兹塔的隔离并未浇灭她内心希望的火焰，她想方设法挣脱捆绑在脖子上的枷锁。虽然没有可以活动的双手，塞蕾兹塔用自己的牙齿、舌头和下巴，"指东西、拿东西、抓痒痒、翻阅资料""舌头是她最忠实的器官"④。通过阅读，她学习到很多有关阶级、种族和性别的政治概念，她甚至还阅读解剖学等医学书籍，幻想自己有一个功能健全的身体。她让自己学会如何像领导一样表现，如何讲述家庭中的事务，如何理解外在的世界，她总是望向窗外，通过广播学习奇卡纳运动领袖安帕萝的革命思想，最终用自己的决心和毅力以及对自由的坚持折服了母亲。

塞蕾兹塔把自己想象成为一个可以促进社会改变的多产性文本，"如

---

①MORAGA C. Heroes and Saints and Other Plays [M]. Albuquerque: West End, 1994: 131.
②MORAGA C. Heroes and Saints and Other Plays [M]. Albuquerque: West End, 1994: 111.
③MORAGA C. Heroes and Saints and Other Plays [M]. Albuquerque: West End, 1994: 113.
④MORAGA C. Heroes and Saints and Other Plays [M]. Albuquerque: West End, 1994: 107-198.

果人们可以看见我，事情就会发生改观"①。她病残的身体反而让她富有震慑人心的力量，成为教化世人的圣徒，也成为强化族群信仰将人们紧密团结起来的精神纽带。塞蕾兹塔是神性与人性的结合，是一个拥有人类欲望和需求的奇卡纳英雄，一个具有信仰和灵感的奇卡纳圣人，一个梅斯蒂扎。虽然病残的塞蕾兹塔是父权压迫身体空间和环境污染的产物，但是她因病残而张开的身体却让她以身体为战场，创建了新的女性抵抗身体空间，模糊了肉体的界限，将奇卡纳族群团结在一起。

三、实现奇卡纳联盟的身体空间

在追求完整身体功能和生命体验的过程中，塞蕾兹塔跨越了生死，营造了包容差异和多元的奇卡纳联盟身体空间。这主要体现在塞蕾兹塔与神父帕德·让（Padre Juan）的性爱关系，以及她作为抵抗运动领袖的神话女神化身方面。

塞蕾兹塔并未让自己的性爱向病残低头，她非常清楚自己对完整身体空间体验的需求，当身为男同性恋的帕德神父在与塞蕾兹塔做爱后彷徨迷失时，塞蕾兹塔如此说道："我想要的不是你的身体，是我自己的身体，我需要你唤醒我的身体感受。刚刚，我感觉到自己鲜活的血液从骨骼渗透到脚趾……如果我能够拥有你的胳膊、腿脚、阴茎，我会将这可怕的农场与中毒的土地一把火烧掉，我会赐健康的孩子于每一个需要孩子的女人，我甚至会看着孩子们一点点长大！"②

作为女同性恋的一员，作家莫拉加对性别压迫和权利诉求有着切身体会与理解，她认为"情欲是为公平而斗争的力量"③，"我的女同性恋身份

---

① MORAGA C. Heroes and Saints and Other Plays [M]. Albuquerque：West End, 1994：113.
② MORAGA C. Heroes and Saints and Other Plays [M]. Albuquerque：West End, 1994：144.
③ YARBRO-BEJARANO Y. The Wounded Heart：Writing on Cherríe Moraga [M]. Austin, TX：U of Texas Press, 2001：74.

让我懂得了沉默和压迫，它时刻提醒着我，我们并不是自由的人类"①。性爱不仅是连接不同身体空间形成联盟身体空间的途径，而且是奇卡纳政治诉求的体现，塞蕾兹塔渴求拥有完整身体来实现性爱，正如同奇卡纳群体渴求拥有健康环境来保障生存。

奇卡纳联盟身体空间还体现在塞蕾兹塔的女神化身上，"教堂钟声回荡于整个村庄，族人呼唤塞蕾兹塔，母亲多萝丝终于被塞蕾兹塔眼里的决心和毅力折服，决定将她推出房门"②。塞蕾兹塔的宣言鼓舞着族人："将手放进我的伤口之峡，你会发现居住在峡谷深处的族群和谷底汇聚的血红河水，族人并不害怕，因为他们早已熟悉了这种血红，恰如太阳沉入山脊的颜色，又如孕育他们襁褓的颜色。"③塞蕾兹塔牺牲后，她成为代表转变与革命的开尤沙乌奇女神和代表仁爱与救赎的瓜达卢佩女神（la Virgen de Guadalupe）的化身，成为奇卡纳族裔和文化象征，唤醒了族人的权利意识，带领族人发出改变社区生存危机的呐喊，一同反抗男权社会带来的环境污染，形成奇卡纳抵抗身体空间联盟，这种精神意识萌芽于个体，也归宿于群体。

莫拉加的《英雄与圣徒》刻画了不畏疾病束缚，冲破阶级压迫，带领族群为实现基本生存权利而斗争的主人公塞蕾兹塔。作为天生病残的非正常人，她不受重视，不能享有正常人拥有的便利舒适生活，却通过不懈努力活成了正常人的领袖。病残打破了原本压迫塞蕾兹塔的父权身体空间，唤醒了她的内在呼唤，促使她创建新的女性抵抗身体空间，进而拓展成奇卡纳群体的身体空间联盟。通过塑造不断变形的病残身体塞蕾兹塔，莫拉加揭露了男权社会阶级压迫与种族歧视痼疾，谴责了环境污染现状，重构了女性疾病身体言说，拓展了奇卡纳空间内涵。

---

①JOSEPH A B, DEBRA S, CINDY S, KARIN Q. Queer Frontiers：Millennial Geographies, Genders, and Generations [M] //MORAGA C. An Interview with Cherrie Moraga：Queer Reservations；or Art, Identity, and Politics In The 1990s. Madison：University of Wisconsin Press, 2000：44.
②MORAGA C. Heroes and Saints and Other Plays [M]. Albuquerque：West End, 1994：147.
③MORAGA C. Heroes and Saints and Other Plays [M]. Albuquerque：West End, 1994：148.

第三节 颠覆性别和性属等级结构：克里斯蒂娜·加西亚作品中受伤害女性躯体叙事

古巴女性在历史上一直处于弱势地位。尽管古巴妇女也积极参与了革命，但她们仍被寄予期望能在家庭内部承担主要责任，包括料理家务和抚养子女等。在接受采访中，加西亚特别强调妇女在古巴历史中的地位，因为她相信"传统历史，及其书写，解释和记录的方式，忽略了妇女做出的贡献，基本上是战争的记录和男性的成就"[①]。加西亚试图在这两种选择之间创造一种新的立场，确立一种新的身份和女性新的话语权与主动权。加西亚在其作品中从许多方面把多个人物的叙述交织在一起，以此来挑战父权社会的话语权。下面将具体探讨加西亚的《梦系古巴》中受到伤害的女性如何重构自己的性别身份来抗衡传统的性别身份，挑战令人窒息的父权社会。

一、《梦系古巴》：抗衡传统性别角色的束缚

在探讨 20 世纪早期施加在女性身上的种种限制时，佩雷斯（Louis A. Pérez）指出，古巴教育家卡洛斯·萨拉德里加斯（Carlos Saladrigas）明确反对年轻女性出国，因为国外的经历可能会让她们忘记自己的主要任务，那就是在家庭里扮演的角色[②]。《梦系古巴》(*Dreaming in Cuban*)（1992）中的女主人公是西莉亚。她的情人古斯塔沃抛下她一走了之，使她深受打击，一病数月，求医无效，最后请来了女祭司桑特利亚（Santería）。女祭

[①] LOPEZ, I H. '... And There Is Only My Imagination Where Our History Should Be': An Interview with Cristina García [M] // Behar R.. Bridges to Cuba. Ann Arbor: University of Michigan, 1995: 609-610.

[②] PéREZ E. The Decolonial Imagery: Writing Chicanas Into History [M]. Bloomington: Indiana UP, 1999: 88.

第四章 拉美裔美国女作家疾病叙事中后身份政治诉求

司认为西莉亚的疾病跟"潮湿的风景"①有关并尝试治好了她的病。在一封写给情人的信中西莉亚说道:"我希望能住在水下。也许我的肌肤能吸收大海带来的安慰。古斯塔沃,我是这个岛上的囚犯,我睡不着。"② 大海在这里象征着边界,也是一种治愈的力量。这封信暗示了西莉亚受到环境的束缚,表达了她走出囚禁她的边界的渴望。

结婚后,西莉亚的丈夫乔治在世界各地出差,而西莉亚却只能待在家里。在西莉亚看来,男性同自由是可以画上等号的。西莉亚通过想象自己生活在海底,改变自己身处的环境,不再受到社会对女性的种种限制。

当西莉亚怀上自己第一个孩子时,丈夫乔治仍然在外工作,离家远远的。西莉亚把自己的痛苦都写入了给古斯塔沃的信中:"她们给我的食物和牛奶下毒……我肚子里的孩子也被毒害了……西莉亚想要一个儿子。……如果她生个儿子,她就要离开乔治,乘船前往西班牙,去加拿大……如果她生了个女儿,西莉亚决定,她就留在古巴。她不会扔下女儿不管,让她过这样的生活。她要训练女儿去阅读男人的眼神,了解生存的法则。"③ 这段话说明,在西莉亚的眼里,男孩是可以在没有母亲的情况下生存下来的,但是女孩必须遵守社会固有的性别准则,维持社会的性别文化边界。在西莉亚生下了女儿（卢尔德）后,想到自己的身体疾病可能传染给了女儿,加上这个小婴儿要面对这个对女性充满了种种限制的社会,她内心无法面对这个事实。女儿的出生也让西莉亚意识到自己无法逃离这座岛屿了,所以她的精神崩溃了。她发自内心地抗拒这个孩子,所以她把婴儿递给乔治,说"我不会记得她的名字"④。

多年之后,古巴革命成为决定西莉亚人生选择的重要因素,她全身心投入革命活动。这部小说的开场便是西莉亚用双筒望远镜扫视海岸线,巡视海滩以便及时发现敌人的行踪,防止入侵的发生。西莉亚为革命奉献的

---

① GARCÍA C. Dreaming in Cuban [M]. New York: Ballantine Books, 1992: 7.
② GARCÍA C. Dreaming in Cuban [M]. New York: Ballantine Books, 1992: 49.
③ GARCÍA C. Dreaming in Cuban [M]. New York: Ballantine Books, 1992: 42.
④ GARCÍA C. Dreaming in Cuban [M]. New York: Ballantine Books, 1992: 43.

选择已经代表了她抗拒传统女性角色，颠覆性别等级的觉醒。这里让人联想到历史上著名的猪湾事件（Bay of Pigs Invasion），或称吉隆滩之战（Invasión de Playa Girón），即在1961年4月17日，在美国中央情报局的协助下逃亡美国的古巴人在古巴西南海岸猪湾，向菲德尔·卡斯特罗领导的古巴革命政府发动的一次失败的入侵。西莉亚参与了反抗外来入侵古巴的革命活动。正是西莉亚对革命的全情投入让她忽视了子女的需求，她同自己的孩子从未建立起亲密的亲子关系。

在《梦系古巴》的结尾西莉亚独自一人走向了大海："西莉亚迈入大海，她想象自己是一名执行任务的士兵……水位在她周围快速上升。淹没了她的喉咙、她的鼻子……她通过皮肤呼吸，通过伤口呼吸。"① 这里作者没有具体说明西莉亚的最后结局，但是有一种解读是西莉亚选择了自杀。但是另一中解读是，西莉亚在水下呼吸仿佛暗示着她可以在水下生活，这呼应了小说开始女祭司对她的疾病做出的跟"潮湿的风景"有关的诊断。西莉亚终于完成了在水里生活的愿望，超越了禁锢她一生的边界。

在《梦系古巴》中的另一个重要人物是西莉亚的二女儿菲利希亚。当菲利希亚15岁时，一位来自俄克拉何马州的男人付钱请她护送一晚，这其实是对卖淫的一种委婉说法。西莉亚在写给古斯塔沃的信中说道："我非常担心菲利希亚……她每天下午乘公共汽车去哈瓦那，直到深夜才回来。她告诉我她正在找工作。但是这个城市只有一种工作给像她一样的15岁女孩……我听过很多年轻女孩被这个国家的旅游业毁掉的故事。古巴已经成为加勒比地区的一个笑话，一个人人都明码标价的地方。"② 加西亚在小说《阿奎罗姐妹》中对当时的社会背景有一定的介绍。在同美国的关系僵化后，古巴的经济受到严重影响，对于很多女性来说为了解决生存问题只能选择出卖自己的身体换取美元。"性是仅次于美元的货币，而且更民主……美元意味着特权。"③ 小说还强调了由卖淫带来的艾滋病问题。"外

---

①GARCÍA C. Dreaming in Cuban [M]. New York: Ballantine Books, 1992: 243.
②GARCÍA C. Dreaming in Cuban [M]. New York: Ballantine Books, 1992: 163.
③GARCÍA C. Dreaming in Cuban [M]. New York: Ballantine Books, 1992: 51-53.

<<< 第四章 拉美裔美国女作家疾病叙事中后身份政治诉求

国人喜欢我们,因为古巴没有艾滋病。这可能是卡斯特罗最成功的宣传活动。但也仅仅是宣传而已。"① 也就是说,古巴的女性其实也面临着艾滋病的威胁。

菲利希亚的一生都在试图发出自己的声音,让自己的声音被听到,获得一些存在感。从童年开始她好像就是这个家庭的局外人。"她听到别人说话,但是无法理解他们在说什么……菲利希亚的大脑里充满了想法,过去的想法,未来的想法,别人的想法。"② 而且,菲利希亚从小就不懂父亲乔治和姐姐卢尔德交流的语言,虽然她试图融入:"他总是在出差。这次他答应给他的妻子带回来一位牙买加女仆……但是菲利希亚的父亲没有带女仆回来,他只给卢尔德带回了一个签名的棒球,让卢尔德高兴得跳了起来。菲利希亚认不出上面签的什么名字。"③ 这段文字表明乔治和卢尔德之间有一种其他家庭成员都无法理解的语言。对于菲利希亚而言,所有与家人建立亲密关系的尝试都失败了,父亲的注意力都在姐姐身上,因此不关注菲利希亚。母亲西莉亚过于沉浸在对古巴革命的热情中,无暇注意菲利希亚的身心疾病。

菲利希亚也无法同周围的人建立和谐的亲密关系,这也是一种疾病。其实菲利希亚的名字正来源于一位精神病人。当她的母亲西莉亚被父亲乔治送入疗养院"电疗"期间,西莉亚在那里结识了一位室友,这位室友出院后先烧死了自己的丈夫,随后自己也葬身火海。这位室友正是叫作菲利希亚。虽然这位室友香消玉殒,但是她的精神遗产仿佛通过名字传给了西莉亚的二女儿。因为菲利希亚也试图把她的丈夫雨果烧死。

雨果是一位船员,在世界各地航行,像古斯塔沃和乔治一样享有自由。他从船上回家之后让菲利希亚怀孕的同时把梅毒传染给了她。"那天下午她用很重的煎锅煎食物的时候,突然不再感觉到恶心了。她突然感到清醒了。菲利希亚把一块抹布扔到煎锅里,眼睁睁看着它被油浸软……她

---

① GARCÍ A C. Dreaming in Cuban [M]. New York: Ballantine Books, 1992: 51.
② GARCÍ A C. Dreaming in Cuban [M]. New York: Ballantine Books, 1992: 75-76.
③ GARCÍ A C. Dreaming in Cuban [M]. New York: Ballantine Books, 1992: 11.

点燃一根火柴，走近她在沙发上睡着了的丈夫……菲利希亚小心翼翼地用火柴接近抹布的尖端……雨果醒来，看到自己的妻子像女神一样站在他旁边，手里拿着一个火球……'你永远也别回到这里来。'然后把火球扔到了他脸上。"① 虽然雨果没有死，却因为菲利希亚在他脸上放的这把火毁了容。这把火象征着对雨果带有病毒的身体的净化，正是这具身体传染给了菲利希亚疾病；同时，面对沙发上躺着的丈夫，居高临下的菲利希亚的行为也象征着对性别等级结构的颠覆。

菲利希亚本身同父母就不亲近，这场婚姻也使菲利希亚同父亲乔治之间的关系更为疏远，因为乔治反对他们的结合。当乔治去世后，他的鬼魂回来看望西莉亚和卢尔德，却单单忽略了他的二女儿。菲利希亚伤心地抱怨道："他都不跟我告别。""菲利希亚最后一次见到父亲乔治，就是她带雨果回家的时候，乔治把凳子摔到了雨果的背上。乔治说：'如果你跟他一起走，就永远再别回来！'"② 从此以后，菲利希亚对于父亲乔治来说就像不存在一样。

之后菲利希亚还有过两段婚姻。她的第二任丈夫在婚后第四天死于餐厅的一场火灾。第三段婚姻更是稀里糊涂，因为她"醒来的时候躺在一张陌生的床上，在一间陌生的房间里"③。她不知道自己是谁，来自哪里。她审视自己的身体寻找线索，"她看起来晒黑了，但还是很漂亮。这让她觉得放心了"④。虽然她的身体状况看起来很健康，但是她还是无法在社会中找到自己的身份定位。"她开始一点点拼凑自己的过去。过去像碎片一样混乱地堆积在她的大脑里……她用不同颜色的铅笔标记大脑里的各种事件，组合成可能的时间线。"⑤ 在她开始回忆起过去生活的痕迹时，她把第三任丈夫从过山车上推了下去，并且"看着他死在高压电线里……他的身

---

① GARCÍ A C. Dreaming in Cuban [M]. New York: Ballantine Books, 1992: 82.
② GARCÍ A C. Dreaming in Cuban [M]. New York: Ballantine Books, 1992: 12.
③ GARCÍ A C. Dreaming in Cuban [M]. New York: Ballantine Books, 1992: 151–152.
④ GARCÍ A C. Dreaming in Cuban [M]. New York: Ballantine Books, 1992: 152.
⑤ GARCÍ A C. Dreaming in Cuban [M]. New York: Ballantine Books, 1992: 154.

体变成了灰烬,然后被风吹向北方"①。菲利希亚杀死他第三任丈夫既说明了她无法达成过去同现在的和解,只能选择毁灭,也代表了她想掌握自己生命主动权的渴望。

在菲利希亚第三段婚姻结束之后,她回到家,同时她的精神疾病也越发严重。她一整个夏天都只和孩子们一起吃椰子冰激凌,因为她相信"椰子能净化他们,甜甜的牛奶可以治愈他们"②。菲利希亚感染梅毒后生下的小儿子伊瓦尼托跟她最为亲近。伊瓦尼托记得"他的母亲说他几乎被爸爸害死,这是因为他出生时感染了父亲传染的一种性病"③。这种疾病感染似乎在伊瓦尼托和菲利希亚之间建立起了一种强有力的联系,这种联系与西莉亚在怀卢尔德的时候的恐惧相呼应。"甜甜的牛奶"象征着菲利希亚生病的身体无法分泌的乳汁。但是在菲利希亚想要跟儿子共同走向死亡但失败之后,菲利希亚被送走改造,伊瓦尼托也被强制送入寄宿学校。奇卡纳女作家切丽·莫拉加在一次被采访中曾说道:"我知道,作为一名女性,我们都未被给予完整的人性。妇女在社会上被给予的角色就是做母亲,对吗?我的意思是,一个好女人就是一个好妈妈。那么,为了对抗这个父权的社会,你能做出的最糟糕事情是什么?杀死母性。杀死孩子就是越轨。"④ 可见,菲利希亚想要杀死孩子的行为代表着对这个父权制国家和社会的反抗。

与伊瓦尼托的关系不同,菲利希亚与自己的双胞胎女儿之间的关系非常疏远,两个女儿抱怨自己的母亲"只会说漂亮话。无意义的话语没有养育我们,没有安慰我们,只把我们囚禁在她话语的世界里"⑤。在双胞胎姐妹的世界里,她们的母亲和弟弟就代表着疾病话语,她们观察伊瓦尼托,看他有没有跟母亲一样的"病症"。

---

①GARCÍ A C. Dreaming in Cuban [M]. New York: Ballantine Books, 1992: 185-186.
②GARCÍ A C. Dreaming in Cuban [M]. New York: Ballantine Books, 1992: 85.
③GARCÍ A C. Dreaming in Cuban [M]. New York: Ballantine Books, 1992: 84.
④BOST S. Encarnación: Illness and Body Politics in Chicana Feminist Literature [M]. New York: Fordham University Press, 2010: 124.
⑤GARCÍ A C. Dreaming in Cuban [M]. New York: Ballantine Books, 1992: 121.

最后，菲利希亚似乎找到了适合自己的语言，就是女祭司的仪式。她最好的朋友说"我们的仪式治愈了她，让她又有了信念"①。这种仪式让菲利希亚有了祛除疾病的希望。但是这种希望却未能根治菲利希亚的疾病。"她的疾病越来越重，身体上长满了肿块，最后她死去了。"② 菲利希亚身上致命的疾病来自被家人忽视造成的心理创伤和精神障碍，被前夫传染的梅毒，以及父权和社会的压迫。菲利希亚在小家和社会的大家中都格格不入，死亡成了她唯一的解脱方式。

二、《阿奎罗姐妹》：跨越传统性属身份的藩篱

作为第一代移民的后代，作者加西亚受到父母流亡经历的影响，但是在美国长大又让她跟父母对于离散有着不同的理解。她在接受采访时坦言流亡者视角具有一定的局限性："对我来说，在一个流亡家庭长大，父母都是反共产主义者，这意味着我对古巴和古巴历史的理解非常有限。"③ 加西亚的人生经历和她的自我身份认同也体现到了她的小说《阿奎罗姐妹》中。

《阿奎罗姐妹》表达了作者对流离失所带来的创伤，对身体和情绪上伤口的愈合，对过去自我的怀旧和如今无法企及的家园的关注。这部作品充满了散文的诗意，具有顺畅的节奏。作者试图用她自己的体验来定义古巴裔美国妇女的身份，揭示女性对自由和个性发展的憧憬和希冀。

小说中的布兰卡是一位女科学家，她在孕期也想要找份工作领薪水，但她受到丈夫和社会的否认和歧视。其丈夫伊格纳西奥不仅不同意给为他工作的妻子支付薪水，也禁止她去找其他工作。作者描写到每次布兰卡前去工作面试，剧情都是一样的"你要是男人就好了……我们的妻子不会同意的……这是古巴亲爱的……不是美国"④。

---

① GARCÍA C. Dreaming in Cuban [M]. New York：Ballantine Books，1992：186.
② GARCÍA C. Dreaming in Cuban [M]. New York：Ballantine Books，1992：189.
③ IRIZARRY Y. An Interview with Cristina García [J]. Contemporary Literature，2007，48（2）：178.
④ GARCÍA C. The Aguero Sisters [M]. New York：Ballantine Book，1998：226.

<<< 第四章 拉美裔美国女作家疾病叙事中后身份政治诉求

  布兰卡的第一次怀孕是她人生命运的转折点。对于她而言，怀孕意味着她成为科学家道路的终结。布兰卡本来就不满意成为丈夫伊格纳西奥的无偿研究合作伙伴。她坚持要领薪水，然而遭到丈夫的拒绝。琳·迪奥里奥·桑迪恩（Lyn Di Iorio Sandin）写道："伊格纳西奥在这里也代表了将殖民主义内在化的古巴人。伊格纳西奥努力争取美国科学家的权威地位并试图在他对妻子的控制中复制这种地位。"① 布兰卡无视丈夫对家庭女性的要求和约束，到哈瓦那的几家研究所找工作。可以说，对于她而言，一个已婚并怀孕的女性科学家在丈夫不允许的情况下寻求独立的工作一定被认为是离经叛道的举止。因此，跟丈夫伊格纳西奥的预想一样，布兰卡返回家乡，勉为其难地服从丈夫分配的工作。但这也加剧了两人夫妻关系的分崩离析。凯瑟琳·佩滕（Katherine Payant）也写道："除了早期那段短暂的婚姻，伊格纳西奥和布兰卡的婚姻并不幸福，因为她无法适应作为一个受过教育的古巴中产阶级妻子和母亲的传统角色。"②

  伊格纳西奥认为，怀孕后的布兰卡行为举止越来越不稳定，表现出"歇斯底里"的症状。实际上，布兰卡的"歇斯底里"是源于社会和父权的压迫："女人没有待在她应该在家庭和社会中的位置。"③ 故事中伊格纳西奥描述了布兰卡的症状如呆滞、凝视、沉默不语，以及"苍白、动不了的嘴"，这实际上体现了压抑的父权制度对布兰卡歇斯底里的身体的压迫。布兰卡的表现正是社会和家庭给她施加的压迫和限制导致的。"康斯坦西亚的出生引发了布兰卡严重的产后抑郁症，这似乎是因为她意识到这种新生活将极大限制她的自由。"④ 因此，我们可以把布兰卡随后的失踪和两年半后的再次出现并怀孕看作是对歇斯底里症的反抗，也就是逃脱父权社会

---

①KILLING S. Literary Essays on Ambivalent U. S. Latino/a Identity [M] //Sandin L D I. When Papi Killed Mami: Allegory's Magical Fragments in Cristina García's The Agüero Sisters. New York: Palgrave Macmillan, 2004: 24.
②PAYANT K B. From alienation to reconciliation in the novels of Cristina Garcia [J]. MELUS, 2001, 26 (3): 174.
③BEIZER J. Ventriloquized Bodies: Narratives of Hysteria in Nineteenth Century France [M]. Ithaca: Cornel University Press, 1994: 48-50.
④GARCÍ A C. The Aguero Sisters [M]. New York: Ballantine Book, 1998: 174.

价值观给她设置的枷锁。布兰卡开始寻求她自己身体的自由，这也是她唯一能掌控的东西。

布兰卡在大女儿康斯坦西亚出生后不久就离家出走了，两年半后当她再次回家时已经怀有一个私生子。蕾娜出生后，布兰卡的注意力全都放在小女儿身上，并且继续无视大女儿康斯坦西亚。在发现康斯坦西亚意图伤害妹妹后，布兰卡又把康斯坦西亚赶出了家门。几年后，布兰卡被她的丈夫伊格纳西奥枪杀，后来她丈夫也自杀了。毫无疑问，这些事情都给康斯坦西亚带来了创伤。

《阿奎罗姐妹》的故事就是围绕着布兰卡的死亡这一事件展开的，它困扰着布兰卡的两个女儿。布兰卡在书中扮演的角色就像伊格纳西奥研究的鸟类。在她被杀之前几个月举办的化妆派对上，布兰卡穿得就像是一只"妖艳的鸟"[1]。在她被杀时，盘旋在沼泽地上空的是一只蜂鸟。在葬礼上，飞过她的棺椁的是一只鸽子。除此之外，小说还通过更直接的方式在布兰卡和鸟类之间确立了相似之处，例如，伊格纳西奥说，"布兰卡……与某些鸟类一样瘦弱"[2]。伊格纳西奥还谈到他不开心的妻子，"像最稀有的鸟类一样死去"[3]。蕾娜也向康斯坦西亚指出，他们的父亲最后"像射杀鸟类一样射杀了布兰卡"[4]。蕾娜怀疑父亲杀死母亲布兰卡是想象着保存鸟儿的标本一样把妻子保存起来，这样妻子就是他一个人的了。蕾娜在父亲的实验室里疯狂寻找母亲的痕迹："她的母亲会不会像爸爸杀死的那些动物一样，被塞得鼓鼓囊囊、毫无生气地待在那里？……她的脖子附近会有一个手写的标志，上面写着它的种类，它被捕获的日期和地点，它通常的栖息地吗？"[5]

这里，蕾娜的怀疑显示父母之间关系的不正常。在这对夫妻关系中，丈夫伊格纳西奥想要控制布兰卡，就像他研究的动物标本一样去"捕获"

---

[1] GARCÍA C. The Aguero Sisters [M]. New York: Ballantine Book, 1998: 267.
[2] GARCÍA C. The Aguero Sisters [M]. New York: Ballantine Book, 1998: 183.
[3] GARCÍA C. The Aguero Sisters [M]. New York: Ballantine Book, 1998: 267.
[4] GARCÍA C. The Aguero Sisters [M]. New York: Ballantine Book, 1998: 275.
[5] GARCÍA C. The Aguero Sisters [M]. New York: Ballantine Book, 1998: 99-100.

第四章 拉美裔美国女作家疾病叙事中后身份政治诉求

甚至通过这种方法占有，导致他最后射杀了自己的妻子。加西亚在小说中展现出布兰卡的命运，暗示古巴的女性就像古巴的鸟类一样，被认为要待在巢里，通过交配繁衍后代，喂养子女。任何思想和行为上的反叛都是不被允许的。

格丽特·莱希（Margaret Leahy）曾对古巴历史上的女性地位进行过研究，笔者认为加西亚的描写是非常贴近现实的。比如，莱希指出在1959年革命前后，古巴社会普遍认同"好的女性应该为婚姻和育儿做好准备"[1]。女性的性行为也受到严格限制，因为同样"好"的古巴女性被期望"婚前保持处女身份，婚后忠于丈夫"[2]。加西亚将女性描述为鸟类就反映出了这种期望。因为在她的小说中，女性就是一个物种，不能从该物种的标准行为规范中离经叛道。

动物的本性涉及排他性，加西亚在书中写道："这是众所周知的事实，即百分之九十七的哺乳动物是一夫多妻制。然而，鸟类是另一回事，它们几乎普遍实行一夫一妻制。"[3] 布兰卡曾告诉伊格纳西奥乌鸦是她最喜欢的鸟类，因为"它们终生忠于伴侣。它们照顾雏鸟的时间要比其他任何鸟类都长，它们还会帮助受伤的同类[4]"。尽管布兰卡认可这种行为，但是她却不愿伊格纳西奥，甚至古巴社会，试图将她视为具有同样"自然"属性的同类动物。作为一名受过良好教育的女性，她不愿意遵守所有与做妻子和母亲有关的传统习俗，这让她的丈夫感到迷惑不解。与她最喜欢的鸟类不同，布兰卡第一次得知自己怀孕的消息后惊恐万分，不仅抛弃了女儿，也毫无征兆地离开了丈夫。两年半后，布兰卡怀着另一个男人的孩子回到这个家。对她的不忠行为，她既不为此道歉也不做出任何解释，还选择继续无视大女儿的存在。

---

[1] LEAHY M E. Development Strategies and the Status of Women: A Comparative Study of the United States, Mexico, the Soviet Union, and Cuba [M]. Boulder, CO: Rienner, 1986: 95.
[2] LEAHY M E. Development Strategies and the Status of Women: A Comparative Study of the United States, Mexico, the Soviet Union, and Cuba [M]. Boulder, CO: Rienner, 1986: 94.
[3] GARCÍA C. The Aguero Sisters [M]. New York: Ballantine Book, 1998: 197.
[4] GARCÍA C. The Aguero Sisters [M]. New York: Ballantine Book, 1998: 186.

康斯坦西亚曾回忆起父亲跟她说过的一段话:"分析人比区分亚种要费力得多……确实,只需快速一瞥,爸爸就能快速识别出一种生物的基本习性——它的食物偏好和交配习惯,它的养成性行为或异常行为。人类是不可预测的。他们天生就有混乱的倾向。这是他们生理的一部分……知道将要发生什么是让人很安心的。"①

伊格纳西奥在布兰卡背叛家庭后对女儿说的这番话,明显表现出他对妻子的期望。布兰卡行事方式有悖其性别角色,让他感到失望,但这也是他后来才明白并认识到人类的行为是飘忽不定的,不可预测的。当谈到他的妻子时,他说他必须坦然面对"不知道会发生什么"②;他还意识到布兰卡不可预测的行为,是他焦虑和"痛苦"的深刻根源。

也许正是由于这个原因,他才有了杀害她的想法。在某种程度上,即使他知道她是"人类",而且像人类一样,有"天生的混乱倾向",但他仍然像大多数古巴人一样认为,她应该以符合常规性别的方式行事。

布兰卡成为她丈夫和古巴都无法控制的生物,也就是一只必须被射杀的鸟,因为她不可能成为一个合格的妻子,除非她被制伏,否则她的死亡是注定的。恩洛为此提供了理论解释。总的来说,女性被视为:1)社区(或国家)最有价值的财产;2)价值观代代相传的主要载体;3)社会未来后代的孕育者,就是民族的子宫。正如恩洛总结的那样,"所有这些假设都使得女性的行为在民族主义男性眼中很重要"。③ 离经叛道是不被允许的。

布兰卡的两个同母异父的女儿康斯坦西亚和蕾娜有着不同的外在形象,对于母亲的去世她们也有不同版本的解读。蕾娜在葬礼上看到了母亲的尸体,康斯坦西亚却没有。她们的父亲告诉她们:母亲布兰卡淹死在沼泽里了。当蕾娜说出她所看到的事实,伊格纳西奥却直截了当地否认。后

---

①GARCÍA C. The Aguero Sisters [M]. New York: Ballantine Book, 1998: 134.
②GARCÍA C. The Aguero Sisters [M]. New York: Ballantine Book, 1998: 229.
③ENLOE C. Bananas, Beaches, and Bases: Making Feminist Sense of International Politics [M]. Berkeley: University of California, 1989: 54.

来,"爸爸终于向康斯坦西亚吐露,蕾娜没有说谎。她们的母亲在萨帕塔沼泽地开枪自杀,用枪对准自己的喉咙。他让康斯坦西亚承诺永远不会告诉蕾娜,这个秘密只会重新撕开伤口"①。这个承诺使伊格纳西奥版本的历史得以保留,即使这只是一个谎言。这个承诺也让姐妹俩渐行渐远。小时候,每当蕾娜想和康斯坦西亚谈论她们母亲的死亡时,康斯坦西亚就会捂住耳朵,哼唱国歌。由于康斯坦西亚保守着这个秘密,她和蕾娜一直没有再次撕开伤口,回避了再次讨论她们母亲死亡带来的痛苦经历。姐妹俩对母亲死亡的印象一直是不同的,这也让她们的关系慢慢疏远了。

康斯坦西亚认为"白"是融入美国白人社会的一种途径。她通过各种美容产品、化妆品和面霜来塑造古巴移民女性的形象,推崇美国的资本主义意识形态,这点同卢尔德颇为相似。康斯坦西亚设计的化妆品的宣传策略着重放在古巴女性气质上面,她鼓励古巴的妻子和母亲将自己视为"充满激情,愿意自我牺牲,并值得这种奢侈品"②。她开发售卖的产品让她过上了奢侈的生活,她似乎拥有了一切,实现了她的"美国梦"。康斯坦西亚热衷于模仿西方白人女性的美,这使她和卢尔德一样成为西方霸权意识形态的奴隶,她们都象征着"美国梦"中固有的消费主义和资本主义。

尽管康斯坦西亚事业有成,但她并不开心。她通过化妆品重塑脸部和身体,表明她极力摆脱她母亲的外表对她的影响。康斯坦西亚拥护资本主义世界,并痴迷于努力实现理想的西方女性形象,是因为她拒绝面对过去的记忆。但是有一天康斯坦西亚照镜子时发现,她的脸和母亲布兰卡的脸出奇地相似。镜子里的形象表明康斯坦西亚与布兰卡的母女关系是不可否认也是不能改变的。尽管她居住在迈阿密,极力通过美容手段改变自己的外貌,但母亲的幽灵仍然困扰着她。

蕾娜的到来开始让两姐妹直面母亲死亡的真相。刚开始她们并没有讨论这件事,但是当两人乘船外出时,蕾娜突然感到不能再拖了。蕾娜"想再次告诉康斯坦西亚在殡仪馆看到的一切,描述母亲喉咙的颜色。蕾娜强

---

① GARCÍA C. The Aguero Sisters [M]. New York: Ballantine Book, 1998: 80.
② GARCÍA C. The Aguero Sisters [M]. New York: Ballantine Book, 1998: 131.

迫姐姐听,当着姐姐的面大喊。妈妈不可能像她父亲说的那样淹死了。不,她不可能是淹死的,这意味着她们的父亲一定是撒了谎。如果爸爸撒谎了,真相到底是什么?"①。事实上,蕾娜已经知道父亲伊格纳西奥关于母亲布兰卡之死的说法是不可信的。

但是康斯坦西亚仍然抱着希望,认为父亲说的是正确的。她决定去看看蕾娜从古巴带来的伊格纳西奥亲手杀死并保存下来的标本。母亲的脸似乎透过镜子凝视着她,"好像她知道在她死后很久还会有人问她问题"②。康斯坦西亚努力维护着一段铁板一块的父权历史,不愿意做出改变。

康斯坦西亚收到了她叔叔的一封信。叔叔的信中写道,他"把爸爸最后的文件埋在了那里……'我不相信自己会在你父亲的要求下保持沉默'"③。这些埋藏的文件迫使康斯坦西亚回到古巴。她们终于要面对家族历史的真相了。康斯坦西亚接着承认了她答应永远不说的事,也就是妈妈没有淹死。她重复了父亲伊格纳西奥的故事,说"妈妈开枪自杀了。爸爸告诉我不要告诉你,蕾娜,那样只会让事情变得更糟"④。蕾娜说这是不可能的,布兰卡不可能拿到枪。蕾娜告诉姐姐伊格纳西奥"像射鸟一样射杀了她,然后看着她死去"⑤。康斯坦西亚并不相信,仍然在努力坚持她父亲的说法。她们甚至开始殴打对方,愤怒的康斯坦西亚把蕾娜推下了船。经过这番打斗后,她们的对话厘清了事实,康斯坦西亚承认了父亲把母亲杀害的事实,两人梳理了彼此的生活轨迹,这也帮助她们摆脱了母亲死亡的创伤,也摆脱了彼此放逐和疏离的生活。

蕾娜患有严重的失眠症,平常她住在父亲以前的书房里。她的情人"将蕾娜的失眠归咎于书房中的杂乱无序"⑥。这些书是她父亲的遗产,

---

①GARCÍ A C. The Aguero Sisters [M]. New York: Ballantine Book, 1998: 167.
②GARCÍ A C. The Aguero Sisters [M]. New York: Ballantine Book, 1998: 181.
③GARCÍ A C. The Aguero Sisters [M]. New York: Ballantine Book, 1998: 255.
④GARCÍ A C. The Aguero Sisters [M]. New York: Ballantine Book, 1998: 274.
⑤GARCÍ A C. The Aguero Sisters [M]. New York: Ballantine Book, 1998: 275.
⑥GARCÍ A C. The Aguero Sisters [M]. New York: Ballantine Book, 1998: 11.

第四章　拉美裔美国女作家疾病叙事中后身份政治诉求

"自40年前她父亲去世以来，这里一切都没有改变"①。她的父亲也患有失眠症，"但他的失眠完全无法治愈，在妻子去世两年后他自杀了"②。蕾娜的家族历史困扰着她，让她夜晚无法安然入睡。比如，"在失眠最严重的夜晚，蕾娜感觉自己就像被困在高原上，周围一片漆黑。她经常想起母亲，仿佛再次听到她的声音，感觉到母亲拥抱着她。母亲在她只有六岁的时候就去世了。这些年来，没有母亲的她是怎么活下来的呢？"③关于对母亲布兰卡的记忆和失去母亲的创伤一直萦绕在蕾娜的心头，让她无法入睡。

伊格纳西奥的失眠导致了他的自杀，但蕾娜跟他不同，在被闪电击中并在医院接受治疗后，蕾娜的失眠症依然存在。蕾娜思考着她目前的状态："那么，她现在想要什么？蕾娜想知道这是不是因为怀念她的母亲。不然她为什么要选择生活在她童年的废墟和爸爸那些死去的标本中呢？这么久之后，它们还能向她揭示什么真相呢？它们能告诉她为什么她的母亲去世了，为什么她姐姐被送走了吗？"④。

这些问题使她想起了她母亲葬礼上发生的事情，她的父亲不让她接近母亲的尸体。但是，她偷偷溜进了"最后一间防腐室，母亲躺在一个生锈的基座上，喉咙血肉模糊"⑤。尽管父亲撒了谎，但蕾娜知道母亲出了什么事，跟她被告知的情况大不相同。布兰卡的尸体证明了一个与伊格纳西奥的说法完全不同的故事。在又一个不眠之夜之后，她意识到父亲的这些标本无法告诉她任何真相。她跑到父亲生前工作的大学里的生物系大楼，心想："她的母亲会不会像爸爸杀死的所有东西一样，被塞得满满的，毫无生气？"⑥ 在那里她什么也没找到，但感觉"伪造的历史让她坐立难安"⑦。

---

① GARCÍA C. The Aguero Sisters [M]. New York：Ballantine Book，1998：11.
② GARCÍA C. The Aguero Sisters [M]. New York：Ballantine Book，1998：13.
③ GARCÍA C. The Aguero Sisters [M]. New York：Ballantine Book，1998：14.
④ GARCÍA C. The Aguero Sisters [M]. New York：Ballantine Book，1998：67.
⑤ GARCÍA C. The Aguero Sisters [M]. New York：Ballantine Book，1998：68.
⑥ GARCÍA C. The Aguero Sisters [M]. New York：Ballantine Book，1998：99.
⑦ GARCÍA C. The Aguero Sisters [M]. New York：Ballantine Book，1998：100.

蕾娜意识到她的问题/她的困扰/她的失眠症的答案不是在古巴，而是在迈阿密和她的姐姐那里。因此，她选择离开古巴，去往迈阿密。

在迈阿密的见闻让蕾娜对妇女操纵和改变自己自然外表持强烈反对的态度。小说中描写道："迈阿密的女性对她们身体上那些无关紧要的细节的痴迷让蕾娜感到困惑。上周日，当康斯坦西亚带她去购物中心时，她吓坏了。那些模特假人没有臀部、没有胸部，瘦骨嶙峋的身体上裹着丝巾。女人难道不明白，正是她们的独特之处才是吸引男人的地方吗？"① 蕾娜指出了康斯坦西亚美容产品的负面作用：这些产品通过宣传女性魅力的特点对女性造成伤害。这里面隐含着对女性实际外表的否认，但从根本上说就是"自欺欺人"。蕾娜认为，这些人体模特的影响就是迫使女性放弃自己独有的"特点"。换句话说，就是放弃主动权，来换取男性的肯定。康斯坦西亚觉得蕾娜不是这个行业的潜在顾客，就是因为蕾娜"喜欢自己本来的样子"②。

蕾娜认为，"自信才能赋予一个女人魅力。然而自信是大多数女人都缺乏的品质，包括康斯坦西亚。由于每天都在为无法达到的目标而奋斗，康斯坦西亚失去了所有的自信"③。不像康斯坦西亚，蕾娜不需要一个男人的肯定来获得自信，她的自我认知也不取决于别人是否觉得她"可爱"。她对自己的魅力非常自信，当码头上一个爱慕她的男人喊道，"你是女神！"蕾娜回应道："说点我不知道的事！"④

《经济学人》（Economist）上有一篇文章《菲德尔和古巴妇女》（Brother Fidel and the Women of Cuba）中提道："如今古巴的女性并不是……完全属于居家型的。尽管古巴的大男子主义仍然盛行，但卡斯特罗的政权已将女性地位提升到近乎与男性平等的水平。"文章指出，与20世纪40年代的情况相比，女性在接受高等教育方面领先于男性，她们占古巴工人的65%。此

---

① GARCÍ A C. The Aguero Sisters [M]. New York: Ballantine Book, 1998: 161.
② GARCÍ A C. The Aguero Sisters [M]. New York: Ballantine Book, 1998: 170.
③ GARCÍ A C. The Aguero Sisters [M]. New York: Ballantine Book, 1998: 137.
④ GARCÍ A C. The Aguero Sisters [M]. New York: Ballantine Book, 1998: 166.

‹‹‹ 第四章 拉美裔美国女作家疾病叙事中后身份政治诉求

外,革命赋予她们性自由、合法堕胎的权利以及离婚后不受歧视的权利。蕾娜对康斯坦西亚事业的否认代表着她受到古巴革命的影响,已经从母亲布兰卡那一代女性的束缚中解脱出来。

从古巴返回美国后,康斯坦西亚接受了父亲杀害母亲的事实,也对母亲的行为有了理解。她不再怨恨母亲对她的抛弃,接受了自己的过去。她也接受了蕾娜,不再把她当作布兰卡不忠产生的结果,而是把她当作自己的姐妹——提醒着她们过去共有的痛苦和快乐。评论家伊莎贝尔·阿尔瓦雷斯·博兰德(Isabel Alvarez Borland)表示,康斯坦西亚在重新审视自己与母亲的关系的同时,也重新审视了自己与古巴的关系:"康斯坦西亚寻找母亲去世的真相,也是在寻求对古巴不幸历史的理解。像皮拉尔一样,康斯坦西亚去古巴,是为了找回她失落的不愉快的过去"①。作者加西亚通过康斯坦西亚和蕾娜的经历阐明了如何应对流亡经历的方法。为了疗愈流亡带来的痛苦,加西亚认为她们应该再回到古巴,找到被压抑被抛弃的回忆之后,坦然接受过去和现在。

在《阿奎罗姐妹》中,两姐妹开诚布公的谈话是创伤愈合的开始,也是她们的身份认同逐渐稳定的开端。古巴流亡者和这对姐妹一样,必须将他们与故乡分离的情绪表达出来,才能够以一种健康的心态应对这一问题。蕾娜同姐姐一起发现母亲死亡的真相后,这一困扰她数十年的疑虑终于得到解决。她也意识到她对古巴的爱是建立在浪漫化的父母生活的基础上的,这一幻象也被打破了。她看到了革命和国家现状的消极的一面。蕾娜如今能将古巴的过去与美国的现在调和在一起,能妥帖地处理两者之间的关系。她仍然怀念古巴,但是留在美国并不会让她痛苦。

《阿奎罗姐妹》揭示了世界政治和父权社会的本质,展示了传统性别角色在限制、控制、操纵女性行为上的程度。由于来自白人男性的压迫,女性被视为被操纵和控制的对象。读者可以注意到加西亚小说中的叙事主体都是女性,这大概是因为作者希望通过男性声音的缺失来颠覆男性叙事

---

① BORLAND I A. Cuban - American Literature of Exile: From Person to Persona [M]. Charlottesville: UP of Virginia, 1998: 147.

权威。加西亚在《梦系古巴》和《阿奎罗姐妹》中都揭露了女性的身体和生活的控制权和主动权从来不是由女性自己拥有和控制的,但她同时也展现了古巴家庭中的女性在努力逾越父权社会的障碍中所进行的斗争。这两部小说都批判了对女性身体和精神的侵犯和残害。通过对在美国生活的卢尔德、康斯坦西亚、蕾娜,以及在古巴的西莉亚的描写,加西亚不仅反映了女性遭受的压迫和被物化的共同经历,而且还反映了女主人公们在家国动荡中努力重构自我身份并表达了颠覆性别和性属等级结构的强烈诉求。

第四节 实现种族、性别、阶级身份的流动:安扎杜瓦作品中的疾病身体空间叙事

作为当代墨西哥裔美国女性学者,格洛丽亚·安扎杜瓦在其散文、随笔、诗歌和自传中构建了疾病身体空间叙事,从"新梅斯蒂扎"混血意识出发,用疾病身体空间叙事来凸显文化混杂语境下的审美表达和女性文学经验,以疾病这一流动的物质为载体来呈现奇卡纳群体政治身份、文化身份、性别身份、族裔身份和阶级身份的流动,反映了奇卡纳群体由疾病身体体验衍生出的后现代新身份政治诉求,即敞开身份大门,主张边缘文化、混血意识和流动身份,从而扩展了奇卡纳女性主义身份政治的内容。本节通过分析安扎杜瓦作品中建构的疾病身体空间,来探讨奇卡纳群体对政治、文化、族裔、性别和阶级身份流动的诉求,阐明安扎杜瓦如何在疾病身体空间叙事中关照权利平等和群体关系,希望在边界中搭建桥梁,寻找自身定位,在疾病叙事的身体之上营造出一个政治、文化、族裔、性别、阶级身份开放流动的空间。

一、实现政治身份流动

安扎杜瓦在自传中谈到自己在医院住院的经历并深切感受到:医院对生病个体采取的首要措施是隔离而不是护理,病人的身体首先被划出界

线，而不是接受治疗。这种对正常与病理，健康与"高风险"的二元划分，虽然可以确保对健康社会的维系，却将病人推离和排除于健康的社会身份，病人由此获得了一种新的、隔离的政治身份。社会通过医院对艾滋病的治疗是控制疾病"蔓延"的开始，患有艾滋病的病人因此被赋予了一种需要被隔离和防范的特殊政治身份，而这种身份很快便感染了社会对所有疾病的规约与管理，那些患病的群体都被主流社会视为疾病蔓延和死亡的化身，被严加控制和规约，社会则通过对病患的隔离来控制和克服物质流动。①

因此，无论病患原来在社会上扮演何种角色，从事何种工作，来到医院后都将改变原有的政治身份，沦变为新的"病人"身份。但这种"病人"的身份也并不是一成不变的，它会随着病情的改变继续发生流动，或者痊愈恢复正常的身份，或者恶化直至死亡。巴特勒在《消解性别》(Undoing Gender)(2004)一书中说："身体并不是什么被占据了的先天空间。就它们的空间性而言，身体也随着时间段改变而改变，包括衰老、体形改变和意义改变。"② 安扎杜瓦疾病身体空间叙事中的身份并非本质性的，而是处在一个可变的动态过程当中，主体身份不是固定的、本质的或永恒的，而是建构的、流动的和变化的。斯图亚特·霍尔认为(Stuart Hall)"意义永远不会最终固定下来，一直是流动的"。③ 身份是被"建构"起来的，它不再是我们可以回归的永远不变的源头，而是一个在历史、文化、权力"重述"中被"生产"的事物④。

安扎杜瓦对医院里病人政治身份的变化认识体现了一种对奇卡纳男权话语主导下民族主义的反抗，她通过流动的身份将奇卡纳群体定位在多重社会身份的交织之中，从而超越原有政治身份的差异，以期在流动中建立

---

① SINGER L. Erotic Welfare: Sexual Theory and Politics in the Age of Epidemic [M]. By JUDITH B and MAUREEN M. Eds. New York: Routledge, 1993: 97.
② BUTLER J. Undoing Gender [M]. New York: Routledge, 2004: 51.
③ HALL L. Telling Moments: Autobiographical Lesbian Short Stories [M]. Madison: University of Wisconsin Press, 2003: 197.
④ 张小玲. 夏目漱石与近代日本的文化身份建构 [M]. 北京: 北京大学出版社, 2009: 3.

奇卡纳女性群体的联合和话语同盟。安扎杜瓦在自传中曾这样写道：

正如我曾提及的宗教，那里压根儿没有任何对女性的约束。社会中也应该如此。因此，存在着女性的彻底回归。医院让我切切实实感受到了这种存在。就好像是我的身体自己在撑开一切对女性的压迫——两千年来对女性的束缚和女性经历的所有其他不公遭遇。①

安扎杜瓦疾病叙事中身份的流动使我们意识到不同身份空间的互通；疾病可以重塑身份政治，穿越原本的性别界线，实现不同性别间的平等。无论原本是何种身份的病人，无论是男人还是女人，在疾病面前都成为相同的患者，在医院接受相同的治疗。

二、实现文化身份流动

安扎杜瓦说自己"以一种文化为摇篮，三明治般地居于两种文化之间，骑跨于三种文化的价值系统，梅斯蒂扎经历了一场肉体战争、边界战争、内心斗争"②。两种文化之间、交互边界之上、沉浸在多元信息之中的奇卡纳是主流社会里的少数群体。她们这些梅斯蒂扎们（混血儿），没有自己的国家，又属于所有的国家。她们中的每个人都是另一个人的姐妹或潜在的爱人。作为女性主义者，她们一方面挑战盎格鲁美国人主导下的文化以及男性衍生的信仰；另一方面参与创造一种新的文化，用新的疾病身体空间叙事来阐释她们参与其中的世界，以一种带有意象与象征的新价值体系彼此相连，与整个星球相连。

例如，安扎杜瓦使用大量抽象而神秘的文段来进行疾病叙事："在我们的肉体当中，变形革命可以获得文化阶层的晋升……蛇裙女神（Coatlicue）就必须通过不断地变形和运动来改变自己以获得生存的能力，它需要在旧的

---

① REUMAN A E. Coming Into Play: An Interview with Gloria Anzaldúa [J]. MELUS, 2000, 25 (2): 66.
② ANZALDúA G. Borderlands/La Frontera: The New Mestiza (1st ed.) [M]. San Francisco: Aunt Lute, 1987: 78.

躯体上捅出一个洞并吞噬旧的自己才能获得新生。"① 安扎杜瓦用蛇裙女神重生过程的体验对自身疾病疼痛带来的文化身份流动进行一种生成性解释，这种对感官的解释与认为健康的躯体具有清晰、静态和固化边界的现代医学静止观恰好相反。这种对文化身份流动性的解释与斯图亚特·霍尔在《文化身份与族裔散居》一文中表明的观点不谋而合。

文化身份既是"存在"也是"变化"的。它属于过去也同样属于未来。它不是已经存在的、超越时间、地点、历史和文化的东西，文化身份是有源头有历史的。但是，与一切有历史的事物一样，它们绝不是永恒地固定在某一本质化的过去，而是屈从于历史、文化和权力的不断"嬉戏"。②

疼痛使安扎杜瓦意识到这种文化身份的流动与革命，让她重新定义病痛的内涵："你已经选择了去谱写新的历史和自己……你病痛的身体已经不再是一种阻碍，而是一种财富，鉴证疼痛，它在和你演说，要求你的触摸，"与梦想一起，你的身体将成为通向自我意识的康庄大道。"③ 安扎杜瓦用医院的护理关怀和神话的变形重塑来取代固定界线的僵硬隔离，创设出身体之外的奇卡纳，超越身份界限的血流和流血中开放的伤口渲染了不可治愈的疾病，超越了对立的身份，融合了生之爱与死之哀。奇卡纳墨美混血就如同一个开放的有疤痕的伤口，在与外界物质的交换当中形成了第三国度——边界文化。

三、实现性别身份流动

伴随糖尿病而来的耳鸣和血糖变化的痛苦给安扎杜瓦性别身份的流动

---

①ANZALDúA G. Borderlands/La Frontera: The New Mestiza (1st ed.) [M]. San Francisco: Aunt Lute, 1987: 46-47, 49.
②罗钢. 文化研究读本 [M] //斯图亚特·霍尔. 文化身份与族裔散居. 北京: 中国社会科学出版社, 2000: 197.
③KEATING A. Interviews/Entrevistas [M]. New York: Routledge, 2000: 558-559.

带来了意识上的理论冲动，自身血液的生成与外来血液的混合，使得自身一方面可以感受二者之间深切的差异，另一方面也能感受这种新的融合带来的力量。血液的流动强烈刺激着安扎杜瓦的感官，为安扎杜瓦作品中新身份的形成提供了充足资料："在我接受注射时我觉得自己晕头转向，失去了平衡并且跌倒在地；消化系统的反常让我恶心呕吐并且腹泻连连……这些事情改变了我的自我认知和自我身份。"[1] 安扎杜瓦充分感受到疾病中身体器官的异常表现，原本常态下统一协调运作的身体出现了裂痕，封闭的统一身体空间被打破，每一个细微的感受都好似能随着血液流遍全身。流血产生和放大的痛苦被聚焦在身体的中心，为安扎杜瓦对性别身份的感知赋予了新的内涵，逼迫身体开放给外界干预。这种"开放的伤口"[2] 打开了奇卡纳女性自我关注的崭新大道，拓展了女性个体的感官体验，破除了原有的女性母亲身份和异性恋身份。

安扎杜瓦写道："作为女性，她们的身份是残缺的，没有被赋予一个完整人的体验，因为社会赋予一个女人最大的责任就是生育，所以她选择了颠覆母性责任这一社会最大的禁忌来设置情节，杀死自己的孩子，这也是一个女人做出的可以最反社会的行为。"[3] 不能生育的母亲形象，是对社会常态母亲身份的背离；酷儿与女同的形象，是对社会常态异性恋身份的背离。巴特勒在她的《性别麻烦》（Gender Trouble）一书中指出："性别戏仿揭示了性别用以模塑自身的原始身份，性别本身就是一个没有原件的仿品。它是一个生产。这样不断地置换构成了性别身份的流动性。性别是在时间的过程中建立的一种脆弱身份。"[4]

安扎杜瓦主张从新的角度打破传统女性主张的局限，不仅仅把与种族

---

[1] REUMAN A E. Coming Into Play: An Interview with Gloria Anzaldúa [J]. MELUS, 2000, 25 (2): 289.

[2] ANZALDúA G. Borderlands/La Frontera: The New Mestiza (1st ed.) [M]. San Francisco: Aunt Lute, 1987.

[3] REUMAN A E. Coming Into Play: An Interview with Gloria Anzaldúa [J]. MELUS, 2000, 25 (2): 82.

[4] BUTLER J. Gender Trouble [M]. New York: Routledge, 2006: 225.

和性别有关的身份思考置于现存的社会政治类别当中，而且还从诸如身体需要和女性共存环境空间的角度思考如何重新建立新的身份。她对于种族和性别的讨论与以往不同，非常重视群体内部异质性带来的复杂变化，对种族、性别之下的躯体、心理和政治物质等细微概念进行批判性思考，分析奇卡纳女性声音中内在的冲突与不同，强调其中可能存在的边缘化[1]。因此，她挑战"奇卡纳女性身份"的固化，建立了一个关于差异和不同的"言说秘密"，分析了跨社会性别和跨自然性别的气质，为身份的流动提供了可能的解释，即一种具有跨越流动性的动态身份政治。

四、实现族裔身份流动

族群是一群具有相似生物特征和共同文化符号的人组成的群体。美国历史进程中不断增加的墨西哥裔与盎格鲁裔间的混血身份，使奇卡纳族群对殖民统治和压迫的看法变得更加多元和流动化，也使她们的身份变得更为复杂，她们与白人的通婚历史也模糊了彼此间的界限，强化了彼此间的融合，政府主导的大融合又用强力的措施消除了那些反对族裔混血和融合的不和谐声音，这些都使奇卡纳群体对异质性的存在产生了更大包容。

墨西哥民族的身份来自三个不同历史阶段的积累，前哥伦比亚时期/本土时期留下的民族神话为奇卡纳/诺的族群意识播下了种子；征服时期形成了奇卡纳/诺最基本的种族混血特质，该特质也是梅斯蒂扎混血思想的来源；最后的墨西哥民族国家时期赋予了奇卡纳/诺群体民族自豪感，这些最终形成了统一的墨西哥民族精神。这种混合、包容、变化的身份在安扎杜瓦的疾病叙事中得以体现。

例如，病人接受治疗的过程也是对病体修复的过程，病人从中获得新的医疗体验，这一体验表现在诸多方面。首先，被疾病折磨的病人处于完全无助状态，只能把自己彻底寄托于医院，原有的种族身份被瓦解，所有病人都是一个等待救助的人。其次，各种医疗器械的施加和各种健康数据

---

[1] CARLA T. Living Chicana Theory [M] //GONZáLEZ D J. Speaking Secrets: Living Chicana Theory. Berkeley: Third Woman Press, 1998: 46-47.

的测量让病人怀疑自己身体的归属,似乎自己的身体已经和医院的整个医疗体系融为一体。频繁的体检、液体注射和吃药使得患者无法保持固定的界线不受改变,身体需要能够主导文化的医疗技术进行援助,"就像弗兰克斯坦一样,人为嫁接的不同部分组成它的身体,但很快新的身体就使它可以寻求和获得新的知识……过去众多文化精神传统下的价值观和信仰加上现在的科学技术,形成了这种新共生的基础"[1]。作为病人的安扎杜瓦最终放开了传统身份,形成了新的身份配对,新的历史书写(la nueva historia)。

所以,安扎杜瓦认为世界身份的根源是相同的,本质上是共生的,物质、精神、灵魂、身体、万事万物的根本都是同样的身份。由此她提出了新部落主义,每个个体的身份都是不可分离的。安扎杜瓦在自己的随笔《现在让我们改变》中使用精神、灵魂和身体来塑造"欠结构化的思想和类别",穿越身体和学术的界限来打破零点常规[2]。安扎杜瓦的这种疾病叙事反映了她对墨西哥裔美国居民的徘徊身份的肯定,不应在多重身份的挤压中迷茫,而应主动拥抱这种多元流动的族裔身份。

五、实现阶级身份流动

奇卡纳研究专家伊冯娜·亚布罗·贝哈拉诺(Yvonne Yarbro-Bejarano)认为奇卡纳女性主义批评的最重要特征,就是能意识到,"奇卡纳作为女性的经历同她作为少数族裔受压迫的工人阶级的身份是分不开的,她们的文化也不可能是主流的文化"[3]。"奇卡纳"这一指称本身就来自美国墨西哥裔工人阶级的罢工斗争,无论是安扎杜瓦,还是她所代表的奇卡纳群体,原本都有自己固有的阶级,与其他阶级之间存在清晰的界线,不会相互越界或者融合。但是安扎杜瓦的疾病身体空间叙事和女同政治身份使她的身

---

[1] KEATING A. Interviews/Entrevistas [M]. New York: Routledge, 2000: 561.
[2] REUMAN A E. Coming Into Play: An Interview with Gloria Anzaldúa [J]. MELUS, 2000, 25 (2): 568-570.
[3] YARBRO-BEJARANO, Y. The Wounded Heart: Writing on Cherríe Moraga [M]. Austin, TX: University of Texas Press, 2001: 139-145.

份、灵魂和思想超脱她的身体，把原本不同阶级身份之人聚合，获得局部空间下的新身份。这种聚合不仅发生在安扎杜瓦的有生之年，甚至还发生在她病故之后。安扎杜瓦如同一个精神领袖一般，在不同阶级之间沟通、交流、传播，并搭建桥梁。

安扎杜瓦疾病身体空间叙事对奇卡纳群体和具有类似身份（女同、病人等）的群体的影响不仅仅局限于她的物理身体所及的空间范围之内，她所建立的网站，带来的影响可以扩展到更远的地方和更大范围。即便是在她离世以后，她的网站和论坛仍然被朋友们妥善经营，演变为安扎杜瓦的在线祭坛，引起更多的共鸣和反馈。她的形象和影响已经超脱她物质身体的局限，她笔下的"家庭"（familia），也在这种影响中不断扩大，形成了一个更广阔的空间磁场，使得原本限制在具体地域、历史背景和文化传统当中的奇卡纳，超越了固化的身份政治，把不同背景的人联系在一起，组成了一个群体，形成一个由很多不同经历、情感、人生体验的人共同组成的"安扎杜瓦们"。他们包括小学老师、基督徒、犹太人、女同、女异，甚至是男人等，这些彼此之间不同的身份并没有阻止他们凝聚成一个新的群体，这种新的群体反而形成了一种新的身份政治——"梅斯蒂扎"身份政治，这种身份政治恰恰因为他们之间彼此的差异而显得更加绚烂多彩。

"梅斯蒂扎"这一新的身份政治表达了安扎杜瓦基于边缘文化和女性立场所倡导的混血和边界文化抗争的意涵，同时这一概念也并不是固化的，它在未来还可能进一步形成新的演化[1]。这也反映了安扎杜瓦的初衷，拥抱差异，建造桥梁，不是因为彼此不同走向分歧，也不是用身体来强化身份政治，而是用身体来建立彼此之间的联系。安扎杜瓦写道："我们是彼此间没有界限的女人。我们也是彼此不同的女人……"[2] 安扎杜瓦打开了超越奇卡纳女性身份的奇卡纳女性政治："……不应该去除我们体内的

---

[1] 黄心雅. 同志论述的奇哥娜想像：安莎杜娃的"新美斯媞莎酷儿"[J]. 中外文学，2003，32（3）：35-62.
[2] ANZALDúA G, CHERRíE M. This Bridge Called my Back: Writings by Radical Women of Color [M]. New York: Kitchen table, 1981: 198-209.

白人身份，男性身份，病理身份，酷儿身份，脆弱身份。我们就在这里，手无寸铁，张开双臂，手中只有我们与生俱来的魔法。就让我们试试我们自己的方法，梅斯蒂扎的方法，奇卡纳的方法，女性的方法。"①

疆域的交织，边界的穿越，身份的流动，文化的混杂，安扎杜瓦笔下的疾病身体凭借对矛盾和含混的宽容打开了奇卡纳族群的生命空间，破除了意味着死亡的固化身份，模糊了地理和精神的边界，开启了未来，缓解了对抗，融合了差异，孕育着新生。"在某种意义上，在我们迈向新意识的道路上，我们将要离开对立的河岸……我们可以同时在两岸识破蛇和鹰眼。"②

身份的开放与流动让安扎杜瓦感受到一种异于自己原有身份的"他者"存在，她认为自己原有的内部身体空间与暴露在外界接受治疗的疾病身体空间被分离开来，疾病身体空间带来的切身体验引发原有身份在政治、文化、性别、族裔和阶级等层面的分离、流动。对这种"他者"的身份，安扎杜瓦没有试图规避、逃离或者抵抗、消除，反而流露出一种促进自身和"他者"沟通的欲望来让"他者"的形象更加清晰，但这种沟通并不是融合，安扎杜瓦认为原来的身体不需要和某种身份种类（包括"他者"）融合，也未必需要发展成为一个健康、稳定的自我身份，而是就在这种疾病身体空间当中，在这种多元流动身份和"他者"身份之下，追寻疾病本身的意义③。病痛中身体之外"他者"的色彩和声音，异己的形象和身份，可以更好探讨身体、身份与历史、记忆、语言、命名、民族文化的复杂关系以及想象途径。正如利奇（Leitch, V. B.）所说的那样：

"我们"来自所有肤色、所有阶级、所有民族、所有时代，"我们"的

---

① ANZALDúA G. Borderlands/La Frontera: The New Mestiza (1st ed.) [M]. San Francisco: Aunt Lute, 1987: 88.
② ANZALDúA G. Borderlands/La Frontera: The New Mestiza (1st ed.) [M]. San Francisco: Aunt Lute, 1987: 50.
③ KEATING A. Interviews/Entrevistas [M]. New York: Routledge, 2000: 146.

<<< 第四章 拉美裔美国女作家疾病叙事中后身份政治诉求

角色是将人民彼此联系——黑人与犹太人、与印第安人、与白人、与外星人相关联。但她也知道路途坎坷，因此不乏诗意地说道："玫瑰是墨西哥人最喜爱的花。"我想，多么富于象征意味——荆棘与一切。[1]

安扎杜瓦作品中的疾病身体形成了一个会引起身份流动的特殊空间，她把身份的流动置于疾病身体这一各种文化混杂、各种立场交织的空间当中，各种民族性、社会利益和文化价值在其中相互交叠、竞争、协商。通过疾病空间叙事，安扎杜瓦揭示，随着历史发展、身份主体立场的变更以及文化的影响，身份的大门对外敞开，持续流动的身份不断浮现。安扎杜瓦立足于不同身份政治的交叉点，探寻奇卡纳群体自身的多元文化归属和流动社会身份认同，在各种关系的碰撞、杂糅、重组中捕捉奇卡纳群体的特点，并在流动身份的探寻中解构殖民文化"非此即彼"的根基。

这一章主要探讨了拉美裔美国女作家疾病叙事中后身份政治诉求：首先，通过分析丹缇卡的《兄弟，我将离你而去》中的疾病叙事，揭示海地人对族裔文化和政治身份的诉求；主要讨论了海地人如何通过民间草药保留本族的文化身份，残疾移民在家国动荡中如何赚取政治身份诉求，以及海地移民争取后身份政治诉求的困境。其次，通过分析莫拉加的戏剧《英雄与圣徒》中的中毒躯体叙事，揭示墨西哥裔美国女性如何抗拒父权压迫下的身体空间，创建女性抵抗的身体空间，最终实现奇卡纳联盟的身体空间的诉求。再次，通过分析加西亚的作品《梦系古巴》和《阿奎罗姐妹》中受伤害女性躯体叙事，阐释古巴女性如何在抗衡传统性别角色的束缚，跨越传统性属身份的藩篱过程中实现颠覆性别和性属等级结构的诉求。最后，通过分析安扎杜瓦作品中的疾病身体空间叙事，揭示奇卡纳女性主义者努力实现政治身份流动、文化身份流动、性别身份流动、族裔身份流动和阶级身份流动的诉求。这一章的研究揭露了权力机构在诊断、分类、形塑、区别对待残疾者和饱受性别歧视、种族压迫的人们等方面所产生的负

---

[1] Leitch V B et al. The Norton Anthology of Theory and Criticism [M]. New York & London: W. W. Norton & Company, 2010: 2104–2109.

面影响。但是，病痛中身体之外"他者"的色彩和声音，异己的形象和身份有益于更好地探讨身体和身份以及历史、记忆、语言、命名、民族文化的复杂关系乃至想象途径。疾病身体空间带来的切身体验能引发原有身份在政治、文化、性别、族裔和阶级等层面的分离、流动。这种由疾病身体带来的对身份的感悟将有助于实现不同阶级、不同民族、不同肤色、不同性别的人之间的相互联系与沟通。

第五章 结　语

本书在对前期的相关研究和相关理论进行综述、梳理和评价的基础上，结合物质女性主义、奇卡纳女性主义和边疆理论及概念，从"疾病研究"视角对几位重要拉美裔女作家的疾病叙事中体现的"后身份政治"或"梅斯蒂扎"身份政治，进行深入系统研究，旨在为后身份政治研究提供新的思维范式和研究范例。下面将从拉美裔美国女作家疾病叙事中后身份政治建构、后身份政治体现和后身份政治诉求三方面来归纳总结本书探究的主要内容。

第一方面，在研究拉美裔美国女作家疾病叙事中后身份政治建构时主要涉及了三位奇卡纳女性主义作家所建构的后身份政治：格洛丽亚·安扎杜瓦的"新梅斯蒂扎"身份政治、切丽·莫拉加的越界身份政治和安娜·卡斯蒂略的转换身份政治。

（1）安扎杜瓦的"新梅斯蒂扎"身份政治主要是基于她自己的疾病身体体验之上。她通过书写自己与糖尿病的斗争来凸显她活生生的身体和话语建构的主体身份。作者将残疾、疾病和疼痛转化为认知变化的催化剂，使她通过拓宽心灵/身体的边界来重新设定身份形态。她把疾病和痛苦视为梅斯蒂扎能动性的延伸。通过学会与疾病共存，梅斯蒂扎主体可以构成一个新的历史。书写身体的行为使梅斯蒂扎们能够重新编纂身体，并使奇卡纳人的身份沿着转变的轨迹转化。

安扎杜瓦认为，物质的波动和偏差打破了身份的固定性。身体不是机器，而是历史、集体和文化的记忆，在危险和压迫的情况下能够转化。身体的流动性挑战了我们曾经认为是"正常"的物质状态。心理和身体之间的物质关系以及在互动中嵌入的转变潜力使梅斯蒂扎身份转移到身体与环境之间复杂的交叉点上，让我们思考社会政治形态规范范畴之外的身份，开始考虑从性别化、种族化的身份转向与周围环境相互联系的更广阔身份。

她的糖尿病诊断使她能够从更全球化的精神层面，而不是仅仅从传统的种族、性别和阶级类别来重新思考身份。安扎杜瓦提出了新部落主义理论，一种更具包容性的重新思考身份的理论，从行星运行的角度重新定义梅斯蒂扎，将我们与他人区别的界限变得具有渗透性和可塑性。通过拓宽心灵/身体的边界，身体成为心灵中表现自我的基础。尼潘特勒拉（Nepantleras，夹缝中生活的人）设想一种不依赖桥的连接而与他人交往的生活。身份类别包括不同的其他类别，而不依赖于传统的同一性。安扎杜瓦拒绝将人类与动物、地球和精神分开。在寻找治疗的过程中，安扎杜瓦开始拥抱现实的其他方面——意识、希望和祈祷。糖尿病扩展了安扎杜瓦的意识，不仅超越了她的梅斯蒂扎文化，也超越了以人为本的观点。精神能动主义利用非二元思维方式，允许冲突和矛盾得到化解。接受另一方为平等的个体，就能形成亲密联系，将冲突转化为解决问题的机会，将负面影响转化为积极影响，去治愈种族主义、性别歧视和阶级主义的创伤。她认为，身份如同根茎一样，总是处于关系和过程中。当我们的身体与真实和虚拟、内部和外部、过去和现在的环境相互连接时，身份就会与不同的世界和社区互动。身份是多层的，在各个方向，按时间顺序和空间伸展。通过卫星、手机和互联网进行即时连接的方式，我们可以紧密地联系在一起。我们的意识甚至可以到达其他行星、太阳系和银河系。

（2）切丽·莫拉加的越界身份政治是建构在她的"跨肉身性"理论之上的。莫拉加以一种整体意识视觉，在疗愈的语境中解构身体。与主流的有关病痛的观点相悖，莫拉加对肉体的描写走向了一种新的整体性。莫拉加的背痛给她带来了持续的痛苦，但她把自己的背比喻为合作的桥，"这座桥叫作我的背"，这表明她的身体痛苦是她写作的组成部分。莫拉加坚持认为，被肢解的月亮女神开尤沙乌奇的尸体象征着她自己支离破碎的梅斯蒂扎同性恋身份，既是她自己身体疼痛的体现，也是梅斯蒂扎创伤的体现。

她的酷儿母亲形象并不只是体现身体与规范的谈判，而是拓展了对脆弱身体的探索，揭示现代医学权力结构与人类多样性之间的冲突。她试图找到策略来重写传统框架内的医疗条件，挑战标准而无效的现代医学。通过在现代临床文化中定位人的物质性，莫拉加试图超越临床规范，转变"模范人"的特征。通过对母性身体及其创伤的书写，莫拉加进一步理解了压迫性意识形态的深层结构。

莫拉加把疾病叙事作为重建和转化的载体。她把肉体的波动作为女性主义理论的来源，她提醒我们：性别、种族和阶级并不总是准确的差异标记。我们必须把肉体状态当作构建梅斯蒂扎身份的同样重要的框架。生育和疾病的主题扩大了她试图体现的身份，即在种族、性别和阶级等传统范式之外构建身份的可能性。她把疾病叙事、孕妇身体和棕色皮肤相结合，对资本主义医疗制度提出批评。母性身体的结构是一个无边界的实体，能够消除制度上的限制。莫拉加坚持对植根于文化和社会差异的母性身体的解释。

她在戏剧《英雄与圣徒》中揭示了身体的开放性和生成性，描写了跨肉体的时空展示的痛苦、毒性和死亡的危险。杀虫剂毒害着山谷里的农场工人、邻里、动植物。有毒物质的贩运揭示了环境正义、残疾人权利、职业健康、儿童福利和有色人种困境之间的相互联系。

通过思考肉体的存在与我们周围世界的交织，我们可以认识到，人的肉体记载着历史、文化和污染风险不均匀分布的痕迹，而不是社会铭文之前存在的乌托邦。切丽·莫拉加故事里的中毒叙述记载着人类身体暴露在环境污染物中的境况。中毒的身体当然不是本质主义的，而是由工业化农业综合企业、资本主义力量和环境种族主义共同导致的。

在质疑解剖学和社会身份之间的关系时，莫拉加将流动性作为关键因素。身体不是一个固定的实体，而是具有延展性，这意味着它可以在不同的时间形成不同的形状和形式。当女性被置于时空关系的环境中，她们发现自己置身于真实的物质世界中。

莫拉加在前哥伦布时代的文化传统中感受到了亲密的精神纽带。阿兹特克人和玛雅文化利用痛苦和鲜血的公开仪式来展示他们的力量。莫拉加作品中土著元素代表了与帝国主义、文化和性别歧视实践相关的集体女性经验。她声称月亮女神开尤沙乌奇是21世纪奇卡纳女性主义政治的隐喻。她强调月亮女神被肢解的身体隐含意义，反对月亮女神的兄弟威齐洛波契特里所代表的父权文化。她用本土疼痛文化挑战主流文化对疼痛的麻木。她建议回归本土，尊重女性神和男性神。通过从土著宗教吸纳灵感，莫拉加提供了另一种构建梅斯蒂扎身份的模式。

（3）安娜·卡斯蒂略建构的转换身份政治是基于她提出的西卡尼斯玛（Xicanisma）这一词。此词意指"身份含混的墨西哥女性"。卡斯蒂略用西卡尼斯玛这个词来形容奇卡纳女性主义是前征服、前父权制和前基督教文化的产物。她放弃把"女性主义"与白人妇女运动联系起来的话语建构。她宣称，她的目的是接触大众，她希望通过提高西卡尼斯玛（Xicanisma）意识的议程来启发大众。她试图证明混血女性身份的存在，并努力为遭受英美社会压制的西卡尼斯玛发声。她在小说和诗歌中表达有色人种女性身体的残疾和疼痛体验，鼓励她们跨越种族、阶级和性别的障碍。其残疾叙事通过跨越边界，创造新的区分点和新的定义来源，来探讨身体的变化是如何改变身份的。卡斯蒂略也试图在《离上帝如此之远》中描绘美籍墨西哥裔女性努力摆脱种族、性别、阶级等多重桎梏下被规约与压迫的身份，建构一种转换的身份，使她们能够从一种情境走向另一种情境。通过讲述索菲和她的四个女儿埃斯佩兰萨、凯瑞达德、费和拉罗卡的故事，卡斯蒂略试图用一种将天主教与美国土著信仰体系相结合的另一种精神模式来帮助墨西哥裔女性走出身份困境。

卡斯蒂略的戏剧《像剥洋葱一样剥开我的爱》中的女主人公卡门的身份超越了残疾界限。作为一名残疾舞者，卡门重新定义了舞者与观众之间的关系。她从根本上质疑舞蹈家形体的理想形象。卡门没有被限制在一个

232

特定空间，而是有勇气拒绝残疾人的刻板印象，选择舞蹈作为她的职业。卡门开始意识到她的身份不是由族裔、种族和性别来定义的，而是由舞蹈来定义的。当身体移动时，周围的环境和身份也随之改变。残废的身体不需要实体边界，不再强调稳定的身份和家园。传统身份政治的主要问题是强调单一的存在方式。卡斯蒂略的残疾叙述质疑"身体残疾"一词，因为这一术语是根据身体属性将个人隔离开来。卡斯蒂略用洋葱和莲花的隐喻来展现女主人公身份的多重变化。卡门的身份层层展开，始终在运动，就像剥洋葱一样，一层一层的意义取决于不断脱落的层次。多层的洋葱提供了一个同时再生又消亡的瞬间。洋葱的隐喻挑战了身份和个人完整性的统一形式。

第二方面，在研究拉美裔女作家疾病叙事的后身份政治体现中主要涉及了三种后身份政治的表现形式：与残疾共舞、重塑女性主体、建构本真自我。

（1）卡斯蒂略在小说《像剥洋葱一样剥开我的爱》中对残疾人弗拉门戈舞者卡门的刻画，体现了对"正常"和"残疾"、残疾身份和缺陷特征之间差异的深刻思考。她向我们展现了一个不向命运屈服、与残疾共舞、实现人生价值的残疾女舞者。与其他健康人群相比，卡门腿部残废并没有让她处于劣势，但是，社会环境本身却为残疾人设置了障碍。这说明残疾不是一种劣势，所谓的"残疾"儿童与社会正常霸权所定义的那些"正常"儿童具有相同的潜能和才能。缺陷不等同于残疾，前者是独立的和个人的，而后者是在社会和文化环境中建构的。在社会背景下，权力与文化的结合使人们有可能将对正常的关注发展成一种对边缘化和孤立异常或异常现象（残疾、精神损失等）的固有认知模型。残疾是一种文化编造的身体叙事，类似于我们所理解的关于种族和性别的虚构。残疾人往往有一种无归属感，其生活经历被忽视或被剥夺，在寻求其真实身份过程中会产生疑惑，因而会遭遇身份危机，但这种身份困境并不完全是一件坏事，因为它能提高残疾人对美国主流文化的适应能力。残疾人卡门能成为受欢迎的舞者就证实了残疾身份的适应性特征。她以残疾身份建构自己全新的"后身份",也即"新梅斯蒂扎"身份,彰显了与传统疾病身份迥异的后身份政治,破除了正常和残疾之间的内在界限,改变了美国白人主导文化下的奇卡纳族裔刻板印象,重构了美国和墨西哥文化之间相互渗透、灵活流动的奇卡纳身份。

(2)在《离上帝如此之远中》,安娜·卡斯蒂略关注权力对女性身体的运行机制,通过聚焦女性人物的患病原因、疾病症状、疾病治疗,不仅揭露了男权及帝国霸权对女性身体的摧残与戕害,而且也揭示墨西哥裔女性在种族、性别、阶级等多重桎梏下被规约与压迫的身份,同时还展现她们打破规约,重塑女性主体的抗争。奇卡纳女性的悲剧不仅仅源于性别歧视。在资本统摄的当代美国社会,政治权力、官僚体系以及金融财阀相互勾连,对利润的最大化追求带来了日益恶化的生态危机。在这样的背景下,奇卡纳女性在现代文明中再一次沦为被设计和利用的对象,资产阶级所推行的生态殖民主义导致她们罹患各种疾病,失去健康甚至生命。在男权主义和资本主义的霸权欺凌下,女性残缺和中毒的躯体成为其身份构建的重要组成部分。墨西哥裔人群,特别是墨西哥裔女性的反殖民意识逐渐觉醒,并联合发起了反男权主义和资本主义霸权欺凌的反抗运动。意识层面的觉醒与行动层面的抗争在少数族裔争取民族权利的斗争中缺一不可。

贯穿小说始终的民间女药师形象在人物疾病治疗过程中发挥着重要作用,其行医过程践行了人类身心应与自然万物相联系的世界观,这是对西方工具理性及其背后所蕴含的二元对立论的挑战。卡斯蒂略主张现代医学不应是单纯的循证科学,疾病的治疗应将现代科技与强调非物质性、整体性的世界观相结合。卡斯蒂略对医学工具理性的批评体现了她对基于身心二元论的经验主义、理性主义世界观的解构。作品疾病叙事中关于民间女药师的书写部分,进一步凸显了作者所倡导的身心合一、物我一体的生存智慧。作为民间医术的受益者,凯瑞达德在疾病疗愈的过程中认清了现代西方医学的局限性,也认识到了作为奇卡纳女性,对自我身份的界定和认同不能只依照白人主流社会的标准,而是应该珍视自己的民族传统,因为这些传统的文化要素为生活提供了一种应对生活危机的有效而富有创造性的方式，使奇卡纳女性可以在歧视、贫穷和没有任何权利保障的情况下存活下去并找到生活的意义。凯瑞达德一方面依靠草药所发挥的实际效用；另一方面，也有赖于仪式给予她的心理暗示和精神慰藉。最终在女药师多娜的引导下，凯瑞达德逐渐获得了心灵的平静，并决心追随多娜，学习民间医术去救治其他人。

卡斯蒂略将小说中另一人物拉罗卡塑造成女性圣徒的形象。她离奇的人生经历特别是她罹患的疾病和死亡，引发了托姆小镇的墨西哥裔居民对社会不公的愤怒，并激励他们主动发声，诉诸行动。卡斯蒂略采用魔幻现实主义手法，用奇卡纳女性的复活代替耶稣的复活，由此来挑战宗教历史上的男性权威，试图书写另一个版本的基督教历史。复活后的拉罗卡成为具有超自然力的神性人物。她拒绝教会的精神指引，而且一生从不与男性接触；她几乎不说话，却能和动物沟通交流；虽然她生活在与世隔绝的环境中，但具有通灵和治愈他人疾病的能力。卡斯蒂略将《圣经》中的耶稣置换为女性，从而质疑了基督教传统中男性的救世主地位。拉罗卡这一特立独行的女性形象，凸显了奇卡纳女性在男权社会的压迫下对心灵自由和精神独立的追求。

可见，卡斯蒂略借助对民间女药师的书写和对《圣经》经典的戏仿，挑战既定的殖民意识形态和权力关系，反对权力机构加诸奇卡纳女性身体的各种基于种族、性别、阶级的标签，体现了身份具有流动性的特点。作品中的奇卡纳女性透过集结同路人的力量，以社会运动去争取权力，这既是自我赋权的手段，也是她们借社会运动确认自我身份的过程。从被规约与压迫的身份到反抗与重建的身份，这一身份嬗变的过程体现了身份的流动性和多样性。在面对各种社会不公时，女性只有奋起抵抗，才能构建具有能动性的主体身份。

（3）克里斯蒂娜·加西亚的《阿奎罗姐妹》和《梦系古巴》都叙述了古巴革命和社会动荡的环境给普通古巴家庭带来的影响，同时也批判了在不同政治体系中，即共产主义古巴和资本主义美国的对抗导致对女性的侵犯和限制。作者在两部小说中聚焦普通古巴妇女在家国动荡背景下遭受各种心理和生理疾病的折磨,但她们在身份沦丧的过程中努力寻找本真的自我。加西亚笔下的角色布兰卡、蕾娜、西莉亚等都遭受了生理和心理的创伤,她们有的遭受传统性别歧视,成为父权的牺牲品,有的推崇美国的资本主义意识形态,却感到内心失落,有的因古巴经济遭受外国封锁,生活贫困,被迫沦落为妓女,但她们都在努力寻找真实的自我。虽然她们有的失败了,有的移民美国,但这些移民美国的古巴流亡者都或多或少感受到离开故土带来的精神创伤。她们与祖国分离,经历着一种得不到安慰的痛苦,没有归属感,没有家的感觉,总被一种放逐感和疏离感缠绕着。但是古巴移民能够在迈阿密建立一个自给自足的"飞地",这个紧密团结的社区缓和了人们对离开故土的忧伤,同时也使她们在异国他乡努力重建本真的自我。

第三方面,在研究美国拉美裔女作家疾病叙事中后身份政治诉求时主要涉及四方面的诉求,即诉求族裔的文化政治身份,建构奇卡纳联盟身体空间的诉求,颠覆性别和性属等级结构的诉求,以及实现种族、性别、阶级身份流动的诉求。

(1) 艾薇菊·丹缇卡回忆录《兄弟,我将离你而去》中的疾病叙事表达了海地人对文化身份的追寻以及对政治身份的诉求,并探讨海地残疾人在带有偏见的美国移民政策下实现后身份政治理想所面临的窘境。在这本回忆录中,疾病身体描述贯穿全文,通过对疾病及其与环境互动的描写,丹缇卡揭示在后现代社会里,疾病一方面使人们越来越坚守自己的文化身份;另一方面,也造成人们在地理位置的移动,使身份呈现流动性特点。但是,海地人要实现身份的跨界相对于其他族裔群体而言更为困难。比如,在海地动荡的政治背景之下,警察的突袭和海地帮派战争不断的情况下,丹缇卡的伯父约瑟夫被误认为是叛徒。迫于无奈,他随身携带治病的草药逃往美国寻求政治避难。美国海关不分青红皂白地把约瑟夫关进拘留中心,他随身药品也被没收。在陌生的环境下,草药是他唯一熟悉并且可以依赖的东西,所以他一直在表达对于所携带的药品需求。但是美国移民和海关执法人员对这些传统药物表示轻蔑,认为它们不过是"巫毒药水",

是一种落后的文化象征,是必须被摒弃的对象,因此对之不屑一顾。这种对海地传统药物的贬损,本质上是对海地文化以及海地身份的一种否定。约瑟夫最终在审讯时因疾病突然发作,得不到及时救治而去世。约瑟夫前往美国寻求政治庇护的过程,实际是对政治身份的一种诉求,然而也正是对这种政治身份的诉求导致其最终失去生命。约瑟夫诉求的失败也揭露了美国帝国主义对移民的生命威胁,以及在国家安全面前生命政治对生命的捕获。

对于漂泊海外寻求美国政治庇护的海地人,他们想在美国保有本族文化,实现身份的流动和杂糅必然面临内部和外部政治、文化环境双重阻碍。对于海地群体而言,疾病的躯体要想打破身份的边界,实现后身份政治理想,可能面临着更多的障碍。因为海地人面临着来自美国更多的种族歧视,故实现身份的流动和跨界也更为困难。

(2) 切丽·莫拉加的戏剧《英雄与圣徒》通过塑造一个由于环境污染而天生残疾的女主人公塞蕾兹塔,体现了建构奇卡纳联盟身体空间的诉求。塞蕾兹塔克服身体障碍,带领同族捍卫健康生存权利,冲破父权压迫身体空间,重构独立、抗争、自主的女性身体空间,最终形成奇卡纳身体空间联盟。阶级的差距、父权的束缚、自由的丧失,都是父权压迫身体空间的产物,它不仅在物理空间上约束女性的行为,而且在心理空间上制约女性的思想。面对社会的蔑视和阻碍,塞蕾兹塔并不害怕,她用决心、毅力和行动克服病残,重构女性抵抗身体空间。虽然病残的塞蕾兹塔是父权压迫身体空间环境污染的产物,但是她把病残身体作为战场,创建了新的女性抵抗身体空间,模糊了肉体的界限,将奇卡纳族群团结在一起。她病残的身体反而让她富有震慑人心的力量,成为教化世人的圣徒,也成为强化族群信仰并将人们紧密团结的精神纽带。在追求完整身体功能和生命体验、抵抗社会不公和父权束缚的过程中,塞蕾兹塔跨越了生死,营造了包容差异的奇卡纳联盟身体空间。塞蕾兹塔牺牲后,她成为变形的与革命的开尤沙乌奇月亮女神的化身,成为仁爱与救赎的瓜达卢佩女神的化身,也成为奇卡纳族裔和文化的象征,唤醒了族人的权利意识,激发族人发出改变社区生存危机的呐喊，一同反抗男权社会带来的环境污染，形成奇卡纳抵抗身体空间联盟。这种精神意识萌芽于个体，归宿于群体。塞蕾兹塔是神性与人性的结合，是一个拥有人类欲望和需求的奇卡纳英雄，一个具有信仰和灵感的奇卡纳圣女，一个由个体女性抵抗身体空间拓展为奇卡纳群体身体空间联盟的新梅斯蒂扎。

（3）克里斯蒂娜·加西亚在《梦系古巴》和《阿奎罗姐妹》中表现了女性力图颠覆性别和性属等级结构的诉求。这两部小说中都揭露了女性的身体和生活的控制权和主动权从来不是由女性自己拥有和控制的，同时也都展现了古巴女性在努力逾越父权社会的障碍中所进行的斗争。《梦系古巴》的女主人公西莉亚遭受情人抛弃后，又受到后来丈夫的冷遇，导致身心疾病，她渴望改变自己的处境，不再受到社会对女性的种种限制，因此她全身心投入古巴革命活动，走出家庭的羁绊，以抗拒传统女性角色，抵制性别等级制度。西莉亚的二女儿菲利希亚在父权社会的压迫下，心理和精神都产生障碍，她以弑夫和选择自我毁灭来反抗父权制的国家和社会，因为死亡成了她唯一的解脱方式。《阿奎罗姐妹》中的布兰卡无视丈夫对家庭女性的要求和约束，离家出走，以逃脱父权社会价值观给她设置的枷锁，并与其他男人交往，然后怀孕，以此来寻求她自己身体的自由。加西亚在小说中不仅反映女性遭受的压迫和被物化的共同经历，而且她还通过描写留在古巴的蕾娜和在美国生活的卢尔德和康斯坦西亚，来表现古巴女性已从父权束缚中解脱出来。她们中有的人坦然接受过去和现在，与现在的古巴达成和解，回归故土，做独立自主的女性，有的找到应对流亡困境的方法；再次回到古巴，在找回受压抑和被抛弃的记忆之后，努力调和在古巴的过去和在美国的现在之间的关系，继续在美国过着自食其力的移民生活。因此这两部小说不仅批判了对女性身体和精神的侵犯和残害，而且也反映了女主人公们在家国动荡中努力重构自我身份，最终实现颠覆性别和性属等级结构的诉求。

（4）格洛丽亚·安扎杜瓦的作品中建构的疾病身体空间探讨了奇卡纳群体对政治、文化、族裔、性别和阶级身份流动的诉求。其作品中的疾病身体形成了一个能引起身份流动的特殊空间。她把身份的流动置于疾病身体这一各种文化混杂、各种立场交织的空间当中，各种民族、社会利益和文化价值在其中相互交叠、竞争、协商。安扎杜瓦立足于不同身份政治的交叉点，探寻奇卡纳群体自身的多元文化归属和流动社会身份认同，在各种关系的碰撞、杂糅、重组中捕捉奇卡纳群体的特点，并在流动身份的探寻中解构殖民文化"非此即彼"的根基。

疾病身份的开放与流动让安扎杜瓦感受到一种异于自己原有身份的"他者"存在，她认为自己原有的内部身体空间与暴露在外界接受治疗的疾病身体空间分离开来，疾病身体空间带来的切身体验引发原有身份在政治、文化、性别、族裔和阶级等层面分离、流动。对这种"他者"的身份，安扎杜瓦没有试图规避、逃离或者抵抗、消除，反而流露出一种促进自身和"他者"沟通的欲望来让"他者"的形象更加清晰，但这种沟通并不是融合，安扎杜瓦认为原来的身体不需要和某种身份种类（包括"他者"）融合，也不是必须发展成为一个健康、稳定的自我身份，而是就在这种疾病身体空间当中，在这种多元流动身份和"他者"身份之下，追寻疾病本身的意义。病痛中身体之外"他者"的色彩和声音，异己的形象和身份，可以更好探讨身体和身份与历史、记忆、语言、命名、民族文化的复杂关系与想象途径。安扎杜瓦通过疾病空间叙事，向我们揭示，随着历史发展、身份主体立场的变更以及文化的影响，身份的大门会对外敞开，持续流动的身份会不断浮现。来自所有肤色、所有阶级、所有民族、所有时代的人都将彼此联系——黑人与犹太人、印第安人、白人、外星人相关联，最终建构多人种、多民族共同体。

通过探讨拉美裔美国女作家疾病叙事的后身份政治的建构、后身份政治的体现以及后身份政治的诉求，本书最终得出以下结论。

第一，身体变成残疾是空间和社会环境共同导致的，而疼痛、疾病和残疾的肉体体验又能瓦解身份之间的疆界，挑战个体的完整性和身份的可预测性，并能跨越由种族、性别和阶级定义的"主流"身份的限制，形成身份的不稳定性、渗透性、杂糅性和多样性。这种后身份政治是一种再理解，不是将对象简单化，而是复杂化，不像单一身份政治那样强调某一群体的文化认同，而是承认身份的不稳定性、异质性、杂糅性和多样性，承认差异的同时建立平等沟通的渠道，并通过身份诉求改变个体对自我和世界的阐释。

第二，拉美裔女作家通过疾病书写传达一种不同寻常的体验，表达日常状态下难以表现的内心冲突和精神焦虑；当女性主动言说疾病时，疾病就不再是社会文化、意识形态强加在她们身上的命运，而是她们不得不领受的生命处境，是逾越日常生活界限爆发的生命呐喊。拉美裔女作家通过女性的病痛体验，模糊主流意识形态关于健康/残疾的二元对立，并借痛苦经验产生移情作用让人们学会如何去正视环境污染、科技发展和残障人群，学会与疾病相处，向任何困境敞开心胸的开放。疾病是具有行动能力与表演性的自在体，它不与人类的目的性和主体意识相提并论，它是内部运动的结果，是一种释放；疾病可以打开人们新的自我意识之路，扩展自我表现方式。

第三，权力机构在诊断、分类、形塑、区别对待残疾者和饱受性别歧视、种族压迫的人们等方面所产生的影响是极其负面的。但是，病痛中身体之外"他者"的色彩和声音，异己的形象和身份有益于更好地探讨身体、身份与历史、记忆、语言、命名、民族文化的复杂关系以及想象途径。疾病身体空间带来的切身体验能引发原有身份在政治、文化、性别、族裔和阶级等层面的分离、流动。这种由疾病身体带来的对身份的感悟将有助于实现不同阶级、不同民族、不同肤色、不同性别的人之间的相互关联，为最终实现全人类命运共同体带来新的启示和产生积极的影响。

本书通过运用物质女性主义理论探讨身体的物质性和病痛体验对身份建构的能动性，印证了物质女性主义理论的可阐释性、可引证性和可操作性。同时，透视拉美裔女作家疾病叙事中体现的后身份政治能让我们深切认识到，我们对身体、身份和政治的考量必须适应不同的文化框架和政治背景，要从特定的历史、社会、政治、科技、环境和文化语境方面探究后身份政治诉求所揭示的更复杂的权力运作机制和更深层的内涵。

参考文献

一、书籍

[1] 陈英. 毁灭、建构与超越：苏珊·桑塔格虚构作品中死亡疾病主题研究 [D]. 上海：上海外国语大学，2010.

[2] 邓寒梅：中国现当代文学中的疾病叙事研究 [M]. 南昌：江西人民出版，2012.

[3] 弗洛伊德. 精神分析引论 [M]. 高觉敷，译. 北京：商务印书馆，1997.

[4] 米歇尔·福柯. 规训与惩罚 [M]. 刘北成，杨远婴，译. 北京：生活·读书·新知三联书店，2003.

[5] 米歇尔·福柯. 疯癫与文明 [M]. 刘北成，杨远婴，译. 北京：生活·读书·新知三联书店，2007.

[6] 何式凝，曾家达. 情欲、伦理与权力 [M]. 北京：中国社会科学出版社，2012.

[7] 罗钢. 文化研究读本 [M] // 霍尔·斯图亚特. 文化身份与族裔散居. 北京：中国社会科学出版社，2000.

[8] 李桂荣. 创伤叙事：安东尼·伯吉斯创伤文学作品研究 [M]. 北京：知识产权出版社，2010.

[9] 苏珊·桑塔格. 疾病的隐喻 [M]. 程巍，译. 上海：上海译文出版社，2003.

[10] 汪民安. 文化研究关键词 [M]. 南京：江苏人民出版社，2020.

[11] 王庆蒋, 苏前辉. 冲突、创伤与巨变——美国 9·11 小说作品研究 [M]. 昆明: 云南大学出版社, 2015.

[12] 张小玲. 夏目漱石与近代日本的文化身份建构 [M]. 北京: 北京大学出版社, 2009.

[13] 赵一凡. 西方文化关键词 [M]. 北京: 外语教学与研究出版社, 2006.

[14] ADAMSON J, MEI MEI E, RACHEL S. The Environmental Justice Reader: Politics, Poetics and Pedagogy [M]. Tucson: University of Arizona Press, 2002.

[15] ALAIMO S, HEKMAN S. Material Feminism [M]. Bloomington: Indiana University Press, 2008.

[16] ALAIMO S. Bodily Natures: Science, Environment, and the Material Self [M]. Bloomington: Indiana University Press, 2010.

[17] ALAIMO S, HEKMAN S. Material Feminism [M]. Bloomington: Indiana University Press, 2008.

[18] ALCOFF L, EMBREE L. Feminist Phenomenology [M]. Dorcrecht: Kluwer Academic Publishers, 2000.

[19] ALCOFF L, HAMES-GARCIA M, et al. Identity Politics Reconsidered [M]. New York: Palgrave, 2006.

[20] ALCOFF L. Visible Identities [M]. New York: Oxford University Press, 2006.

[21] ALVARADO A R. Cronica De Aztlan: A Migrant's Tale (English and Spanish Edition) [M]. Tqs Pubns; 1st Edition, 1977.

[22] ANZALDúA G. Borderlands/La Frontera: The New Mestiza (1st ed.) [M]. San Francisco: Aunt Lute, 1987.

[23] ANZALDúA G. Making Face, Making Soul/Haciendo Caras: Creative and Critical Perspectives by Feminists of Color [M]. San Francisco: Aunt Lute, 1990.

[24] ANZALDúA G, KEATING A. This Bridge We Call Home: Radical Visions for Transformation [M]. New York: Routledge, 2002.

[25] ANZALDúA G. The Gloria Anzaldúa Reader [M]. Durham: Duke University Press, 2009.

[26] AUSTIN A L. The Human Body and Ideology: Concepts of the Ancient Nahuas [M]. Salt Lake City: University of Utah Press, 1988.

[27] BAL M. Narratology: Introduction to the Theory of Narrative (4th edition) [M]. Toronto: University of Toronto Press, Scholarly Publishing Division, 2017.

[28] BALDWIN E, LONGHURST B, SMITH G, et al. Introducing Cultural Studies [M]. 北京：北京大学出版社, 2005.

[29] BARKER C. Cultural Studies: Theory and Practice [M]. 4th ed. London: SAGE, 2012.

[30] BEAUVIOR, S D. The Second Sex [M]. Jonathan Cape, 1972.

Behar R. Bridges to Cuba [M]. Ann Arbor: University of Michigan, 1995.

[31] BIRKE L. Feminism and the Biological Body [M]. New Brunswick: Rutgers University Press, 2000.

[32] BORDO S. Unbearable Weight, Feminism, Western Culture, and the Body [M]. Berkeley: University of California Press, 1993.

[33] BORLAND I A. Cuban-American Literature of Exile: From Person to Persona [M]. Charlottesville: UP of Virginia, 1998.

[34] BOST S. Encarnación: Illness and Body Politics in Chicana Feminist Literature [M]. New York: Fordham University Press, 2010.

[35] BRADY M P. Extinct Lands, Temporal Geographies: Chicana Literature and the Urgency of Space [M]. Durham: Duke University Press, 2002.

[36] BRINTON D G. American Hero Myths [M]. Whitefish: Kessinger Publishing, 2010.

[37] BROWN W, KAREN M. Healing Relationships in the African Caribbean [M]. Dordrecht: Kluwer Academic Publishers, 2003.

[38] BROWN W. States of Injury: Power and Freedom in Late Modernity [M]. Princeton: Princeton University Press, 1995.

[39] BURKHART L M. The Slippery Earth: Nahua-Christian Moral Dialogue in Sixteenth - Century Mexico [M]. Tucson: University of Arizona Press, 1989.

[40] BUTLER J. Undoing Gender [M]. New York: Routledge, 2004.

[41] CASTILLO A. So Far from God [M]. London & New York: W. W. Norton & Company, Inc, 1993.

[42] CASTILLO A. Massacre of the Dreamers: Essays on Xicanisma [M]. Albuquerque: University of New Mexico Press, 1994.

[43] CATHY C. Trauma: Explorations in Memory. Baltimore/London: Jonhs Hopkins U, 1995.

[44] CORKER M, SHAKESPEARE T. Disability/Postmodernity. Embodying Disability Theory [M]. London: Continuum, 2002.

[45] COUSER G T. Signifying Bodies: Disability in Contemporary Life Writing [M]. Ann Arbor: University of Michigan Press, 2009.

[46] DASH J M. Haiti and the United States: National Stereotypes and the Literary Imagination [M]. New York: Palgrave Macmillan, 1997.

[47] DAVIS L J. The Disability Studies Reader [M]. New York: Routledge, 2013: 1-14.

[48] de CERTEAU M. The Practice of Everyday Life [M]. trans. Steven Rendall. University of California Press, Berkeley, 1984.

[49] EHRENREICH B. Complaints and Disorders: The Sexual Politics of Sickness [M]. London: Compendium, 1974.

[50] ENLOE C. Bananas, Beaches, and Bases: Making Feminist Sense of International Politics [M]. Berkeley: University of California, 1989.

[51] FERNANDES L. Transforming Feminist Practice: non-violence, social justice, and the possibilities of a spiritualized feminism [M]. San Francisco: Aunt Lute Books, 2003.

[52] FINKLER K. Women in Pain: Gender and Morbidity in Mexico [M]. Philadelphia: University of Pennsylvania Press, 1994.

[53] FOUCAULT M. The History of Sexuality: The Will to Knowledge [M]. London: Penguin Books Ltd, 1998.

[54] FOUCAULT M. Madness and Civilization: A History of Insanity in the Age of Reason [M]. New York: Vintage Books, 1988.

[55] FRANK Arthur. The Wounded Storyteller: Body, Illness, and Ethics [M]. Chicago: U of Chicago Press, 1995.

[56] Garcia A M. Chicana Feminist Thought: The Basic Historical Writings [M]. New York: Routledge, 1997: 83-92

[57] GARLAND-THOMPSON R. Extraordinary Bodies: Figuring Physical Disability in American Culture and Literature [M]. New York: Columbia University Press, 1997.

[58] GILLMAN L. Reappraising Feminist, Womanist, and Mestiza Identity Politics [M]. New York: Palgrave Macmillan, 2010.

[59] GONZáLEZ D J. Speaking Secrets: Living Chicana Theory [M]. Berkeley: Third Woman Press, 1998.

[60] GROSZ E. Crossing Boundaries: Feminism and the Critique of Knowledge [M]. Sydney: Allen and Unwin, 1988.

[61] HALL L. Telling Moments: Autobiographical Lesbian Short Stories [M]. University of Wisconsin Press, 2003.

[62] HAWKINS, A H. Reconstructing Illness: Studies in Pathography [M]. West Lafayette: Purdue University Press, 1999.

[63] HELD D, MCGREW T. Modernity and Its Futures [M]. Cambridge: Polity Pr, 1992.

[64] HETHERINGTON K. Expressions of Identity: Space, Performance, Politics [M]. London: Sage, 1998.

[65] HOLMES C. Ecological Borderlands: Body, Nature and Spirit in Chicana Feminism [M]. University of Illinois Press, 2016.

[66] JAMES J C. A Freedom Bought with Blood: African American War Literature from Civil War to World War II [M]. Chapel Hill: The University of North Carolina University, 2007.

[67] JOSEPH C L. A Comprehensive Resource Guide to Reading and Teaching Brother, I'm Dying [M]. London: Routledge, 2020.

[68] KIM Q H. Feminist Disability Studies [M]. Bloomington: Indiana University Press, 2011.

[69] KLEINMAN A. The Illness Narratives: Suffering, Healing and Human Condition [M]. New York: Perseus Books Group, 1988.

[70] LACAPRA D. History Transit: Experience, Identity, Critical Theory [M]. Ithaca and London: Cornell University Press, 2004.

[71] LAGUERRE M S. Diasporic Citizenship: Haitian Americans in Transnational America [M]. New York: Palgrave Macmillan, 1998.

[72] LEAHY M E. Development Strategies and the Status of Women: A Comparative Study of the United States, Mexico, the Soviet Union, and Cuba [M]. Boulder, CO: Rienner, 1986.

[73] LEITCH V B et al. The Norton Anthology of Theory and Criticism [M]. New York and London: W. W. Norton & Company, 2010.

[74] LEóN L D. La Llorona's Children: Religion, Life, and Death in the U. S. - American Borderlands [M]. Berkeley: University of California Press, 2004.

[75] LINTON S. Claiming Disability: Knowledge and Identity [M]. New York: New York University Press, 1999.

[76] LONGMORE P K, Umansky L. The New Disability History:

American Perspectives [M]. New York: New York University Press, 2001

[77] MCRUER R. Crip Theory: Cultural Signs of Queerness and Disability [M]. New York: New York University Press, 2006.

[78] MICHEL C, BELLEGARDE-SMITH P. Vodou in Haitian Life and Culture: Invisible Powers [M]. New York: Palgrave Macmillan, 2006.

[79] MITCHELL D T, SHARON L S. The Body and Physical Difference: Discourses of Disability [M]. Ann Arbor: University o Michigan Press, 1997.

[80] MORAGA C. The Hungry Woman and Heart of the Earth [M]. Albuquerque: West End, 2001.

[81] MORAGA C. Watsonoville: Some Place not Here and Circle in the Dirt: El Pueblo de East Palo Alto [M]. Albuquerque: West End, 2002.

[82] MORRIS D B. The Culture of Pain [M]. Berkley: University of California Press, 1993.

[83] MOYA P. Learning from Experience: Minority Identities, Multicultural Struggles [M]. Berkeley: University of California Press, 2002.

[84] PARRA A. Flamenco: A Joyful Pain [M]. London: Wellcome Trust, 2004.

[85] PéREZ E. The Decolonial Imagery: Writing Chicanas Into History [M]. Bloomington: Indiana UP, 1999.

[86] PÉREZ L. Chicana Art: The Politics of Spiritual and Aesthetic Altarities [M]. Durham: Duke UP, 2007.

[87] PETERSON A, BUNTON R. Foucault, Health and Medicine [M]. London: Routledge, 1997.

[88] PONTY M M. Phenomenology of Perception [M]. London: Taylor and Francis, 2005.

[89] ROMERO C. Activism and the American Novel [M]. Charlottesville: University of Virginia Press, 2012.

Radway J, Gaines K, Shank B, Eschen. V. American Studies: An

Anthology [M]. New York: Wiley-Blackwell, 2009.

[90] ROSEMARY H, CHRYS I. Materialist Feminism: A Reader in Class, Difference, and Women's Lives [M]. New York: Routledge, 1997.

[91] SANDIN L D I. When Papi Killed Mami: Allegory's Magical Fragments in Cristina García's The Agüero Sisters [M]. New York: Palgrave Macmillan, 2004.

[92] SANDOVAL C. Methodology of the Oppressed [M]. Minneapolis: University of Minnesota Press, 2000.

[93] SCARRY E. The Body in Pain: The Making and Unmaking of the World [M]. New York: Oxford University Press, 1985.

[94] SHAKESPEARE T, GILLESPIE-SELLS K, DAVIES D. The Sexual Politics of Disability: Untold Desires [M]. New York: Cassell, 1996.

[95] SHILDRICK M. Embodying the Monster: Encounters with the Vulnerable Self [M]. London: Sage, 2002.

[96] SIEBERS T. Heterotopia: Postmodern Utopia and the Body Politic [M]. Ann Arbor: University of Michigan Press, 1994.

[97] SINGER L. Erotic Welfare: Sexual Theory and Politics in the Age of Epidemic [M]. By JUDITH B and MAUREEN M. Eds. New York: Routledge, 1993: 97.

[98] SINGH A. New Approaches to American Ethnic Literatures [M]. Boston: Northeastern University Press, 1996.

[99] SMITH B G, BETH H et al. Gendering Disability [M]. Rutgers University Press, 2004.

[100] SZASZ, T S. Pain and Pleasure: A Study of Bodily Feelings [M]. New York: Basic Books, 1957.

[101] TURNER B S. The Body & Society: Explorations in Social Theory [M]. London: SAGE Publications Ltd, 2008.

[102] WENDELL S. The Rejected Body: Feminist Philosophical

Reflections on Disability [M]. New York: Routledge, 1996.

[103] WILKERSON W. Ambiguity and Sexuality: A Theory of Sexual Identity [M]. Palgrave Macmillan US, 2007.

[104] YARBRO-BEJARANO, Y. The Wounded Heart: Writing on Cherríe Moraga [M]. Austin, TX: University of Texas Press, 2001.

[105] Young I M. Justice and the politics of difference [M]. Princeton: Princeton University Press, 1990.

二、期刊

[1] 柏棣. 物质女性主义和"后人类"时代的性别问题——《物质女性主义》评介 [J]. 中华女子学院学报, 2012 (6).

[2] 陈俊, 林少惠. 创伤后应激障碍的心理预测因素 [J]. 华南师范大学学报 (社会科学版), 2009 (4).

[3] 陈李萍. 从同一到差异——女性身份认同理论话语三重嬗变? [J]. 妇女研究论丛, 2012 (6).

[4] 程瑾涛, 刘世生. 作为叙事治疗的隐喻——以《简·爱》为例 [J]. 外语教学, 2012 (1).

[5] 戴桂玉, 吕晓菲.《地下世界》垃圾书写之生态学马克思主义批评 [J]. 外语与外语教学, 2020 (2).

[6] 方红. 意象中的女性环境观: 物质女权主义核心概念剖析 [J]. 当代外国文学, 2012 (3).

[7] 房洁. 库切小说中的身体政治、女性书写与后殖民书写 [J]. 重庆交通大学学报 (社会科学版), 2020 (2).

[8] 宫爱玲. 论疾病叙事小说的文体形态 [J]. 文学教育, 2014 (8): 103.

[9] 郭棲庆, 蒋桂红. 弗·司各特·菲茨杰拉德小说中的疾病叙事研究——以《夜色温柔》为例 [J]. 外国语文, 2016 (5).

[10] 韩颖. 安扎杜瓦"新梅斯蒂扎意识"的理论嬗变 [J]. 国外文

学，2013（1）.

[11] 何李新．性别与身份政治刍议［J］．学术交流，2015（6）.

[12] 黄心雅．同志论述的奇哥那想象：安扎尔朵的美斯媞莎酷儿［J］．中外文学，2003（3）.

[13] 李保杰．美国墨西哥裔文化中的民间药师及其文学再现［J］．山东外语教学，2013（5）.

[14] 李曼曼，汪承平．20世纪美国小说创伤叙事的特征［J］．河北学刊，2012（6）.

[15] 刘荡荡．表征精神创伤 实践诗学伦理——创伤理论视角下的《极吵，极近》［J］．外国语文，2012（3）.

[16] 罗成．哪种差异？如何认同？——启蒙的身份政治［J］．中国图书评论，2010（11）.

[17] 骆洪．20世纪非裔美国文学批评中的身份政治［J］．学术探索，2016（11）.

[18] 吕春颖．异质性哲学视野中的现代身份政治［J］．求是学刊，2013（4）.

[19] 钱超英．身份概念与身份意识［J］．深圳大学学报（人文社会科学版），2000（2）.

[20] 琼斯·安．医学与文学的传统与创新［J］．聂精保、孟辉译，医学与哲学，2000（5）.

[21] 师彦灵．再现、记忆、复原——欧美创伤理论研究的三方面［J］．兰州大学学报，2011（2）.

[22] 孙杰娜．"我记不住了……我写的"：美国疾病叙事中生活经历与叙事艺术的混合［J］．现代传记研究，2015（1）.

[23] 孙美慈．从《圣经》中看妇女在教会与社会中的作用［J］．金陵神学志，2000（3）.

[24] 陶家俊．创伤［J］．外国文学，2011（4）.

[25] 王华伟．空间叙事的身体性思考［J］．中州学刊，2008（2）.

[26] 王江. 疾病与抒情——《永别了，武器》中的女性创伤叙事 [J]. 国外文学, 2014 (4).

[27] 肖雷波、柯文、吴文娟. 论女性主义技术科学研究——当代女性主义科学研究的后人类主义转向 [J]. 科学与社会, 2013 (3).

[28] 徐汉晖. 现代小说中的疾病叙事解读 [J]. 辽宁师范大学学报 (社会科学版), 2014 (9).

[29] 许德金, 王莲香. 身体、身份与叙事——身体叙事学刍议 [J]. 江西社会科学, 2008 (4).

[30] 颜鸿. 人的地位：凯伦·巴拉德的"主动实在论"及其问题 [J]. 哲学动态, 2012 (4).

[31] 杨晓霖. 疾病叙事阅读：医学叙事能力培养 [J]. 医学与哲学, 2014 (11).

[32] 虞昊, 吴冠军. 生命政治的"至暗时刻"？——一个思想史重梳 [J]. 国外理论动态, 2020 (4).

[33] 张道建. 拉克劳的"链接"理论与"后身份" [J]. 南阳师范学院学报 (哲学与社会科学版), 2009 (1).

[34] 赵谦. 米兰·昆德拉小说中身体叙事的隐喻意义 [J]. 广东外语外贸大学学报, 2019 (6).

[35] 郑大群. 论传播形态中的身体叙事 [J]. 学术界, 2005 (5).

[36] 唐伟胜. 视阈融合下的叙事学与人文医学 [N]. 中国社会科学报, 2012-9-28.

[37] ANGEL R, GUARNACCIA PJ. Mind, Body, and Culture: Somatization among Hispanics [J]. Social Science & Medicine. 1989, 28 (12).

[38] REUMAN A E. Coming Into Play: An Interview with Gloria Anzaldúa [J]. MELUS, 2000, 25 (2).

[39] BAHL S. Disability, Hybridity, and Flamenco Cante [J]. Women, Gender, and Families of Color, 2015, 3 (1).

[40] BAILEY A. Women of Color and Philosophy [J]. Hypatia, 2005,

20 (1).

[41] BüLOW P H, HYDéN L S. Patient School as a Way of Creating Meaning in a Contested Illness [J]. Health, 2003, 7 (2).

[42] BURY M. Illness Narratives: Fact or Fiction? [J]. Sociology of Health and Illness, 2001, 23 (3).

[43] CAMINERO - SANTANGELO M. The Pleas of the Desperate: Collective Agency versus Magical Realism in Ana Castillo's So Far from God [J]. Tulsa Studies in Women's Literature, 2005, 24 (1).

[44] DELGADILLO T. Forms of Chicana Feminist Resistance: Hybrid Spirituality in Ana Castillo's So Far from God [J]. MFS Modern Fiction Studies, 1998, 44 (4).

[45] DONALDSON E J. The Corpus of the Madwoman: Toward a Feminist Disability Studies Theory of Embodiment and Mental Illness [J]. NWSA Journal, 2002, 14 (3).

[46] ESPINOSA A M. New Mexican Folk-Lore [J]. The Journal of American Folklore, 1910 (23).

[47] FERNÁNDEZ S J, GAMERO M A. Latinx/Chicanx Students on the Path to Conocimiento: Critical Latinx/Chicanx Students on the Path to Conocimiento: Critical Reflexivity Journals as Tools for Healing and Resistance in the Trump Era [J]. Association of Mexican American Educators Journal, 2018, 12 (3).

[48] FOX N, WARD K. Health Identities: from Expert Patient to Resisting Consumer [J]. Health, 2006, 10 (4).

[49] RANK A. Just Listening: Narrative and Deep Illness [J]. Families, Systems & Health, 1998, 16 (3).

[50] HAMES-GARCIA M. Review of Bost, Encarnación: Illness and Body Politics in Chicana Feminist Literature [J]. Disability Studies Quarterly, 2011 (3).

[51] HANCOCK V. La Chicana, Chicano Movement and Women's Liberation [J]. Chicano Studies Newsletter, February-March. 1971.

[52] HOWARTH D. Space, Subjectivity, and Politics [J]. Alternatives, 2006, 31 (2).

[53] IRIZARRY Y. An Interview with Cristina García [J]. Contemporary Literature, 2007, 48 (2).

[54] KNEPPER W. In/justice and Necro-natality in Edwidge Danticat's Brother, I'm Dying [J]. The Journal of Commonwealth Literature, 2012, 47 (2).

[55] LIPMAN J K. Immigrant and Black in Edwidge Danticat's Brother, I'm Dying [J]. Modern American History, 2019 (2).

[56] LO A. Locating the Refugee's Place in Edwidge Danticat's Brother, I'm Dying [J]. Literature Interpretation Theory, 2018, 29 (1).

[57] LOPEZ, I H. " '... And There Is Only My Imagination Where Our History Should Be': An Interview with Cristina García." Michigan Quarterly Review: Bridges to Cuba [J]. 1994, 33 (3).

[58] MÉNDEZ S C. Encarnation: Illness and Body Politics in Chicana Feminist Literature (review) [J]. MELUS, 2011 (1).

[59] MOYA P. Chicana Feminism and Postmodernist Theory [J]. Signs, 2001 (2).

[60] ORTEGA M. Multiplicity, Inbetweeness, and the Question of Assimilation [J]. The Southern Journal of Philosophy, 2008, 46 (1).

[61] PAYANT K B. From alienation to reconciliation in the novels of Cristina Garcia [J]. MELUS, 2001, 26 (3).

[62] PéREZ L. Spirit Glyphs: Reimagining Art and Artist in the Work of Chicana Tlamatinime [J]. Modern Fiction Studies, 1998, 44 (1).

[63] PERKINS E C. Recovery and Loss: Politics of Disabled Male Chicano [J]. Disability Studies Quarterly, 2006 (1).

[64] PETRI R, DELGADO R, MCCONNELL K. Historical and Cultural

Perspectives on Integrative Medicine [J]. Medical Acupuncture, 2015, 27 (5).

[65] ROSE J E. Negotiating Work in the Novels of Ana Castillo: Social Disease and the American Dream [J]. College Language Association Journal, 2011, 54 (4).

[66] RUTA S. Fear and Silence in Los Alamos [J]. The Nation (New York, N. Y.), 1993, 256 (1).

[67] SAMUELS E J. My Body, My Closet: Invisible Disability and the Limits of Coming-Out Discourse [J]. GLQ: A Journal of Lesbian and Gay Studies, 2003, 9 (1-2).

[68] SCHEPER-HUGHES N. The Mindful Body: a Prolegomenon to Future Work in Medical Anthropology [J]. Medical Anthropology Quarterly, 1987, 1 (1).

三、论文

[1] 贺玉高. 霍米·芭芭的杂交性理论与后现代身份观念 [D]. 北京：首都师范大学, 2006.

[2] 洪春梅. 菲利普·罗斯小说创伤叙事研究 [D]. 天津：天津师范大学, 2014.

[3] 刘明录. 品特戏剧中的疾病叙述研究 [D]. 重庆：西南大学, 2013.

[4] 张婧磊. 新时期文学中的创伤叙事研究 [D]. 苏州：苏州大学, 2017.

[5] Parziale, A E. Representations of Trauma in Contemporary American Literature and Film: Moving from Erasure to Creative Transformation [D]. Tucson: The University of Arizona, 2013.

[6] SALDÍVA-HULL S. Feminism on the Border: From Gender Politics to Geopolitics [D]. Austin: University of Texas, 1990.